miriam

DE HERREZEN MOORDENAAR

Van Mary Higgins Clark zijn verschenen:

Dood op de kaap en andere verhalen*
Dreiging uit het verleden*
Stille nacht*
Vaders mooiste*
Waar zijn de kinderen?*
Dodelijk ontwerp*
Geen tranen om een actrice*
Jou krijg ik nog wel!*
... heeft een meisje weggehaald*
Moord op afspraak*
Vergeet mij niet*
Het Anastasia syndroom en andere verhalen*
Maanlicht staat je goed*
Moord om middernacht*
Compositie in rood*
Verbinding verbroken*
Zondagskind*
Doe alsof je haar niet ziet*
Jij bent van mij*
Het donkerste uur*
De weduwe
Het bloed kruipt
Losgeld
De herrezen moordenaar

*In POEMA-POCKET verschenen

MARY HIGGINS CLARK

DE HERREZEN MOORDENAAR

Uitgeverij Luitingh ~ Sijthoff

Voor meer informatie: kijk op **www.boekenwereld.com**

This edition published by arrangement with the original publisher, Simon & Schuster, Inc., New York.

Oorspronkelijke titel: *On the Street Where You Live*
Vertaling: Cherie van Gelder
Omslagontwerp: Edd, Amsterdam
Omslagfotografie: Image Store

CIP/ISBN 90 245 4430 0
NUGI 331

Voor degenen die mij het liefst zijn.

John Conheeney, buitengewoon echtgenoot

De Clark-kinderen
Marilyn, Warren en Sharon, David, Carol en *Pat*

De Clark-kleinkinderen
Lisa, Andrew, Courtney, David, Justin en *Jerry*

De Conheeney-kinderen
John en *Debby*, *Barbara* en *Glenn, Trish, Nancy* en *David*

De Conheeney-kleinkinderen
Robert, Ashley, Lauren, Megan, David, Kelly, Courtney, Johnny en *Thomas*

Jullie zijn een geweldig stel
en ik hou van jullie allemaal.

DINSDAG 20 MAART

1

Hij liep de promenade op en voelde de snijdende wind vanaf de oceaan recht in zijn gezicht slaan. Met een blik op de jagende wolken bedacht hij dat het hem niet zou verbazen als het straks zou gaan sneeuwen, ook al was het morgen de eerste dag van de lente. Ze hadden een lange winter achter de rug en de andere mensen verheugden zich echt op het warmere weer dat ze nu tegemoet konden zien. Hij niet.

Hij hield het meest van Spring Lake als de herfst op z'n eind liep. Dan sloten de zomergasten hun huizen af en namen niet eens meer de moeite om een weekend over te komen.

Maar het zat hem wel dwars dat ieder jaar steeds meer mensen het huis verkochten waar ze 's winters woonden en zich hier permanent vestigden. Ze waren tot de slotsom gekomen dat het de moeite waard was om dagelijks honderd kilometer op en neer te rijden naar New York, zodat ze hun dag konden beginnen en eindigen in deze rustige en fraaie badplaats in New Jersey.

Spring Lake, met zijn Victoriaanse huizen die nauwelijks veranderd leken sinds ze aan het eind van de negentiende eeuw waren gebouwd, was die extra moeite ten volle waard, verklaarden ze.

Spring Lake, met die altijd aanwezige frisse, opwekkende geur van de oceaan, verkwikte hun ziel, daar waren ze het allemaal roerend over eens.

Spring Lake, met zijn drie kilometer lange, houten promenade waar je kon genieten van de zilveren pracht van de Atlantische Oceaan, was een paradijs, benadrukten ze.

Al die mensen deelden zoveel met elkaar – zowel de zomergasten als de permanente inwoners – maar niemand was deelgenoot van zíjn geheimen. Hij kon over Hayes Avenue wandelen en in gedachten Madeline Shapley zien, zoals ze daar laat in de middag van 7 september 1891 op de rieten bank had gezeten, op de veranda die rond haar hele huis liep, met haar breedgerande hoed naast zich. Ze was destijds negentien jaar geweest, met bruine

ogen en bruine haren, op een stille manier mooi in haar gesteven, witte linnen japon.
Alleen hij wist waarom ze een uur later had moeten sterven.
St. Hilda Avenue, overschaduwd door zware eiken die nog maar jonge boompjes waren geweest op 5 augustus 1893, toen de achttienjarige Letitia Gregg niet meer thuisgekomen was, riep andere beelden op. Ze was zo bang geweest en had om genade gesmeekt, in tegenstelling tot Madeline, die voor haar leven had gevochten.
De laatste van het drietal was Ellen Swain geweest, klein en rustig, maar veel te nieuwsgierig, veel te gedreven om de laatste uren van Letitia in kaart te brengen.
En vanwege die nieuwsgierigheid was ze haar vriendin op 31 maart 1896 in het graf gevolgd.
Hij wist precies, tot in de kleinste bijzonderheden, wat er met haar en de anderen was gebeurd.
Hij had het dagboek gevonden tijdens zo'n regenachtige periode die in de zomer weleens voorkomt. Omdat hij zich verveelde, was hij het oude koetshuis binnengedrenteld dat tegenwoordig als garage dienst deed.
Hij was de wankele trap naar de bedompte, stoffige zolder opgelopen en omdat hij toch niets beters te doen had, was hij in de dozen die hij daar aantrof gaan snuffelen.
De eerste zat vol met nutteloze rommel: roestige oude lampen; verschoten en ouderwetse kleren; potten, pannen en een wasbord; en beschadigde en kapotte kaptafelgarnituren met gebarsten spiegels waar het weer in zat. Allemaal dingen die opzij waren gelegd met de bedoeling ze te repareren of weg te geven, maar die uiteindelijk volkomen vergeten waren.
In een andere doos zaten dikke albums met verteerde bladen, vol foto's van stijf poserende mensen met strakke gezichten die weigerden tegenover de camera hun gevoelens prijs te geven.
Een derde bevatte boeken, stoffig, bol van het vocht en met verbleekte letters. Hij had altijd graag gelezen, maar hoewel hij destijds pas veertien was geweest, had hij ze na een vluchtige blik op de titels toch weer aan de kant gelegd. Er zaten echt geen verborgen meesterwerken bij.
En in een stuk of tien andere dozen bleek al even waardeloze troep te zitten.

Toen hij begonnen was om alles weer in de dozen te gooien, viel zijn oog toevallig op een vergane, leren map die verstopt had gezeten in wat weer zo'n fotoalbum leek. Hij sloeg hem open en kwam tot de ontdekking dat hij vol vellen papier zat, die allemaal dicht beschreven waren.

Boven het eerste stuk stond de datum 7 september 1891. Het begon met de woorden: 'Madeline heeft door mijn hand de dood gevonden.'

Hij had het dagboek meegenomen en er nooit met iemand over gesproken. In de loop der jaren had hij er bijna dagelijks in zitten lezen, tot het een stukje van zijn eigen geheugen was geworden. In de tussentijd was hij gaan beseffen dat hij zich vereenzelvigde met de auteur en dat hij zijn gevoel van suprematie over zijn slachtoffers deelde terwijl hij zich zat te verkneukelen om zijn gespeelde verdriet bij het betuigen van zijn deelneming aan de rouwenden.

Wat begon als een fascinatie werd geleidelijk aan een regelrechte obsessie, de behoefte om de dodenreis van de schrijver van het dagboek stap voor stap zelf te beleven. Plaatsvervangend deelgenootschap volstond niet meer.

Viereneenhalf jaar geleden had hij zijn eerste slachtoffer gemaakt. Het lot had bepaald dat de eenentwintigjarige Martha aanwezig was geweest op het jaarlijkse feest dat haar grootouders gaven om de zomer uit te luiden. De familie Lawrence behoorde tot de toonaangevende, gevestigde burgerij van Spring Lake. Hij was een van de gasten op de feestelijke bijeenkomst en had haar daar ontmoet. De volgende dag, op 7 september, ging ze 's morgens vroeg joggen over de promenade. Ze kwam nooit meer thuis.

Nu, meer dan vier jaar later, was het onderzoek naar haar verdwijning nog steeds niet afgesloten. Tijdens een recente bijeenkomst had de officier van justitie van Monmouth County nog bezworen dat de pogingen om de waarheid te achterhalen van wat er met Martha Lawrence was gebeurd onverminderd werden doorgezet. Terwijl hij naar die loze beloften stond te luisteren, had hij inwendig moeten grinniken.

Wat vond hij het toch leuk om zijn steentje bij te dragen aan die sombere gesprekken over Martha die van tijd tot tijd aan de eettafel werden gevoerd.

Ik zou jullie er alles over kunnen vertellen, tot in de kleinste bijzonderheden, zei hij bij zichzelf, en ik zou jullie ook alles over Carla Harper kunnen vertellen. Twee jaar geleden liep hij net langs het Warren Hotel toen hij haar de trap af zag komen. Zoals in het dagboek vermeld stond, had ze net als Madeline een witte jurk aan gehad. Maar die van haar was nauwelijks meer dan een hemdje geweest, mouwloos en strak, dat elke centimeter van haar slanke jonge lichaam onthulde. Hij begon haar te volgen.

Toen ze drie dagen later verdween, was iedereen ervan overtuigd dat Carla op de terugreis naar Philadelphia door iemand was aangesproken. Zelfs de officier van justitie, die zo vastbesloten was om het mysterie van Martha's verdwijning op te lossen, had geen flauw vermoeden dat Carla Spring Lake nooit had verlaten.

Genietend van het idee dat hij het naadje van de kous wist, had hij zich opgewekt gevoegd bij de wandelaars die aan het eind van de middag over de promenade slenterden en gezellig gekletst met een paar goede vrienden die hij onderweg tegenkwam. Ze waren het er roerend over eens dat de winter zich nog een keer flink zou roeren voor hij de aftocht blies.

Maar terwijl hij grapjes met hen stond te maken was hij zich bewust van zijn groeiende behoefte, de behoefte om zijn hedendaagse drietal slachtoffers te completeren. De laatste gedenkdag stond voor de deur en hij moest zijn keuze nog maken.

In de stad ging het gerucht dat Emily Graham, de nieuwe eigenares van het Shapley-huis, zoals het nog steeds werd genoemd, een afstammeling was van de oorspronkelijke eigenaars.

Hij had haar op Internet opgezocht. Tweeëndertig jaar, gescheiden, strafpleiter. Ze was aan haar geld gekomen via de aandelen die ze had gekregen van de dankbare eigenaar van een beginnend computerbedrijf die ze pro deo had verdedigd. Toen het bedrijf naar de beurs ging en ze haar aandelen kon verkopen, had ze een vermogen verdiend.

Hij kwam te weten dat Graham was lastig gevallen door een stalker nadat ze vrijspraak had weten te krijgen voor een man die van moord was beschuldigd. De stalker bleek de zoon van het slachtoffer te zijn, die steeds had volgehouden dat hij onschuldig was. Inmiddels zat hij in een psychiatrische inrichting. Interessant.

Nog veel interessanter was dat Emily een treffende gelijkenis ver-

toonde met de foto die hij had gezien van haar oudtante, Madeline Shapley. Ze had dezelfde grote bruine ogen met lange, dikke wimpers. Hetzelfde donkere haar met een kastanjebruine gloed. Dezelfde aantrekkelijke mond. Hetzelfde lange, slanke lichaam.
Uiteraard waren er ook verschillen. Madeline was onschuldig geweest, vol vertrouwen, onwerelds en romantisch. Emily Graham was duidelijk een geraffineerde en intelligente vrouw. Ze zou een grotere uitdaging vormen dan de anderen, maar goed, dat maakte haar juist extra interessant. Zou zíj degene zijn die was voorbestemd om zijn bijzondere drietal te completeren?
Dat vooruitzicht paste zo keurig in het patroon en was zo toepasselijk dat hij een rilling van genot niet kon onderdrukken.

2

Emily slaakte een zucht van opluchting toen ze langs het bord reed dat aangaf dat ze Spring Lake had bereikt. 'Ik bén er!' zei ze hardop. 'Hoera!'
De rit vanuit Albany had bijna acht uur in beslag genomen. Bij haar vertrek had het weerbericht 'perioden met lichte tot matige sneeuw' voorspeld, maar dat bleek neer te komen op een soort regelrechte sneeuwstorm die pas afnam toen ze Rockland County achter zich had gelaten. Onderweg had ze op de New York State Thruway zoveel aanrijdingen met blikschade gezien dat ze onwillekeurig aan de botsautootjes had moeten denken waar ze als kind zo dol op was geweest.
Op een vrij schoon stuk had ze haar snelheid opgevoerd, maar meteen daarna was ze getuige geweest van een angstaanjagende slippartij. Gedurende een afschuwelijk moment leek het alsof twee auto's frontaal op elkaar zouden botsen. Een ongeluk was alleen vermeden omdat de bestuurder van een van de auto's er op de een of andere manier in was geslaagd zijn voertuig weer onder controle te krijgen en op het allerlaatste moment naar rechts was uitgeweken.
Dat lijkt wel een beetje op het leven dat ik de laatste paar jaar heb geleid, had ze gedacht terwijl ze vaart minderde... voortdurend op de linkerbaan en af en toe bijna in de prak. Ik had echt

behoefte aan verandering van richting en een wat gezapiger tempo.
Of zoals haar grootmoeder had gezegd: 'Emily, je moet die baan in New York aannemen. Ik zal me een stuk geruster voelen als jij een paar honderd kilometer hiervandaan woont. Dat je tegelijkertijd te maken kreeg met een klierige ex-man en een stalker is wat mij betreft een beetje te veel van het goeie geweest.'
Om, oma ten voeten uit, te vervolgen met: 'Maar je had natuurlijk ook nooit met Gary White moeten trouwen. Het feit dat hij drie jaar na jullie scheiding het lef had je een proces aan te doen omdat je ineens de beschikking kreeg over een fortuin, bewijst alleen maar dat mijn mening over hem volkomen terecht was.'
Bij de gedachte aan die woorden van haar grootmoeder moest Emily onwillekeurig glimlachen terwijl ze langzaam door de donkere straten reed. Ze wierp een blik op de meters op het dashboard. De buitentemperatuur schommelde rond het vriespunt. De straten waren nat – het slechte weer had hier alleen regen veroorzaakt – en de voorruit begon te beslaan. Uit de zwiepende takken van de bomen bleek dat er een felle wind uit zee stond.
Maar de huizen, voor het merendeel gerestaureerde Victoriaanse panden, zagen er veilig en vredig uit. Vanaf morgen heb ik hier officieel een eigen huis, peinsde Emily. 21 maart. Het begin van de lente. De dag-en-nachtevening. Een wereld in balans.
Het was een geruststellende gedachte. Ze had zo'n woelige periode achter zich dat ze niet alleen verlangde naar rust en vrede, maar die ook hard nodig had. Ze had ongelooflijk veel geluk gehad, maar ook angstaanjagende problemen die elkaar als een meteorenregen waren opgevolgd. Maar, zoals het spreekwoord luidt, de kruik gaat zo lang te water tot ze breekt, en de hemel wist dat zij daar het wandelende voorbeeld van was.
Ze overwoog even om langs het huis te rijden, maar verwierp het idee onmiddellijk. Er was nog steeds iets onwerkelijks aan de wetenschap dat het over een paar uur van haar zou zijn. Lang voordat ze het huis voor het eerst had gezien, drie maanden geleden, had het al een grote rol gespeeld in haar kinderfantasieën – half werkelijkheid, half onderdeel van een sprookjeswereld. Daarna, toen ze er voor het eerst voet in had gezet, had ze meteen geweten dat het huis haar het gevoel bezorgde dat ze thuis kwam. De

makelaar had verteld dat het nog steeds het Shapley-huis werd genoemd.

Maar ze had voorlopig genoeg gereden. Het was een ontzettend lange dag geweest. Concord, het verhuisbedrijf in Albany, had om acht uur voor de deur moeten staan. Het merendeel van de meubels die ze wilde houden stond al in haar nieuwe appartement in Manhattan, maar toen haar grootmoeder kleiner was gaan wonen had ze haar een paar mooie antieke stukken cadeau gedaan, dus er was nog genoeg te verhuizen.

'U bent de eerste bij wie we langskomen,' had de man van Concord nadrukkelijk beloofd. 'Daar kunt u op rekenen.'

Maar de verhuiswagen was pas om twaalf uur 's middags gearriveerd. Daardoor was ze veel later vertrokken dan haar bedoeling was en het was nu bijna halfelf.

Eerst inboeken in de herberg, besloot ze. En dan een warme douche, dacht ze verlangend. Even naar het journaal van elf uur kijken. Daarna, zoals Samuel Pepys had geschreven: 'En dus naar bed.'

Toen ze voor het eerst naar Spring Lake was gekomen en impulsief een aanbetaling had gedaan op het huis, was ze een paar dagen in de Candlelight Inn blijven logeren om er absoluut zeker van te zijn dat ze de juiste beslissing had genomen. Ze had het meteen uitstekend kunnen vinden met de eigenares van de herberg, Carrie Roberts, een vrouw van in de zeventig. Vandaag had ze ergens onderweg opgebeld om te zeggen dat ze pas laat zou arriveren, maar dat was geen enkel probleem, had Carrie haar verzekerd.

Rechtsaf op Ocean Avenue en dan nog vier straten verder. Even later zette Emily met een dankbare zucht de motor uit en leunde opzij om de enige koffer die ze vannacht nodig zou hebben van de achterbank te pakken.

Carrie's begroeting was hartelijk en beknopt. 'Je ziet er doodmoe uit, Emily. Het bed is al opengeslagen. Je zei dat je onderweg had gegeten, dus ik heb een thermosfles met warme chocolademelk en wat biscuitjes op het nachtkastje gezet. Ik zie je morgenochtend wel weer.'

De warme douche. Een nachtpon en haar lekkerste oude badjas. Met een beker chocola zat Emily naar het nieuws te kijken en voelde ze hoe haar spieren, die stijf waren van de lange rit, langzaam begonnen te ontspannen.

Toen ze de tv uitzette, ging haar mobiele telefoon over. Omdat ze vermoedde wie het was, nam ze op.
'Hoi, Emily.'
Ze glimlachte toen ze de zorgelijk klinkende stem van Eric Bailey hoorde, het verlegen genie aan wie ze te danken had dat ze nu in Spring Lake was.
Terwijl ze hem verzekerde dat ze een veilige, vrij gemakkelijke rit achter de rug had, dacht ze aan de dag waarop ze hem voor het eerst had ontmoet. Hij had het kantoor naast het hare betrokken, een ruimte die nauwelijks groter was dan een kast. Omdat ze even oud waren, ze scheelden maar een week, waren ze met elkaar bevriend geraakt en ze had meteen begrepen dat Eric, ondanks het feit dat hij eruitzag als een bedeesd en angstig klein jongetje, begiftigd was met een enorm verstand.
Op een dag, toen ineens tot haar doordrong dat hij ontzettend in de put leek te zitten, had ze hem zover gekregen dat hij haar vertelde wat er aan de hand was. Het bleek dat een grote softwarefirma, die wist dat hij zich geen duur proces kon veroorloven, zijn pas gestarte internetbedrijf voor de rechter had gesleept.
In de verwachting dat het toch wel op pro deo neer zou komen, nam ze de zaak op zich zonder om een honorarium te vragen en had ze zichzelf bij wijze van grap voorgehouden dat ze haar kantoor zou kunnen behangen met de aandelen die Eric haar had toegezegd.
Maar ze won het proces voor hem. Hij ging met zijn bedrijf naar de beurs en de koers begon onmiddellijk te stijgen. Ze verkocht haar aandelen toen ze tien miljoen dollar waard waren.
Nu stond Erics naam op de gevel van een prachtig, nieuw kantoorgebouw. Hij was dol op paardenrennen en kocht een schitterend oud huis in Saratoga, van waaruit hij dagelijks op en neer reed naar Albany. Ze waren vrienden gebleven en hij was een rots in de branding geweest in de tijd dat ze door de stalker was lastig gevallen. Hij had zelfs een hightech videocamera in haar huis laten installeren. De camera had de stalker op de band vastgelegd.
'Ik wilde alleen zeker weten dat je veilig aangekomen bent. Ik heb je toch niet wakker gemaakt?'
Ze bleven nog een paar minuten praten en beloofden dat ze el-

kaar gauw weer zouden bellen. Toen ze haar mobiele telefoon neer had gelegd, liep Emily naar het raam en zette het op een kiertje open. Een vlaag koude, zilte lucht deed haar naar adem snakken, maar daarna haalde ze opzettelijk diep adem. Het is idioot, dacht ze, maar op dit moment lijkt het net alsof ik mijn leven lang die zeelucht heb gemist.

Ze draaide zich om en liep naar de deur om zich ervan te vergewissen dat ze de beide sloten dicht had gedraaid. Hou daar nou eens mee óp, verweet ze zichzelf kribbig. Dat heb je al gecontroleerd voordat je ging douchen.

Maar in het jaar voordat de stalker in de kraag werd gevat, was ze angstig en onrustig geworden, hoewel ze zichzelf regelmatig had ingeprent dat de stalker al vaak genoeg de kans had gehad om haar kwaad te doen als hij dat echt had gewild.

Carrie had haar verteld dat zij de enige gast in de herberg was. 'In het weekend zit ik helemaal vol,' had ze gezegd. 'Alle zes kamers zijn besproken. Er is zaterdag een trouwreceptie in de Country Club. En na Memorial Day kun je het helemaal vergeten. Dan heb ik zelfs geen kast meer vrij.'

Zodra ik hoorde dat we hier maar met ons tweeën waren, begon ik me af te vragen of alle buitendeuren wel op slot zaten en of de alarminstallatie wel aanstond, dacht Emily, opnieuw nijdig omdat ze haar ongerustheid niet kon bedwingen.

Ze glipte uit haar badjas. Daar moet je niet meer aan denken, prentte ze zichzelf in.

Maar haar handen werden plotseling klam toen ze terugdacht aan de eerste keer dat ze thuisgekomen was en besefte dat hij binnen was geweest. Ze had een foto van haarzelf gevonden die tegen de lamp op haar nachtkastje was gezet, een foto waarop ze in haar nachtpon in de keuken stond, met een kop koffie in haar hand. Ze had de foto nog nooit gezien. Die dag had ze de sloten van haar huis laten veranderen en een luik voor het raam boven het aanrecht laten maken.

Daarna waren er nog een aantal andere incidenten geweest waar foto's aan te pas kwamen, foto's die thuis van haar waren gemaakt, op straat en op kantoor. Af en toe werd ze gebeld door een roofdier dat met fluwelen stem commentaar leverde op de kleren die ze droeg. 'Je zag er schattig uit toen je vanmorgen ging

joggen, Emily...' 'Ik had niet gedacht dat zwart jou met dat donkere haar zou staan. Maar dat is wel zo...' 'Ik ben dol op die rode shorts. Je hebt zulke mooie benen...'
En dan dook er weer een foto op waarop ze de kleren droeg die hij had beschreven. Die zat dan thuis in haar brievenbus, of op de voorruit van haar auto, of weggestopt in de krant die op haar stoep lag.
De politie had de telefoontjes nagetrokken, maar die kwamen allemaal uit verschillende telefooncellen. Pogingen om vingerafdrukken te vinden op de dingen die ze ontvangen had, waren vruchteloos gebleken.
Meer dan een jaar lang was de politie er niet in geslaagd om de stalker te arresteren. 'U hebt vrijspraak gekregen voor een aantal mensen die van zware misdaden werden beschuldigd, mevrouw Graham,' had Marty Browski, de rechercheur die de leiding had over het onderzoek, tegen haar gezegd. 'Het kan een familielid van een van de slachtoffers zijn. Of iemand die u vanuit een restaurant naar huis is gevolgd. Het kan ook iemand zijn die weet dat u veel geld hebt verdiend en die zich helemaal op u fixeert.'
En toen hadden ze Ned Koehler betrapt terwijl hij rond haar huis sloop. Zij had met succes de man verdedigd die van de moord op Koehlers moeder was beschuldigd. Maar hij is nu van de straat, stelde Emily zichzelf gerust. Je hoeft je over hem geen zorgen meer te maken. Hij krijgt alle zorg die hij nodig heeft.
Hij zat in een gesloten psychiatrische inrichting in het noorden van de staat New York en zij was nu in Spring Lake, niet in Albany. Uit het oog, uit het hart, dacht Emily devoot. Ze stapte in bed, trok de dekens op en stak haar hand uit naar de knop van het licht.
Aan de overkant van Ocean Avenue, op het strand in de schaduw van de verlaten promenade, stond een man met wapperende haren in de zeewind toe te kijken hoe het donker werd in de kamer.
'Welterusten, Emily,' fluisterde hij met een tedere klank in zijn stem.

WOENSDAG 21 MAART

3

Met zijn koffertje onder zijn arm liep Will Stafford met lange passen van de zijdeur in zijn huis naar het verbouwde koetshuis, dat net als de meeste andere die nog in Spring Lake te vinden waren nu dienst deed als garage. Het was in de nacht opgehouden met regenen en de wind was gaan liggen. Desondanks was het op de eerste dag van de lente toch nog behoorlijk fris en de gedachte schoot Will door het hoofd dat hij eigenlijk een jas had moeten pakken toen hij de deur uitliep.

Kun je nagaan wat er gebeurt als je negenendertigste verjaardag in beeld komt, zei hij treurig tegen zichzelf. Nog heel even en dan ga je straks in juli op zoek naar je oorwarmers.

Hij was notaris en had een afspraak om met Emily Graham te ontbijten bij Who's on Third?, een grappig hoekcafeetje op Third Avenue in Spring Lake. Van daaruit zouden ze nog een keer door het huis lopen dat ze op het punt stond te kopen en vervolgens zouden ze naar zijn kantoor gaan om het koopcontract te tekenen.

Terwijl Will achteruit in zijn oude Jeep de oprijlaan afreed, peinsde hij dat het eigenlijk net zo'n dag was geweest als vandaag toen Emily eind december zijn kantoor op Third Avenue was binnengestapt. 'Ik heb net een aanbetaling gedaan op een huis,' had ze tegen hem gezegd. 'En toen ik aan de makelaar vroeg of ze me een notaris aan kon bevelen, gaf ze me drie namen op. Maar ik kan vrij goed inschatten hoe een getuige denkt. Ze gaf de voorkeur aan u. Hier hebt u het voorlopig koopcontract.'

Ze was zo opgewonden over het huis dat ze vergat zichzelf voor te stellen, herinnerde Will zich met een glimlach. Uit de handtekening onder het contract kon hij opmaken hoe ze heette: 'Emily S. Graham'.

Er waren niet zoveel aantrekkelijke jonge vrouwen die in staat waren om twee miljoen contant neer te tellen voor een huis. Maar toen hij had voorgesteld dat ze beter voor de helft van dat be-

drag een hypotheek kon nemen, had Emily gezegd dat het idee dat ze voor een miljoen bij een bank in het krijt stond voor haar onverteerbaar was.
Hij was tien minuten te vroeg, maar ze zat al in het café achter een kop koffie. Will vroeg zich af of dat een poging was om hem op zijn nummer te zetten, of dat ze altijd veel te vroeg voor een afspraak was.
Meteen daarna had hij het gevoel dat ze zijn gedachten kon lezen.
'Ik ben meestal niet de eerste die komt opdraven,' verklaarde ze, 'maar ik ben zo verdraaid opgewonden over de koop van het huis dat ik niet langer kon wachten.'
Na hun eerste ontmoeting in december had hij, toen hij hoorde dat ze maar één huis had bezichtigd, tegen haar gezegd: 'Ik wil mezelf niet benadelen, mevrouw Graham, maar u zei toch dat u dit huis pas één keer hebt gezien? En dat u geen andere huizen hebt bekeken? Dat u nu voor het eerst in Spring Lake bent en dat u geen poging hebt gedaan om af te dingen, maar akkoord bent gegaan met de vraagprijs? Ik vind toch dat u er eerst nog eens goed over na moet denken. Volgens de wet mag u binnen drie dagen op uw bod terugkomen.'
Toen had ze hem verteld dat het huis vroeger van haar familie was geweest en dat de S. in haar naam voor Shapley stond.
Emily gaf haar bestelling op aan de serveerster. Grapefruitsap, één roerei en toast.
Terwijl Will Stafford het menu bekeek, zat zij hem goedkeurend te bestuderen. Hij was absoluut een aantrekkelijke man, een slanke vent van een meter tachtig met brede schouders en vaalblond haar. Hij had een regelmatig gezicht waarin vooral de donkerblauwe ogen en de vierkante kaken opvielen.
Wat haar bij hun eerste ontmoeting zo was bevallen, was die combinatie van spontane hartelijkheid en behoedzame bezorgdheid. Er waren niet veel notarissen die je een advies gaven dat min of meer tegen hun eigenbelang indruiste, dacht ze. Hij was echt bang dat ik overhaast te werk ging.
Behalve die ene dag in januari, toen ze 's morgens op het vliegtuig was gestapt en 's middags alweer terug was gevlogen naar Albany, hadden ze alleen per telefoon en per post contact met el-

kaar gehad. Maar uit alles wat hij had gezegd of gedaan bleek dat Stafford een angstvallig nauwgezette notaris was.
De familie Kiernan, van wie ze het huis kocht, had het maar drie jaar in hun bezit gehad en ze hadden die tijd volledig besteed aan een zorgvuldige restauratie. Ze waren bijna klaar met de inrichting toen Wayne Kiernan een gezaghebbende en lucratieve baan aangeboden kreeg waarvoor hij zich permanent in Londen zou moeten vestigen. Het was voor Emily overduidelijk geweest dat de beslissing om het huis op te geven hun zwaar was gevallen.
Tijdens dat haastige bezoek in januari had Emily samen met de Kiernans kamer voor kamer bekeken en alle Victoriaanse meubels, tapijten en snuisterijen die ze met veel liefde hadden gekocht van hen overgenomen. Het huis stond op een grote lap grond, waar een aannemer net klaar was met de bouw van een paviljoen en nu begon aan het uitgraven van een zwembad.
'Het enige dat ik jammer vind, is dat zwembad,' zei ze tegen Stafford terwijl de serveerster hun kopjes bijvulde. 'Als ik wil zwemmen, ga ik naar de oceaan. Maar omdat het paviljoen er al staat, zou het een beetje dwaas zijn om dat zwembad niet aan te laten leggen. En trouwens, de kinderen van mijn broers zullen het prachtig vinden als ze op bezoek komen.'
Will Stafford had alle administratieve zaken geregeld. Ze kwam tot de conclusie dat hij goed kon luisteren, toen ze tijdens het ontbijt merkte dat ze hem zat te vertellen hoe ze in Chicago was opgegroeid. 'Mijn broers noemen me het nakomelingetje,' zei ze glimlachend. 'Ze zijn tien en twaalf jaar ouder dan ik. Mijn grootmoeder van moeders kant woont in Albany. Ik heb op Skidmore College in Saratoga Springs gezeten, dat ligt op een steenworp afstand, en ik zat in mijn vrije tijd vaak bij haar. Háár grootmoeder was de jongere zuster van Madeline, het negentienjarige meisje dat in 1891 is verdwenen.'
Will Stafford zag Emily's gezicht even betrekken, maar toen zuchtte ze en vervolgde: 'Nou ja, dat is al lang geleden, hè?'
'Héél lang geleden,' beaamde hij. 'Volgens mij heb je me nog niet verteld hoeveel tijd je hier denkt door te brengen. Ben je van plan om er onmiddellijk in te trekken, of wil je het huis alleen in de weekends gebruiken en zo?'
Emily glimlachte. 'Ik ben van plan om erin te trekken zodra de

koopakte is getekend. Alles wat ik nodig heb, is er, zelfs potten, pannen en beddengoed. Morgen verwacht ik de verhuiswagen uit Albany, met de paar dingen die ik hier wil hebben.'
'Heb je nog steeds een huis in Albany?'
'Gisteren was mijn laatste dag daar. Ik ben nog steeds bezig met de inrichting van mijn appartement in Manhattan, dus tot de eerste mei zal ik regelmatig op en neer pendelen tussen het appartement en het huis hier. Op die dag begint mijn nieuwe baan. Daarna zal ik hier alleen maar in de weekends en de vakanties zijn.'
'Je moet goed begrijpen dat ze in de stad vrij nieuwsgierig naar je zijn,' waarschuwde Will haar. 'Ik vind wel dat je moet weten dat ik niet degene ben die heeft verklapt dat je een afstammeling bent van de familie Shapley.'
De serveerster zette net de borden op tafel. Emily vond het niet nodig om te wachten tot ze weg was en zei meteen: 'Will, het is echt niet mijn bedoeling dat geheim te houden. Ik heb het zelf tegen de Kiernans gezegd en ook tegen Joan Scotti, de makelaar. Zij heeft me verteld dat er nog steeds families zijn waarvan de voorouders hier al woonden toen mijn oudtante verdween. Ik zou heel graag willen weten wat die over haar gehoord hebben... afgezien van het feit dat ze kennelijk van de aardbodem is verdwenen. En ze weten ook dat ik gescheiden ben en dat ik in New York ga werken, dus ik heb voor niemand geheimen.'
Hij keek geamuseerd. 'Op de een of andere manier kom je op mij ook niet over als iemand die geheimen heeft.'
Emily hoopte dat haar glimlach er niet gedwongen uitzag. Maar wat ik níét aan de grote klok ga hangen, is dat ik het afgelopen jaar heel wat tijd in de rechtszaal heb moeten doorbrengen zonder dat ik mijn beroep uitoefende, dacht ze. Ze was de gedaagde in het proces dat haar ex-man had aangespannen omdat hij vond dat hij recht had op de helft van het geld dat ze met de aandelen had verdiend en ze had in de getuigenbank gezeten toen de stalker werd berecht.
'En wat mijzelf betreft,' vervolgde Stafford, 'daar heb je niet naar gevraagd, maar ik zal het je toch vertellen. Ik ben een uur hiervandaan geboren en opgegroeid, in Princeton. Mijn vader was president-directeur van Lionel Pharmaceutics in Manhattan. Toen ik

zestien was, gingen mijn moeder en hij uit elkaar en omdat mijn vader zo vaak op reis was, verhuisde ik samen met mijn moeder naar Denver waar ik de middelbare school heb afgemaakt en op de universiteit heb gezeten.'

Hij at zijn laatste saucijsje op. 'Iedere ochtend neem ik me voor om met havermout en fruit te ontbijten, maar een keer of drie per week geef ik toe aan mijn behoefte aan cholesterol. Jij bent kennelijk standvastiger dan ik.'

'Niet altijd. Ik had net al besloten dat ik de volgende keer dat ik hier ontbijt precies hetzelfde ga bestellen wat jij net hebt gegeten.'

'Ik had je een hapje mee moeten geven. Mijn moeder heeft me geleerd dat ik alles hoor te delen.' Hij wierp een blik op zijn horloge en gebaarde dat hij de rekening wilde hebben. 'Ik wil je niet achter de vodden zitten, Emily, maar het is inmiddels halftien. De Kiernans zijn de minst enthousiaste huizenverkopers die ik ooit heb meegemaakt. We mogen ze niet laten wachten, anders lopen we nog de kans dat ze zich bedenken.'

Terwijl ze op de rekening wachtten, zei hij: 'Om mijn allesbehalve spannende levensverhaal af te maken: ik ben getrouwd zodra ik afgestudeerd was. We wisten allebei binnen een jaar dat het een vergissing was.'

'Dan heb je geluk gehad,' merkte Emily op. 'Ik had een veel gemakkelijker leven gehad als ik ook zo slim was geweest.'

'Ik ging terug naar de oostkust en nam een baan aan op de juridische afdeling van Canon & Rhodes, een vooraanstaand makelaarsbedrijf in Manhattan dat je wel zult kennen. Het was een verdomd goeie baan, maar ontzettend veeleisend. Ik was op zoek naar een weekendhuis, kwam hier rondkijken en kocht ten slotte een oud huis waar nog een heleboel aan moest gebeuren. Ik vind het heerlijk om met mijn handen te werken.'

'Maar waarom in Spring Lake?'

'Toen ik nog klein was, logeerden we iedere zomer een paar weken in het Essex and Sussex Hotel. Ik had fijne herinneringen aan die tijd.' Hij haalde zijn schouders op.

De serveerster legde de rekening op het tafeltje. Will wierp er een blik op en pakte zijn portefeuille. 'En twaalf jaar geleden drong het plotseling tot me door dat het wonen hier me goed beviel en het werken in New York helemaal niet, dus toen heb ik hier een kantoor geopend. Ik doe veel onroerend goed, zowel zakenpanden als woonhuizen. En over woonhuizen gesproken, laten we nu maar gauw naar de Kiernans gaan.' Ze stonden tegelijk op.

Maar de Kiernans waren al uit Spring Lake vertrokken en ze kregen van hun notaris te horen dat hij gemachtigd was om de koop af te handelen. Emily liep samen met hem alle kamers door en schepte nog extra genoegen in bouwkundige bijzonderheden die haar de eerste keer niet waren opgevallen.

'Ja, ik ben ervan overtuigd dat alles wat ik heb overgenomen inderdaad aanwezig is en dat het huis in prima staat is,' zei ze tegen hem. Ze deed haar best om zich in te houden en niet te laten merken hoe ongeduldig ze was om de zaak af te ronden, om alleen in het huis achter te blijven, door alle kamers te dwalen en de meubels in de woonkamer anders neer te zetten, zodat de twee banken tegenover elkaar voor de open haard kwamen te staan. Ze moest haar stempel op het huis drukken, er haar éígen huis van maken. Ze had in haar huis in Albany altijd het gevoel gehad dat ze er logeerde, hoewel ze er drie jaar had gewoond... vanaf die keer dat ze een dag eerder dan gepland terug was gekomen van een bezoek aan haar ouders in Chicago en haar man had aangetroffen in een intieme omhelzing met haar beste vriendin, Barbara Lyons. Ze had haar koffers opgepakt, was weer in de auto gestapt en was naar een hotel gegaan. Een week later had ze dat huis gehuurd.

Het huis waar ze met Gary had gewoond, was eigendom van zijn rijke familie. Ze had nooit het gevoel gehad dat het van haar was. Maar het lopen door dit huis leek zintuiglijke herinneringen wakker te schudden. 'Ik krijg bijna het gevoel dat het huis me met open armen ontvangt,' zei ze tegen Will Stafford.

'Volgens mij kan dat best. Je zou die uitdrukking op je gezicht eens moeten zien. Ga je nu mee naar mijn kantoor om alle papieren te tekenen?'

Drie uur later was Emily weer terug bij het huis en reed opnieuw de oprit op. 'Oost west, thuis best,' zei ze vrolijk terwijl ze uit de

auto stapte en de kofferbak opendeed om de boodschappen te pakken die ze na de ondertekening had gekocht.
In de buurt van het nieuwe paviljoen werd een gat gegraven voor het zwembad. Drie mannen waren aan het werk bij de bouwput. Nadat ze door het huis was gelopen, was ze voorgesteld aan Manny Dexter, de voorman. Hij zag dat ze naar hem keek en stak zijn hand op.
Het gedreun van de grondverzetmachine overstemde haar voetstappen terwijl ze haastig over het grijze flagstonepad naar de achterdeur liep. Dit zint me helemaal niet, dacht ze, en hield zichzelf vervolgens opnieuw voor dat het leuk zou zijn om een zwembad te hebben als haar broers met hun gezinnen kwamen logeren.
Ze had kleren aangetrokken waar ze veel van hield, een donkergroen broekpak dat dik genoeg was om de winter te trotseren, en een witte coltrui. Ze was dus warm genoeg gekleed, maar Emily huiverde toch toen ze de zak met boodschappen van haar ene arm naar de andere overhevelde en de sleutel in het slot stak. Een windvlaag blies haar haar in haar gezicht en toen ze het naar achteren schudde, hield ze de zak scheef waardoor een pak cornflakes op de vloer van de veranda viel.
De tel extra die ze nodig had om het pak op te rapen, betekende dat Emily nog steeds buiten stond toen Manny Dexter nerveus tegen de bestuurder van de grondverzetmachine begon te schreeuwen. ‘Zet dat ding af! Hou op met graven! *Er ligt een skelet in het gat!*’

4

Rechercheur Tommy Duggan was het niet altijd eens met zijn baas Elliot Osborne, de officier van justitie van Monmouth County. Tommy wist dat Osborne zijn onafgebroken speurtocht naar de verdwijning van Martha Lawrence als een obsessie beschouwde die er alleen maar toe leidde dat haar moordenaar voortdurend op zijn qui-vive bleef.
‘Als de moordenaar tenminste geen toevallig passerende gek is geweest die haar mee heeft genomen en zich honderden kilome-

ters hiervandaan van haar lijk heeft ontdaan,' was een van de standaardopmerkingen van Osborne.
Tommy was tweeënveertig en inmiddels al vijftien jaar rechercheur. In het verloop van die tijd was hij getrouwd, had twee zoons gekregen en had zijn haargrens naar het noorden zien trekken terwijl zijn taille in oostelijke en westelijke richting uitdijde. Met zijn ronde, opgewekte gezicht en zijn gretige glimlach wekte hij de indruk een gezellige vent te zijn, die nooit iets ernstigers had meegemaakt dan een lekke band.
In werkelijkheid was hij een eersteklas speurder. Bij de politie werd hij bewonderd en benijd, omdat hij in staat was ogenschijnlijk nutteloze inlichtingen op te pikken en daar net zolang achteraan te gaan tot uiteindelijk bleek dat hij aan de hand daarvan zijn zaak kon oplossen. In de loop der jaren had Tommy diverse lucratieve aanbiedingen van commerciële beveiligingsfirma's afgewezen. Hij hield van zijn werk.
Hij had zijn leven lang in Avon by the Sea gewoond, een kustplaatsje op een paar kilometer afstand van Spring Lake. In zijn studententijd had hij eerst als piccolo en daarna als kelner in het Warren Hotel in Spring Lake gewerkt. Zo had hij de grootouders van Martha Lawrence leren kennen die daar regelmatig dineerden.
Vandaag zat hij in zijn privékantoortje opnieuw tijdens de korte lunchpauze die hij zichzelf gunde het dossier van de zaak Lawrence door te kijken. Hij wist dat Elliot Osborne er net zo op gebrand was de moordenaar van Martha Lawrence in de kraag te vatten als hij. Het enige waar ze het niet over eens waren, was de manier waarop ze deze misdaad konden oplossen.
Tommy staarde naar een foto van Martha die op de promenade in Spring Lake was genomen. Ze had een T-shirt en een korte broek aan. Haar lange blonde haar streelde haar schouders en haar glimlach was zonnig en vol zelfvertrouwen. Ze was een mooi meisje van eenentwintig geweest dat, op het moment dat die foto was genomen, nog zeker vijftig of zestig levensjaren voor de boeg had moeten hebben. In plaats daarvan hadden haar nog geen achtenveertig uur geresteerd.
Tommy schudde zijn hoofd en sloeg het dossier dicht. Hij was ervan overtuigd dat hij, door hardnekkig telkens opnieuw bij al-

lerlei mensen in Spring Lake langs te gaan, uiteindelijk op een cruciaal feit zou stuiten, een stukje informatie dat tot dan toe over het hoofd was gezien en dat hem zou helpen de waarheid te achterhalen. Daardoor was hij inmiddels een vertrouwde figuur geworden voor de buren van de familie Lawrence en voor alle mensen die in de laatste uren van haar leven nog contact met Martha hadden gehad.

De staf van het cateringbedrijf, dat op de avond voordat Martha verdween de etenswaren had geleverd voor het feestje bij de familie Lawrence, bestond uit werknemers die al lang in dienst waren. Hij had herhaaldelijk met hen gesproken, maar dat had tot dusver geen inlichtingen opgeleverd waar hij iets mee opschoot.

De meeste gasten die het feest hadden bezocht waren inwoners van Spring Lake, of mensen die er alleen 's zomers woonden maar gedurende de rest van het jaar in de weekends regelmatig gebruik bleven maken van hun huis. Tommy had altijd een kopie van de gastenlijst in zijn portefeuille. Het was een kleine moeite voor hem om naar Spring Lake te rijden en bij een paar van hen langs te gaan voor een praatje.

Martha was verdwenen tijdens het joggen. Een paar van de mensen die regelmatig iedere ochtend gingen joggen, hadden verteld dat ze haar in de buurt van het North Pavilion hadden gezien. Ze waren allemaal grondig nagetrokken en van alle blaam gezuiverd.

Tommy Duggan zuchtte toen hij het dossier dichtsloeg en in de bovenla van zijn bureau legde. Hij geloofde niet dat een of andere toevallige passant op goed geluk in Spring Lake was gestopt en Martha had opgewacht. Hij was er zeker van dat ze was meegelokt door iemand die ze had vertrouwd.

En ik zit weer in mijn vrije tijd te werken, dacht hij kribbig terwijl hij naar de inhoud keek van het lunchpakket dat hij van zijn vrouw had meegekregen.

De dokter had tegen hem gezegd dat hij twintig pond moest afvallen. Terwijl hij een volkoren boterham met tonijn pakte, kwam hij tot de slotsom dat Suzie vast van plan was om hem te laten afvallen door hem uit te hongeren.

Daarna grinnikte hij onwillig en erkende dat hij gewoon cha-

grijnig werd van dat verdomde dieet. Waar hij echt behoefte aan had was een lekker dik belegd broodje ham en kaas, met daarbij een bakje aardappelsalade. En een portie zuur, voegde hij eraan toe.
Terwijl hij een hap van zijn boterham met tonijn nam, overwoog hij dat Osborne weliswaar net weer had gezegd dat hij zich overdreven uitsloofde in verband met de zaak Lawrence, maar dat de familie van Martha dat zeker niet met hem eens was.
Maar toen hij vorige week even bij haar was aangewipt, had Martha's grootmoeder, een knappe tachtigjarige dame met een natuurlijke elegantie, er gelukkiger uitgezien dan hij voor mogelijk had gehouden. Ze had hem meteen het goede nieuws verteld: Martha's zusje, Christine, had net een baby gekregen.
'George en Amanda zijn er helemaal opgewonden van,' had ze gezegd. 'Het is de eerste keer in viereneenhalf jaar dat ik een van beiden oprecht heb zien lachen. Ik weet zeker dat het feit dat ze nu een kleinkind hebben hen zal helpen over het verlies van Martha heen te komen.'
George en Amanda waren Martha's ouders.
En mevrouw Lawrence had eraan toegevoegd: 'Tommy, in zekere zin hebben we ons er allemaal bij neergelegd dat Martha er niet meer is. Ze zou nooit uit vrije wil verdwenen zijn. Maar het spookbeeld dat ons achtervolgt, is het afschuwelijke idee dat een of andere psychopaat haar heeft ontvoerd en gevangen houdt. Het zou minder moeilijk voor ons zijn als we zeker wisten dat ze er niet meer is.'
En 'dat ze er niet meer is' betekende uiteraard dood.
Ze was voor het laatst gezien op de promenade, om halfzeven 's ochtends op 7 september, viereneenhalf jaar geleden.
Terwijl Tommy met frisse tegenzin zijn boterham verorberde, nam hij een besluit. Om zes uur morgenochtend zou hij een van de joggers zijn op de promenade van Spring Lake.
Het zou hem helpen om die twintig pond kwijt te raken, maar daar ging het niet om. Er begon vanbinnen bij hem iets te kriebelen, een gevoel dat hij af en toe kreeg als hij zich volledig op een moordzaak had gestort. En al deed hij nog zo z'n best om het te negeren, het liet hem niet met rust.
Hij zat de moordenaar op de hielen.

Zijn telefoon ging over. Hij pakte de hoorn op terwijl hij een hap nam van de appel die als toetje moest fungeren. Het was de secretaresse van Osborne. 'Tommy, je moet meteen naar beneden. De baas staat bij z'n auto op je te wachten.'
Elliot Osborne stapte net achterin toen Tommy, puffend en wel, bij de gereserveerde parkeerplaats aankwam. Osborne zei niets tot de auto vertrok en de chauffeur de sirene aanzette.
'Er is net een skelet blootgelegd op Hayes Avenue in Spring Lake. De eigenaar liet een kuil graven voor een zwembad.'
Voordat Osborne verder kon gaan, ging de telefoon in de patrouillewagen. De chauffeur nam het gesprek aan en gaf de hoorn over zijn schouder aan de officier van justitie. 'Het is Newton, meneer.'
Osborne hield de telefoon zo dat Tommy ook kon horen wat het hoofd van de gerechtelijke medische dienst zei. 'Je zit met een verdomd lastig geval opgescheept, Elliot. De stoffelijke overschotten van twee mensen zijn hier begraven en zo te zien heeft de een een stuk langer onder de grond gelegen dan de ander.'

5

Nadat ze het alarmnummer had gebeld, holde Emily weer naar buiten waar ze aan de rand van het gapende gat bleef staan en neerkeek op iets dat eruitzag als het geraamte van een mens.
Als strafpleiter had ze tientallen niets verhullende foto's van lijken gezien. Bij een groot aantal daarvan was het gezicht verstard in een uitdrukking van angst. Bij anderen was ze ervan overtuigd geweest dat ze in die starende ogen nog steeds sporen van een smekende blik kon zien. Maar ze was nog nooit zo getroffen geweest als nu, door de aanblik van dit slachtoffer.
Het lichaam was in dik, helder plastic gewikkeld. Het plastic zat inmiddels vol scheuren, maar ondanks het feit dat het vlees was vergaan had het plastic er wel voor gezorgd dat de botten vrijwel onaangetast waren gebleven. Heel even schoot de gedachte door haar hoofd dat ze bij toeval op het stoffelijk overschot van haar oudtante waren gestuit.
Meteen daarna verwierp ze dat idee. In 1891, toen Madeline Shap-

ley was verdwenen, was plastic nog niet uitgevonden, dus zij kon het niet zijn.
Toen de eerste politieauto met gillende sirene over de oprit stoof, ging Emily weer naar binnen. Ze wist dat ze er niet aan zou ontkomen om met de politie te praten en ze had er behoefte aan eerst haar gedachten te ordenen.
'Haar gedachten ordenen'... de uitdrukking van haar grootmoeder. De papieren tas met etenswaren stond op het aanrecht waar ze hem had neergekwakt voor ze naar de telefoon holde. Als een soort robot vulde ze de fluitketel, zette die op het fornuis en stak het gas aan voor ze haar inkopen sorteerde en alles wat aan bederf onderhevig was in de koelkast legde. Ze aarzelde even en begon toen kasten open en dicht te doen.
'Ik weet niet meer waar ik de boodschappen op moet bergen,' zei ze kribbig hardop en besefte toen dat haar vlaag van kinderlijke ergernis het gevolg was van shock.
De ketel begon te fluiten. Een kop thee, dacht ze. Dan zal ik wel weer helder kunnen denken.
In de keuken was een groot raam dat uitzicht bood op de tuin achter het huis. Met haar theekopje in de hand bleef Emily ervoor staan en keek toe hoe het terrein om de graafwerkzaamheden rustig en efficiënt werd afgezet.
Politiefotografen arriveerden en begonnen de ene na de andere foto te schieten van de plek. Ze wist dat het een forensisch specialist moest zijn die omlaag klauterde in de kuil, vlak bij de plaats waar het skelet lag.
Ze wist ook dat het stoffelijk overschot voor onderzoek naar het lijkenhuis zou worden gebracht. En daarna zou een beschrijving van het lichaam in circulatie worden gebracht waarin het geslacht van het slachtoffer stond vermeld, plus een schatting van de lengte, het gewicht en de leeftijd. Met behulp van de gebitsgegevens en het DNA zou de beschrijving vergeleken worden met het signalement van iemand die vermist werd. En op die manier zou voor een ongelukkige familie niet alleen een einde komen aan de martelende onzekerheid, maar ook aan de troosteloze hoop dat de beminde persoon ooit weer thuis zou komen.
Er werd gebeld.

Tommy Duggan stond met een grimmig gezicht naast Elliot Osborne op de veranda te wachten tot de deur open werd gedaan. Na hun gefluisterde overleg met het hoofd van de gerechtelijke medische dienst waren de mannen er allebei van overtuigd dat er een eind was gekomen aan de zoektocht naar Martha Lawrence. Newton had hen verteld dat uit het in plastic gewikkelde geraamte opgemaakt kon worden dat het om een jonge volwassene ging die, voor zover hij kon zien, een volmaakt gebit had gehad. Hij wenste niet te speculeren over de losse menselijke botten die hij in de buurt van het skelet had aangetroffen tot de lijkschouwer ze in het lijkenhuis aan een onderzoek had onderworpen.

Tommy keek even om. 'Er staan daarginds al wat mensen te kijken. Dit zal de familie Lawrence zeker ter ore komen.'

'Dokter O'Brien zal de autopsie zo gauw mogelijk verrichten,' zei Osborne kortaf. 'Hij begrijpt dat iedereen in Spring Lake meteen de overhaaste conclusie zal trekken dat het om Martha Lawrence gaat.'

Toen de deur openging, hadden de mannen allebei hun politiepenning in de hand. 'Ik ben Emily Graham. Kom alstublieft binnen,' zei ze.

Ze had erop gerekend dat het bezoek nauwelijks meer dan een formaliteit zou zijn. 'Ik heb begrepen dat u de koopakte van het huis vanmorgen pas hebt ondertekend, mevrouw Graham,' begon Osborne.

Elliot Osborne behoorde tot het slag overheidsfunctionarissen dat ze vaak had ontmoet. Ze waren altijd onberispelijk gekleed, hoffelijk en intelligent. Bovendien wisten ze precies hoe ze zichzelf aan het publiek moesten presenteren en lieten het saaie, dagelijkse werk over aan hun ondergeschikten. Ze wist dat hij later zijn aantekeningen en indrukken met die van rechercheur Duggan zou vergelijken.

En ze had heel goed door dat rechercheur Duggan haar ondanks zijn correcte, ernstige gezicht scherp stond op te nemen.

Ze stonden in de hal waar het enige meubilair bestond uit een ouderwetse, Victoriaanse love seat, een tweezitsbankje in de vorm van een S. Toen ze het huis die eerste dag had bezichtigd, had gezegd dat ze het wilde kopen en eraan had toevoegd dat ze ook graag een deel van de meubels over wilde nemen, had Theresa

Kiernan, de vorige eigenares, haar met een vaag glimlachje op de love seat gewezen. 'Ik ben dol op dat bankje, maar geloof me, het is puur decoratief. Het is zo laag dat je in problemen komt met de zwaartekracht als je op wilt staan.'

Op verzoek van Emily liepen Osborne en rechercheur Duggan mee naar de woonkamer. Ik was van plan geweest vanmiddag de banken te verzetten, dacht ze terwijl ze achter haar aan onder de toog door liepen. Ik wilde ze tegenover elkaar voor de open haard hebben. Ze probeerde een groeiend gevoel van onwerkelijkheid te onderdrukken.

Duggan had onopvallend een notitieboekje te voorschijn gehaald.

'We willen u alleen maar een paar simpele vragen stellen, mevrouw Graham,' zei Osborne vriendelijk. 'Hoe lang komt u al naar Spring Lake?'

Het verhaal dat ze drie maanden geleden voor het eerst hiernaartoe was gereden en meteen het huis had gekocht, klonk haar zelf bijna belachelijk in de oren.

'U was hier nooit eerder geweest en besloot impulsief een huis als dit te kopen?' Het ongeloof klonk duidelijk door in de stem van Osborne.

Emily zag dat Duggan haar met een peinzende blik in zijn ogen zat aan te kijken. Ze koos haar woorden zorgvuldig. 'Ik ben in een opwelling naar Spring Lake gereden, omdat ik er mijn hele leven al nieuwsgierig naar ben geweest. Mijn familie heeft dit huis in 1875 laten bouwen. Het is tot 1892 in hun bezit geweest, maar ze hebben het verkocht nadat hun oudste dochter, Madeline, in 1891 spoorloos was verdwenen. Toen ik in het kadaster opzocht waar het huis precies stond, kwam ik erachter dat het te koop stond. Ik ging het bekijken, werd er meteen verliefd op en heb het gekocht. Meer kan ik u er niet over vertellen.'

Ze begreep niet waarom ze er allebei zo verbaasd uitzagen. 'Het was niet eens tot me doorgedrongen dat dit het Shapley-huis was,' zei Osborne. 'We denken dat het om het stoffelijk overschot gaat van een jonge vrouw die meer dan vier jaar geleden is verdwenen toen ze op bezoek was bij haar grootouders in Spring Lake.' Met een kort gebaar beduidde hij Duggan dat dit niet het juiste moment was om over het tweede skelet te beginnen.

Emily voelde dat ze doodsbleek werd. 'Een jonge vrouw is vier

jaar geleden verdwenen en ligt hier begraven?' fluisterde ze. 'Lieve hemel, hoe is dat mogelijk?'
'Het is een trieste dag voor deze gemeenschap.' Osborne stond op. 'Ik ben bang dat we de plaats afgeschermd moeten houden tot ze alles grondig onderzocht hebben. Zodra dat gebeurd is, kunt u uw aannemer weer verder laten graven aan uw zwembad.'
Er komt geen zwembad, dacht Emily.
'Er zal ongetwijfeld veel aandacht van pers en tv komen. We zullen ons best doen om te voorkomen dat ze u lastig vallen,' zei Osborne. 'De kans bestaat dat we later nog een keer met u willen praten.'
Terwijl ze naar de voordeur liepen, begon de bel hardnekkig te rinkelen.
De verhuiswagen uit Albany was gearriveerd.

6

Voor de inwoners van Spring Lake was de dag op de gebruikelijke, ordelijke manier begonnen. De meeste forensen hadden zich op het station gemeld voor de anderhalf uur durende reis naar hun werk in New York City. Anderen hadden hun auto's in het naburige Atlantic Highlands geparkeerd en waren in de turbowatertaxi gestapt die hen na een snelle tocht afleverde op een pier aan de voet van het World Financial Center.
Daar, onder het waakzame oog van het Vrijheidsbeeld, waren ze op een holletje op weg gegaan naar hun kantoor. Een groot deel van hen werkte in de financiële sector als effectenmakelaar of op hoge posities bij beleggingsmaatschappijen. De rest bestond voornamelijk uit juristen en bankiers.
In Spring Lake verliep de ochtend geruststellend normaal. Kinderen meldden zich in de klaslokalen van de openbare school en op St. Catherine's. De smaakvolle winkels op de pittoreske Third Avenue openden hun deuren. Het Sisters Café bleek om twaalf uur één van de populairste plaatsen om te gaan lunchen. Makelaars leidden kandidaat-kopers rond langs te koop staande panden en legden uit dat een huis in deze omgeving nog altijd een uitstekende investering was, zelfs met de huidige prijsstijgingen.

De verdwijning van Martha Lawrence, inmiddels viereneenhalf jaar geleden, hing als een donkere wolk boven het hoofd van de inwoners, maar afgezien van die vreselijke gebeurtenis kwamen zware misdaden in deze stad nauwelijks voor.

Maar op deze winderige eerste dag van de lente kreeg dat plaatselijke gevoel van zekerheid een behoorlijke schok te verduren.

Binnen de kortste keren was in de hele stad bekend dat er voor de politie werk aan de winkel was op Hayes Avenue. Het gerucht dat de stoffelijke resten van een mens waren gevonden volgde snel. De bestuurder van de grondverzetmachine maakte stiekem gebruik van zijn mobiele telefoon om zijn vrouw te bellen.

'Ik heb het hoofd van de gerechtelijke medische dienst horen zeggen dat hij aan de hand van de botten vermoedt dat het om een jonge volwassene gaat,' fluisterde hij. 'En er ligt nog iets anders daar beneden, maar ze willen niet zeggen wat dat is.'

Zijn vrouw belde onmiddellijk al haar vriendinnen op. Een van hen was een tipgeefster van het CBS-netwerk en zij gaf het nieuws meteen door. Een helikopter werd op pad gestuurd om een reportage te maken.

Iedereen was ervan overtuigd dat het slachtoffer Martha Lawrence zou blijken te zijn. Goede vrienden meldden zich een voor een bij het huis van de familie Lawrence. Een van hen nam de taak op zich om Martha's ouders in Philadelphia op te bellen.

Nog voordat ze officieel op de hoogte werden gesteld, annuleerden George en Amanda Lawrence het voorgenomen bezoek aan hun oudste dochter in Bernardsville, New Jersey, om hun nieuwe kleindochter te zien. In plaats daarvan gingen ze met lood in hun schoenen op weg naar Spring Lake.

Om zes uur, toen de avond bezit nam van de oostkust, ging de pastoor van St. Catherine's samen met de officier van justitie naar het huis van de familie Lawrence. De tandartsgegevens van Martha, waarin tot in de kleinste bijzonderheden het gebit werd beschreven waaraan ze haar stralende glimlach dankte, bleken exact overeen te stemmen met de afdruk die dr. O'Brien tijdens de autopsie had gemaakt.

Een paar strengen van wat lang, blond haar was geweest, zaten nog steeds aan de achterkant van de schedel vast. Ze waren precies hetzelfde als de losse haren die de politie na haar verdwij-

ning op Martha's hoofdkussen en in haar borstel had aangetroffen.
De stad werd ondergedompeld in een gevoel van collectieve rouw. De politie had besloten om voorlopig geen ruchtbaarheid te geven aan de vondst van de overblijfselen van een tweede skelet. Die waren eveneens van een jonge vrouw en het hoofd van de gerechtelijke medische dienst had vastgesteld dat ze meer dan honderd jaar onder de grond hadden gelegen.
Bovendien zou niet bekend worden gemaakt dat Martha gedood was met behulp van een zijden sjaal met een franje van metalen kraaltjes, die stijf om haar nek zat geknoopt.
Maar het meest huiveringwekkende feit dat de politie nog niet prijs wenste te geven, was de ontdekking dat Martha samen met een vingerkootje van het honderd jaar oude slachtoffer in haar plastic lijkwade was begraven en dat er aan dat kootje nog steeds een saffieren ring had gebungeld.

7

Ondanks het hypermoderne alarmsysteem en de politieman die in het paviljoen zat om de plaats van het misdrijf te bewaken, voelde Emily zich de eerste nacht in haar nieuwe huis niet op haar gemak. Het heen-en-weergeloop van de verhuizers, plus het feit dat daarna alles uitgepakt en het huis weer opgeruimd moest worden, hadden tijdens de rest van de middag afleiding genoeg gebracht. Voor zover dat mogelijk was, had ze haar best gedaan zich niets aan te trekken van de drukte in de achtertuin, de rustige, zich keurig gedragende toeschouwers op straat en het doordringende lawaai van de helikopter die boven het huis in de lucht hing.
Om zeven uur had ze een salade gemaakt, een aardappel in de schil gekookt en de lamskoteletjes geroosterd die ze 's middags had gekocht om de koop van het huis te vieren.
Maar hoewel ze alle rolgordijnen had gesloten en de kachel in de keuken op de hoogste stand had gezet, voelde ze zich nog steeds ontzettend kwetsbaar.
Bij wijze van afleiding was ze met een boek dat ze heel graag wil-

de lezen aan tafel gaan zitten, maar wat ze ook probeerde, ze bleef onrustig. Een paar glazen chianti hielpen niet om warm te worden en zich te ontspannen. Ze hield van koken en haar vrienden beweerden altijd dat ze zelfs van de meest simpele maaltijd iets bijzonders kon maken. Maar vanavond proefde ze nauwelijks wat ze at. Ze las het eerste hoofdstuk van het boek twee keer en ze kon er nog steeds geen touw aan vastknopen.

Ze kon de kwellende wetenschap dat het lichaam van een jonge vrouw op haar grondgebied was gevonden niet uit haar hoofd zetten. Ze hield zichzelf voor dat het een ironisch toeval moest zijn dat haar oudtante uit dezelfde tuin was verdwenen waarin vandaag een andere jonge vrouw die in Spring Lake was verdwenen, was aangetroffen.

Maar terwijl ze de keuken opruimde, de kachel uitzette, alle deuren controleerde en het alarm inschakelde dat bij de eerste de beste poging om een raam of een deur te forceren af moest gaan, raakte Emily er langzaam maar zeker van overtuigd dat er om een onverklaarbare reden verband bestond tussen de dood van haar familielid en de dood van dat jonge meisje viereneenhalf jaar geleden.

Met het boek onder haar arm liep ze de trap op naar de eerste verdieping. Het was pas negen uur, maar ze wilde niets anders meer dan douchen, een lekkere warme pyjama aantrekken en in bed gaan liggen lezen, tv kijken, of allebei.

Net als gisteravond, dacht ze.

De Kiernans hadden haar de huishoudelijke hulp aanbevolen die twee keer per week bij hen kwam, Doreen Sullivan. Bij het ondertekenen van de koopakte had hun notaris verteld dat ze bij wijze van welkomstgeschenk Doreen opdracht hadden gegeven het huis op te ruimen, de bedden te verschonen en schone handdoeken in de badkamers en de toiletten te hangen.

Het huis stond op een hoek, een straat verwijderd van de oceaan. De ramen op het zuiden en het oosten van de hoofdslaapkamer boden uitzicht op zee. Twintig minuten nadat ze naar boven was gegaan, had Emily zich gedoucht en omgekleed. Ze voelde zich iets meer ontspannen toen ze de sprei terugsloeg van het hoofdeinde van het bed dat met dezelfde stof was bekleed.

Toen aarzelde ze. Had ze de voordeur wel vergrendeld?

Het alarmsysteem was wel ingeschakeld, maar ze wilde het toch zeker weten.
Geërgerd over haar eigen gedrag liep ze snel vanuit de slaapkamer naar de overloop. Boven aan de trap drukte ze op de schakelaar van de kroonluchter in de hal en haastte zich naar beneden.
Voordat ze de voordeur had bereikt, zag ze de envelop al die eronderdoor was geduwd. Lieve god, niet weer, dacht ze terwijl ze zich bukte om hem op te pakken. Laat die toestand niet opnieuw beginnen!
Ze scheurde de envelop open. Zoals ze had gevreesd zat er een kiekje in, het silhouet van een vrouw voor een raam, van achteren verlicht. Ze stond er even naar te turen voor het tot haar doordrong dat zij de vrouw op de foto was.
En toen wist ze het weer.
Gisteravond. In de Candlelight Inn. Toen ze het raam op een kier had gezet, had ze even naar buiten staan kijken voor ze het rolgordijn had laten zakken.
Er had iemand op de promenade gestaan. Nee, dacht ze, dat kan helemaal niet. Ze had naar de promenade gekeken en daar was niemand te zien geweest.
Iemand die op het strand had gestaan, had een foto van haar gemaakt, ontwikkeld en afgedrukt en die in het afgelopen uur onder de deur door geduwd. Er had niets gelegen toen ze naar boven ging.
Het leek alsof de persoon die haar in Albany zo hardnekkig had lastig gevallen haar naar Spring Lake was gevolgd! Maar dat kon helemaal niet. Ned Koehler zat in Gray Manor, een gesloten psychiatrische inrichting in Albany.
De telefoon in het huis was nog niet aangesloten. Haar mobiele telefoon lag in de slaapkamer. Met de foto in haar hand rende ze naar boven. Haar vingers trilden toen ze het nummer van inlichtingen intoetste.
'Inlichtingen' over lokale en interlokale nummers, goeden...'
'Albany, New York. Het Gray Manor Hospitaal.' Tot haar ontzetting kon ze nauwelijks meer dan een gefluister opbrengen.
Even later had ze de hoofdverpleegkundige aan de lijn die nachtdienst had op de afdeling waar Ned Koehler was opgenomen.

Ze vertelde wie ze was.
'Ik herken uw naam,' zei de verpleegkundige. 'U bent degene die hij lastig viel.'
'Heeft hij verlof gekregen?'
'Koehler? Geen denken aan, mevrouw Graham.'
'Bestaat de kans dat hij erin is geslaagd om zonder toestemming weg te gaan?'
'Ik heb hem nog geen uur geleden tijdens mijn avondronde in bed zien liggen.'
Het beeld van Ned Koehler stond Emily plotseling weer scherp voor de geest: een tengere man van begin veertig, kalend, met een aarzelende manier van spreken en doen. In de rechtszaal had hij tijdens het hele proces geluidloos zitten huilen. Zij was de advocaat geweest van Joel Lake, die ervan beschuldigd was dat hij Neds moeder bij een verprutste inbraak had vermoord.
Toen de jury Lake vrijsprak, was Ned Koehler stapelgek geworden en had zich vanaf de andere kant van de zaal op haar gestort. Emily kon zich de schuttingtaal die hij had uitgebraakt nog goed herinneren. Hij zei tegen me dat ik een moordenaar vrijspraak had bezorgd. Er moesten twee parketwachten aan te pas komen om hem in bedwang te houden.
'Hoe gaat het met hem?' vroeg ze.
'Het is nog steeds hetzelfde liedje... hij beweert dat hij onschuldig is.' De stem van de verpleegkundige klonk geruststellend. 'Mevrouw Graham, het komt vaak voor dat slachtoffers van een stalker zich zorgen blijven maken, ook al zit de stalker inmiddels achter slot en grendel. Ned kan echt niet weg.'
Toen ze de telefoon neerlegde, dwong Emily zichzelf om de foto goed te bekijken. Ze stond midden voor het raam en ze besefte dat ze een gemakkelijk doelwit was geweest voor iemand die in plaats van een camera een pistool bij zich had gehad.
Ze moest de politie bellen. Of naar de agent gaan die in het paviljoen in de achtertuin zat. Maar ik wil de deur niet opendoen. Stel je voor dat hij er niet is. Stel je voor dat er iemand anders zit.
Het alarmnummer...
Nee, het nummer van het politiebureau stond op de kalender in de keuken. Ze wilde niet dat de politie met gillende sirene naar

het huis toe kwam. De alarminstallatie was ingeschakeld. Er kon niemand binnenkomen.
De agent die haar telefoontje aannam, stuurde meteen een patrouillewagen naar haar toe. Het zwaailicht stond aan, maar de chauffeur had de sirene niet aangezet.
Het was een jonge smeris, waarschijnlijk niet ouder dan een jaar of tweeëntwintig. Ze liet hem de foto zien en vertelde hem alles over de stalker in Albany.
'Weet u zeker dat hij niet ontslagen is, mevrouw Graham?'
'Ik heb de inrichting net gebeld.'
'Als u het mij vraagt, is het een of andere jonge wijsneus die weet dat u dat soort moeilijkheden hebt gehad en die nu een practical joke met u uithaalt,' zei hij sussend. 'Hebt u een paar plastic zakjes voor me?'
Hij pakte eerst de foto en daarna de envelop bij een hoekje vast voor hij ze in de zakjes liet vallen. 'We gaan controleren of er vingerafdrukken op staan,' legde hij uit. 'Ik zal ze meteen wegbrengen.' Ze liep samen met hem naar de deur.
'Vanavond zullen we de voorkant van het huis goed in de gaten houden en we zullen de agent in de achtertuin waarschuwen dat hij zijn ogen open moet houden,' zei hij tegen haar. 'U hoeft zich niet ongerust te maken.'
Misschien niet, dacht Emily toen ze de deur achter hem dichtdeed en vergrendelde.
Toen ze weer in bed stapte, trok ze de dekens op en dwong zichzelf het licht uit te doen. Toen Ned Koehler betrapt werd en naar die inrichting moest, is dat met veel publiciteit gepaard gegaan, dacht ze. Misschien is deze persoon een na-aper, een copycat.
Maar waaróm? En een andere verklaring was er toch niet voor? Ned Koehler was schuldig. Natuurlijk was hij schuldig. De stem van de hoofdverpleegkundige: 'Nog steeds hetzelfde liedje'... dat hij onschuldig was.
Was dat waar? Als dat inderdaad het geval was, liep de echte stalker dan nog steeds vrij rond en zou ze dan weer het mikpunt worden van zijn onwelkome attenties?
Het was al bijna ochtend toen Emily, gerustgesteld door de eerste sporen daglicht, eindelijk in slaap viel. Ze werd om negen uur wakker van het geblaf van de honden die de politie had meege-

bracht om hen te helpen bij het zoeken naar andere slachtoffers die mogelijk op haar grondgebied begraven waren.

8

Clayton en Rachel Wilcox behoorden tot de gasten die de avond voordat Martha Lawrence was verdwenen het feestje van haar grootouders hadden bijgewoond. Sindsdien hadden ze, net als alle andere gasten, regelmatig rechercheur Tom Duggan over de vloer gehad.

Ze hadden het schokkende nieuws dat Martha's lichaam was gevonden wel gehoord, maar in tegenstelling tot een groot aantal andere gasten die ook aanwezig waren geweest bij die laatste feestelijke bijeenkomst waren ze niet meteen naar het huis van de familie Lawrence gegaan. Rachel had haar man erop gewezen dat alleen de intiemste vrienden welkom zouden zijn bij zo'n verdrietige gelegenheid. Haar stem had zo beslist geklonken, dat tegenspraak uitgesloten was.

Rachel was vierenzestig, een knappe vrouw met schouder-lang staalgrijs haar dat altijd keurig opgestoken was. Ze was lang en mede dankzij haar onberispelijke houding straalde ze gezag uit. Haar huid, zonder een spoortje make-up, was fris en stevig. Haar grijsblauwe ogen blikten onveranderlijk streng de wereld in.

Dertig jaar geleden, toen Clayton haar als een verlegen, bijna veertigjarige subrector het hof had gemaakt, had hij Rachel vol genegenheid vergeleken met een viking. 'In mijn verbeelding zie ik je aan het roer van een schip staan, gewapend voor de strijd, terwijl de wind door je haren strijkt,' had hij gefluisterd.

Inmiddels noemde hij Rachel in gedachten altijd 'de viking'. Maar dat was allang geen koosnaampje meer. Clayton was constant op zijn qui-vive en deed altijd zijn uiterste best de vernietigende toorn van zijn vrouw te vermijden. Maar als hij haar toch op de een of andere manier kwaad had gemaakt, kon ze hem met haar scherpe tong ongenadig de oren wassen. Hij had al in het begin van hun huwelijk ontdekt dat bij haar nooit sprake zou zijn van vergeven en vergeten.

Het feit dat ze een paar uur voor de verdwijning van Martha nog te gast waren in het huis van de familie Lawrence, leek hem voldoende reden voor een kort condoléancebezoek, maar Clayton was zo verstandig om dat niet voor te stellen. In plaats daarvan luisterde hij gelaten naar Rachels bitse commentaar terwijl ze naar het journaal van elf uur zaten te kijken.

'Het is allemaal natuurlijk heel triest, maar dit zal er in ieder geval voor zorgen dat die rechercheur ons niet meer om de haverklap lastig komt vallen,' zei ze.

Het zit er dik in dat Duggan nu zelfs nog vaker langs zal komen, dacht Clayton. Hij was een grote man met een dikke bos ruig haar en schrandere ogen, die precies leek op de academicus die hij was geweest.

Toen hij twaalf jaar geleden op zijn vijfenvijftigste met pensioen was gegaan als rector magnificus van Enoch College, een kleine maar gezaghebbende universiteit in Ohio, was hij samen met Rachel voorgoed naar Spring Lake verhuisd. Hij had de stad leren kennen toen hij als jong knulletje bij een oom logeerde die hier woonde en in de loop der jaren was hij regelmatig teruggekomen. Bij wijze van hobby had hij zich vol enthousiasme op de plaatselijke geschiedenis gestort en hij stond inmiddels bekend als de officieuze stadshistoricus.

Rachel had zich als vrijwilliger gemeld bij een aantal plaatselijke liefdadigheidsinstellingen, waar ze bewonderd werd voor haar organisatietalent en haar inzet hoewel niemand echt goed met haar kon opschieten. Ze had er ook voor gezorgd dat iedereen er goed van doordrongen was dat haar man rector magnificus van een universiteit was geweest en dat zijzelf aan Smith had gestudeerd. 'Alle vrouwen in onze familie, te beginnen met mijn grootmoeder, hebben aan Smith gestudeerd,' verklaarde ze dan. Ze had Clayton het slippertje met een van zijn collega-professoren, drie jaar na hun trouwdag, nooit vergeven. Later was ze helemaal verbitterd geraakt na de vergissing die hem noopte om niet alleen met onmiddellijke ingang zijn baan bij Enoch College op te geven, maar ook de levensstijl waarvan zij had gehouden.

Toen een portret van Martha Lawrence het hele scherm vulde, voelde Clayton Wilcox zijn handen klam worden van angst. Er was nog iemand anders geweest met lang blond haar en een verrukkelijk lichaam. Hoe zorgvuldig zou de politie de achtergrond

natrekken van de mensen die destijds op dat feestje waren geweest, nu Martha's stoffelijk overschot was gevonden? Zijn mond en zijn keel waren plotseling zo droog dat hij moest slikken.
'Martha Lawrence logeerde bij haar grootouders voordat ze haar studie weer zou oppakken,' zei Dana Tyler, de presentatrice van CBS.
'Ik heb jou op dat feestje gevraagd of je mijn sjaal bij je wilde houden,' klaagde Rachel voor de duizendste keer. 'Maar natuurlijk slaagde je er weer in om die kwijt te raken.'

9

Todd, Scanlon, Klein & Todd, een in het hele land befaamd advocatenkantoor dat was gevestigd op Park Avenue South in Manhattan, was opgericht door Walter Todd. Zoals hij zelf vertelde: 'Vijfenveertig jaar geleden vestigde ik mezelf als advocaat in een winkeltje in de buurt van het gerechtsgebouw. Er kwam geen kip naar me toe. Ik sloot vriendschap met de ambtenaren die de borgtocht moesten regelen voor beklaagden. Ik kon goed met ze opschieten en ze begonnen hun cliënten te vertellen dat ik een goede advocaat was. En nog goedkoop ook.'
De andere Todd in de firmanaam was Walters zoon, Nicholas. 'Hij lijkt op me, hij praat net zoals ik en voordat hij op z'n top is, zal hij net zo'n goede advocaat zijn als ik,' pochte Walter Todd vaak. 'Ik zweer dat Nick nog vrijspraak zou kunnen krijgen voor de duivel in eigen persoon.'
'Dat beschouw ik niet echt als een compliment, pa,' protesteerde Nick dan, maar daar trok Walter zich niets van aan.
Op 21 maart werkten Nick Todd en zijn vader 's avonds door aan de voorbereidingen van een proces dat voor de deur stond en daarna ging Nick mee om bij zijn ouders te eten in hun ruime appartement op U.N. Plaza.
Om tien voor elf stond hij op het punt te vertrekken, maar hij besloot nog even te wachten en samen met hen naar het elf uur journaal van CBS te kijken. 'Misschien hebben ze iets over het proces,' zei hij. 'Het gerucht gaat dat we proberen het met de aanklager op een akkoordje te gooien.'

Het verhaal over Martha Lawrence was het voornaamste nieuws.
'Die arme familie,' zei z'n moeder met een zucht. 'Het zal wel beter voor ze zijn om zekerheid te hebben, maar om een kind te verliezen...' Anne Todds stem stokte. Toen Nick twee jaar was, had ze het leven geschonken aan een meisje dat ze Amelia hadden genoemd. Ze had maar één dag geleefd.
Volgende week zou ze zesendertig zijn geworden, dacht Anne. Zelfs vlak na haar geboorte leek ze al op mij. In gedachten zag ze de levende Amelia voor zich, een jonge vrouw met donker haar en blauwgroene ogen. Ik weet zeker dat ze net zoveel van muziek zou hebben gehouden als ik. Dan hadden we samen naar concerten kunnen gaan...
Ze drong de tranen terug die haar altijd in de ogen sprongen als ze aan de dochter dacht die ze had verloren.
Nick besefte plotseling wat hem door het achterhoofd had gespeeld. 'Spring Lake is toch dat stadje waar Emily Graham een huis heeft gekocht?' vroeg hij.
Walter Todd knikte. 'Ik vraag me nog steeds af waarom ik ermee akkoord ben gegaan dat ze pas in mei begint,' zei hij nors. 'We zouden haar nu goed kunnen gebruiken.'
'Misschien dacht u wel, nadat u haar in Albany had gezien, dat ze de moeite waard was om op te wachten,' suggereerde Nick goedgemutst.
Het beeld van Emily Graham stond hem plotseling weer helder voor de geest. Voordat ze haar die baan hadden aangeboden, was hij samen met zijn vader naar Albany gegaan om haar in de rechtszaal aan het werk te zien. De manier waarop ze vrijspraak had weten te krijgen voor een cliënt die terecht had moeten staan wegens dood door nalatigheid was briljant geweest.
Daarna was ze met hen gaan lunchen. Nick kon zich nog goed de complimentjes herinneren waarmee zijn doorgaans zo zwijgzame vader haar had overladen.
Ze lijken als twee druppels water op elkaar, dacht hij nu. Als ze een zaak op zich hebben genomen, zijn ze bijna bereid om een moord te doen voor hun cliënt.
Vanaf het moment dat ze een appartement in New York had gekocht, was Emily een paar keer bij hen op bezoek geweest, om haar kantoor in te richten en kennis te maken met het personeel.

Nick besefte dat hij vol verlangen uitkeek naar het moment dat hij haar iedere dag zou kunnen zien.
Hij hees zijn slungelachtige, een meter vijfentachtig lange lijf overeind en stond op. 'Ik ga ervandoor. Ik wil morgenvroeg naar de fitness en we hebben een lange dag achter de rug.'
Zijn moeder liep met hem mee naar de deur. 'Ik wou dat je iets op je hoofd had,' zei ze bezorgd. 'Het is verschrikkelijk koud buiten.'
Hij bukte zich en kuste haar wang. 'Je vergeet nog te zeggen dat ik ook een sjaal om had moeten doen.'
Anne aarzelde en wierp een snelle blik op de huiskamer waar haar man nog steeds geconcentreerd naar het nieuws zat te kijken. 'Nick, vertel me alsjeblieft wat er aan de hand is. En probeer maar niet te ontkennen dat er iets mis is. Ben je ziek zonder mij daar iets van verteld te hebben?'
'Geloof me nou maar, ik ben zo gezond als een vis,' stelde hij haar gerust. 'Dat Hunter-proces zit me alleen een beetje dwars.'
'Maar pa zit daar helemaal niet over in,' protesteerde Anne. 'Hij heeft gezegd dat het ergste wat jullie kan overkomen is dat de stemmen van de jury staken. Maar wat dat betreft, lijk je op mij. Je maakt je altijd zorgen.'
'We staan quitte. Jij maakt je zorgen over mij en ik maak me zorgen over het proces.'
Ze moesten allebei lachen. Vanbinnen lijkt Nick sprekend op mij, dacht Anne. Maar uiterlijk is hij Walter ten voeten uit, tot aan de rimpels in zijn voorhoofd als hij geconcentreerd is.
'Je moet niet zo vaak fronsen,' zei ze, terwijl ze de deur opendeed.
'Ik weet het. Daar krijg ik rimpels van.'
'En maak je niet druk over dat proces. Je weet best dat jullie dat toch wel zullen winnen.'
In de lift, op weg naar beneden vanaf de zesendertigste verdieping, dacht Nick: Maar daar gaat het nu juist om, mam. We zullen het winnen aan de hand van een technisch detail en die schoft zal zijn terechte straf ontgaan. Hun cliënt was een onbetrouwbare advocaat die zich geld had toegeëigend dat op naam stond van erfgenamen van een nalatenschap, voor het merendeel mensen die echt om dat geld zaten te springen.

Hij besloot om naar het centrum te lopen en daar in de ondergrondse te stappen naar zijn koopflat in SoHo. Maar zelfs de frisse avondlucht kon het gedeprimeerde gevoel dat hem steeds vaker bekroop niet wegnemen. Hij liep over Times Square zonder echt aandacht te schenken aan de glinsterende neonreclames.
Je hoeft geen Lady Macbeth te zijn en iemand te vermoorden om het gevoel te krijgen dat er bloed aan je handen kleeft, dacht hij grimmig.

DONDERDAG 22 MAART

10

Vanaf het moment dat de graafwerkzaamheden voor het zwembad begonnen, had hij geweten dat de kans erin zat dat ze op Martha's lijk zouden stuiten. Hij hoopte alleen dat het vingerkootje zich nog steeds ongeschonden in de plastic lijkwade bevond. Maar zelfs als dat niet het geval was, zouden ze in ieder geval de ring vinden. Volgens alle berichten werd iedere vierkante centimeter van de opgraving met de hand afgezocht.

Natuurlijk ging het te ver om van de lijkschouwer te verwachten dat hij zou beseffen dat Martha en Madeline op precies dezelfde manier waren gestorven. Martha met de sjaal die stijf om haar nek was geslagen, Madeline met de gesteven witte linnen ceintuur die van haar middel was gerukt toen ze probeerde te vluchten.

Díé passage uit het dagboek kende hij uit zijn hoofd.

Het is vreemd om te beseffen dat Madeline al begreep dat ze een vergissing had gemaakt door binnen te komen, toen ik nog geen vinger naar haar had uitgestoken. Die lange, slanke vingers plukten nerveus aan haar rok, hoewel haar gelaatsuitdrukking niet veranderde.

Ze keek toe hoe ik de deur op slot deed.

'Waarom doet u dat?' vroeg ze.

Ze moet iets in mijn ogen hebben gelezen, want haar hand vloog naar haar mond. Ik zag de spieren in haar nek bewegen toen ze een vergeefse poging deed om te gillen. Ze was te bang om iets anders te doen dan 'Alstublieft' te fluisteren.

Ze probeerde langs me heen naar het raam te rennen, maar ik greep haar bij haar ceintuur, rukte die van haar af, pakte hem met twee handen vast en sloeg hem om haar nek. Vanaf dat moment probeerde ze me met verrassend veel kracht te schoppen en te slaan. In plaats van zich als een bevend lammetje naar de slachtbank te laten leiden, vocht ze als een tijgerin voor haar leven.

Later nam ik een bad, verkleedde me en bracht een bezoek aan haar ouders, die zich inmiddels bezorgd afvroegen waar ze was gebleven.

As tot as. Stof tot stof.
Alle kranten hadden een foto van Martha op de voorpagina, zelfs de *Times*. En waarom ook niet? Het was interessant nieuws wanneer het lichaam van een mooie jonge vrouw was gevonden, vooral als ze uit een bevoorrecht gezin kwam en uit een chic en schilderachtig plaatsje afkomstig was. Het zou nog veel interessanter nieuws zijn geweest, als bekend was gemaakt dat ze een vingerkootje met een ring in het plastic hadden aangetroffen. Als ze het inderdaad hadden gevonden, hoopte hij dat het tot hen door zou dringen dat hij het in Martha's hand had gestopt.
Haar hand was nog steeds warm en gewillig geweest.
Zusters in de dood, honderdentien jaar na elkaar.
Er was aangekondigd dat de officier van justitie om elf uur een persconferentie zou geven. Het was nu vijf voor elf.
Hij stak zijn hand uit en zette de tv aan voor hij achteroverleunde en vol verwachting grinnikte.

11

Een kwartier voor aanvang van zijn geplande persconferentie bracht Elliot Osborne zijn assistenten op de hoogte van wat hij wel en niet aan de pers zou doorgeven.
Hij zou de uitslag van de autopsie bekendmaken en meedelen dat wurging de doodsoorzaak was geweest. Hij zou niet, nadrukkelijk níét, vertellen dat een sjaal als moordwapen had gefungeerd en ook niet dat er een franje van metalen kraaltjes aan had gezeten. Hij zou zeggen dat het lichaam van het slachtoffer was gewikkeld in een dikke laag plastic, die ervoor had gezorgd dat het geraamte intact was gebleven, ook al was het plastic inmiddels gescheurd en gedeeltelijk verpulverd.
'Bent u van plan om iets over dat vingerkootje te zeggen, meneer? Dat zou de poppen echt aan het dansen brengen.'
Pete Walsh was net gepromoveerd tot de rang van rechercheur.

Hij was intelligent en jong. En hij kon niet wachten om ook een duit in het zakje te doen, dacht Tommy Duggan zuur. Met een vleugje tevredenheid hoorde hij de baas zeggen dat Walsh hem uit moest laten praten, hoewel hij zich een rotzak voelde toen het gezicht van Walsh zo rood werd als een biet.

Hij was hier samen met Osborne al bij het krieken van de dag teruggekomen. Ze hadden het voltooide autopsierapport van O'-Brien regel voor regel bestudeerd en de hele zaak nog eens tot in de kleinste details doorgenomen.

Ze hadden Pete Walsh niet nodig om te weten dat de media hier een enorme stampij over zou gaan maken.

'Ik zal verklaren dat we nooit hebben verwacht dat we Martha Lawrence levend terug zouden vinden,' ging Osborne verder, 'en dat het niet ongebruikelijk is dat het lichaam van een slachtoffer in de buurt van de plaats waar het de dood vond, wordt begraven.'

Hij schraapte zijn keel. 'Ik zal moeten onthullen dat Martha, om een of andere bizarre en verknipte reden, samen met het stoffelijk overschot van een ander mens werd begraven en dat die overblijfselen meer dan honderd jaar oud zijn.

Zoals jullie allemaal weten, werd viereneenhalf jaar geleden, toen Martha verdween, in *The Asbury Park Press* een oud verhaal opgediept over de negentienjarige Madeline Shapley die in 1891 verdween. Het zit er dik in dat de media de overhaaste conclusie zullen trekken dat het vingerkootje, dat bij Martha is aangetroffen, afkomstig is van Madeline Shapley, vooral omdat de stoffelijke resten zich op het grondgebied van het Shapley-huis bevinden.'

'Is het waar dat de nieuwe eigenares van dat huis een afstammeling is van de Shapleys?'

'Dat klopt, ja.'

'Kunt u haar DNA dan niet vergelijken met dat vingerkootje?'

'Als mevrouw Graham daartoe bereid is, zullen we dat zeker doen. Maar goed, gisteravond heb ik de opdracht gegeven dat alle beschikbare dossiers over de verdwijning van Madeline Shapley bestudeerd moesten worden en dat er onderzocht moest worden of er rond die tijd nog andere gevallen van vermiste vrouwen in Spring Lake waren geweest.'

Het was een slag in de lucht geweest, dacht Duggan, maar het bleek een gouden greep.

'Onze onderzoekers hebben ontdekt dat twee andere jonge vrouwen rond dezelfde tijd als vermist zijn opgegeven,' ging Osborne verder. 'Madeline Shapley werd voor het laatst gezien op de veranda van haar ouderlijk huis aan Hayes Avenue toen ze op 7 september 1891 verdween.

Letitia Gregg van Tuttle Avenue verdween op 5 augustus 1893. Volgens het politiedossier vreesden haar ouders dat ze alleen was gaan zwemmen, daarom werd dat geval nooit als verdacht beschouwd.

Drie jaar later, op 31 maart 1896, verdween Letitia's boezemvriendin Ellen Swain. Iemand had haar bij het invallen van het duister nog gezien toen ze het huis van een van haar vrienden uit kwam.'

En op dat punt beginnen de media vast om het hardst te schreeuwen dat er rond de eeuwwisseling een seriemoordenaar in Spring Lake rondliep, dacht Tommy. En daar zitten we echt niet op te wachten.

Osborne wierp een blik op zijn horloge. 'Het is een minuut voor elf. Laten we maar gaan.'

De perskamer zat tot de nok toe vol. De vragen die in snel tempo op Osborne werden afgevuurd kwamen hard aan. Hij had absoluut geen weerwoord op de opmerking van de verslaggever van de *New York Post*, die zei dat de vondst van de twee geraamtes op dezelfde plaats geen vreemd toeval kon zijn.

'Dat ben ik met u eens,' zei Osborne. 'Het vingerkootje met de ring werd opzettelijk in het plastic bij Martha's lichaam achtergelaten.'

'Wáár in het plastic?' vroeg de misdaadverslaggever van ABC.

'In Martha's hand.'

'Denkt u dat de moordenaar het andere stoffelijke overschot bij toeval tijdens het graven van Martha's graf heeft gevonden, of bestaat de kans dat hij die plek heeft uitgekozen omdat hij wist dat die al eerder als begraafplaats dienst had gedaan?' vroeg Ralph Penza, een van de hoofdverslaggevers van NBC, op rustige toon.

'Het zou belachelijk zijn als ik het idee zou opperen dat iemand die zijn slachtoffer snel wilde begraven om te vermijden dat hij betrapt zou worden puur toevallig op de botten van een ander slachtoffer zou stuiten en dan ter plekke zou besluiten om een van de vingerkootjes achter te laten in de door hem geïmproviseerde lijkwade.'

Osborne hield een foto omhoog. 'Dit is een vergrote luchtfoto van de plaats van het misdrijf.' Hij wees naar de bouwput in de achtertuin. 'Martha's moordenaar heeft een vrij ondiep graf gegraven, maar als er geen kuil voor een zwembad was gegraven, zou het misschien nooit gevonden zijn. Tot een jaar geleden stond hier een enorme hulststruik, die iedereen die zich in het huis of op straat bevond het zicht op de achtertuin volledig benam.'

In antwoord op een volgende vraag bevestigde hij dat Emily Graham, de nieuwe eigenares van het huis, een afstammeling was van de oorspronkelijke eigenaars en dat, als zij daartoe bereid was, inderdaad via DNA-proeven uitgezocht zou worden of het stoffelijk overschot dat samen met dat van Martha was gevonden ook inderdaad de oudtante van mevrouw Graham was.

Tommy Duggan had van tevoren geweten dat de vraag die vervolgens werd gesteld onvermijdelijk was: 'Suggereert u dat we hier te maken hebben met een seriemoord die verband houdt met een moord die honderdtien jaar geleden in Spring Lake is gepleegd?'

'Ik suggereer helemaal niets.'

'Maar zowel Martha Lawrence als Madeline Shapley zijn op 7 september verdwenen. Hoe verklaart u dat?'

'Daar heb ik geen verklaring voor.'

'Denkt u dat Martha's moordenaar een reïncarnatie is?' vroeg Reba Ashby van *The National Daily* gretig.

De officier van justitie fronste. 'Absolúút niet! Verder geen vragen.'

Osborne keek Tommy even aan toen hij de perskamer uitliep. Tommy wist dat ze hetzelfde dachten. De dood van Martha Lawrence was ineens een sappig voorpaginaverhaal geworden, en de enige manier om daar een eind aan te maken was het vinden van de moordenaar.

De restanten van een sjaal met een franje van metalen kraaltjes was het enige aanknopingspunt waar ze hun speurtocht op konden baseren. Plus het feit dat, wie de moordenaar ook mocht zijn, hij – en voorlopig gingen ze ervan uit dat het een 'hij' was – op de hoogte was van het graf dat meer dan honderd jaar geleden in het geheim op het grondgebied van de familie Shapley was gegraven.

12

Om negen uur schrok Emily wakker uit de onrustige slaap waarin ze was gevallen toen ze de ramen dicht had gedaan om de geluiden uit de achtertuin buiten te sluiten.

Een lange douche hielp om het loodzware gevoel dat haar had bekropen iets te verlichten.

Het lichaam van dat vermiste meisje in de achtertuin...

Het kiekje dat onder de deur door was geschoven...

Will Stafford had haar gewaarschuwd dat ze dit huis veel te impulsief had gekocht. Maar ik wilde het écht hebben, dacht ze terwijl ze de ceintuur van haar badjas strak om haar middel knoopte. En ik wil het nog stééds hebben.

Ze propte haar voeten in een paar slippers en liep naar beneden om koffie te zetten. Al sinds haar studietijd had ze er een gewoonte van gemaakt om eerst te gaan douchen, dan koffie te zetten en zich vervolgens aan te kleden met een kop koffie bij de hand. Ze had altijd volgehouden dat ze bij elk slokje in een ander vakje van haar hersens de lichtjes aan kon voelen gaan.

Ze hoefde niet naar buiten te kijken om te zien dat het een prachtige dag zou worden. Door het glas-in-loodraam op de overloop viel het zonlicht op de trap. Toen ze langs de woonkamer liep, bleef ze even staan om het decoratieve haardscherm en het haardstel te bewonderen dat ze gisteren op hun plaats had gezet. 'Ik weet bijna zeker dat die voor het huis in Spring Lake zijn gekocht toen het in 1875 werd gebouwd,' had haar grootmoeder tegen haar gezegd.

Ze zagen eruit alsof ze hier echt thuishoorden. En ik heb het gevóél dat ik hier thuishoor, dacht Emily.

In de eetkamer zag ze het eiken buffet met de buxushouten panelen staan, ook een van de meubelstukken die de verhuizers uit

Albany hadden meegebracht. Dat buffet was zeker voor dit huis gekocht. Jaren geleden had haar grootmoeder de kwitantie ervan gevonden.

Terwijl ze wachtte tot de koffie doorgelopen was, bleef Emily voor het raam staan en keek toe hoe de werkploeg van de politie zorgvuldig het zand van de bouwput zeefde. Welk soort bewijsmateriaal zouden ze viereneenhalf jaar na Martha's dood nog aantreffen? vroeg ze zich af.

En waarom hadden ze vanmorgen die honden meegebracht? Dachten ze werkelijk dat er hier nog iemand begraven lag?

Toen de koffie klaar was, schonk ze een kop in en nam die mee naar boven, waar ze de radio aanzette terwijl ze zich aankleedde. Het belangrijkste nieuws was uiteraard de vondst van het lijk van Martha Lawrence. Emily vertrok haar gezicht toen ze haar eigen naam bij het nieuws hoorde en dat 'de nieuwe eigenares van het pand waar het stoffelijk overschot van Martha Lawrence werd aangetroffen, de achternicht is van een andere jonge vrouw die meer dan honderd jaar geleden onder geheimzinnige omstandigheden verdween'.

Ze zette de radio uit toen haar mobiele telefoon overging. Dat zal mam zijn, dacht ze. Hugh en Beth Graham, haar vader en moeder die allebei kinderarts waren, hadden een medisch congres in Californië bijgewoond. Ze wist dat ze de avond ervoor weer in Chicago terug waren gekomen.

Haar moeder had het geen prettig idee gevonden dat ze het huis in Spring Lake had gekocht. En wat ik haar nu te vertellen heb, zal ze helemaal niet leuk vinden, dacht Emily. Maar daar ontkom ik echt niet aan.

Dr. Beth Graham was duidelijk bezorgd over wat er was gebeurd. 'Goeie genade, Em, ik kan me herinneren dat ik als kind dat verhaal over Madeline te horen kreeg en ook hoe haar moeder haar hele leven de hoop heeft gekoesterd dat Madeline op een dag weer gewoon binnen zou komen lopen. Wou je me nu vertellen dat er weer een jong meisje in Spring Lake werd vermist en dat haar stoffelijk overschot bij het huis is aangetroffen?'

Ze gunde Emily niet de kans om antwoord te geven, maar ging meteen door. 'Het spijt me ontzettend voor haar familie, maar de hemel weet dat ik vóór alles hoopte dat jij daar nu eindelijk eens veilig zou zijn. Toen die stalker werd gearresteerd, kon ik voor het eerst in een jaar weer rustig ademhalen.'

Emily zag in gedachten haar moeder in haar spreekkamer staan, klein maar kaarsrecht achter haar bureau met een bezorgde trek op haar gezicht. Eigenlijk zou ze zich over mij nu geen zorgen moeten maken, dacht ze. Ik weet zeker dat haar wachtkamer op dit moment vol baby's zit.

Haar ouders hadden een gezamenlijke praktijk. Hoewel ze allebei begin zestig waren, piekerden ze er geen van beiden over om met vervroegd pensioen te gaan. In haar jeugd had haar moeder vaak tegen haar en haar beide broers gezegd: 'Als je een jaar lang gelukkig wilt zijn, moet je de loterij winnen. Als je een heel leven lang gelukkig wilt zijn, moet je van je werk houden.'

Haar vader en moeder hielden van al hun patiëntjes.

'Mam, bekijk het eens op deze manier. De familie Lawrence heeft nu in ieder geval zekerheid en er is geen enkele reden om over mij in te zitten.'

'Waarschijnlijk niet,' gaf haar moeder schoorvoetend toe. 'Er is toch geen kans dat ze die stalker weer vrij hebben gelaten, hè?'

'Geen schijn van kans,' zei Emily flink. 'Ga jij je nou maar met die baby's van je bemoeien. En geef pa een dikke pakkerd van me.'

Toen ze haar mobiele telefoon uitzette, deed ze dat met het vaste voornemen dat haar ouders onder geen beding iets te horen mochten krijgen over de copycat-stalker. Tegelijkertijd was ze blij dat ze had besloten om bij de politie in Spring Lake aan te geven dat die foto onder de deur door was geschoven, voor het geval het haar ouders tóch ter ore zou komen.

Ze had een spijkerbroek en een trui aangetrokken. Voor zover dat mogelijk was, wilde ze vandaag precies doen wat ze van plan was geweest. De Kiernans hadden de meubels uit de kleine slaapkamer naast de hare meegenomen en dat vertrek zou prima als kantoor kunnen fungeren. Haar bureau, haar archiefkasten en haar boekenkasten stonden er al. Ze moest haar computer en de fax aansluiten en de boeken uitpakken. Vanmorgen zou de telefoonmaatschappij komen om nieuwe lijnen aan te leggen, waarvan er één uitsluitend voor de computer zou zijn.

Ze wilde overal in het huis familiefoto's ophangen. Terwijl ze haar haar in een knot draaide en het met een klem vastzette, dacht

Emily aan de foto's die ze had weggegooid voordat haar spullen naar het appartement in Manhattan werden gebracht.
Alle foto's met Gary waren verdwenen.
En ook alle foto's uit haar studententijd waar Barb op stond. Haar beste vriendin. Haar beste kameraad. Emily en Barbara. Als je de een zag, was de ander niet ver weg.
Ja, ja, dacht Emily terwijl de vertrouwde golf van verdriet weer door haar heen sloeg. Dat was mijn ex-man. Dat was mijn voormalige beste vriendin.
Ik vraag me af of ze nog steeds omgang met elkaar hebben. Ik heb altijd geweten dat Barb een zwak had voor Gary, maar ik had nooit kunnen dromen dat dat wederkerig was.
Na drie jaar was alle twijfel verdwenen. Het restje verdriet dat ze nu nog voelde, werd veroorzaakt door de omvang van het verraad, maar op het persoonlijke vlak konden ze haar geen van beiden meer kwetsen.
Ze maakte het bed op door de lakens strak te trekken en weer in te stoppen. De crèmekleurige sprei paste perfect bij de glanzende roze-met-groen bedrukte stof van de schort om het bed en de bekleding van de vensterbanken. Ze zou later de chaise longue in de erker omruilen voor een paar gemakkelijke stoelen. Maar voorlopig paste de bank goed bij de inrichting en hij kon nog wel even blijven staan.
Het ferme gerinkel van de deurbel kon twee dingen betekenen: de telefoondienst stond op de stoep, of de media. Ze keek uit het raam en zag tot haar opluchting een vrachtbusje met het bekende logo van de telefoonmaatschappij op de zijkant.
Om vijf voor elf waren de monteurs van de telefoonmaatschappij weer verdwenen. Ze liep de studeerkamer in en zette de tv aan om naar het nieuws te kijken.
'... honderd jaar oud vingerkootje met een ring...'
Toen het programma afgelopen was, zette Emily de tv uit en bleef stil zitten. Terwijl het scherm zwart werd, zat ze er nog steeds naar te kijken met een caleidoscoop van jeugdherinneringen in haar hoofd.
Oma die telkens opnieuw allerlei verhalen over Madeline vertelde. Ik wilde altijd van alles over haar weten, dacht Emily. Zelfs toen ik nog klein was, boeide ze me al.

Oma kreeg altijd zo'n afwezige blik in haar ogen als ze het over haar had. 'Madeline was de oudste zuster van mijn grootmoeder... Mijn grootmoeder keek altijd zo verdrietig als ze over haar praatte. Madeline was haar grote zus en ze was dol op haar. Ze vertelde me altijd hoe mooi ze was. De helft van de jonge mannen in Spring Lake was verliefd op haar.
Ze zorgden altijd dat ze langs haar huis moesten lopen in de hoop dat ze haar dan op de veranda zagen zitten. Die laatste dag was ze heel opgewonden. Haar vriend, Douglas Carter, had met haar vader gesproken en toestemming gekregen om haar een aanzoek te doen. Ze verwachtte dat ze die dag een verlovingsring van hem zou krijgen. Het was laat in de middag. Ze droeg een witte linnen japon. Madeline liet aan mijn grootmoeder zien dat ze de ring die ze voor haar zestiende verjaardag had gekregen aan haar linker- in plaats van aan haar rechterhand droeg, zodat ze hem niet af hoefde te doen als Douglas kwam...'
Emily herinnerde zich dat Douglas Carter twee jaar na de verdwijning van Madeline zelfmoord had gepleegd.
Ze stond op. Wat zou haar grootmoeder zich nog meer herinneren van de gebeurtenissen waarover ze als kind zoveel te horen had gekregen?
Haar gezichtsvermogen werd heel slecht, maar haar gezondheid was nog opvallend goed. En zoals zo vaak het geval was bij heel oude mensen was haar langetermijngeheugen met het klimmen van de jaren er alleen maar beter op geworden.
Ze was tegelijk met een paar van haar oude vrienden naar een aanleunwoning in Albany verhuisd. Emily toetste het nummer in en hoorde hoe de telefoon al na één keer overgaan werd opgepakt.
'Je moet me alles over het huis vertellen,' gebood haar grootmoeder na een korte begroeting.
Ze kon de gebeurtenissen die zich hadden afgespeeld niet mooier maken dan ze in werkelijkheid waren. 'Hebben ze een jonge vrouw die was verdwenen daar gevonden? O, Emily, hoe kan dat nou?'
'Dat weet ik niet, maar daar wil ik wel achter zien te komen. Oma, weet je nog dat je me vroeger altijd vertelde dat Madeline een ring droeg op de dag dat ze verdween?'

'Ze verwachtte dat Douglas Carter haar een verlovingsring zou geven.'
'Heb je me niet een keer verteld dat ze een ring droeg die ze voor haar zestiende verjaardag had gekregen?'
'Laat me eens goed nadenken. O ja, dat is waar ook, Em. Een ring met een saffier, omlijst met diamantjes. Aan de hand van de beschrijving heb ik er precies zo een voor je moeder laten maken toen ze zestien werd. Heeft ze die niet aan jou gegeven?'
Ja, natúúrlijk, dacht Emily. Die is in een jeugdherberg gejat toen ik die zomer samen met Barbara een trektocht door Europa maakte.
'Oma, heb je toevallig nog steeds die cassetterecorder die ik je een keer heb gegeven?'
'Ja hoor.'
Tijdens de paar zomervakanties die ze in haar studietijd in Europa had doorgebracht, hadden ze bandjes ingesproken en met elkaar uitgewisseld.
'Ik wil dat u iets voor me doet. Begin er maar gewoon tegen te praten. U moet me alles vertellen wat u ooit over Madeline te horen hebt gekregen. En proberen of u zich namen kunt herinneren van mensen die ze misschien heeft gekend. Ik wil alles weten wat u te binnen schiet over haar of haar vrienden. Wilt u dat voor me doen?'
'Ik zal mijn best doen. Ik wou alleen dat ik die oude brieven en fotoalbums nog had die jaren geleden bij die brand in de garage verloren zijn gegaan. Maar ik zal zien wat ik nog kan oprakelen.'
'Je bent een schat, oma.'
'Je gaat na al die tijd toch niet proberen uit te vissen wat er met Madeline is gebeurd?'
'Je weet maar nooit.'
Meteen daarna belde Emily het kantoor van de officier van justitie. Toen ze haar naam noemde, werd ze meteen doorverbonden met Elliot Osborne.
'Ik heb het nieuws gezien,' zei ze. 'De ring die u hebt gevonden, was dat misschien een saffier omringd door diamantjes?'
'Ja, inderdaad.'
'Zat die om de ringvinger van de rechterhand?'

Het bleef even stil. 'Hoe weet u dat, mevrouw Graham?' vroeg Osborne toen.
Nadat ze de verbinding had verbroken, liep Emily de kamer door, deed de deur open en stapte de veranda op. Via de zijkant van het huis ging ze naar de achtertuin, waar de technische dienst nog steeds in het zand zat te wroeten.
Ze hadden Madelines ring en haar vingerkootje in het graf van Martha Lawrence gevonden. De rest van Madelines stoffelijk overschot was een tiental centimeters onder de plastic lijkwade aangetroffen. In gedachten kon Emily zich duidelijk voorstellen hoe haar oudtante er die zonnige middag uit had gezien. Zittend op de veranda, in een witte linnen jurk, met het donkerbruine haar dat als een waterval over haar schouders golfde, negentien jaar oud en verliefd. Wachtend op haar verloofde die een verlovingsring voor haar mee zou brengen.
Zou ze er na honderdtien jaar nog achter kunnen komen wat er met haar was gebeurd? Iemand heeft haar graf ook ontdekt, dacht Emily, en besloten om Martha Lawrence samen met haar te begraven.
In gedachten verzonken, met haar handen diep in de zakken van haar spijkerbroek, liep ze weer naar binnen.

13

Om negen uur 's ochtends moest Will Stafford het koopcontract laten tekenen van een kantoorpand in Sea Girt, de volgende stad na Spring Lake. Zodra hij weer in zijn kantoor zat, probeerde hij Emily te bellen, maar de telefoon was nog niet aangesloten en hij had het nummer van haar mobiele telefoon niet.
Het was al bijna twaalf uur toen hij haar eindelijk te pakken kreeg. 'Ik ben gisteren direct nadat je het koopcontract ondertekend had naar New York gegaan,' zei hij, 'en ik wist niet wat er aan de hand was tot ik gisteravond laat naar het nieuws keek. Het spijt me ontzettend voor de familie Lawrence, maar ik vind het ook erg vervelend voor jou.'
De bezorgdheid in zijn stem deed haar goed. 'Heb je puur toevallig ook het interview met de officier van justitie gezien?' vroeg ze.

'Ja, inderdaad. Pat, mijn receptioniste, liep bij me binnen om me er attent op te maken. Denk je dat de kans bestaat...'
Ze wist wat hij wilde vragen. 'Denk ik dat de ring die ze in de hand van Martha Lawrence hebben gevonden van Madeline Shapley was? Dat weet ik zelfs zeker. Ik heb mijn grootmoeder gesproken en zij kon me een beschrijving geven van die ring aan de hand van de verhalen die ze erover had gehoord.'
'Dan heeft je oudtante dus al die jaren in de tuin begraven gelegen.'
'Daar ziet het wel naar uit,' zei Emily.
'En iemand wist dat en heeft Martha's lichaam bij het hare gelegd. Maar hoe kon iemand weten waar Madeline Shapley begraven lag?' Will Stafford klonk net zo verbaasd als Emily zich voelde.
'Als er een antwoord op die vraag bestaat, zal ik dat vinden ook,' zei ze tegen hem. 'Will, ik zou graag kennis willen maken met de familie Lawrence. Ken jij hen?'
'Jazeker. Voordat Martha verdween, nodigden ze regelmatig mensen uit voor een etentje of een partijtje. Ik ben vaak bij hen thuis geweest en ik zie ze natuurlijk vaak in de stad.'
'Zou je hen willen bellen en vragen of ze het goed vinden dat ik samen met jou even bij hen op bezoek kom, zodra ze dat weer op kunnen brengen?'
Hij vroeg niet waarom ze met dat verzoek kwam. 'Je hoort wel van me,' beloofde hij.
Twintig minuten later klonk de stem van de receptioniste, Pat Glynn, via de intercom. 'Meneer Stafford, Natalie Frieze is hier. Ze wil u even spreken.'
Daar zit ik echt op te wachten, dacht Will. Natalie was de tweede vrouw van Bob Frieze, die al jaren in Spring Lake woonde. Bijna vijf jaar geleden had Bob zich teruggetrokken uit zijn effectenhandel en een droom vervuld die hij zijn leven lang had gekoesterd: het openen van een bijzonder chic restaurant in Rumson, een stad op twintig minuten afstand. Hij had het The Seasoner genoemd. Natalie was vierendertig. Bob was eenenzestig, maar het huwelijk had hen kennelijk allebei precies gebracht wat ze ervan verwachtten. Bob had een vrouw om mee te pronken en Natalie de luxueuze levensstijl waar ze op uit was geweest.

Ze keek ook graag naar andere mannen en af en toe liet ze haar oog op Will vallen.
Maar vandaag bleek Natalie bij binnenkomst niet in haar normale flirterige doen. Ze begroette hem ook niet op haar gewone, overdreven hartelijke manier die altijd gepaard ging met een stevige zoen, maar liet zich meteen in een stoel vallen. 'Will, wat vreselijk, dat nieuws over Martha Lawrence,' zei ze. 'Denk je dat dit veel stof zal doen opwaaien? Ik ben er doodziek van.'
'Neem me niet kwalijk, Natalie, maar je ziet er niet bepaald doodziek uit. In feite zie je eruit alsof je net een fotosessie voor *Vogue* hebt gedaan.'
Ze droeg een driekwart chocoladebruine leren jas met een kraag en manchetten van sabelbont en een bijpassende leren broek. Haar lange blonde haar hing steil over haar schouders. Haar gebruinde huid, een overblijfsel van een recent verblijf in Palm Beach zoals Will wist, benadrukte haar blauwgroene ogen. Ze lag onderuitgezakt in de stoel alsof ze zo'n last op haar schouders torstte dat ze niet rechtop kon zitten en sloeg haar lange benen over elkaar, waarbij een slanke voet met een hoge wreef zichtbaar werd, gestoken in een schoentje met een open hiel.
Ze negeerde het compliment. 'Will, ik ben hierheen gekomen om met jou te praten, nadat ik die persconferentie had gezien. Wat denk jij van dat vingerkootje dat Martha in haar hand had? Vind je dat niet een beetje eng?'
'Het is in ieder gevaal heel raar.'
'Bob kreeg bijna een hartaanval. Voor hij naar het restaurant ging, heeft hij eerst naar de hele verklaring van de officier van justitie zitten kijken. Hij was zo overstuur dat ik het niet goed vond dat hij zelf reed.'
'Waarvan is hij dan zo overstuur geraakt?'
'Nou, jij weet toch ook wel dat die rechercheur Duggan maar terug blijft komen bij iedereen die de avond voordat Martha verdween op dat verdomde feestje bij de familie Lawrence was.'
'Wat wil je daarmee zeggen, Natalie?'
'Wat ik wil zeggen, is dat we misschien wel het idee hadden dat Duggan tot nog toe een beetje al te vaak langskwam, maar dat zal nog niets zijn vergeleken bij de keren die we hem te zien zullen krijgen nu het onderzoek weer in volle gang is. Het lijkt me

duidelijk dat Martha is vermoord en als de mensen hier gaan denken dat een van ons verantwoordelijk is voor haar dood zal dat verdomd slechte publiciteit opleveren.'
'Publiciteit! In godsnaam, Natalie, wie maakt zich nou druk over publiciteit?'
'Dat zal ik je vertellen. Mijn mán maakt zich daar druk over. Bob heeft elke cent die hij bezit in zijn chique restaurant gestoken. Waarom hij dacht dat hij daar een succes van zou kunnen maken zonder ook maar een greintje benul te hebben van de horecawereld, zul je aan een psychiater moeten vragen. Nu is hij in alle staten omdat hij denkt dat het zijn zaak zal schaden als wij in het middelpunt van de belangstelling komen te staan omdat we ook op dat feestje waren. Als je tenminste nog over een zaak kunt spreken, moet ik daar eigenlijk aan toevoegen... hij is inmiddels al aan zijn vierde chefkok toe.'
Will was een paar keer in het restaurant geweest. De inrichting was overdadig en luxueus en 's avonds was het dragen van colbert en stropdas verplicht, wat door de vakantiegangers niet bepaald op prijs werd gesteld. Ik heb tegen hem gezegd dat hij die voorwaarde van een stropdas moest laten vallen, dacht Will. Het eten was niet bijzonder geweest en de prijzen veel te hoog.
'Natalie,' zei hij, 'ik begrijp best dat Bob onder grote druk staat, maar het idee dat de mensen zijn restaurant links zullen laten liggen omdat we toevallig allemaal op dat feestje zijn geweest is wel erg vergezocht.'
En als het op de fles gaat en jullie een smak geld verliezen, zullen je huwelijkse voorwaarden ook niet veel waard meer zijn, dacht hij.
Natalie zuchtte en hees zich omhoog uit de stoel. 'Ik hoop dat je gelijk hebt, Will. Bob is één blubberende hoop zenuwen. Bij het kleinste voorstel van mijn kant, begint hij me meteen af te blaffen.'
'Over welke voorstellen heb je het dan?' Daar heb ik niet veel verbeelding voor nodig, dacht Will.
'Dat hij misschien beter een kookcursus kan volgen voor hij weer een chefkok ontslaat, want dan kan hij tenminste zelf in de keuken gaan staan.' Natalie haalde haar schouders op en grinnikte.

'Ik voel me een stuk beter nu ik met jou heb gepraat. Je hebt vast nog niet geluncht. Zullen we samen een hapje gaan eten?'
'Ik wilde een broodje laten halen.'
'Nee, daar komt niets van in. We gaan samen eten in The Old Mill. Kom op. Ik heb behoefte aan gezelschap.'
Toen ze de straat op liepen, haakte ze haar arm door de zijne.
'Straks wordt er nog over ons gekletst,' waarschuwde hij glimlachend.
'O, nou en? Ze hebben toch allemaal de pest aan me. Ik heb tegen Bob gezegd dat we hadden moeten verhuizen. Deze stad is te klein voor mij en zijn ex-vrouw.'
Terwijl hij het autoportier openhield en Natalie zich bukte om in te stappen, glinsterde en glom haar lange blonde haar in de zon. Om de een of andere onverklaarbare reden schoot een van de opmerkingen van de officier van justitie door Wills hoofd. 'Op het stoffelijk overschot zijn slierten lang blond haar aangetroffen.'
Bob Frieze stond er, net als zijn vrouw, om bekend dat het andere geslacht hem niet onberoerd liet.
Met name als het ging om mooie vrouwen met lang blond haar.

14

Dr. Lillian Madden, een vooraanstaand psycholoog die in haar praktijk regelmatig gebruik maakte van hypnose, geloofde vast in reïncarnatie en liet patiënten die daarvoor in aanmerking kwamen door middel van regressietherapie vaak teruggaan naar een eerder leven. Ze was ervan overtuigd dat emotionele trauma's die mensen in een ander leven hadden ondergaan de oorzaak konden zijn van emotionele problemen in hun huidige bestaan.
Ze werd regelmatig gevraagd om lezingen te houden, waarbij ze meestal uitging van een van haar favoriete stellingen, namelijk dat we de mensen met wie we in dit leven omgaan waarschijnlijk nog kennen uit onze andere levens. 'Waarmee ik niet wil zeggen dat u driehonderd jaar geleden ook met dezelfde man was getrouwd,' hield ze haar geboeide toeschouwers dan voor, 'maar ik denk wel dat hij toen een van uw beste vrienden was. Op dezelfde manier kan iemand met wie u nu niet kunt opschieten, in

een ander leven ook een van uw vijanden zijn geweest.'

Ze was een kinderloze weduwe, die woonde en werkte in Belmar, een stad in de buurt van Spring Lake, en toen ze de avond ervoor had gehoord dat het lichaam van Martha Lawrence was gevonden was ze, net als alle andere inwoners van de omliggende gemeenten, bekropen door een gevoel van gemeenschappelijk verdriet.

Het idee dat een kleinkind op een zomermorgen niet veilig kon gaan joggen was voor iedereen iets onbegrijpelijks. En dat het ontzielde lichaam van Martha Lawrence zo vlak bij het huis van haar grootouders begraven had gelegen overtuigde iedereen ervan dat de misdaad gepleegd moest zijn door iemand in wie ze het volste vertrouwen had gehad. Iemand die hoogstwaarschijnlijk ook in hun huis met open armen zou worden verwelkomd.

Na het horen van het bericht had Lillian Madden, die haar hele leven al last had gehad van slapeloosheid, urenlang liggen piekeren over de onherroepelijkheid van die tragische ontdekking. Ze wist dat Martha's familie ongetwijfeld tegen beter weten in de hoop was blijven koesteren dat ze op een dag, wonder boven wonder, weer ongedeerd zou opduiken.

In plaats daarvan moesten ze nu leven met de wrede wetenschap dat ze talloze malen langs de tuin waren gekomen waar haar lichaam begraven was.

Viereneenhalf jaar waren voorbijgegaan. Was Martha al in een nieuwe reïncarnatie teruggekeerd? Had de ziel die in het verleden in Martha's lichaam had gehuisd nu onderdak gevonden in de baby waaraan Martha's oudere zuster net het leven had geschonken?

Volgens Lillian Madden was dat best mogelijk. Haar innigste wens voor de familie Lawrence was dat het besef tot hen zou doordringen dat ze door de baby met open armen en vol liefde te ontvangen ook Martha weer in hun midden zouden verwelkomen.

Om acht uur 's morgens had ze haar eerste afspraak met een patiënt, een uur voordat haar secretaresse, Joan Hodges, aan haar dagtaak begon. Het was twaalf uur 's middags voordat dr. Madden de kans kreeg om met Joan, die achter haar bureau in de receptie zat, te praten.

Joan, in een goed zittend zwart broekpak waarin de maat 38 die ze net had weten te bereiken mooi uitkwam, hoorde haar niet binnenkomen. Ze streek met haar ene hand een lok van haar blonde haar, waarin een coupe soleil was aangebracht, van haar voorhoofd en zat met de andere hand een boodschap te krabbelen.

'Iets belangrijks?' vroeg dr. Madden.

Joan keek verrast op. 'O, goedemorgen, dokter. Ik weet niet hoe belangrijk ze zijn, maar deze boodschappen zult u helemaal niet leuk vinden,' zei ze zonder omhaal. Joan, op haar vierenveertigste al oma, was volgens Lillian Madden de volmaakte werkneemster voor een psychologenpraktijk. Ze was joviaal, nuchter, niet uit haar evenwicht te krijgen en van nature vriendelijk en ze had bovendien de gave om iedereen op zijn of haar gemak te kunnen stellen.

'Waarom denk je dat ik ze niet leuk zal vinden?' vroeg Lillian minzaam terwijl ze haar hand uitstak naar de briefjes die op Joans vrij rommelige bureau lagen.

'De officier van justitie heeft een persconferentie gegeven en in het afgelopen uur bent u opgebeld door drie van de meest sensatiezuchtige boulevardbladen van het land. Ik zal u vertellen waarom.'

Lillian luisterde in stille verbijstering toe hoe haar secretaresse vertelde dat de van een ring voorziene vinger van een andere vrouw in de hand van Martha's geraamte was aangetroffen en dat Madeline Shapley, net als Martha, op 7 september was verdwenen.

'Ze denken toch niet dat Martha een reïncarnatie was van Madeline en voorbestemd was om op dezelfde gruwelijke manier aan haar eind te komen?' wilde Lillian weten. 'Dat zou absurd zijn.'

'Dat hebben ze niet gevraagd,' zei Joan Hodges grimmig. 'Ze willen weten of u denkt dat er een reïncarnatie van de móórdenaar van Madeline rondloopt.' Ze keek op naar Madden. 'Maar als je er goed over nadenkt, kun je hen niet kwalijk nemen dat ze op die gedachte zijn gekomen, hè dokter?'

15

Om twee uur liep Tommy Duggan zijn kantoor weer in, met Pete Walsh op zijn hielen. Direct na afloop van de persconferentie was een ploeg van het bureau van de officier van justitie het dossier van Martha Lawrence weer gaan doorspitten. Elk detail, vanaf het eerste telefoontje waarmee Martha viereneenhalf jaar geleden als vermist werd opgegeven tot de vondst van haar lichaam, werd onder de loep gelegd en nader bekeken om te controleren of er iets over het hoofd was gezien.

Osborne had Tommy het bevel over het onderzoek gegeven en Pete Walsh tot zijn assistent benoemd. Walsh was al acht jaar bij de politie in Spring Lake geweest voor hij twee maanden geleden in dienst was getreden bij het openbaar ministerie.

Hij had ook onderdeel uitgemaakt van de onderzoeksploeg die de hele nacht had doorgebracht in het archief van het gerechtsgebouw en alle stoffige blikken had doorgesnuffeld op zoek naar materiaal dat verband hield met de verdwijning van Madeline Shapley in 1891.

Het was Walsh die had voorgesteld om te kijken of er rond die tijd nog meer rapporten waren geweest over vermiste vrouwen en hij was op de proppen gekomen met de namen van Letitia Gregg en Ellen Swain.

Nu wierp Tom Duggan Walsh een blik vol sympathie toe. 'Ik weet niet of ik het al eerder heb gezegd, maar je ziet eruit als een schoorsteenveger,' zei hij tegen hem.

Hoewel hij zijn best had gedaan om zich weer een beetje toonbaar te maken, zaten Petes huid en zijn kleren nog steeds onder het stof en het vuil van de nachtelijke speurtocht. Zijn ogen waren bloeddoorlopen en hoewel hij het figuur had van een zwaargewicht bokser, zakte hij van vermoeidheid bijna in elkaar. Hij mocht dan dertig zijn, met haar dat al aardig dun begon te worden, in de ogen van Tom zag hij er nog steeds uit als een vermoeid knulletje.

'Waarom ga je niet gewoon naar huis, Pete?' vroeg hij. 'Je loopt te slaapwandelen.'

'Ik voel me prima. Je zei net dat je een aantal mensen wilde opbellen. Ik neem de helft van die telefoontjes wel voor mijn rekening.'

Tom haalde zijn schouders op. 'Zoals je wilt. Het lijkenhuis zal het stoffelijk overschot van Martha later vandaag aan de familie overdragen. Ze hebben al met een begrafenisondernemer geregeld dat het opgehaald en naar het crematorium gebracht zal worden. Daar zal de naaste familie aanwezig zijn om de urn met haar as over te brengen naar het familiegraf op de begraafplaats van St. Catherine. Je moet er wel op letten dat die informatie niet uit mag lekken. De familie wil er absoluut geen buitenstaanders bij hebben.'

Pete knikte.

'Inmiddels zal een woordvoerder van de familie al aan de pers hebben meegedeeld dat er aanstaande zaterdag in de kerk van St. Catherine een herdenkingsmis voor Martha zal worden gehouden.'

Tommy was ervan overtuigd dat de meeste, zo niet alle mensen die de avond voor Martha's verdwijning op het feestje waren geweest de mis zouden bijwonen. Hij had al tegen Pete gezegd dat hij wilde proberen om ze allemaal ergens bij elkaar te krijgen en ze stuk voor stuk te ondervragen. Tegenstrijdigheden in hun herinneringen konden veel sneller uit de weg worden geruimd als ze allemaal samen waren... of misschien wel níét uit de weg worden geruimd, dacht hij grimmig.

Er waren de avond voor Martha's verdwijning vierentwintig gasten en vijf personeelsleden van het cateringbedrijf in het huis van de familie Lawrence geweest.

'Pete, nadat we ze hebben verzameld, gaan we op de gebruikelijke manier te werk. We maken een praatje met iedereen, stuk voor stuk, en proberen erachter te komen of één van hen tijdens dat feestje iets kwijt is geraakt. Wat we voornamelijk te weten willen komen, is of iemand een grijze zijden sjaal met metalen kraaltjes heeft gedragen of bij zich had.'

Tommy haalde de gastenlijst van het feestje te voorschijn en legde die op het bureau. 'Ik ga Will Stafford opbellen en vragen of ik iedereen na de herdenkingsmis naar zijn huis kan laten komen,' zei hij. 'Zodra ik zijn toestemming daarvoor heb, kunnen we aan het bellen slaan.'

Hij pakte de telefoon op.

Stafford was net terug van de lunch. 'Natuurlijk mag u hen naar mijn huis laten komen,' bevestigde hij, 'maar u kunt het beter op een iets later tijdstip doen. Er ligt een boodschap op mijn bureau dat de familie Lawrence een aantal intieme vrienden uitnodigt om na de mis bij hen een koude lunch te gebruiken. Ik weet zeker dat het merendeel van de mensen die op het feestje waren dezelfde uitnodiging heeft gekregen.'

'Dan zal ik vragen of iedereen om drie uur in uw huis kan zijn. Hartelijk bedankt, meneer Stafford.'

Ik zou er heel wat voor over hebben om ook bij die lunch te zijn, dacht Tommy. Hij knikte naar Pete. 'Nu we de plaats en de tijd weten, kunnen we gaan bellen. We moeten over een uur naar het huis van Emily Graham toe. We gaan proberen om haar zover te krijgen dat ze ons toestemming geeft om de hele achtertuin op te graven.'

Ze begonnen te bellen en slaagden erin iedereen te bereiken, met uitzondering van Bob Frieze. 'Hij zal u over een tijdje wel terugbellen,' beloofde een van de personeelsleden van het restaurant.

'Zeg maar tegen hem dat hij zo snel mogelijk terugbelt,' beval Tommy. 'Ik moet hier zo meteen weg, niet over een tijdje.'

'Dat ging beter dan ik had verwacht,' zei hij tegen Pete toen ze de resultaten van de andere telefoontjes naast elkaar legden. Met uitzondering van twee bejaarde echtparen die onmogelijk iets met Martha's dood te maken konden hebben, waren alle andere mensen die op het feestje waren geweest van plan om zaterdag de mis bij te wonen.

Hij belde opnieuw het nummer van The Seasoner en dit keer kreeg hij Bob Frieze aan de lijn. Het verzoek om naar de bijeenkomst in het huis van Stafford te komen leidde tot een heftig protest.

'Op zaterdag is het 's middags en 's avonds altijd heel druk in mijn restaurant,' snauwde hij. 'We hebben al een paar keer met elkaar gesproken, rechercheur Duggan. Ik verzeker u dat ik niets heb toe te voegen aan wat ik u al eerder heb verteld.'

'Ik geloof niet dat u het op prijs zou stellen als naar de pers uitlekte dat u weigert om de politie medewerking te verlenen,' gaf Tommy hem te verstaan.

Toen hij de verbinding met Frieze verbrak, grinnikte hij tevreden. 'Ik vind het leuk om die vent de duimschroeven aan te draaien,' zei hij tegen Walsh. 'Dat geeft me een lekker gevoel.'

'Het was ook een lekker gevoel om te horen hoe u dat deed. Toen ik nog bij de politie in Spring Lake zat, had iedereen een hekel aan die vent. De eerste mevrouw Frieze is een lieve vrouw die kon ophoepelen nadat ze hem drie schatten van kinderen had gegeven en dertig jaar lang zijn slippertjes door de vingers had gezien. Iedereen wist dat Bob Frieze een vrouwengek is. En het is echt een vervelende vent. Toen ik acht jaar geleden net was begonnen, heb ik hem een keer op de bon geslingerd wegens te hard rijden en, geloof me, hij heeft zijn uiterste best gedaan mij m'n ontslag te bezorgen.'
'Ik begin me zo langzamerhand af te vragen of hij na zijn tweede huwelijk heeft afgeleerd om de vrouwen achter de rokken te zitten,' zei Tommy peinzend. 'Hij voelt zich plotseling behoorlijk in de verdediging gedrongen.'
Hij stond op. 'Kom op. We hebben nog net tijd om te gaan lunchen voor onze afspraak met Graham.'
Het drong plotseling tot Tommy door dat hij nog geen hap had gegeten sinds iemand uren geleden koffie en een zak broodjes had gehaald. Heel even had hij het te kwaad met zijn geweten, toen concentreerde hij zich op het eten dat hij bij MacDonald's zou bestellen. Een Super Mac plus een dubbele portie frietjes. En een grote cola.

16

Om kwart voor drie parkeerde Emily haar auto voor het huis van Clayton en Rachel Wilcox op Ludlam Avenue. Een halfuur eerder had ze Will Stafford gebeld en gevraagd of hij wist waar ze moest beginnen met haar onderzoek naar de verdwijning van Madeline Shapley.
Een tikje verontschuldigend had ze eraan toegevoegd: 'Will, ik weet best dat je dacht dat je van me af was toen ik gisteren het koopcontract heb ondertekend en eigenlijk zou dat ook zo moeten zijn. Ik vrees dat ik een behoorlijk lastpak voor je begin te worden, maar ik wil echt graag iets meer weten over Spring Lake in de tijd dat mijn familie hier nog woonde. Ik ben van plan om te vragen of ik de politierapporten over Madelines zaak in mag

kijken, als die tenminste bewaard zijn gebleven, en misschien heeft er destijds ook wel iets in de kranten gestaan. Maar ik weet niet waar ik moet beginnen.'

'Onze eigen bibliotheek op Third Avenue heeft prima referentiemateriaal,' zei hij tegen haar, 'maar de belangrijkste bron is ongetwijfeld de Geschiedkundige Vereniging van Monmouth County in Freehold.'

Ze bedankte en wilde net de verbinding verbreken toen hij zei: 'Wacht even, Emily. Je kunt je een heleboel moeite besparen door eerst met doctor Clayton Wilcox te praten. Hij is een gepensioneerd rector van een universiteit en hij is de officieuze geschiedschrijver van deze stad geworden. En er is nog iets waarom hij voor jou van belang kan zijn: op de avond voordat Martha Lawrence verdween, was hij samen met zijn vrouw Rachel te gast in het huis van de familie Lawrence. Ik bel hem wel even op.'

Een kwartiertje later had hij teruggebeld. 'Clayton zou het leuk vinden om je te leren kennen. Ga er maar meteen naartoe. Ik heb hem verteld wat je wilt en hij zoekt al wat spullen voor je bij elkaar. Dit is het adres.'

En hier ben ik dan, dacht Emily terwijl ze uit de auto stapte. Het was een zonnige en vrij warme ochtend geweest, maar nu de late middagzon begon te verdwijnen en er een fris windje waaide, deed de omgeving kil en somber aan.

Ze liep snel de verandatrap op en belde aan. Een moment later ging de deur al open.

Zelfs als niemand haar dat van tevoren had verteld, zou ze instinctief hebben geweten dat dr. Clayton Wilcox een academicus was. Het hoofd met de dikke, ruige bos haar, de bril die op het puntje van zijn neus wiebelde, de half geloken ogen en de dikke trui over een overhemd met das. Het enige dat er nog aan ontbreekt, is een pijp, dacht ze.

Zijn stem was diep en deed prettig aan toen hij haar begroette. 'Kom maar gauw binnen, mevrouw Graham. Ik wou dat ik kon zeggen: "Welkom in Spring Lake," en het daarbij kon laten, maar gezien de tragische omstandigheden van de vondst van het lichaam van het meisje Lawrence in uw achtertuin is dat niet erg toepasselijk, hè?' Hij deed een stap opzij en toen ze langs hem heen liep, zag Emily tot haar verbazing dat hij bijna een meter tachtig lang was. Hij stond zo voorovergebogen dat ze hem op het eerste oog kleiner had geschat.

Hij pakte haar jas aan en liep toen voor haar uit door de gang, langs de woonkamer. 'Toen we twaalf jaar geleden besloten om naar Spring Lake te verhuizen, is mijn vrouw op huizenjacht gegaan,' legde hij uit terwijl hij haar met een handgebaar een kamer inloodste waar, met uitzondering van het raam, alle vier de wanden van de vloer tot het plafond bedekt waren met boekenplanken. 'Mijn enige voorwaarde was dat het een echt Victoriaans huis moest zijn waarin één kamer meer dan voldoende ruimte zou bieden aan mijn boeken, mijn bureau, mijn bank en mijn stoel.'

'Dat was een hele opdracht.' Emily keek glimlachend om zich heen. 'Maar u hebt gekregen waar om u vroeg.'

Ze hield van dit soort kamers. De wijnkleurige bank was breed en comfortabel. Ze zou graag de gelegenheid hebben gehad om langs de boekenplanken te snuffelen. De meeste boeken zagen er oud uit en ze vermoedde dat de exemplaren achter glas zeldzame uitgaven waren.

Een stapel boeken en papieren was achteloos op de linker bovenhoek van het enorme bureau neergelegd. Rond een openstaande laptop zwierven op z'n minst een stuk of tien aantekenboekjes. Emily kon zien dat het scherm verlicht was.

'Ik stoor u,' zei ze. 'Dat spijt me ontzettend.'

'Helemaal niet. Het schrijven lukte me niet en ik was blij met uw bezoek.'

Hij ging in de fauteuil zitten. 'Will Stafford heeft me verteld dat u graag iets meer wilt weten over de geschiedenis van Spring Lake. Ik heb de nieuwsuitzendingen gehoord, dus ik weet dat de stoffelijke resten van uw familielid samen met die van die arme Martha Lawrence zijn aangetroffen.'

Emily knikte. 'Martha's moordenaar wist kennelijk dat Madeline Shapley daar begraven lag, maar de vraag is hóé hij dat te weten is gekomen.'

'Híj? Gaat u er dan vanuit dat de huidige moordenaar een man is?' Wilcox trok zijn wenkbrauwen op.

'Dat lijkt me meer dan waarschijnlijk,' zei Emily. 'Maar of ik dat zeker weet? Nee, natuurlijk niet. Evenmin als ik dat weet van degene die meer dan honderd jaar geleden een moord heeft gepleegd. Madeline Shapley was mijn oudtante. Als ze tachtig jaar was geworden, zou ze nu al een paar generaties dood en allang vergeten zijn, zoals dat in de loop der tijd met ons allemaal gaat. In plaats daarvan werd ze vermoord toen ze pas negentien jaar was. Op de een of andere rare manier heeft mijn familie het gevoel dat ze nog steeds niet dood is. Ze is een onafgemaakt verhaal.'

Emily leunde voorover en klemde haar handen in elkaar. 'Doctor Wilcox, ik ben strafpleiter van beroep en een behoorlijk goeie ook. Ik heb veel ervaring in het verzamelen van bewijsmateriaal. Er bestaat een verband tussen de dood van Martha Lawrence en die van Madeline Shapley en als een van die twee moorden wordt opgelost, zou dat ook best voor de andere kunnen gelden. Misschien klinkt het belachelijk, maar ik geloof dat degene die erachter kwam dat Madeline Shapley in de tuin van haar ouderlijk huis begraven lag, ook te weten is gekomen hoe en waarom ze is gestorven.'

Hij knikte. 'U zou best gelijk kunnen hebben. Misschien is dat ergens vastgelegd. In een geschreven bekentenis bijvoorbeeld. Of in een brief. Maar daarmee suggereert u ook dat degene die een dergelijk document heeft gevonden, dat niet alleen verborgen heeft gehouden, maar de informatie over de plaats van het graf ook heeft gebruikt toen hij zijn eigen misdaad pleegde.'

'Ja, dat is inderdaad precies wat ik wil suggereren, geloof ik. En er is nog iets. Volgens mij waren Madeline in 1891 en Martha viereneenhalf jaar geleden geen van beiden het soort jonge vrouw dat zo maar met een vreemde meegaat. Het lijkt me eerder dat ze allebei in de fuik liepen van iemand die ze vertrouwden.'

'Dat is wel een heel overhaaste conclusie, mevrouw Graham.'

'Nee, niet echt, doctor Wilcox. Ik weet dat Madelines moeder en zuster in huis waren toen ze verdween. Het was een warme dag in september. De ramen stonden open. Zij hadden haar vast gehoord als ze had geschreeuwd.

Martha Lawrence was aan het joggen. Het was vroeg, maar ze was zeker niet de enige jogger. Er zijn huizen met uitzicht op de promenade. Het zou behoorlijk roekeloos en heel moeilijk zijn geweest om haar daar op de een of andere manier te overvallen

en in een auto of busje te sleuren zonder dat iemand het in de gaten had.'
'U hebt goed over deze hele zaak nagedacht, hè mevrouw Graham?'
'Noem me alstublieft Emily. Ja, ik geloof dat ik er inderdaad behoorlijk over heb zitten piekeren. Het was niet zo moeilijk om me op dat onderwerp te concentreren met een hele ploeg forensische technici in mijn achtertuin, die elke centimeter grond omspitten op zoek naar beenderen van moordslachtoffers. Gelukkig hoef ik pas op 1 mei aan mijn nieuwe baan in Manhattan te beginnen. Voor die tijd kan ik er flink wat onderzoek doorheen stampen.'
Ze stond op. 'Ik heb al genoeg van uw tijd in beslag genomen, doctor Wilcox, en ik moet weer naar huis. Ik heb een afspraak met een rechercheur van het openbaar ministerie.'
Wilcox hees zich ook overeind. 'Nadat Will Stafford belde, heb ik een paar boeken en artikelen over Spring Lake te voorschijn gehaald waar je misschien wat aan hebt,' zei hij tegen haar. 'Er zitten ook een paar kopieën bij van krantenartikelen uit de jaren negentig van de negentiende eeuw. Het is nog maar het topje van de ijsberg, maar je zult er wel even mee bezig zijn.'
De stapel boeken en papieren die ze eerder op het bureau had zien liggen, waren voor haar bestemd. 'Wacht even. Zo kun je die niet meenemen,' zei hij meer tegen zichzelf dan tegen haar. Hij trok de onderste la van het bureau open en pakte er een opgevouwen stoffen tas uit met de opdruk 'Enoch College Boekwinkel'.
'Als je mijn boeken hierin bewaart, kun je ze bij elkaar houden,' raadde hij haar aan. Hij maakte een gebaar naar het bureau. 'Ik ben bezig met een historische roman die speelt in Spring Lake in 1876, het jaar waarin het Monmouth Hotel werd geopend. Het is mijn eerste poging tot een roman, en ik vind het een hele uitdaging.' Hij glimlachte. 'Ik heb natuurlijk allerlei academische stukken geschreven, maar ik kom er nu achter dat het veel gemakkelijker is om over feitelijke onderwerpen te schrijven dan over dingen die je uit je duim moet zuigen.'
Hij liep met haar mee naar de deur. 'Ik zal nog meer materiaal voor je verzamelen, maar we kunnen beter verder praten nadat

je eerst al dit referentiemateriaal hebt doorgenomen. Misschien roept het vragen bij je op.'

'Het is echt heel vriendelijk van u,' zei ze terwijl ze hem bij de deur een hand gaf. Emily wist niet waarom ze zich plotseling onbehaaglijk voelde, bijna alsof ze last kreeg van claustrofobie. Het komt door dat huis, dacht ze terwijl ze de trap afliep en in haar auto stapte. Met uitzondering van zijn kantoor is het volslagen vreugdeloos.

Ze had in het langslopen een blik in de woonkamer geworpen. Ze kwam tot de conclusie dat de donkere bekleding van de meubels en de zware gordijnen de naarste aspecten waren van een Victoriaanse inrichting, waarin alles zwaar, donker en formeel was. En ze vroeg zich prompt af hoe mevróúw Wilcox zou zijn.

Door het raam keek Clayton Wilcox toe hoe Emily wegreed. Een bijzonder aantrekkelijke jonge vrouw, besloot hij, terwijl hij zich met tegenzin omdraaide en terugliep naar zijn studeerkamer. Hij ging achter het bureau zitten en drukte op de ENTER-toets van zijn computer.

De screensaver verdween en de pagina waaraan hij had zitten werken verscheen. Het ging over de zenuwslopende speurtocht naar een jonge vrouw die met haar ouders naar Spring Lake was gekomen om de feestelijke opening van het Monmouth Hotel in 1876 bij te wonen.

Clayton Wilcox pakte uit de bovenste la van zijn bureau de microfilmkopie die hij had gemaakt van een voorpaginaverhaal in de *Seaside Gazette* van 12 september 1891.

De eerste regel luidde: 'Het vermoeden is gerezen dat een misdrijf ten grondslag ligt aan de mysterieuze verdwijning vijf dagen geleden van mejuffrouw Madeline Shapley uit Spring Lake...'

17

'Ik hou het niet meer uit,' zei Nick hardop. Hij stond voor het raam van zijn hoekkamer in het kantoor van de advocatenpraktijk Todd, Scanlon, Klein & Todd en tuurde naar de straat die dertig verdiepingen lager lag. Hij keek de auto's na die verdwe-

nen in de tunnel die onder Park Avenue doorliep en de verbinding vormde tussen Fortieth en Thirty-third Street.
Het enige verschil tussen mij en die auto's is dat ik in die tunnel vastzit, dacht hij. Zíj komen er aan de andere kant weer uit.
Hij had de morgen doorgebracht in de vergaderzaal, werkend aan de zaak Hunter. Hunter zal de dans ontspringen en ik heb er mijn steentje aan bijgedragen om dat mogelijk te maken. Die zekerheid bezorgde Nick een misselijk gevoel.
Ik wil pa niet kwetsen, maar ik kan het niet meer opbrengen, erkende hij bij zichzelf.
Hij dacht aan de oude wijze woorden: 'Maar bovenal: Weest eerlijk tegenover uzelf, dan kunt u er vast op rekenen dat u ook anderen niet zult bedriegen.'
Ik kan mezelf niet langer bedriegen. Ik hóór hier niet. Ik wil hier niet zijn. Ik wil dat soort griezels aanklagen in plaats van ze te verdedigen.
Hij hoorde de deur van zijn kantoor opengaan. Er was maar een persoon die altijd zonder te kloppen binnenkwam. Hij draaide zich langzaam om. Zoals hij al verwachtte, stond zijn vader in de deuropening.
'Nick, we moeten iets aan Emily Graham doen. Ik moet stapelgek zijn geweest toen ik haar heb verteld dat ze pas op 1 mei hoefde te beginnen. Er is net een zaak binnengekomen die geknipt voor haar is. Ik wil dat jij naar Spring Lake gaat om tegen haar te zeggen dat we haar hard nodig hebben en dat ze binnen een week aan de slag kan.'
Emily Graham. De gedachte die Nick door het hoofd had gespeeld toen hij haar in de rechtszaal in actie had gezien, schoot hem weer te binnen. Emily en zijn vader leken als twee druppels water op elkaar. Ze waren geboren strafpleiters.
Het had op het puntje van zijn tong gelegen om tegen zijn vader te zeggen dat hij zich terug wilde trekken uit de praktijk.
Ik kan nog wel even wachten, besloot hij. Maar zodra Emily Graham de gelederen komt versterken, ben ik weg.

18

De vraag van die schreeuwerige verslaggeefster tijdens de op tv uitgezonden persconferentie aan de officier van justitie verrukte hem: *Denkt u dat Martha's moordenaar een reïncarnatie is?*
Maar de bruuske manier waarop de officier die mogelijkheid van de hand wees, ervoer hij als een belediging.
Ik ben wél een reïncarnatie, dacht hij. Wij zijn inmiddels één.
Ik kan het bewijzen.
Ik zal het bewijzen.
Laat in de middag had hij besloten op welke manier hij de waarheid omtrent zijn persoon aan de sceptici kenbaar zou maken.
Een doodgewone ansichtkaart zou al voldoende zijn, dacht hij.
Een ruwe tekening, ongeveer wat een kind ervan zou maken.
Hij zou hem zaterdag op de bus doen.
Op weg naar de kerk.

19

Tommy Duggan en Pete Walsh stonden al op de veranda op Emily te wachten toen ze thuiskwam.
Tommy woof haar excuses omdat ze hen had laten wachten weg. 'We waren een beetje vroeg, mevrouw Graham.' Hij stelde Pete voor, die zich meteen bukte en de tas met boeken oppakte die Clayton Wilcox Emily had meegegeven.
'U bent kennelijk van plan om een heleboel te gaan lezen, mevrouw Graham,' merkte hij op terwijl ze de sleutel in het slot stak.
'Ja, daar lijkt het wel op.'
Ze liepen achter haar aan de hal in. 'We kunnen het best in de keuken praten,' stelde ze voor. 'Ik heb zin in een kop thee en misschien kan ik u wel overhalen om ook een kopje te nemen.'
Pete Walsh nam haar aanbod aan. Tommy Duggan bedankte voor de thee, maar hij kon het niet nalaten om zich een paar keer te bedienen van de chocoladekoekjes die ze op een schaaltje had gelegd.
Ze gingen aan de keukentafel zitten. Het grote raam bood een

somber uitzicht op de bouwput en de zandhopen eromheen. De woorden POLITIE, VERBODEN TOEGANG stonden op het lint waarmee het gebied afgezet was. Ze zagen dat de politieman die de plek bewaakte uit een van de ramen van het paviljoen zat te kijken.
'Ik zie dat de forensische technici weg zijn,' zei Emily. 'Dat betekent hopelijk dat u het onderzoek hier hebt afgesloten? Ik wil dat de aannemer die kuil weer dichtgooit. Ik heb besloten dat ik geen zwembad wil hebben.'
'Daar wilden we juist met u over praten, mevrouw Graham,' zei Tommy. 'Nu die graafmachine hier toch staat, wilden we graag de rest van uw tuin ook afgraven.'
Emily keek hem met grote ogen aan. 'Wat wilt u daarmee bereiken?'
'Iets heel belangrijks. We willen dat u er verzekerd van kunt zijn dat u nooit meer zo'n schok zult krijgen als u gisteren hebt gehad.'
'U denkt toch niet dat er daar nog méér lichamen begraven liggen?' De ontzetting in haar stem was duidelijk hoorbaar.
'Mevrouw Graham, ik weet dat u de persconferentie van de officier van justitie op tv hebt gezien, want u hebt gebeld over de ring die is gevonden.'
'Ja.'
'Dan hebt u hem ook horen zeggen dat na de verdwijning van uw... oudtante, was het, meen ik... in 1891, nog twee jonge vrouwen in Spring Lake als vermist zijn opgegeven.'
'Lieve hemel, denkt u dat zij daar ook begraven liggen?' Emily wees naar de achtertuin.
'Dat willen we nu juist uitzoeken. We zouden ook graag een bloedmonster van u willen hebben, zodat we via een DNA-onderzoek kunnen vaststellen dat het werkelijk een vingerkootje van Madeline Shapley was.'
Tom Duggan besefte dat hij plotseling last kreeg van het dodelijk vermoeide gevoel dat je bekruipt als je in zesendertig uur nauwelijks hebt geslapen. Hij voelde zich duf en zijn ogen werden zwaar. En hij had medelijden met Emily. Ze zag er geschrokken en verontrust uit.
Ze hadden gisteren haar achtergrond nagetrokken... een eerste-

klas strafpleiter die op het punt stond om voor een van die chique advocatenkantoren in Manhattan te gaan werken. Gescheiden van een hufter die had geprobeerd haar een poot uit te draaien toen ze plotseling een hoop geld had gekregen. Het slachtoffer van een stalker die inmiddels in een psychiatrische inrichting zat. Maar op de avond dat ze in Spring Lake was aangekomen had iemand een foto van haar gemaakt en die later onder de deur door geduwd.

Iedereen had haar op internet kunnen opzoeken en dat van die stalker kunnen ontdekken. Er was een hoop publiciteit geweest toen hij uiteindelijk opgepakt was. Misschien dat een of ander stom knulletje hier uit de buurt het grappig had gevonden om te proberen of hij haar de stuipen op het lijf kon jagen. Maar ze hadden goeie smerissen in Spring Lake. Die zouden wel opletten of ze iemand in de buurt zagen rondhangen. Misschien slaagden ze er wel in vingerafdrukken te vinden op het kiekje of op de envelop.

En nu zat ze hier in dit prachtige huis, met een achtertuin die eruitzag alsof er een bom in was ontploft, omdat de stoffelijke resten van twee vermoorde mensen, van wie een zelfs nog familie van haar was, hier begraven hadden gelegen. Wat een trieste toestand.

Tommy wist dat zijn vrouw Suzie alles over Emily Graham zou willen horen. Hoe ze eruitzag. Wat ze aan had. Suzie was allesbehalve tevreden geweest met zijn beschrijving van het bezoek dat hij gisteren aan Emily Graham had gebracht. Tommy probeerde de indrukken, die hij vanavond als hij thuis was aan haar door zou moeten geven, op een rijtje te zetten.

Emily Graham droeg een spijkerbroek, een rode trui met een grote kraag en enkellaarsjes. Haar kleren kwamen zeker niet uit de ramsj. Gladde gouden oorringen. Geen ringen aan haar vingers. Donkerbruin haar, zacht, tot op de schouders. Grote bruine ogen die nu bezorgd en ongerust stonden. Heel aantrekkelijk, misschien zelfs wel mooi.

Mijn god, straks val ik nog in slaap terwijl ik met haar zit te praten, dacht hij.

'Mevrouw Graham, ik wil niet dat u zich komende zomer, als u met uw vrienden buiten zit, plotseling gaat afvragen of er misschien nog meer menselijke botten aan de oppervlakte zullen komen.'

'Maar als er in de paar jaar na 1890 nog twee andere jonge vrouwen zijn verdwenen en hun lichamen worden inderdaad hier aangetroffen, dan is dat toch wel degelijk het bewijs dat er honderdtien jaar geleden een seriemoordenaar in deze stad heeft rondgelopen?'

'Ja, dat klopt,' zei Duggan. 'Maar het enige dat voor mij telt, is dat ik de kerel die Martha Lawrence heeft vermoord te pakken krijg. Ik heb altijd gedacht dat het iemand hier uit de buurt was. Veel mensen zijn met deze stad vergroeid, die wonen hier al drie of vier generaties lang. Anderen hebben hier altijd de zomer doorgebracht of in de hotels gewerkt toen ze nog studeerden.'

'Tom en ik hebben allebei in de Warren gewerkt,' merkte Walsh op. 'Wel tien jaar na elkaar, natuurlijk.'

Duggan wierp hem een korte blik toe. Die betekende zoveel als: 'Bemoei je er niet mee.'

'De beenderen die we hier onder het geraamte van Martha hebben aangetroffen lagen in een vrij ondiep graf,' ging hij verder. 'Ze zouden al jaren geleden zijn gevonden als die struik daar niet had gestaan. Een paar kunnen in de loop der jaren best aan de oppervlakte zijn gekomen. Volgens mij zijn die, misschien inclusief het vingerkootje met de ring, op een gegeven moment door iemand gevonden die ze heeft bewaard en besloot om ze hier, nadat hij Martha had vermoord, weer samen met haar te begraven.' Hij keek haar aan. 'U zit met uw hoofd te schudden,' zei hij. 'U bent het kennelijk niet met me eens.'

'Ik ben niet op mijn hoede,' zei Emily. 'Op het gezicht van een goede strafpleiter mag niets te lezen staan. Nee, meneer Duggan, daar ben ik het niet mee eens. Het gaat me te ver om te geloven dat iemand dat botje heeft gevonden, daar nooit een woord over heeft gezegd, dat arme kind van Lawrence heeft vermoord en vervolgens besloot om haar hier te begraven. Daar trap ik niet in.'

'Wat is uw verklaring dan?'

'Ik denk dat degene die Martha Lawrence heeft vermoord precies wist wat er in 1891 is gebeurd en die moord heeft nageaapt.'

'U bent toch geen aanhanger van die reïncarnatietheorie, hoop ik?'

'Nee, maar ik geloof wel dat Martha's moordenaar veel bijzonderheden over de dood van Madeline Shapley weet.'
Tom stond op. 'Mevrouw Graham, dit huis is in de loop der jaren vaak van eigenaar verwisseld. We zullen het in het kadaster nakijken, achterhalen wie dat allemaal zijn geweest en proberen uit te vissen of sommigen van hen nog steeds hier in de buurt wonen. Wilt u ons toestemming geven om uw achtertuin af te graven?'
'Ja, dat is goed.' Haar stem klonk berustend. 'Maar ik wil ú ook iets vragen. Ik wil dat u me de dossiers laat zien die u hebt gevonden met betrekking tot de verdwijning van Madeline Shapley in 1891 en van die andere twee jonge vrouwen vlak daarna.'
Ze keken elkaar aan. 'Dat zal ik eerst met mijn baas moeten bespreken, maar het lijkt mij geen probleem,' zei Duggan tegen haar.
Ze liep met hen mee naar de voordeur.
'De aannemer heeft tegen me gezegd dat hij morgenvroeg meteen kan beginnen,' zei ze tegen hen. 'Ik had gehoopt dat hij dan die kuil weer dicht zou kunnen gooien, maar als jullie de hele tuin willen afgraven, dan moet dat maar.'
'We sturen de forensische ploeg weer om alles grondig na te kijken. Daar moeten ze binnen een dag of twee klaar mee zijn en dan hebt u die hele toestand achter de rug,' beloofde Duggan.
Toen ze weer in de auto zaten, reden ze een minuut of vijf door zonder iets te zeggen. Daarna zei Duggan: 'Zit jij aan hetzelfde te denken als ik, Pete?'
'Dat zou best kunnen.'
'Aan dat meisje Carla Harper, uit Philadelphia?'
'Klopt.'
'Die is twee jaar geleden verdwenen, in augustus.'
'Klopt. En een ooggetuige zweert dat ze haar op een parkeerplaats even buiten Philadelphia met een vent heeft zien praten. Ze beweerde dat ze in verschillende auto's reden, maar dat hij achter haar aan reed toen ze vertrokken. Die ooggetuige zweert dat hij een Pennsylvania-kenteken had. Vervolgens werd de handtas van Harper een paar dagen later, kennelijk zonder dat er iets uit ontbrak, in een bos vlak bij die parkeerplaats gevonden. De zaak is behandeld door de officier van justitie van Philadelphia.'
Tommy pakte de telefoon op, belde het bureau en vroeg of ze

hem wilden doorverbinden met Len Green, een van de andere rechercheurs die zich met de zaak bezighield.
'Len, wanneer is die tweede vrouw aan het eind van de negentiende eeuw verdwenen?'
'Heb je een momentje?' Het bleef even stil. 'Hier heb ik het, 5 augustus 1893.'
'En wanneer werd Carla Harper als vermist opgegeven?'
'Dat zoek ik even voor je op.'
Tommy bleef de telefoon vasthouden tot hij de woorden hoorde die hij had verwacht. 'Op 5 augustus.'
'We zijn onderweg. Ik zie je over twintig minuten. Bedankt, Len.'
Tommy had geen slaap meer. Ze moesten meteen contact opnemen met de rechercheur uit Philadelphia die de zaak van Carla Harper in behandeling had. Het feit dat zowel Madeline Shapley als Martha Lawrence op 7 september waren verdwenen, ook al zat er honderdtien jaar tussen, had nog toeval kunnen zijn, maar dat daarna twee jonge vrouwen op 5 augustus waren verdwenen met hetzelfde tijdvak ertussen was echt niet toevallig meer.
Ze zaten in Spring Lake wel degelijk opgescheept met een copycat-moordenaar: iemand die eerder gepleegde misdaden na-aapte. 'Weet je wat dat betekent, Pete?' vroeg hij.
Pete Walsh gaf geen antwoord. Hij wist dat Tommy Duggan hardop zat te denken.
'Het betekent dat, als deze vent inderdaad volgens een bepaald patroon werkt, hij op 31 maart opnieuw een jonge vrouw tot slachtoffer zal maken.'
'Bedoel je 31 maart aanstaande?'
'Dat weet ik nog niet. Honderdtien jaar geleden zat er een paar jaar tussen de verdwijning van die drie vrouwen.' Hij pakte de telefoon weer op. 'Len, nu moet je nog iets voor me uitzoeken,' begon hij.
Toen hij de gevraagde inlichtingen had gekregen, zei hij: 'Hondertien jaar geleden zat er een tussenruimte van drieëntwintig maanden tussen de verdwijning van de eerste twee vrouwen. En Martha Lawrence en Carla Harper zijn met precies dezelfde tussenruimte verdwenen.'
Ze reden het parkeerterrein bij het bureau van de officier van justitie op. 'Als er volgende week, op 31 maart, opnieuw een vrouw

in Spring Lake verdwijnt, is de cirkel rond. En als klap op de vuurpijl bestaat er ook nog de kans dat we te maken hebben met een copycat-stalker die het op Emily Graham heeft voorzien.'
Terwijl Pete Walsh uit de auto stapte, was hij zo verstandig om niet tegen Tommy Duggan te zeggen dat zijn schoonmoeder in reïncarnatie geloofde en dat hij zo langzamerhand ook het idee begon te krijgen dat daar wel iets in zat.

20

Toen ze na het ondertekenen van het koopcontract boodschappen was gaan doen, had Emily ook een pakje kippenbouten gekocht met de bedoeling een pan soep te maken. Nadat de rechercheurs waren vertrokken, besloot ze om die nu klaar te maken en als avondeten te gebruiken.
De grote kuil in de achtertuin en de kans dat daar nog meer lichamen begraven lagen, gaven haar het gevoel alsof de lucht om haar heen doortrokken was van de geur van de dood. En daar komt nog bij, dacht ze, dat ik altijd het best kan nadenken als ik groente sta te snijden of deeg sta te kneden.
Kippensoep werkt stimulerend op de geest en, erkende Emily, op dit moment kan de mijne wel een zetje gebruiken.
Ze liep naar de keuken en liet de rolgordijnen zakken, blij dat ze het nare beeld van de achtertuin buiten kon sluiten. Haar handen werkten automatisch terwijl ze worteltjes schrapte, selderij en uien hakte en allerlei kruiden toevoegde. Tegen de tijd dat ze het vuur onder de pan aanstak, had ze een besluit genomen.
Het was dom van haar geweest dat ze niet meteen de politie in Albany had gebeld om te vertellen wat er gisteravond was gebeurd. Dat moesten ze echt weten.
Waarom heb ik niet gebeld?
Ze gaf zelf antwoord op die vraag. Omdat ik niet wil denken dat het weer van voren af aan begint. Ik heb mijn kop in het zand gestoken vanaf het moment dat ik gisteravond die foto zag die onder de deur door was geschoven.
Ze wist wat haar te doen stond. Rechercheur Walsh had de tas met boeken in de keuken neergezet. Ze pakte hem op, ging naar

de studeerkamer en zette de boeken naast de poef die voor de grote fauteuil stond. Ze liep naar het bureau, pakte de draadloze telefoon en ging op de poef zitten.
Ze begon met rechercheur Marty Browski in Albany op te bellen. Hij was degene die Ned Koehler in de kraag had gevat toen die bij haar huis rondhing. Browski reageerde zowel verrast als bezorgd op wat ze hem te vertellen had. 'Ik denk dat je te maken hebt met een copycat, of anders heeft een van Koehlers vrienden de draad opgepakt waar hij hem heeft laten liggen. We gaan er wel achteraan. Ik ben blij dat je de plaatselijke politie hebt gewaarschuwd, Emily. Weet je wat? Ik bel ze wel even om hen erop te wijzen dat het geen wissewasje is. Ik kan hen precies vertellen hoe de zaak in elkaar steekt.'
Daarna belde ze Eric Bailey. Het was al vijf uur geweest, maar hij zat nog steeds op kantoor en was blij dat hij haar stem hoorde. 'Albany is niet meer hetzelfde zonder jou,' zei hij.
Ze glimlachte toen ze de bekende bezorgde toon hoorde. Eric zou nooit veranderen, ook al was hij nu multimiljonair, dacht ze. Een verlegen, eenzaam jochie, maar tegelijk een genie. 'Ik mis jou ook,' verzekerde ze hem. 'En ik wil je om een gunst vragen.'
'Mooi. Vraag maar op, je kunt krijgen wat je wilt.'
'Eric, de smerissen hebben Ned Koehler te pakken gekregen dankzij die surveillancecamera die je destijds in mijn huis hebt geïnstalleerd. Je hebt me voor Spring Lake ook zo'n camera aangeboden. Dat aanbod wil ik nu aannemen. Kun je iemand sturen om hem te installeren?'
'Ik stuur mezelf wel. Ik wil je toch graag zien. Maar de komende dagen heb ik het nogal druk. Komt maandag uit?'
In gedachten zag ze hem voor zich, met gefronst voorhoofd terwijl zijn vingers rusteloos speelden met een of ander apparaatje op zijn bureau. Toen hij succes begon te krijgen, had hij zijn spijkerbroeken, T-shirts en parka's verwisseld voor een dure garderobe. Ze haatte de stiekeme grapjes die andere mensen over hem maakten: dat hij er nog steeds even droevig uitzag als daarvoor. De arme ziel.
'Maandag is prima,' zei ze.
'Hoe gaat het met je huis?'
'Allerlei interessante ontwikkelingen. Maandag zal ik je alles wel

vertellen.' En meer kan ik voorlopig niet doen, dacht Emily terwijl ze de telefoon neerlegde. Nu kan ik aan die boeken beginnen.

Ze bracht de volgende drie uur opgekruld in de grote stoel door, helemaal verdiept in de boeken die Wilcox haar had geleend. Hij had een goede keus gemaakt, vond ze. Ze werd meegenomen naar het tijdperk van paard en wagen, olielampen en statige 'zomerhuizen'.

Met de prijs die zij net voor haar huis had betaald nog vers in het geheugen moest ze glimlachen om de verordening dat drieduizend dollar het minimumbedrag was dat de eigenaar van een stuk grond aan de nieuwbouw van een huis diende te besteden. Het rapport van de voorzitter van de Gemeentelijke Gezondheidsdienst uit 1893 over de noodzaak om een eind te maken aan het storten van afval in de oceaan 'om onze stranden te vrijwaren van de stuitende voorwerpen die daar dag in, dag uit aanspoelen' drukte haar met haar neus op het zure feit dat sommige dingen nooit veranderen.

In een boek vol foto's stond ook een kiekje van een picknick van de zondagsschool in 1890. Bij de lijst van kinderen die aanwezig waren geweest, stond ook de naam Catherine Shapley.

Madelines zuster. Mijn betovergrootmoeder, dacht Emily. Ik wou dat ik wist wie van die kinderen ze was. Maar met al die gezichtjes was het onmogelijk om er een tussenuit te pikken dat gelijkenis vertoonde met de schaarse familieportretten die de brand in de garage hadden overleefd.

Om acht uur ging ze terug naar de keuken en maakte het eten verder klaar. Opnieuw ging ze met een boek aan tafel zitten. Dit had ze met opzet tot het laatst bewaard, omdat het 't meest interessant had geleken. De titel luidde: *Herinneringen aan een meisjestijd*. Het was in 1938 verschenen. De schrijfster, Phyllis Gates, had rond 1890 de zomer altijd in Spring Lake doorgebracht.

Het boek was goed geschreven en schilderde een levendig beeld van het uitgaansleven in die tijd. Picknicks en debutantenbals, schitterende evenementen in het Monmouth Hotel, zwemmen in de oceaan, ritjes te paard en fietstochten passeerden de revue. Waar Emily vooral door geboeid werd, waren de lange frag-

menten uit het dagboek dat Phyllis Gates in die jaren had bijgehouden.
Emily had haar eten op. Haar ogen prikten van vermoeidheid en ze stond net op het punt om het boek dicht te slaan en er voor vanavond de brui aan te geven, toen ze de bladzij omsloeg en de naam van Madeline Shapley in een van de dagboekfragmenten zag staan.

18 juni 1891. Vanmiddag hebben we een feestelijke lunch bijgewoond in het huis van de familie Shapley. Die werd gegeven ter gelegenheid van Madelines negentiende verjaardag. Twaalf tafels, prachtig versierd met bloemen uit de tuin, waren op de veranda neergezet. Ik zat bij Madeline aan tafel, samen met Douglas Carter die zo ontzettend verliefd op haar is. We plagen haar altijd met hem.

In een ander fragment uit 1891 vermeldde de schrijfster:

We hadden net ons zomerhuis gesloten en waren weer terug in Philadelphia toen we hoorden dat Madeline was verdwenen. Dat maakte ons allemaal heel verdrietig. Moeder ging snel terug naar Spring Lake om haar condoleanties aan te bieden en trof het gezin in diepe droefenis aan. Madelines vader vertelde haar in vertrouwen dat hij met het oog op de gezondheid van zijn vrouw van plan is zijn gezin uit die omgeving weg te halen.

Emily wilde het boek eigenlijk dichtslaan, maar bladerde toch nog even verder. Haar oog viel op een fragment uit oktober 1893.

Douglas Carter heeft zelfmoord gepleegd. Op die tragische dag had hij de vroege trein uit New York gemist en was gedwongen op een latere te wachten. Hij raakte volledig geobsedeerd door de gedachte dat hij haar misschien had kunnen redden als hij vroeger was aangekomen.
Mijn moeder vond het een ernstige misrekening van Douglas' ouders dat ze niet vertrokken zijn uit hun huis, dat recht tegenover dat van de Shapleys stond. Ze had het idee dat de melancholie die Douglas in de greep kreeg, vermeden had kunnen worden als

hij niet urenlang naar de veranda van het Shapley-huis had zitten staren.

Emily legde het boek neer. Ik wist dat Douglas Carter zelfmoord had gepleegd, dacht ze. Maar ik wist níét dat hij aan de overkant van de straat woonde.
Ik zou eigenlijk veel meer over hem willen weten, peinsde ze. Ik vraag me af of ze zich er echt van overtuigd hebben dat hij die trein ook werkelijk heeft gemist.

VRIJDAG 23 MAART

21

De praatjes waren begonnen met de vraag die de verslaggeefster van *The National Daily* aan de officier van justitie had gesteld: 'Denkt u dat Martha's moordenaar een reïncarnatie is?'

De telefoon van dr. Lillian Madden begon donderdagmiddag onafgebroken te rinkelen. Op vrijdagochtend had Joan Hodges, haar secretaresse, een standaardantwoord klaar dat ze kortaf telkens opnieuw herhaalde: 'Dokter Madden acht het ongepast om het onderwerp van reïncarnatie aan te snijden in verband met de moordzaak in Spring Lake.'

Tijdens de lunch op vrijdag zag Joan Hodges er geen been in om de zaak met haar werkgeefster te bespreken. 'Dokter Madden, als u kijkt naar wat de kranten beweren, zult u zelf zien dat ze gelijk hebben. Het was geen toeval dat Martha Lawrence en Madeline Shapley allebei op 7 september verdwenen. En wilt u weten wat het laatste nieuws is?'

En nu lassen we een korte pauze in om het dramatische effect te verhogen, dacht Lillian Madden wrevelig.

'Op 5 augustus 1893 – luister goed, dokter – wachtte haar familie vergeefs op Letitia Gregg. Ze kwam nooit meer thuis.' Joan keek haar met grote ogen aan. 'Dokter, er was een meisje, Carla Harper, dat hier twee jaar geleden een weekend in het Warren Hotel logeerde en vervolgens spoorloos verdween. Ik kan me nog herinneren dat ik dat bericht heb gelezen. Ze vertrok uit het Warren Hotel en stapte in haar auto. Een of andere vrouw bezweert dat ze haar in de buurt van Philadelphia heeft gezien. Daar ging ze naartoe. Ze woonde in Rosemont, op de Main Line. Maar volgens de *New York Post* begint die ooggetuige langzamerhand te klinken alsof ze wartaal uitslaat.'

Vervolgens richtten Joans opengesperde ogen zich met een doordringende blik op het gezicht van dr. Lillian Madden. 'Dokter, volgens mij heeft Carla Harper Spring Lake nooit verlaten. Volgens mij – en het schijnt dat een heleboel mensen er net zo over denken – heeft er rond 1890 een seriemoordenaar in Spring Lake rondgelopen, die nu is gereïncarneerd.'

'Dat is volslagen onzin,' zei Lillian Madden kortaf. 'Reïncarnatie is een vorm van geestelijke groei. Een seriemoordenaar uit het eind van de negentiende eeuw zou nu voor zijn misdaden moeten boeten in plaats van ze te herhálen.'

Met vastbesloten pas en een stramme rug waaruit duidelijk bleek dat ze het helemaal niet eens was met de wending die het gesprek had genomen, liep Lillian Madden haar spreekkamer binnen en trok de deur achter zich dicht. Daar liet ze zich in haar bureaustoel vallen en zette haar ellebogen op het bureau. Met gesloten ogen wreef ze met haar wijsvingers over haar slapen.

Het zal niet lang meer duren tot menselijke wezens worden gekloond, dacht ze. Dat is iets waar iedereen die zich bezighoudt met de medische wetenschap van doordrongen is. Degenen onder ons die in reïncarnatie geloven, zijn ervan overtuigd dat verdriet dat we in een eerder leven hebben ondergaan ons ook in ons huidige bestaan problemen kan bezorgen. Maar kwáád? Kon iemand bewust of onbewust precies dezelfde slechte daden herhalen die hij meer dan honderd jaar geleden had begaan?

Wat zat haar dwars? Welke herinnering probeerde zich op te dringen aan haar bewuste brein?

Lillian vroeg zich af of ze haar college van vanavond af kon zeggen. Nee, besloot ze, dat zou niet eerlijk zijn tegenover de studenten. In de afgelopen tien jaar had ze nog nooit een van de lesuren overgeslagen van de cursus regressie die ze iedere lente aan de gemeente-universiteit van Monmouth gaf.

Dertig studenten hadden zich ingeschreven voor die cursus. De universiteit had toestemming om voor elk college nog tien losse kaartjes te verkopen. Zouden sommige van de verslaggevers die haar opgebeld hadden dat ook weten en vanavond aanwezig zijn? Ze had de gewoonte om tijdens de tweede helft van het college te vragen of er vrijwilligers waren die zich aan hypnose en regressietherapie wilden onderwerpen. Dat leidde af en toe tot levendige en gedetailleerde herinneringen aan eerdere incarnaties. Ze besloot om de hypnose vanavond achterwege te laten. Gedurende de laatste tien minuten kregen de studenten en de bezoekers de gelegenheid om haar vragen te stellen. Als er verslaggevers

aanwezig waren, zou ze hen antwoord moeten geven. Daar ontkwam ze niet aan.
Ze werkte haar colleges altijd lang van te voren uit. Elke nieuwe les sloot naadloos aan op het college ervoor en dat erna. De les van vanavond was gebaseerd op de bevindingen van Ian Stevenson, professor in de psychologie aan de universiteit van Virginia. Hij had onderzoek gedaan naar de hypothese dat, om vast te stellen dat twee verschillende levensgeschiedenissen aan dezelfde persoon toebehoorden, er ook sprake moest zijn van continuïteit met betrekking tot herinneringen en/of persoonlijke karaktertrekken.
Het was eigenlijk niet de les die ze voor vanavond uitgezocht zou hebben. Terwijl ze vlak voordat ze wegging haar aantekeningen nog een keer doornam, werd Lillian zich er pijnlijk van bewust dat de conclusies van Stevenson geïnterpreteerd konden worden als een bekrachtiging van de theorie over een gereïncarneerde seriemoordenaar.
Lillian was zo diep in gedachten verzonken dat ze schrok toen Joan stevig op de deur klopte. Die ging meteen open en Joan stond al in de kamer voor ze de kans kreeg om 'binnen' te zeggen.
'Mevrouw Pell is er al, dokter, maar ze is te vroeg dus u hoeft zich niet te haasten. Kijk eens wat ze voor u heeft meegebracht?' Joan hield een exemplaar van *The National Daily* omhoog waarop met grote letters SPECIALE EDITIE onder de naam van de krant stond. De kop luidde: SERIEMOORDENAAR HERRIJST UIT HET GRAF.
Het verhaal ging verder op pagina twee en drie. Naast elkaar geplaatste foto's van Martha Lawrence en Carla Harper waren voorzien van het gezamenlijke onderschrift: 'Zusters in de dood?' Het artikel begon met: 'Blozend van schaamte heeft de politie toegegeven dat de kans bestaat dat de ooggetuige die beweerde dat ze de twintigjarige Carla Harper op een parkeerplaats in de buurt van haar huis in Rosemont, Pennsylvania heeft gezien zich heeft vergist. Ze erkennen nu dat het heel goed mogelijk is dat de handtas van Harper door haar moordenaar met opzet in de buurt van die parkeerplaats is neergelegd nadat het relaas van de ooggetuige breed uitgemeten in de pers verscheen. Het onderzoek concentreert zich nu op Spring Lake, New Jersey.'

'Dat is precies wat ik ook al tegen u zei, dokter. Dat meisje is voor het laatst in Spring Lake gezien. En ze verdween op 5 augustus, op dezelfde dag dat Letitia Gregg – wat een mooie naam is dat, hè? – in 1893 verdween!'
De krant had ook tekeningen van drie jonge vrouwen in de hooggesloten, van lange mouwen voorziene, enkel-lange japonnen uit het eind van de negentiende eeuw. Eronder stond: 'De negentiende-eeuwse slachtoffers.'
Een foto van een met bomen omzoomde straat vol Victoriaanse huizen uit die periode stond naast de foto van een hedendaagse straat die er opmerkelijk veel gelijkenis mee vertoonde. Het onderschrift: 'Toen en nu'.
Het bijgaande artikel was voorzien van de naam en de foto van journaliste Reba Ashby. De openingszin was: 'Een bezoek aan de prachtige kustplaats Spring Lake bezorgt iemand het gevoel dat je teruggaat in de tijd en terecht bent gekomen in een vrediger en serenere tijd. Maar ook toen werd de vrede, net als nu, ruw verstoord door een onheilspellend en kwaadaardig wezen...'
Lillian vouwde de krant dicht en gaf hem terug aan Joan. 'Ik heb genoeg gezien.'
'Denkt u niet dat het verstandiger is om uw college van vanavond te annuleren, dokter?'
'Nee, Joan, dat denk ik helemaal niet. Wil je nu alsjeblieft tegen mevrouw Pell zeggen dat ze binnen kan komen?'

Zoals Lillian Madden al had verwacht, waren die avond alle beschikbare toegangsbewijzen voor haar college verkocht. Ze begreep instinctief dat een paar mensen die vroeg genoeg aanwezig waren geweest om een plaatsje op de eerste rij te bemachtigen vertegenwoordigers van de media waren.
'Mijn vaste studenten weten dat recorders bij deze lessen niet zijn toegestaan,' zei ze met een veelbetekenende blik op een vrouw van midden dertig die haar vaag bekend voorkwam.
Natuurlijk! Dat was Reba Ashby van *The National Daily*, die dat 'Toen en Nu'-artikel had geschreven.
Lillian pauzeerde even om haar bril recht te zetten. Ze wilde niet nerveus of onzeker op mevrouw Ashby overkomen.
'In het Midden-Oosten, in Azië en ook op andere plaatsen,' be-

gon ze, 'zijn er duizenden gevallen bekend waarbij kinderen onder de acht jaar melding maken van een voormalige identiteit. Ze kunnen zich het leven dat zij ervoor hebben geleid nog levendig herinneren, met inbegrip van de namen van hun voormalige familieleden.

In zijn monumentale empirische onderzoek verkent doctor Stevenson de mogelijkheid dat voorstellingen in iemands brein en fysieke aanpassingen in het lichaam van diezelfde persoon zich als kenmerken in een pasgeborene manifesteren.'

Voorstellingen in iemands brein, dacht Lillian. Ik geef Ashby haar volgende artikel met de paplepel in. Ze ging verder.

'Sommige mensen kunnen zelf hun toekomstige ouders uitkiezen en wedergeboorte vindt meestal plaats in een geografisch gebied dicht bij de plaats waar de eerdere incarnatie heeft geleefd.'

Het werd een heksenketel toen er vragen konden worden gesteld. Mevrouw Ashby begon. 'Dokter Madden,' zei ze, 'alles wat ik u vanavond heb horen zeggen, was volgens mij een bevestiging van het idee dat een seriemoordenaar die hier aan het eind van de negentiende eeuw heeft gewoond gereïncarneerd is. Denkt u dat de huidige moordenaar in gedachten kan zien wat er een eeuw geleden met de drie vrouwen is gebeurd?'

Lillian Madden wachtte even voordat ze antwoord gaf. 'Uit onze research blijkt dat herinneringen aan een vorig leven rond het achtste levensjaar verdwijnen. Dat wil niet zeggen dat we niet het gevoel kunnen krijgen dat iemand die we net hebben leren kennen ons bekend voorkomt of dat we een plaats kennen die we pas voor het eerst bezoeken. Maar dat is niet hetzelfde als pas gebeurde dingen die we ons nog levendig kunnen herinneren.'

Er werden een paar andere vragen gesteld en toen deed Ashby weer een duit in het zakje. 'Dokter, is het niet zo dat u tijdens uw college doorgaans een paar vrijwilligers hypnotiseert?'

'Dat is juist. Maar ik heb verkozen dat vanavond niet te doen.'

'Wilt u ons uitleggen hoe u iemand terug kunt laten gaan in de tijd?'

'Jazeker. Meestal melden zich drie of vier mensen vrijwillig aan voor het experiment, maar de kans bestaat dat een aantal van hen niet meewerkt aan de hypnose. Ik praat een voor een met degenen die duidelijk onder hypnose verkeren. Ik nodig hen uit om door een warme tunnel terug te gaan in de tijd. Ik vertel hen dat het een plezierige reis zal zijn. Dan noem ik een willekeurige datum en vraag of die in hun geest een bepaald beeld oproept. Meestal is het antwoord nee, en ik ga net zolang terug tot ze bij een eerdere incarnatie zijn aanbeland.'

'Dokter Madden, hebt u ooit van iemand het specifieke verzoek gehad om teruggevoerd te worden naar het eind van de negentiende eeuw?'

Lillian Madden keek de vragensteller, een zwaargebouwde man met een tobberige blik, met grote ogen aan. Waarschijnlijk ook een verslaggever, dacht ze, maar dat deed er nu niet toe. Hij had de herinnering opgeroepen die haar de hele dag was ontglipt. Het moest ongeveer vier, hooguit vijf jaar geleden zijn dat iemand inderdaad met dat verzoek bij haar was gekomen. Hij had in haar spreekkamer gezeten, op afspraak, en haar verteld dat hij ervan overtuigd was dat hij aan het eind van de negentiende eeuw in Spring Lake had gewoond.

Maar daarna had hij zich verzet tegen de hypnose, hij had zelfs de indruk gewekt dat hij er bang voor was, en was weggegaan voordat het uur voorbij was. Ze kon zich hem nog duidelijk voor de geest halen. Maar welke naam had hij opgegeven? Hoe heette hij ook alweer?

Het staat in ieder geval nog wel in mijn afsprakenboek, dacht ze. Zodra ik hem zie, herken ik die naam wel.

Ze popelde van verlangen om naar huis te gaan.

22

In Albany liep Marty Browski het pad op naar Gray Manor, de psychiatrische inrichting waar Ned Koehler, de stalker die was veroordeeld omdat hij Emily Graham had lastig gevallen, werd behandeld.

Marty, klein van stuk, slank, vijftig jaar oud, met een streng gezicht en diepliggende ogen, had de reis vanuit het politiebureau naar de andere kant van de stad gemaakt omdat hij zich er zelf van wilde overtuigen dat Koehler nog steeds op de plek zat waar hij hoorde.

Hoewel het geen twijfel leed dat de man een potentieel gevaar was, waren er toch een paar aspecten aan de zaak geweest die Marty niet lekker zaten. Wat wel vaststond, was dat Ned Koehler die laatste stap had gezet waartoe zoveel stalkers overgaan: hij had de telefoonleidingen doorgesneden om de alarminstallatie van Grahams woning uit te schakelen en geprobeerd zich toegang te verschaffen.
Gelukkig was de surveillancecamera van haar vriend Eric Bailey – de knaap die miljoenen had verdiend met zijn internetbedrijf – niet alleen onmiddellijk automatisch op een hightech backup overgeschakeld, maar het apparaat had ook de politie gewaarschuwd en een foto gemaakt van Koehler die met een mes in de hand de sluiting van het slaapkamerraam probeerde te forceren!
Koehler was verknipt, zoveel was zeker. Waarschijnlijk had er altijd al een steekje losgezeten en was hij helemaal doorgeslagen door de dood van zijn moeder. En hij had gelijk. Joel Lake, de schoft die dankzij Graham vrijgesproken was, had zijn moeder vermoord.
Maar Graham was een verdomd goeie strafpleiter, zei Browski bij zichzelf, en wij zijn er gewoon niet in geslaagd om afdoende bewijzen te vinden.
En nu was Graham opnieuw door een stalker belaagd, ditmaal in Spring Lake. Ik heb altijd mijn twijfels gehad over die ex-man van Graham, dacht Browski terwijl hij via de hoofdingang naar de receptie van de inrichting liep.
Er stonden een paar mensen bij de balie te wachten tot iemand ze naar de gesloten afdelingen zou brengen. Hij liet zich in een stoel vallen en keek om zich heen.
De muren waren zachtgeel geschilderd en versierd met een paar smaakvol opgehangen, vrij behoorlijke reproducties. De kunstleren stoelen die in zithoekjes waren opgesteld, zagen er redelijk comfortabel uit. Op een paar muurtafels lagen stapels tijdschriften die kennelijk van recente datum waren.
Maar goed, ook al doe je nog zo je best om dit soort plaatsen gezellig te maken, het blijft een sombere bedoening, dacht Browski. Een plek waar je niet vrij bent om naar believen te komen en te gaan is per definitie somber.
Terwijl hij zat te wachten, begon hij onwillekeurig de mogelijk-

heid te overwegen dat Gary Harding White de stalker was geweest – en misschien nog stééds was. De familie White was al generaties lang toonaangevend in Albany, maar Gary Harding White was niet uit hetzelfde hout gesneden als de rest van de clan, die allemaal het hoogst mogelijke hadden bereikt. Ondanks zijn bevoorrechte afkomst, een knap uiterlijk en een prima opleiding was alles wat Gary aanpakte mislukt en hij begon de reputatie te krijgen dat hij een soort oplichter was. En een rokkenjager op de koop toe.

Nadat hij de Harvard Business School had doorlopen, had White zich in Albany gevestigd en was in dienst getreden van het familiebedrijf. Dat had niet lang geduurd.

Daarna had zijn vader een fiks bedrag opgehoest om hem in staat te stellen voor zichzelf te beginnen, maar die zaak ging failliet. Nu was hij weer met iets anders begonnen en ook daarbij waren de financiële problemen niet van de lucht. In de stad werd gefluisterd dat zijn vader het zat was om hem te onderhouden.

Dat zijn vrouw een financiële meevaller had gehad, was Gary kennelijk in het verkeerde keelgat geschoten. Iedereen was verontwaardigd over de manier waarop hij haar voor de rechter had gesleept om te proberen de helft ervan in handen te krijgen en tijdens het proces had hij gelogen of het gedrukt stond en zich volkomen belachelijk gemaakt.

Was hij verbitterd genoeg geweest om Emily geestelijk kapot te maken door haar als stalker te belagen? vroeg Browski zich af. En ging hij daar nog steeds mee door?

Maar Koehler was in potentie een gevaarlijk man. Per slot van rekening had hij in de rechtszaal een poging gedaan om Emily aan te vallen en hij had geprobeerd in haar huis in te breken. *Maar was* hij *de stalker?*

Toen hij zag dat de receptioniste alle mensen die bij de balie hadden staan wachten geholpen had, liep hij naar haar toe en pakte zijn portefeuille. Met zijn identiteitsbewijs in de hand zei hij: 'Marty Browski. Ik heb een afspraak. Wilt u aan dokter Sherman doorgeven dat ik hier ben om Ned Koehler te ondervragen? Is zijn advocaat er al?'

'Meneer Davis is een poosje geleden naar boven gegaan,' vertelde ze hem.

Een paar minuten later zat Marty aan een tafeltje tegenover Koehler en Hal Davis, zijn advocaat. De deur was dicht, maar een bewaker hield hen door het raam in het oog.
Ned is zo'n vent met wie je eigenlijk medelijden zou willen hebben zonder dat je dat ook echt kunt opbrengen, dacht Browski. Koehler was begin veertig en een bijzonder onaantrekkelijke man. Hij was grof gebouwd, met spleetogen en een puntkin. Bij iemand anders zou zijn dunner wordende, peper-en-zoutkleurige haardos best aantrekkelijk zijn geweest, maar bij hem werkte die op de een of andere manier zijn haveloze voorkomen in de hand.
'Hoe staan de zaken, Ned?' vroeg Browski op vriendelijke toon.
De tranen sprongen Koehler in de ogen. 'Ik mis mijn moeder.'
Browski had die reactie verwacht. 'Dat weet ik wel.'
'Het was de schuld van dat mens, die advocaat. Dankzij háár is hij vrijgekomen. Hij hoort in de gevangenis te zitten.'
'Ned, Joel Lake was die avond in jullie gebouw. Hij gaf toe dat hij in jullie appartement heeft ingebroken. Maar je moeder was in de badkamer. Hij kon het water in de badkuip horen lopen. Ze heeft hem niet gezien. Hij heeft haar ook niet gezien. Je moeder heeft nog met je tante zitten telefoneren nadat iemand Joel het gebouw uit zag komen.'
'Mijn tante heeft geen flauw benul van tijd.'
'Volgens de jury had ze dat wel.'
'Dat mens van Graham heeft ze om haar vinger gewikkeld.'
Misschien heeft ze de jury niet om haar vinger gewikkeld, dacht Browski, maar ze wist ze wél zover te krijgen dat ze het verhaal van Joel geloofden. Er waren niet zoveel advocaten die erin slaagden om in een moordzaak vrijspraak te krijgen voor een beklaagde terwijl die vent had toegegeven dat hij rond de tijd van de moord in het appartement van het slachtoffer had ingebroken.
'Ik haat Emily Graham, maar ik heb haar niet gevolgd en ook geen foto's van haar gemaakt.'
'Je probeerde die avond in haar huis in te breken. Je had een mes bij je.'
'Ik wilde haar bang maken. Ik wilde haar laten zien hoe bang mijn moeder moet zijn geweest toen die indringer dat mes oppakte.'
'Was je alleen maar van plan om haar bang te maken?'

'Daar hoef je geen antwoord op te geven, Ned,' waarschuwde Hal Davis.
Koehler negeerde hem en keek Browski strak aan. 'Ik wilde haar alleen de stuipen op het lijf jagen. Ik wilde dat ze zou begrijpen hoe mijn moeder zich voelde toen ze opkeek en...'
Hij begon weer te huilen. 'Ik mis mijn moeder,' zei hij opnieuw.
Davis klopte zijn cliënt op de schouder en stond op. 'Tevreden, Marty?' vroeg hij aan Browski terwijl hij de bewaker een knikje gaf ten teken dat hij Koehler terug kon brengen naar zijn afdeling.

23

Nick Todd had al een keer of zes de telefoon opgepakt om Emily Graham te bellen en iedere keer had hij de hoorn weer neergelegd. Als ik haar vraag om eerder te beginnen dan is afgesproken, zal ik de nadruk leggen op de hoeveelheid werk die we hebben en het feit dat we om haar zitten te springen, dacht hij. En zodra ze is ingewerkt... stap ik op.
Maar nee, besloot hij, het was niet eerlijk om het op die manier aan te pakken en het was zeker niet eerlijk om haar te vertellen wat hij van plan was voordat hij met zijn vader had gesproken.
Op vrijdagochtend belde Walter Todd zijn zoon via de interne lijn. 'Heb je al met Emily Graham gesproken?'
'Nee, nog niet.'
'Ik dacht dat we hadden afgesproken dat je daar binnen een dag of twee naartoe zou gaan om met haar te praten.'
'Dat ben ik ook van plan.' Nick aarzelde. 'Ik wil u graag uitnodigen om met me te gaan lunchen.'
Aan de andere kant van de lijn werd ook even geaarzeld. 'Ik heb toch de indruk dat we een zakenrekening hebben lopen bij een aantal restaurants.'
'Die hebben we ook bij de Four Seasons. Maar dit keer trakteer ik, pa.'

Ze liepen samen over Park Avenue naar Fifty-second Street. Ze waren het erover eens dat het vleugje zachtheid in de lucht na die kille natte periode hen goed deed. Ze concludeerden dat de lente op het punt stond te beginnen.

Ze hadden het over de aandelenmarkt. Niemand kon met zekerheid zeggen of de internetbedrijven zich weer zouden herstellen. Ze bespraken de krantenkoppen naar aanleiding van de moordzaak in Spring Lake. 'Ik zou die lui die van de tragische dood van een jonge vrouw een luguber en eng mediacircus maken het liefst de nek omdraaien,' zei Walter Todd.

Zoals gewoonlijk wemelde het in de Four Seasons van de bekende gezichten. Een voormalige president zat in de Grill Room zwaar te bomen met een vooraanstaand uitgever. Een voormalige burgemeester zat aan zijn gewone tafeltje. Nick herkende studiobazen, directeuren van zendgemachtigden, bekende schrijvers en magnaten... de typische lunchtijdmêlee van beroemde mensen die goed in hun slappe was zaten.

Ze bleven een paar keer bij een tafeltje staan om vrienden te begroeten. Nick deinsde bijna achteruit toen hij hoorde hoe zijn vader hem trots voorstelde aan een gepensioneerde rechter: 'Mijn zoon en partner...'

Maar toen ze een plaatsje hadden gevonden in de Pool Room en een fles Perrier hadden besteld, kwam hij meteen ter zake. 'Goed, Nick, wat is er aan de hand?'

Nick voelde zich ellendig bij de aanblik van de plotseling strakke keel van zijn vader, de boosheid die in zijn ogen opflitste en de doffe trek van verdriet die op zijn gezicht verscheen toen hij hoorde wat zijn zoon van plan was.

Ten slotte moest Walter Todd even slikken en zei: 'Dus dat is het. Een behoorlijk belangrijk besluit, Nick. Zelfs als je een baan bij het ministerie van justitie krijgt, zullen ze je nooit hetzelfde salaris betalen dat je nu verdient, weet je.'

'Ik weet het en u moet ook niet denken dat ik zo altruïstisch ben dat ik al dat geld niet zal missen.' Hij brak een stukje brood af en verkruimelde dat tussen zijn vingers.

'Je beseft toch wel dat je als sterke arm van de wet echt niet alleen schooiers achter de tralies brengt? Je zult een heleboel mensen moeten vervolgen die je liever als advocaat terzijde zou staan.'

'Daar zal ik mee moeten leren leven.'

Walter Todd haalde zijn schouders op. 'Het lijkt me duidelijk dat ik je besluit zal moeten aanvaarden. Ben ik er blij mee? Nee. Ben ik teleurgesteld? Ja. Hoe snel ben je van plan aan die donquichotterie te beginnen?'

Je hebt er ook ontzettend de pest over in, dacht Nick, maar dat was te verwachten.

De gerant bracht hen de menu's en somde de speciale dagschotels op. Hij was bijna vergroeid met de Four Seasons en glimlachte hen vriendelijk toe. 'Het doet me altijd goed om de heren Todd samen te zien lunchen.'

Ze gaven hun bestelling op en toen de gerant buiten gehoorsafstand was, lachte Walter Todd grimmig. 'Het cafetaria in het gerechtsgebouw heeft geen Michelinster, Nick.'

Het was een hele opluchting om te zien dat zijn vader zijn gewone scherpte had hervonden. 'Nou ja, misschien bent u wel bereid om me hier af en toe op een lekker etentje te trakteren, pa.'

'Ik zal er eens over denken. Heb je dit al met je moeder besproken?'

'Nee, nog niet.'

'Ze wist dat je ergens behoorlijk mee in je maag zat en daar heeft ze over lopen piekeren. Het zal een hele opluchting voor haar zijn dat het niet een of andere enge ziekte is. Ik moet bekennen dat ik ook opgelucht ben.'

De twee mannen zaten elkaar over het tafeltje aan te kijken, spiegelbeelden die zich alleen van elkaar onderscheidden door dertig jaar van de onvermijdelijke tol die het proces van ouder worden eist. Ranke schouders, slanke, goed verzorgde lichamen, lichtblond haar dat bij de oudere man inmiddels volledig grijs was geworden. Dunne lijntjes op het voorhoofd van Nick, diepe rimpels op dat van zijn vader. Sterke kaken en lichtbruine ogen. De ogen van Walter Todd achter randloze brillenglazen, die van Nick iets levendiger van kleur en met een uitdrukking die eerder vragend dan streng was.

'Je bent een verdomd goeie strafpleiter, Nick, de beste die er is. Na mij, uiteraard. Als jij eruit stapt, zal dat een verdomd grote leemte in de zaak veroorzaken. Goeie advocaten zijn er twaalf in een dozijn. Goeie, of liever gezegd, ontzéttend goeie strafpleiters moet je met een lantaarntje zoeken.'

'Dat weet ik, maar Emily Graham zal u er wel doorheen slepen.

Ik kan het niet meer opbrengen. Ik zou langzaam maar zeker aan kwaliteit inboeten. Dat voel ik gewoon. Zij heeft dezelfde passie voor dat werk als u, maar als ik naar haar toe ga, zal ik haar wel moeten vertellen dat ze meer werk op haar schouders zal moeten nemen dan ze had verwacht, in ieder geval in het begin.'
'Wanneer wil je ermee ophouden?'
'Zodra Emily Graham mijn kantoor kan overnemen. In de overgangsfase kan ik mijn spullen wel zolang in een van de kleinere kamers zetten.'
Walter Todd knikte. 'En als ze weigert om voor 1 mei te beginnen?'
'Dan wacht ik natuurlijk tot ze er is.'
Maar ze zal niet weigeren om eerder te beginnen, dacht Nick. Daar zal ik wel voor zorgen, ook al kost het me nog zoveel moeite.

24

Vrijdagochtend om klokslag acht uur begon het gejank en gedreun van de grondverzetmachine weer. Toen ze tijdens het koffiezetten een blik uit het raam wierp, zag Emily met een verdrietig gezicht hoe de bloembedden, de sierstruiken en het gazon sneuvelden. En het sprinklersysteem gaat er ook aan, dacht ze zuchtend.
Het was duidelijk dat ze behoorlijk in de buidel zou moeten tasten, want de hele tuin zou opnieuw aangelegd moeten worden. Het is niet anders, dacht ze terwijl ze met een kop koffie naar boven liep om te gaan douchen en zich aan te kleden. Veertig minuten later zat ze met een tweede kop in de hand weer in de studeerkamer, met haar notitieboekje op de poef.
Het boek *Herinneringen aan mijn meisjestijd* bleef een schatkamer vol achtergrondinformatie en wetenswaardigheden. De schrijfster, Phyllis Gates, had na de verdwijning van Madeline nog drie zomers in Spring Lake doorgebracht. In een dagboekfragment uit 1893 had ze het over de vrees dat Letitia Gregg verdronken was:

Letitia was dol op zwemmen en ze was nogal roekeloos. De vijfde augustus was een drukkend warme dag. Het strand zat vol badgasten en de branding was ontzettend sterk. Halverwege de middag was Letitia alleen thuis. Haar moeder was op visite en het dienstmeisje had haar wekelijkse vrije middag. Letitia's badkostuum was nergens te vinden en dat is ook de reden waarom wordt vermoed dat ze alleen naar de oceaan is gegaan om verkoeling te zoeken in het water.
Na de verdwijning van Madeline Shapley twee jaar geleden heerst er in de hele gemeenschap een bijna tastbare droefenis en er is ook een gevoel van angst merkbaar. Aangezien Letitia's lichaam nog niet aangespoeld is, blijft de mogelijkheid bestaan dat ze onderweg naar het strand of op de terugweg naar huis het slachtoffer is geworden van een misdrijf.
Moeder bewaakt me met argusogen en ik mag van haar niet eens de straat op als er niet iemand bij me is. Ik zal blij zijn als we na afloop van het seizoen weer teruggaan naar Philadelphia.

De schrijfster vervolgde:

Ik weet nog hoe wij jongeren vaak met ons allen bij iemand op de veranda zaten en eindeloze discussies voerden over wat Madeline en Letitia was overkomen. Onder de jongemannen bevonden zich ook altijd de neef van Douglas Carter, Alan Carter, en Edgar Newman. Ik had altijd het gevoel dat er tussen die twee jongens een band van onuitgesproken verdriet bestond, want Edgar was dol op Letitia en we wisten allemaal dat Alan tot over zijn oren verliefd was geweest op Madeline, ook al stond ze op het punt zich met Douglas te verloven toen ze verdween. Iemand anders van onze groep die ontzettend in de put zit, is Ellen Swain. Zij was Letitia's boezemvriendin en ze mist haar verschrikkelijk. Rond die tijd begon Henry Gates, een eerstejaarsstudent van Yale, steeds vaker langs te komen. Ik had al besloten dat ik dolgraag met hem wilde trouwen, maar natuurlijk moest een jongedame zich in die tijd heel keurig en omzichtig gedragen. Het zou heel onfatsoenlijk zijn geweest als ik Henry had laten merken dat ik genegenheid voor hem koesterde voordat ik heel zeker wist dat hij op mij verliefd was. In de loop der jaren hebben we daar vaak grapjes over gemaakt. Als we zien hoe losgeslagen de jonge mensen zich heden ten dage gedragen, zijn we het er roerend over eens dat onze verkeringstijd veel leuker is geweest.

En dit boek is in 1938 verschenen, dacht Emily. Ik vraag me af hoe Phyllis Gates over de manier waarop déze generatie elkaar het hof maakt en de nu heersende normen zou denken.
Op de volgende pagina's, waarop de schrijfster herinneringen ophaalde aan de zomers van 1894 en 1895 en aan haar bloeiende romance met Henry Gates, noemde ze regelmatig de namen van andere jonge mensen.
Emily schreef al die namen in haar notitieboekje. Dit moesten allemaal tijdgenoten van Madeline zijn geweest.
Het laatste dagboekfragment was geschreven op 4 april, 1896.

Een afschuwelijke tragedie. Vorige week is Ellen Swain in Spring Lake verdwenen. Ze was onderweg naar huis na een bezoek aan mevrouw Carter, wier toch altijd al zo zwakke gezondheid angstwekkend achteruit is gegaan sinds de zelfmoord van Douglas, haar enig kind. Men is er nu van overtuigd dat Letitia helemaal niet verdronken is, maar dat mijn drie vriendinnen allemaal het slachtoffer zijn geworden van een misdrijf. Moeder heeft de huur opgezegd van het zomerhuis dat we gewoonlijk voor het hele seizoen huren. Ze zei dat ze met mij geen enkel risico wenste te nemen. We zijn van plan om deze zomer naar Newport te gaan. Maar ik zal Spring Lake ontzettend missen.

De schrijfster besloot met:

Het mysterie van de verdwijningen heeft in de loop der jaren de meest wilde geruchten veroorzaakt. Het stoffelijk overschot van een jonge vrouw dat in Manasquan is aangespoeld, kan heel goed dat van Letitia Gregg zijn geweest. Een nicht van de Mallards heeft gezworen dat ze Ellen Swain in New York heeft gezien, aan de arm van een knappe man. Sommige mensen hechtten geloof aan dat verhaal, omdat de huiselijke omstandigheden van Ellen niet bepaald prettig waren. Haar ouders waren ontzettend veeleisend en kritisch. Maar degenen onder ons die haar vertrouwen

genoten en wisten hoeveel genegenheid ze voor Edgar Newman koesterde, hebben nooit geloofd dat ze met iemand weggelopen is naar New York.
Henry en ik zijn in 1896 getrouwd en tien jaar later gingen we met onze drie jonge kinderen terug naar Spring Lake om opnieuw het prettige leven van zomergasten op te pakken in de tegenwoordig zo modieuze badplaats.

Emily sloeg het boek dicht en legde het op de poef. Het lijkt wel een reis terug in de tijd, dacht ze. Ze stond op en rekte zich uit omdat ze plotseling merkte dat ze vrij lang in dezelfde houding had gezeten. Ze was verbaasd toen ze zag dat het al bijna twaalf uur was.
Ik ga even een frisse neus halen, dan word ik wel weer wakker, dacht ze. Ze liep naar de voordeur, deed hem open en stapte op de veranda. De uitwerking van het stralende zonnetje gecombineerd met de zachte wind was al bijna te zien aan het gras en de struiken. Alles leek groener en voller, klaar om te groeien en uit te dijen. Eind volgende maand is het al zover dat ik alles weer op de veranda kan zetten, dacht ze. Het zal heerlijk zijn om hier te zitten. Zevenentwintig delen van het oorspronkelijke, pitrieten tuinameublement waren opgeborgen op de zolder van het koetshuis. 'Ze zitten nu nog in plastic hoezen,' hadden de Kiernans haar verteld, 'maar alles is gerepareerd en in de oude staat gebracht en er zijn nieuwe kussens bij, overtrokken met een stof die volgens ons een kopie is van de oorspronkelijke, gebloemde bekleding.'
Het ameublement bestond onder meer uit banken, ligstoelen, stoelen en tafels. Sommige daarvan waren waarschijnlijk al gebruikt voor de feestelijke lunch ter gelegenheid van Madelines negentiende en laatste verjaardag, peinsde Emily. En Madeline had misschien wel op een van die stoelen zitten wachten op Douglas Carter, die een verlovingsring voor haar mee zou brengen.
Ik heb het gevoel dat ik ze allemaal zo goed ken, dacht ze. In dat boek komen ze echt tot leven.
Zelfs op een paar straten van de oceaan was de zeelucht prikkelend en onweerstaanbaar. Met tegenzin liep ze weer naar binnen en besefte toen dat ze nog helemaal geen zin had om weer verder te lezen.

Een lekkere lange wandeling over de promenade, besloot ze, en dan op de terugweg ergens in de stad een broodje eten.
Twee uur later, toen ze opgefrist en zonder de spinnenwebben in haar hoofd weer thuiskwam, stonden er twee boodschappen op haar antwoordapparaat.
De eerste was van Will Stafford. 'Bel me even terug, Emily. Ik moet je iets vertellen.'
De tweede was van Nick Todd. 'Ik wil bij je langskomen, Emily. Hopelijk heb je op zaterdag of zondag even tijd voor me. Ik moet een paar belangrijke dingen met je doorpraten. Mijn doorkiesnummer is 212-555-0857.'
Stafford zat op zijn kantoor. 'Ik heb mevrouw Lawrence gesproken, Emily,' zei hij. 'Ze zou het fijn vinden als je na de herdenkingsmis de lunch bij hen zou willen gebruiken. Ik heb haar verteld dat je van plan was om de mis bij te wonen.'
'Dat is heel vriendelijk van haar.'
'Ze wil je graag leren kennen. Zal ik je ophalen? Dan gaan we samen naar de kerk en van daaruit naar het huis van de familie Lawrence. Daar kan ik je voorstellen aan een paar mensen uit de stad.'
'Dat zou ik prettig vinden.'
'Mooi. Morgenochtend ben ik om tien over halfelf bij je.'
'Ik zal zorgen dat ik klaar ben. Bedankt.'
Ze belde het nummer van Nick Todd. Ik hoop dat ze er geen spijt van hebben dat ze me die baan aangeboden hebben, dacht ze bezorgd. Bij dat idee draaide haar maag zich om.
Nick nam al op nadat de telefoon een keer was overgegaan. 'We hebben het nieuws gevolgd. Niet bepaald een prettige manier om een nieuw huis te betrekken. Ik hoop dat je er niet al te overstuur van bent.'
Ze had het idee dat zijn stem een beetje gespannen klonk. 'Het was triest, maar overstuur ben ik er niet van geraakt,' zei ze. 'Je hebt een boodschap achtergelaten dat je een afspraak met me wilde maken. Heeft je vader bij nader inzien besloten me toch niet in dienst te nemen?'
Zijn lach was tegelijkertijd spontaan en geruststellend. 'Niets is minder waar. Wat dacht je ervan om morgen te gaan lunchen of 's avonds ergens te gaan eten? Of komt zondag je beter uit?'

Emily dacht er even over na. Morgen was de herdenkingsmis en daarna de lunch bij de familie Lawrence thuis. En ik wil die boeken uitlezen en terugbrengen naar dr. Wilcox, dacht ze. 'Het komt me beter uit als we zondag gaan lunchen,' zei ze. 'Ik zal even rondvragen waar we het best naartoe kunnen gaan en daar een tafeltje reserveren.'

Om halfzes drukte een van de forensische technici op de bel bij de achterdeur. 'We zijn klaar, mevrouw Graham. Er ligt daar verder niets meer begraven.'

Emily stond ervan te kijken hoe opgelucht ze was. Ze besefte dat ze eigenlijk had verwacht dat de stoffelijke resten van Letitia Gregg en Ellen Swain opgegraven zouden worden.

Het gezicht en de handen van de al wat oudere politieman zaten net als zijn kleren onder de modder. Hij zag er moe en koud uit. 'Het is een nare geschiedenis,' zei hij. 'Maar misschien komt er nu een eind aan het gros van die praatjes over een gereïncarneerde seriemoordenaar.'

'Dat hoop ik van harte.' Maar waarom heb ik nou het gevoel dat het allemaal nog een stuk erger zal worden? vroeg Emily zich af terwijl ze de politieman bedankte en vervolgens de deur dichttrok en op slot deed om de snel invallende duisternis buiten te sluiten.

25

Ik heb het gevoel dat er van alle kanten gevaar dreigt. Het is hetzelfde gevoel dat me bekroop toen Ellen Swain me voor het eerst in verband begon te brengen met Letitia's dood.

Destijds heb ik meteen ingegrepen.

Het was onbezonnen en dom van me dat ik vijf jaar geleden die afspraak met dr. Lillian Madden heb gemaakt. Wat heeft me in vredesnaam bezield? Natuurlijk kon ik me niet door haar laten hypnotiseren. Wie weet wat ik onwillekeurig had verteld als ik haar in mijn geest had laten doordringen?

Het was gewoon de verlokkelijke mogelijkheid dat ik direct zou kunnen terugkeren naar mijn vroegere incarnatie die me ertoe heeft verleid haar een bezoek te brengen.

Zou ze zich nog herinneren dat ze vijf jaar geleden een cliënt heeft gehad die vroeg of ze hem met behulp van regressietherapie terug kon brengen naar 1891?
Die kans bestaat wel, besloot hij huiverend.
Zou ze van mening zijn dat een gesprek dat in haar spreekkamer had plaatsgevonden, tussen cliënt en psycholoog, onder haar beroepsgeheim viel?
Dat zou kunnen.
Of zou ze zich daarentegen verplicht voelen om de politie op te bellen en te zeggen: 'Vijf jaar geleden kreeg ik het verzoek om een man uit Spring Lake terug in de tijd te brengen naar het jaar 1891. Hij had het specifiek over dat jaar. Ik heb hem uitgelegd dat ik daar niet toe in staat was, tenzij hij in die tijd een van zijn vorige levens leidde.'
In gedachten zag hij dr. Madden die hem met haar intelligente ogen strak aankeek. Ze had hem een uitdaging gevonden, maar hij had haar ook nieuwsgierig gemaakt.
Nieuwsgierigheid was de reden waarom Ellen Swain had moeten sterven, peinsde hij.
'Daarna,' zou dr. Madden misschien tegen de politie zeggen, 'heb ik geprobeerd om mijn patiënt onder hypnose te brengen. Hij raakte helemaal overstuur en liep op stel en sprong mijn spreekkamer uit. Het kan zijn dat het helemaal niet belangrijk is, maar ik vond toch dat ik dit aan u door moest geven. Zijn naam is...'
Dr. Lillian Madden mocht absoluut niet de kans krijgen om de telefoon op te pakken! Dat risico kon hij zich niet veroorloven.
Net als Ellen Swain zal ze er weldra achterkomen hoe gevaarlijk het is om zelfs maar íéts van mij te weten, dacht hij... niet alleen gevaarlijk, maar dodelijk.

ZATERDAG 24 MAART

26

'Ik heb nog nooit van m'n leven zo'n verzameling kolder gelezen.' Minachtend legde Rachel Wilcox het ochtendblad op de ontbijttafel en duwde het van zich af. 'Een gereïncarneerde seriemoordenaar! Goeie genade, denken die lui van de media nu echt dat we alles maar slikken?'

Al jaren werden er bij Clayton en Rachel Wilcox iedere dag twee exemplaren afgeleverd van zowel *The Asbury Park Press* als van *The New York Times*.

Hij zat net als zij *The Asbury Park Press* te lezen. 'Volgens mij staat duidelijk in de krant dat die vraag over een gereïncarneerde seriemoordenaar donderdag aan de officier van justitie werd gesteld. Ik lees nergens de suggestie dat *The Asbury Park Press* geloof hecht aan die mogelijkheid.'

Ze gaf geen antwoord. Dat verbaasde hem niets, dacht Clayton. Rachels humeur was al ver beneden peil vanaf het moment dat rechercheur Duggan donderdagmiddag had opgebeld. Zij stond net op het punt om weg te gaan en hij was bezig geweest de boeken voor Emily Graham bij elkaar te zoeken. Rachel was ziedend geweest over het voorstel dat de mensen die de avond voor Martha's verdwijning bij de familie Lawrence thuis waren geweest nu weer bij elkaar moesten komen om ondervraagd te worden door de politie. Voor de zoveelste keer.

'Waar haalt die man het léf vandaan!' had ze geraasd. 'Denkt hij soms dat een van jullie plotseling met een bekentenis over de brug komt of met een beschuldigende vinger naar iemand anders zal wijzen?'

Clayton Wilcox moest altijd een beetje zuur lachen omdat het kennelijk nooit bij Rachel opkwam dat iemand háár ook als een potentiële verdachte van de moord op Martha kon beschouwen. Hij kwam vaak in de verleiding om haar daarop te wijzen en te zeggen: 'Rachel, je bent een heel sterke vrouw. Je zit vol opgekropte woede, die bij de minste of geringste aanleiding los kan barsten. Je hebt een instinctieve hekel aan mooie jonge vrouwen met lang blond haar en ik hoef je niet te vertellen waarom.'

Na zevenentwintig jaar ging ze af en toe nog steeds tegen hem tekeer over die verhouding met Helene uit het begin van hun huwelijk. Rachel had gelijk dat het alleen aan haar te danken was dat hij zijn academische carrière had kunnen voortzetten. Toen de geruchten overal op de universiteit de ronde begonnen te doen, had hij zijn baan kunnen verliezen. Rachel had de professor die met het geroddel was begonnen de mantel uitgeveegd en ze had gelogen om haar man een alibi te bezorgen toen iemand anders beweerde dat ze hem samen met Helene in een hotel had gezien. Hij had veel plezier beleefd aan zijn academische carrière. Hij publiceerde nog regelmatig artikelen in academische tijdschriften en genoot van het respect dat de academische wereld voor hem had. Goddank was niemand van Enoch College er ooit achter gekomen waarom hij vervroegd met pensioen was gegaan toen hij daar rector magnificus was.

Clayton schoof zijn stoel achteruit en stond op. 'Ik weet zeker dat er veel mensen naar die mis zullen gaan,' zei hij. 'Ik stel voor dat we hier om halfelf weggaan, zodat we in ieder geval kunnen zitten.'

'Ik dacht dat we dat gisteravond al afgesproken hadden.'

'O, dat kan best.' Hij draaide zich om, op weg naar de veilige haven van zijn studeerkamer toen ze hem tegenhield door hem een vraag voor de voeten te werpen.

'Waar ben je gisteravond geweest?' vroeg ze.

Hij keerde zich langzaam weer om en keek haar aan. 'Nadat we naar het journaal hadden gekeken, probeerde ik om verder te gaan met mijn roman, maar ik kreeg hoofdpijn. Ik ben een eind gaan wandelen om er vanaf te komen en je zult het wel fijn vinden om te horen dat me dat is gelukt. Toen ik weer thuis was, voelde ik me een stuk beter.'

'Je hebt wel altijd op de vreemdste uren last van die hoofdpijn, hè Clayton?' vroeg Rachel terwijl ze haar exemplaar van *The New York Times* opensloeg.

27

Will Stafford had zich, toen hij wakker werd, vast voorgenomen om een bord havermout als ontbijt te nemen in plaats van eieren met spek of saucijsjes en wafels.

Waarom heb ik dat spul toch altijd in de koelkast? vroeg hij zich af toen hij na een uurtje trainen in zijn fitnessruimte, eerst op de hometrainer en daarna op de lopende band, in zijn joggingpak in de keuken roereieren en saucijsjes stond klaar te maken.

Onder het eten zat hij de *New York Post* te lezen. De journalisten van dat blad hadden een parapsycholoog die les gaf aan de New School de vraag voorgelegd of het kon dat een seriemoordenaar uit het eind van de negentiende eeuw gereïncarneerd was. De parapsycholoog zei dat hij niet geloofde dat iemand ooit terugkwam met exáct dezelfde persoonlijkheid – of die nu misdadig was of niet. Af en toe werden fysieke kenmerken meegenomen, legde hij uit. En soms bleek de nieuwe persoon over een natuurlijk, haast mystiek talent te beschikken dat al tot volle wasdom was gekomen. Mozart was bijvoorbeeld op zijn derde al een muzikaal genie. Het was vrijwel zeker dat emotionele bagage uit andere levens er de oorzaak van is dat sommige mensen te maken krijgen met ogenschijnlijk onverklaarbare emotionele problemen of obsessies.

In een ander artikel werd de mogelijkheid geopperd dat Jack the Ripper verantwoordelijk was geweest voor de moord op Madeline Shapley. Het tijdperk klopte. Hij was nooit gepakt, maar er was plotseling een eind gekomen aan zijn wrede misdaden in Engeland en er was altijd een theorie geweest dat hij naar New York was geëmigreerd.

Een derde artikel wees de lezer er zorgvuldig op dat aan het eind van de negentiende eeuw weliswaar nog twee andere jonge vrouwen uit Spring Lake spoorloos waren verdwenen, maar dat nooit afdoende was bewezen dat ze allebei waren vermoord.

Hoofdschuddend stond Will op, liep automatisch met zijn vuile vaat naar het aanrecht en begon de keuken op te ruimen. Hij keek in de koelkast om te controleren of hij genoeg kaas in huis had. Die middag, als Duggan het hele stel hier had verzameld, zou het zeker geen gezellige bijeenkomst worden, dacht hij, maar hij zou

toch kaas en crackers op tafel zetten en iedereen een glas wijn of een kop koffie aanbieden.
Hij overwoog of hij Emily Graham zou vragen met hem uit eten te gaan. Natuurlijk zou hij haar naar de kerk vergezellen en vervolgens ook samen met haar naar de lunch bij de familie Lawrence gaan, maar het drong plotseling tot hem door dat hij heel graag een tête-à-tête met haar zou willen hebben.
Een bijzonder interessante en aantrekkelijke dame.
Misschien bood hij wel aan om hier voor haar te koken. Om indruk op haar te maken, dacht hij met een spoor van een glimlach. Donderdag had Natalie bij de lunch nog bij wijze van grap gezegd dat de mensen in de omgeving bereid waren om op hun blote knieën te smeken of ze een keer bij hem mochten komen eten.
Ik ben ook een verdomd goeie kok, erkende hij bij zichzelf. Nee, sterker nog, een verdomd goeie chefkok!
Hij liep de woonkamer in om zich ervan te overtuigen dat alles op z'n plaats stond. Aan de muur naar het zonneterras hing een foto van het huis zoals het eruit had gezien toen hij het had gekocht, met gebroken dakpannen, een ingezakte veranda en bladderende luiken. Vanbinnen was het er even slecht aan toe geweest, misschien nog wel erger.
Hij had een aannemer in de arm genomen voor de verbouwingswerkzaamheden. De rest had hij zelf gedaan. Het had jaren gekost, maar het was een klus geweest die hem veel voldoening had geschonken.
Het was een van de kleinere huizen, dat destijds omschreven werd als een 'klassiek, bescheiden woonhuis voor permanente bewoning'. Hij vond het grappig dat de allesbehalve bescheiden landhuizen allemaal verdwenen waren. Op de plaatselijke markt voor onroerend goed was er voortdurend vraag naar huizen zoals het zijne.
De telefoon ging. Will nam met een opgewekte groet op, maar toen hij besefte wie hij aan de lijn had, klemde zijn hand zich om de hoorn.
'Met mij gaat het prima, pa,' zei hij. 'En met jou?'
Zou het dan nooit tot hem doordringen? vroeg hij zich af terwijl hij hoorde hoe de aarzelende stem van zijn vader zei dat hij re-

delijk goed herstelde van zijn laatste chemokuur en dat hij hoopte dat ze elkaar gauw weer eens konden zien. 'Dat is inmiddels alweer een hele tijd geleden, Will,' zei zijn vader. 'Veel te lang geleden.'

Hij had eindelijk zijn hand over zijn hart gestreken en was vorig jaar in Princeton met hem gaan eten. Zijn vader had geprobeerd zich te verontschuldigen voor al die jaren dat hij niet eens de moeite had genomen om een keer de telefoon op te pakken. 'Toen je me echt nodig had, gaf ik niet thuis, zoon,' had hij gezegd. 'Altijd die problemen met mijn werk, ik was zo druk... je weet hoe dat gaat.'

'Ik heb het zelf ook vrij druk, pa,' zei hij nu.

'O, wat jammer. Over een maand dan misschien? Ik zou heel graag je huis willen zien. We hebben vroeger vaak een fijne tijd gehad in Spring Lake, als jij, je moeder en ik in het Essex and Sussex logeerden.'

'Ik moet er vandoor, pa. Tot ziens.'

Zoals altijd na een telefoontje van zijn vader voelde Will de scherpe pijn uit het verleden als een golf door hem heen slaan. Hij wachtte rustig tot hij het verdriet had onderdrukt en liep vervolgens langzaam de trap op om zich aan te kleden voor de herdenkingsdienst ter ere van Martha Lawrence.

28

Robert Frieze was vroeg in de ochtend gaan joggen en toen hij thuiskwam, trof hij zijn vrouw al in de keuken waar ze haar gebruikelijke schrale ontbijt zat te verorberen: vruchtensap, zwarte koffie en één sneetje geroosterd brood zonder boter.

'Wat ben jíj vroeg,' merkte hij op.

'Ik hoorde jou stommelen en toen kon ik niet meer slapen. Om eerlijk te zijn heb je vannacht weer een paar nachtmerries gehad, Bob. Ik heb je wakker moeten maken. Dat kun je je toch nog wel herinneren?'

Herinneren. Dat woord begon hem gewoon angst aan te jagen. Het was de laatste tijd weer regelmatig voorgekomen. Die blinde periodes van een paar uur, of zelfs een hele middag, waarvan hij zich niets kon herinneren. Net als gisteravond. Hij was om halftwaalf 's nachts van het restaurant op weg naar huis gegaan. Maar hij was pas om één uur thuisgekomen. Hij vroeg zich af waar hij in dat extra uur had gezeten.

Vorige week had hij kleren gedragen waarvan hij zich niet eens kon herinneren dat hij ze had aangetrokken.

Die verontrustende voorvallen hadden zich voor het eerst voorgedaan toen hij een tiener was. Het begon met slaapwandelen en daarna kwamen de periodes met leemtes tussen de dingen die hij had gedaan, uren waarvan hij zelf niet kon verklaren waar hij was geweest.

Hij had er nooit met iemand over gesproken. Hij wilde niet dat iemand het idee kreeg dat hij niet goed wijs was. Het had hem geen moeite gekost om het verborgen te houden. Zijn vader en moeder waren altijd met zichzelf bezig en werden volkomen in beslag genomen door hun respectieve carrières. Ze eisten van hem dat hij er netjes uitzag, goede manieren had en op school mooie cijfers haalde. Voor de rest kon het hun geen bal schelen wat hij uitspookte.

Hij had altijd aan slapeloosheid geleden. Drie uur slaap volstond. Soms bleef hij op en ging tot diep in de nacht zitten lezen, andere keren ging hij naar bed om vervolgens weer op te staan en naar de bibliotheek beneden te gaan. Als hij geluk had, sukkelde hij boven een boek in slaap.

De voorvallen werden in de tijd dat hij studeerde steeds minder frequent en vervolgens had hij er jarenlang helemaal geen last meer van gehad. Maar de afgelopen vijf jaar was het weer begonnen en nu overkwam het hem regelmatig.

Hij wist best wat de reden ervan was: het restaurant... de grootste vergissing die hij in zijn leven had gemaakt. Het kostte hem handenvol geld. Het was de stress die ervoor zorgde dat hij weer last kreeg van die blinde periodes.

Dat móést het zijn, concludeerde hij.

Hij had Natalie niet eens verteld dat hij het restaurant drie maanden geleden te koop had gezet. Hij wist dat ze hem anders iedere dag aan zijn kop zou zeuren of er al iemand interesse had getoond. En zo nee, waarom dan niet? En daarna zou ze weer die hele litanie afsteken dat hij stapelgek was geweest om het te kopen.

De makelaar had gistermiddag gebeld. Dom Bonetti, die vroeger The Fin and Claw had gehad, een viersterrentent in het noorden van New Jersey, had vage belangstelling getoond. Bonetti, die nadat hij zijn restaurant had verkocht naar Bay Head was verhuisd, begon genoeg te krijgen van het nietsdoen. In feite was het meer dan vage belangstelling geweest. Hij was van plan om een bod uit te brengen. Zodra ik het heb verkocht, komt alles wel weer goed met me, hield Frieze zichzelf voor.

'Ben je nog van plan om een kop koffie in te schenken, of wou je daar gewoon met die kop in je hand blijven staan, Bobby?' Natalies stem klonk geamuseerd.

'Inschenken, denk ik.'

Hij wist dat zijn humeurigheid Natalie de keel uit begon te hangen, maar ze had er eigenlijk nauwelijks aanmerkingen op gemaakt. Ze zag er verrukkelijk uit, zelfs met dat haar zo slonzig over haar schouders, zonder een spoortje make-up en in die oude chenille ochtendjas waar hij zo'n hekel aan had.

Hij boog zich voorover en drukte een kus op haar hoofd.

'Spontaan gebaar van genegenheid. Iets wat al een hele tijd heeft ontbroken,' zei ze.

'Dat weet ik wel. Dat komt gewoon omdat ik zo ontzettend onder druk heb gestaan.' Hij besloot om haar te vertellen dat iemand op het punt stond een bod uit te brengen. 'Ik heb The Seasoner te koop gezet. De kans bestaat dat er een koper is.'

'Bobby, wat gewéldig!' Ze sprong op en sloeg haar armen om hem heen. 'Krijg je het geld terug dat je erin hebt gestoken?'

'Het grootste deel wel, zelfs als we moeten onderhandelen over de prijs.' Terwijl hij dat zei, wist Bob Frieze dat het een slag in de lucht was.

'Beloof me dan dat je dit huis verkoopt zodra het voor elkaar is en dat we naar Manhattan verhuizen.'

'Dat beloof ik.' Ik wil hier ook weg, dacht hij. Ik móét hier weg.

'Volgens mij kunnen we maar beter vroeg naar die herdenkingsmis gaan. Dat was je toch niet vergeten, hè?'

'Niet echt.'

En daarna, dacht hij, gaan we weer naar het huis van de familie Lawrence, waar ik niet meer ben geweest sinds die avond waarop ik zo lang met Martha heb staan praten.

Vervolgens moeten we naar het huis van Stafford waar Duggan ons weer het hemd van het lijf zal vragen over wat we vroeg in de ochtend na dat feestje allemaal hebben gedaan.
Hij zag als een berg tegen die beide bijeenkomsten op. Het probleem was dat hij zich wel dat feestje kon herinneren, maar niet wat er daarna was gebeurd. De ochtend daarna had hij in de vroegte weer een van die aanvallen gehad. Het volgende wat hij zich weer kon herinneren, was dat hij in de badkamer onder de douche stond. Zijn handen waren smerig en hij wist ook nog dat er zand op zijn T-shirt en op de knieën van zijn spijkerbroek had gezeten. Hij was van plan geweest om die ochtend te gaan tuinieren. Dat was zijn enige hobby en op die manier kwam hij altijd tot rust. Ik weet zeker dat ik die ochtend in de tuin heb gewerkt, hield hij zichzelf voor toen hij naar boven liep om zich om te kleden voor de herdenkingsmis ter ere van Martha Lawrence. In ieder geval zal ik dat tegen Duggan zeggen.

29

Zoals beloofd kwam Will Stafford zaterdagochtend precies om tien over halfelf langs om Emily op te halen. Ze zat beneden al op hem te wachten en ze had haar handtas bij haar handschoenen op het gangtafeltje klaargezet.
Het was puur geluk geweest dat ze haar nieuwe zwart-wit gemêleerde mantelpakje meegenomen had naar Spring Lake, want verder had ze hier eigenlijk alleen vrijetijdskleding.
Will vond kennelijk ook dat je je voor bepaalde gelegenheden speciaal moest kleden. Toen ze afgelopen woensdag het koopcontract had ondertekend, had hij een sportcolbertje aangehad; vandaag had hij besloten dat een donkerblauw pak, een wit overhemd en een ingetogen blauwe das het juiste kostuum vormden.
'Je ziet er fantastisch uit,' zei hij rustig. 'Ik wou alleen dat we ons voor een andere gelegenheid zo netjes aangekleed hadden.'
'Ik ook.'
Hij maakte een gebaar naar de achtertuin. 'Ik zie dat de aannemer weer bezig is die kuil dicht te gooien. Hebben ze zich ervan overtuigd dat daar verder niets te vinden is?'

'Ja, dat klopt.'
'Mooi. Dan moeten we nu maar gaan.' Toen Emily haar tas pakte en het alarm inschakelde, moest Will Stafford glimlachen. 'Waarom krijg ik nu het gevoel dat ik je altijd achter de vodden zit? De vorige keer moesten we ons haasten om na het ontbijt op tijd hier te zijn voor de laatste bezichtiging. Als je had geweten wat er zou gebeuren, zou je dan afgezien hebben van de koop?'
'Geloof me, dat is zelfs niet in mijn hoofd opgekomen.'
'Goed zo.'
Hij schoof zijn hand onder haar elleboog toen ze de trap afliepen en Emily besefte dat haar dat in emotioneel en fysiek opzicht een geruststellend gevoel gaf.
Ik heb een paar zware dagen achter de rug, dacht ze. Misschien heeft die hele toestand me meer aangegrepen dan ik dacht.
Het gaat zelfs nog verder, concludeerde ze terwijl Will het portier van de auto opendeed en ze zich op de passagiersstoel nestelde. Op een of andere idiote manier heb ik het gevoel alsof deze herdenkingsmis niet alleen voor Martha Lawrence is, maar *net zo goed voor Madeline.*
Toen Will wegreed, vertelde ze hem wat haar net door het hoofd was geschoten en ze voegde eraan toe: 'Ik had wat moeite met het idee dat ik eigenlijk een soort voyeur zou zijn door naar een mis te gaan voor een meisje dat ik nooit heb gekend. Het zat me echt een beetje dwars, maar nu voelt het toch anders aan.'
'Hoezo anders?'
'Ik geloof in het eeuwige leven, dat er een hemel bestaat. Ik vind het een prettig idee dat die twee jonge meisjes – die in de laatste momenten van hun leven zo ontzettend bang moeten zijn geweest; die meer dan honderd jaar na elkaar werden vermoord en van wie de lichamen allebei in mijn achtertuin zijn gedumpt – nu nog steeds samen zijn. Ik wil graag geloven dat ze nu op een plaats zijn "vol licht en vrede" zoals in de bijbel staat.'
'En waar denk je dat hun moordenaar nu is?' vroeg Will. 'En welk lot zal hem te wachten staan?'
Emily draaide zich stomverbaasd om en keek hem met grote ogen aan. 'Will, je bedoelt toch moordenáárs? Het gaat om twee verschillende mensen.'
Hij keek haar even aan en schoot in de lach. 'Goeie genade, Emi-

ly, ik begin te klinken alsof ik zo'n idiote verslaggever van een van die boulevardbladen ben. Natuurlijk bedoel ik moordenaars. Twee. Meervoud. Van wie er een allang dood is. De ander loopt hier waarschijnlijk nog ergens rond.'
Ze hielden hun mond toen ze om het meer reden en een paar minuten later de kerk van St. Catherine's voor zich zagen oprijzen. Het was een schitterende koepelkerk in romaanse stijl. Emily wist dat een rijke man de kerk in 1901 had laten bouwen als aandenken voor zijn overleden, zeventienjarige dochter. Het leek haar een bijzonder toepasselijke plek voor deze dienst.
Ze zagen een lange rij auto's die naar de kerk toe reden en eromheen een parkeerplaats zochten. 'Ik vraag me af of Martha's moordenaar in een van die auto's zit, Will,' zei Emily.
'Als hij uit Spring Lake komt, zoals de politie schijnt te denken, dan waag ik te betwijfelen dat hij het lef heeft om weg te blijven. Het zou veel te opvallend zijn als hij niet hier was om samen met de familie te rouwen.'
Samen met de familie te rouwen, dacht Emily. Ik vraag me af wie van Madelines vrienden honderdtien jaar geleden samen met onze familie heeft gerouwd, terwijl er bloed aan zijn handen kleefde.

30

Zaterdagochtend om elf uur stond Joan Hodges net op het punt om voor een coupe soleil naar de kapper te gaan, toen de telefoon ging. Het was Esther, de zuster van dr. Madden die vanuit Connecticut belde.
Haar stem klonk bezorgd. 'Joan, was Lillian van plan om dit weekend weg te gaan?'
'Nee.'
'Ik heb geprobeerd haar gisteravond om ongeveer halftwaalf te bellen. Toen ze niet opnam, dacht ik dat ze na haar college misschien met een paar vrienden ergens naartoe was gegaan, maar ik heb vanmorgen al twee keer gebeld en ik kan haar nog steeds niet bereiken.'
'Af en toe schakelt ze de telefoon uit. En ze heeft in verband met

die moordzaak zoveel met de media te stellen, dat ze dat nu ook wel zal hebben gedaan. Ik ga wel even bij haar langs om te kijken of alles in orde is.' Joan deed haar best om geruststellend te klinken, hoewel ze zelf ook een beetje ongerust was.
'Ik wil niet lastig zijn.'
'U bent helemaal niet lastig. Ik ben er binnen een kwartiertje.'
Terwijl ze geen moment meer aan haar afspraak bij de kapper dacht, reed Joan zo hard als ze durfde. Het holle gevoel in haar maag en de brok in haar keel wezen duidelijk op het gevoel van paniek dat ze probeerde te onderdrukken. Er was iets helemaal mis. Ze wíst het gewoon.
Het huis van dr. Madden stond op een stuk grond van tweeduizend vierkante meter aan Laurel Street, drie straten verwijderd van de oceaan. En het is zo'n mooie dag, dacht Joan terwijl ze over de oprit reed. Alsjeblieft God, laat ze alleen maar een flink stuk zijn gaan wandelen. Of laat haar vergeten zijn de bel van de telefoon weer aan te zetten.
Toen Joan bij het huis aankwam, zag ze dat de rolgordijnen in de slaapkamer omlaag waren en dat de krant voor de voordeur op de veranda lag. Terwijl ze de sleutel van het kantoor zocht, trilden haar vingers. Ze wist dat er een reservesleutel in haar bureau lag, voor het geval dr. Madden de verbindingsdeur tussen het kantoor en de rest van het huis op slot had gedaan.
Ze stapte de kleine vestibule binnen. De zon scheen zo fel, dat ze niet zag dat het licht in het kantoor aan was. Met het zweet in haar handen en snel ademhalend liep ze haar eigen kantoor in. De laden van de archiefkasten stonden open. Dossiers waren eruit getrokken, leeg gehaald en opzij gegooid en de hele vloer lag bezaaid met de papieren die erin hadden gezeten.
Ze was het liefst naar binnen gerend, maar Joan kreeg met moeite haar ene voet voor de andere toen ze naar de spreekkamer van Lillian Madden liep.
De schreeuw die in haar opwelde, kwam uiteindelijk als een gekweld gekreun over haar lippen. Het lichaam van dr. Madden lag ineengezakt over het bureau, met haar hoofd opzij en een van haar handen samengeknepen alsof ze iets had vastgehouden. Haar geopende ogen puilden uit en haar lippen weken van elkaar alsof ze nog steeds naar adem snakte.

Ze had een koord om haar nek dat stijf was aangetrokken.
Joan kon zich niet herinneren dat ze luid schreeuwend het kantoor uit was gehold en via de verandatrap en het gazon naar het trottoir was gelopen. Toen ze weer bij haar positieven kwam, was ze omringd door de buren van Lillian Madden die, opgeschrikt door haar hysterisch gegil, naar buiten waren gerend.
Terwijl ze door haar knieën zakte en een barmhartige duisternis het afschuwelijke beeld van haar vermoorde vriendin en werkgeefster wegvaagde, flitste er nog één gedachte door Joans hoofd: *Dr. Madden geloofde dat mensen die een gewelddadige dood sterven heel snel terugkeren in een nieuwe incarnatie. Als dat waar is, hoe gauw zou zij dan weer terugkomen?*

31

Ze zijn gewoon geweldig, dacht Emily. Ze was samen met Will Stafford net aangekomen in het huis van de familie Lawrence, die zich in een informele rij had opgesteld om hun bezoek te verwelkomen. Martha's grootouders, de oudsten van de familie, met zilverkleurig haar, kaarsrechte ruggen en in de tachtig; Martha's ouders, George en Amanda Lawrence, een gedistingeerd echtpaar van achter in de vijftig; en hun andere dochter, Christine, een jongere uitgave van haar moeder, stonden samen met Christines man naast elkaar om hun gasten de hand te drukken en hun condoléances in ontvangst te nemen.
Emily had grote bewondering voor de waardige en rustige manier waarop ze zich tijdens de herdenkingsmis hadden gedragen. Ze had samen met Will in een bank gezeten die haaks op de bank stond waarop de familie had plaatsgenomen en ze had hen duidelijk kunnen zien. Hoewel de tranen hen in de ogen waren geschoten, hadden ze allemaal beheerst en aandachtig de dienst gevolgd, waarbij Christine naast haar ouders had gezeten met haar nieuwe baby, de naamgenoot van Martha, in haar armen.
Toen een van Martha's vriendinnen in huilen was uitgebarsten tijdens het uitspreken van een lofrede had Emily zelf ook tranen in haar ogen gekregen. Op dat moment had ze gezien hoe Amanda haar armen uitstak en de baby van Christine had overgeno-

men. Ze had haar stijf tegen zich aangedrukt, met haar kin tegen het hoofdje van de baby gevleid.

'Ik kuste haar en zij, die mijn kus beantwoordde, kon niet weten dat mijn kus bestemd was voor haar zuster, opgesloten onder een aanwassend sneeuwdek.'

De schrijnende regels uit het gedicht van James Russell Lowell waren Emily door het hoofd geschoten terwijl ze toekeek hoe Amanda Lawrence troost vond bij haar pasgeboren kleindochter op hetzelfde moment dat haar vermoorde dochter werd herdacht.

Will stelde haar aan hen voor. Ze beseften meteen wie ze was.

'Ditzelfde is uw familie vier generaties geleden overkomen,' zei Martha's vader. 'We koesteren alleen de innige wens dat degene die onze dochter het leven heeft benomen zijn gerechte straf niet zal ontgaan.'

'Als we die reïncarnatie-onzin buiten beschouwing laten, denkt u dan dat Martha's dood bedoeld was als een kopie van wat er met Madeline Shapley is gebeurd?' vroeg Amanda Lawrence.

'Ja, dat denk ik inderdaad,' zei Emily. 'En ik denk zelfs dat er een geschreven bekentenis of verklaring bestaat, die door de hedendaagse moordenaar is gevonden. Ik ben begonnen met het doorspitten van oude archieven en boeken in een poging me een beeld te vormen van Madeline en haar vrienden. Ik zoek referenties aan haar en de indruk die andere mensen destijds van haar hadden.'

George en Amanda Lawrence keken elkaar even aan voor hij zich tot zijn ouders wendde. 'Moeder, jij hebt toch nog een heel stel fotoalbums en andere aandenkens uit de tijd van je grootmoeder?'

'O ja, lieverd. Allemaal keurig opgeborgen in die kast op zolder. Mijn grootmoeder van moeders kant, Julia Gordon, was heel nauwgezet. Ze heeft alle foto's voorzien van onderschriften waarin de datum, de plaats, de gebeurtenis en de namen van de mensen staan vermeld en ze hield altijd een uitgebreid dagboek bij.'

De oudste mevrouw Lawrence wierp een vragende blik op Emily.

De naam Julia Gordon was regelmatig voorgekomen in de dagboekfragmenten in het boek *Herinneringen aan een meisjestijd.* Ze was een tijdgenote van Madeline geweest.

'Zou u willen overwegen om mij naar de inhoud van die kast te

laten kijken?' vroeg Emily rustig. 'U zult het misschien vergezocht vinden, maar ik denk dat het verleden ons iets kan vertellen wat ons nu verder zal helpen.'
Voordat zijn moeder antwoord kon geven, kwam George Lawrence vastbesloten en zonder aarzelen tussenbeide. 'We zijn bereid om álles te doen wat kan helpen de moordenaar van onze dochter te ontmaskeren.'
'Emily.' Will Stafford gaf haar een kneepje in haar arm en gebaarde naar de mensen die achter hen stonden te wachten om met de familie Lawrence te spreken.
'Ik mag u nu niet langer ophouden,' zei Emily snel. 'Is het goed als ik u morgen bel?'
'Will heeft ons nummer. Hij zal het wel aan u doorgeven.'
Het koude buffet stond in de eetkamer. Op de gesloten veranda die aan de achterkant over de volle lengte van het huis liep, waren tafeltjes en stoelen opgesteld.
Met hun borden in de hand liepen ze naar de veranda. 'Hierheen, Will,' riep een stem. 'We hebben een plaatsje voor je opengehouden.'
'Dat is Natalie Frieze,' zei Will terwijl ze door het vertrek liepen.
'Kom maar gezellig bij de andere verdachten zitten,' zei Natalie vrolijk toen ze bij het tafeltje aankwamen. 'We doen ons best om ons verhaal aan elkaar aan te passen voordat Duggan ons een derdegraads verhoor afneemt.'
De opmerking stuitte Emily tegen de borst en ze was het roerend eens met de streng uitziende vrouw die tegenover Natalie zat en op scherpe toon zei: 'Er zijn dingen waar je geen grapjes over hoort te maken, Natalie.'
Natalie was kennelijk niet in het minst van haar stuk gebracht door die terechtwijzing. '"Breng vreugde onder de mensen," Rachel,' citeerde ze kortaf. 'Dat is alles wat ik probeer te doen. Het was niet mijn bedoeling om iemand te beledigen.'
Dr. Wilcox zat ook aan het tafeltje en begroette haar hartelijk. Ze werd voorgesteld aan zijn vrouw, Rachel, en ook aan Bob en Natalie Frieze. Typisch een geval van een oude bok die nog wel een groen blaadje lust, dacht Emily. Ik vraag me af hoe lang de dame het nog volhoudt. Ik zou m'n hoofd er niet onder durven te verwedden dat dit huwelijk lang standhoudt. Maar goed, je

kunt nooit weten, hield ze zichzelf voor. Ik had er vergif op durven innemen dat het mijne wel een lang leven beschoren was!
'Hebben de boeken u iets verder geholpen?' vroeg dr. Wilcox.
'Absoluut.'
'Ik heb begrepen dat jij strafpleiter bent, Emily,' zei Natalie Frieze.
'Ja, dat klopt.'
'Wat ik me zat af te vragen... als iemand hier nu zou worden aangeklaagd voor de moord op Martha, zou jij dan bereid zijn om zijn verdediging op je te nemen?'
Ze vindt het leuk om de boel een beetje te jennen, dacht Emily, maar het viel haar op dat de stemming aan tafel meteen omsloeg. Ze had het idee dat iemand – of misschien wel iedereen – dat geen leuke vraag vond.
Ze probeerde de vraag met een grapje af te doen. 'Tja, ik ben wel lid van de orde van advocaten van New Jersey, maar aangezien het toch niet zover zal komen, zal ik maar niet om een voorschot vragen.'
Toen ze weggingen, stelde Will haar nog voor aan een aantal mensen, voor het merendeel inwoners van de stad, of mensen die er iedere zomer doorbrachten. Emily voelde zich onmiddellijk bij hen op haar gemak, alsof haar familie ook generaties lang een huis in de stad had gehad. Het huis van de familie Lawrence dateerde uit de jaren tachtig van de negentiende eeuw. Ze vroeg zich af of de Shapleys hier weleens op bezoek waren geweest.
Ze bleven even staan praten met John en Carolyn Taylor, goede vrienden van Will die haar vroegen of ze tenniste.
Emily zag plotseling in gedachten voor zich hoe ze naast Gary had gestaan om de beker voor de winnaars van het dubbelspel bij hun club in Albany in ontvangst te nemen. 'Jazeker.'
'Wij zijn lid van de Zwem- en Tennisclub,' zei Carolyn Taylor. 'Als die in mei weer opengaat, moet je daar een keer met ons komen lunchen en breng dan meteen je racket mee.'
'Dat zou ik heel leuk vinden.'
Tijdens de rest van het gesprek kwam ze erachter dat Carolyn het hoofd was van een kleuterschool in het vlakbij gelegen Tinton Falls en John was chirurg in het North Jersey Shore Hospital. Ze wist meteen dat het mensen waren die ze graag beter wilde leren kennen.

Net toen ze wilden vertrekken aarzelde Carolyn Taylor even en zei vervolgens: 'Ik hoop dat je beseft dat iedereen in deze kamer – of eigenlijk iedereen in de hele stad – het heel vervelend voor je vindt dat je de afgelopen paar dagen zoveel te verduren hebt gehad. Dat wou ik toch even uit naam van ons allemaal zeggen.'
En ze voegde eraan toe: 'Wij wonen al vier generaties lang in Spring Lake. Een verre nicht van me, Phyllis Gate, heeft zelfs een boek geschreven over haar leven hier in de jaren tussen 1880 en 1900. Ze was een heel goeie vriendin van Madeline.'
Emily keek haar met grote ogen aan. 'Ik heb haar boek gisteravond in één ruk uitgelezen,' zei ze.
'Phyllis is in het midden van de jaren veertig gestorven, toen mijn moeder nog een tiener was. Ondanks het grote leeftijdsverschil konden ze heel goed met elkaar opschieten. Phyllis nam moeder vaak mee als ze op reis ging.'
'Heeft ze weleens met je moeder over Madeline gepraat?'
'Jazeker. Ik had mam zelfs vanmorgen nog aan de telefoon. Natuurlijk hadden we het over alles wat zich hier de laatste paar dagen heeft afgespeeld. Mam zei dat Phyllis het niet in haar boek had willen zetten, maar dat ze er altijd van overtuigd was geweest dat Douglas Carter Madeline had vermoord. Hij was toch haar verloofde, of vergis ik me nu?'

32

Tommy Duggan woonde samen met Pete Walsh de herdenkingsmis in St. Catherine's bij. Tijdens de dienst had hij voortdurend zijn woede opgekropt omdat hij zeker wist dat Martha's moordenaar ook ergens in de kerk zat, maar zijn gezicht had strak en toepasselijk ernstig gestaan terwijl hij deelnam aan de gebeden die voor haar werden uitgesproken en zijn stem verhief tijdens de psalm aan het slot.

Wij zullen verblijven in de Stad des Heren
Waar ons geween in vreugde zal veranderen...

Als ik je te pakken krijg, droog ik die krokodillentranen van je wel, bezwoer Tommy, denkend aan de moordenaar.

Hij was van plan geweest om na de mis naar het bureau te gaan en daar te blijven tot het tijd was voor de afspraak met het hele stel bij Will Stafford thuis, maar toen hij samen met Pete terugkwam bij de auto en controleerde of er berichten voor hem waren, kreeg hij het nieuws over de dood van dr. Lillian Madden te horen.

Een kwartier later kwam hij op de plaats van het misdrijf aan, met Pete op zijn hielen. Het lichaam was nog steeds aanwezig en de mensen van de forensische dienst deden efficiënt hun werk terwijl de plaatselijke politie het huis bewaakte.

'Ze gaan ervan uit dat de dood gisteravond tussen tien en elf uur is ingetreden,' vertelde Frank Willette, de commissaris van politie van Belmar. 'Het was geen inbraak die verkeerd afliep, dat kan ik je al wel vertellen. In de slaapkamer liggen juwelen en geld, dus degene die dit heeft gedaan was alleen op zoek naar iets dat zich hier bevond, in haar spreekkamer.'

'Had dr. Madden een voorraadje geneesmiddelen?'

'Drugs bedoel je? Nee, ze was doctor in de psychologie, geen arts. Natuurlijk is het best mogelijk dat de dader dat niet wist, maar...' Hij haalde zijn schouders op.

'De secretaresse, Joan Hodges, heeft haar gevonden,' ging Willette verder. 'Hodges rende naar buiten en zakte op straat in elkaar. Ze wordt daarginds verzorgd.' Hij knikte naar de openstaande deur die toegang gaf tot de woonvertrekken aan de andere kant van de vestibule. 'Waarom ga je niet even met haar praten?'

'Dat ben ik ook van plan.'

Joan Hodges zat rechtop tegen de kussens van het bed in de logeerkamer en een broeder van de ambulance was bij haar. Een agent van de politie van Belmar die aan het voeteneind van het bed stond, wilde net zijn opschrijfboekje wegstoppen.

'Ik wil absoluut niet naar het ziekenhuis,' zei ze net toen Duggan en Walsh de kamer binnenkwamen. 'Er is niets met me aan de hand. Ik heb alleen zo'n schok gehad toen ik haar vond...' Haar stem stierf weg en de tranen biggelden over haar wangen. 'Het is echt verschrikkelijk,' fluisterde ze. 'Wie heeft haar dat nu willen aandoen?'

Tommy Duggan keek de agent uit Belmar aan, die hij vaag kende. 'Ik heb al met mevrouw Hodges gesproken,' zei de agent. 'Maar ik neem aan dat jij haar ook nog een paar vragen wilt stellen.'

'Dat klopt.' Tommy trok een stoel bij, ging naast het bed zitten en stelde zich voor.

Hij vertelde Joan eerst hoe erg hij het vond, met een stem vol medeleven en begrip, daarna begon hij haar vriendelijk te ondervragen.

Het werd meteen duidelijk dat er volgens Joan Hodges maar één reden kon zijn waarom Lillian Madden was vermoord.

Met een stem die steeds vaster begon te klinken toen haar verdriet gedeeltelijk plaats begon te maken voor woede, zei Joan: 'Er loopt hier echt een seriemoordenaar rond en ik begin te geloven dat hij werkelijk een reïncarnatie is van de moordenaar die hier aan het eind van de negentiende eeuw heeft gewoond. Dokter Madden kreeg donderdag en vrijdag het ene na het andere telefoontje van de media met vragen daarover. Ze wilden allemaal weten wat zij ervan dacht.'

'Bedoel je dat zij hem misschien heeft gekend?'

'Eerlijk gezegd weet ik eigenlijk niet wat ik bedoel. Misschien had ze de politie iets kunnen vertellen dat hen bij de opsporing van die man had kunnen helpen. Het beviel me helemaal niet dat dokter Madden gisteravond toch college wilde geven. Ik heb tegen haar gezegd dat ze dat volgens mij moest afzeggen. Misschien is iemand haar gevolgd toen ze naar huis ging.'

Hodges kon best gelijk hebben, dacht Tommy. De moordenaar had gemakkelijk bij het college aanwezig kunnen zijn.

'Joan, je hebt gezien dat de dossiers uit het archief overal op de grond lagen. De moordenaar was kennelijk naar iets op zoek, misschien wel naar zijn eigen dossier. Weet jij of er bij de patiënten van de dokter iemand was die haar misschien bedreigd heeft? Of is een van hen psychotisch genoeg om zich om de een of andere reden tegen haar te hebben gekeerd?'

Joan Hodges streek het haar van haar voorhoofd. Ik had een afspraak voor een coupe soleil, dacht ze. Ze wenste uit het diepst van haar hart dat ze de klok terug zou kunnen draaien om de dag te laten verlopen zoals ze die had gepland, want dan zou ze

nu aan het winkelen zijn om een nieuwe jurk te kopen voor de bruiloft van haar beste vriendin die voor de tweede keer ging trouwen.
Dr. Madden, dacht ze. Haar patiënten waren dol op haar. Ze was zo vriendelijk en zo begripvol. O, natuurlijk waren er ook een paar die nooit meer kwamen, maar dat overkomt iedere psycholoog. Dr. Madden zei altijd dat mensen alleen maar op zoek waren naar een aanmoediging voor hun verkeerde gedrag, niet naar inzicht om er verandering in te kunnen brengen.
'Ik zou niet één patiënt kunnen noemen die dokter Madden ooit kwaad had willen doen,' zei ze tegen Tom. 'Het is die seriemoordenaar. Dat weet ik zeker. Hij is bang dat ze iets over hem te weet is gekomen.'
Dat klinkt logisch, als hij tenminste ooit patiënt van haar is geweest, dacht Tom. 'Joan, is er behalve in hun dossiers nog een andere plek waar we de namen van de patiënten kunnen vinden?'
'In het afsprakenboek dat ik bijhoud en in de computer.'
Tommy Duggan stond op. 'Joan, we krijgen die kerel heus wel te pakken. Dat beloof ik je. Wat jij nu moet doen, is je concentreren op de patiënten. Als je iets te binnen schiet over iemand, het kan me niet schelen hoe onbelangrijk je dat zelf ook mag voorkomen, dan moet je me meteen opbellen, oké?'
Hij legde zijn kaartje op het nachtkastje naast het bed.
Toen hij samen met Pete terugkwam in de spreekkamer werd de lijkenzak met het lichaam van Lillian Madden net naar buiten gedragen.
'Wij zijn hier klaar,' zei het hoofd van de forensische dienst. 'Ik betwijfel of we iets hebben gevonden dat jullie op weg helpt. Volgens mij was die vent zo slim om handschoenen te dragen.'
'Waarschijnlijk heeft hij gevonden waarnaar hij op zoek was, wat dat ook is geweest,' zei commissaris Willette. 'De kasten met de namen van de patiënten staan in het privékantoor van de dokter en de sleutel zat in het slot. Die zal die kerel wel in de bovenste la van dokter Maddens bureau hebben gevonden, of hij zat al in het slot.'
'Weet je of ze vaak 's avonds werkte?' vroeg Pete Walsh.
'Dokter Madden heeft gisteren college gegeven aan de gemeenteuniversiteit. Toen ze terugkwam van de universiteit is ze kenne-

lijk rechtstreeks naar haar spreekkamer gelopen. Haar jas en haar koffertje liggen bij de balie. Ik vraag me af wat er zo belangrijk was. Ze zat kennelijk achter haar bureau te werken toen ze vermoord werd. Waarschijnlijk heeft ze de indringer niet eens gehoord.'

'Hoe is hij binnengekomen?'

'Er is geen spoor van braak. Misschien was het raam niet afgesloten. We hebben er nog drie of vier gevonden waarbij dat het geval was. En de alarminstallatie was niet ingeschakeld.'

'Het was een van haar patiënten,' zei Tommy op stellige toon. 'Misschien iemand die onder hypnose zijn mond voorbij heeft gepraat en zich zorgen maakte. Waarom zou hij anders die dossiers doorzoeken? Joan Hodges heeft gezegd dat áls het om een patiënt gaat, zijn naam ook in het afsprakenboek moet staan.'

'Hij heeft geprobeerd om de computers te laten crashen,' zei Willette.

Tommy knikte. Dat verbaasde hem niets. 'Als de harde schijf niet kapot is, hebben we er misschien nog iets aan.'

'Ik zal jullie helpen.' Joan Hodges, die nog steeds zo bleek was als een doek, was achter hen aan gelopen.

Een uur later was een geïrriteerde Tommy Duggan van één ding zeker: de moordenaar van Lillian Madden was in de afgelopen vijf jaar patiënt van haar geweest. Alle afsprakenboeken uit die periode ontbraken, niet alleen de exemplaren van dr. Madden zelf, maar ook die van Joan Hodges.

Joan zag eruit alsof ze ieder moment flauw kon vallen.

'Wij moeten er nu vandoor en jij moet naar huis,' zei Tommy tegen haar. 'Pete rijdt je wel even in je eigen auto terug.' Er was ineens een vervelend idee bij hem opgekomen. 'Hoe lang werkte je al voor dokter Madden, Joan?' vroeg hij.

'Volgende week zou ik hier zes jaar zijn.'

'Besprak dokter Madden haar patiënten weleens met jou?'

'Nooit.'

Terwijl hij door Belmar achter Joans auto aan op weg was naar haar flat in Wall Township vroeg Tommy zich af of de moordenaar van dr. Madden zich misschien zorgen zou maken dat ze haar secretaresse in vertrouwen had genomen.

Ik zal tegen de plaatselijke smerissen zeggen dat ze een oogje op haar huis moeten houden, besloot hij. Zijn vingers klemden zich om het stuur toen hij een primitieve opwelling kreeg om iets of iemand met zijn vuisten te bewerken. 'Ik heb die moordenaar ontmoet,' zei hij hardop terwijl hij zijn woorden uitrekte. 'Ik heb zijn aanwezigheid gevoeld. Ik heb verdomme alleen geen flauw idee wie het is.'

33

Marty Browski uit Albany, New York, kende Tommy Duggan uit Monmouth County, New Jersey niet, maar ze waren verwante zielen, rechercheurs in hart en nieren en zo vasthoudend als een buldog als ze een misdaad moesten oplossen.

Ze hadden nog iets met elkaar gemeen. Als ze bekropen werden door dat haast mystieke gevoel dat er iets niet klopte bij een misdaad – ook al was die ogenschijnlijk naar tevredenheid opgelost – dan hadden ze geen rust tot ze de zaak weer van A tot Z hadden doorgelopen, op zoek naar een mogelijke gerechtelijke dwaling.

Vanaf het moment dat Emily Graham hem had gebeld over de foto die onder haar voordeur in Spring Lake door was geschoven, had Marty Browski zich ernstig zorgen gemaakt.

Hij was ervan overtuigd geweest dat Ned Koehler de stalker was en dat ze hem net op tijd hadden opgepakt voor hij kans had gezien om Emily te vermoorden. Nu was hij daar niet meer zo zeker van.

Zaterdagmiddag praatte Marty het hele geval door met zijn vrouw Janey, toen ze met hun labrador, Ranger, een lange wandeling maakten door het park in de buurt van hun huis in Troys.

'Toen we Koehler arresteerden, stond hij voor het huis van Emily Graham. Hij beweerde dat hij haar alleen maar bang had willen maken. Hij zei dat hij helemaal niet van plan was geweest om naar binnen te gaan.'

'Maar jij geloofde hem niet, Marty. Niemand geloofde hem. Hij is veroordeeld omdat hij haar heeft lastig gevallen,' merkte Janey op.

'Toen ik gisteren bij hem op bezoek was, heeft hij zijn verhaal nog iets aangepast. Hij zei dat hij Emily wilde laten merken hoe bang zijn moeder is geweest voor ze stierf.'

'Lekkere vent.'

'Het wordt lente,' zei Marty, terwijl hij de lucht opsnoof. 'Het wordt tijd om de boot in het water te leggen.' Hij trok een gezicht. 'Janey, het verhaal is dat Ned Koehler thuiskwam en zijn moeder dood aantrof met een mes in haar borst. Hij werd stapelgek, pakte haar op en liep om hulp schreeuwend met haar lichaam in zijn armen het huis uit. Joel Lake was in die flat geweest, hij had ingebroken. Het is een wonder dat Emily Lake hem vrij heeft weten te pleiten van die aanklacht wegens moord.'

'Als ik me het goed herinner, geloofde de jury de zuster van Ruth Koehler, die in de getuigenbank vertelde dat ze nog met Ruth had gesproken nadat iemand Joel Lake dat flatgebouw uit had zien komen.'

'Destijds had ik nooit verwacht dat ze daar in zouden trappen. Naar mijn idee was die oude dame even betrouwbaar als het weerbericht.'

Janey Browski glimlachte. Zij en Marty hadden al vanaf hun jeugd verkering gehad en ze waren een week na hun eindexamen van de middelbare school getrouwd. Inmiddels was ze negenenveertig en had ze drie volwassen kinderen en vier kleinkinderen, iets wat nauwelijks te geloven was als je in aanmerking nam hoe jong ze er nog uitzag. Ze was nu tweedejaars aan de Sienna universiteit en probeerde dezelfde studie af te maken die Marty met succes had afgesloten door gedurende de eerste vijf jaar van hun huwelijk avondcolleges te volgen.

Ze wist dat als Marty een getuigenverklaring met het weerbericht vergeleek, hij er echt helemaal niets van geloofde.

'Wil je daarmee zeggen dat Ruth Koehler Joel Lake waarschijnlijk heeft verrast terwijl hij in haar flat inbrak en dat hij dus wel de moordenaar was?'

'Daar was ik echt van overtuigd. We hebben hem een paar straten verderop gearresteerd. Hij had de spullen die hij uit de flat had gejat nog steeds bij zich. Het feit dat er geen bloedvlekje op hem te vinden was, betekende helemaal niets, want het mes is naar Ruth Koehler gegooid en trof haar in de borst.'

'Vingerafdrukken?'

'Joel Lake droeg handschoenen tijdens die inbraak. Maar goed, Ned Koehler verpestte het bewijsmateriaal op de plaats van het misdrijf door het mes uit het lichaam van zijn moeder te trekken en met haar vanuit de flat de hal in te lopen. We geloofden hem allemaal toen hij vertelde dat hij haar had gevonden en hysterisch was geworden.'

Janey Browski bukte zich en pakte een stok op om die weg te gooien voor Ranger die kennelijk zin had om met hen te spelen. Ze draaide haar arm een paar keer rond en wierp toen de stok weg. Die zeilde hoog door de lucht langs Ranger heen, die er vrolijk blaffend achteraan stoof.

'De Mets zouden je best kunnen gebruiken,' zei Marty vol bewondering.

'Ja, vast. Dus volgens jullie was Ned Koehler niet alleen een engerd maar ook een treurende zoon die de advocaat die erin slaagde om vrijspraak te krijgen voor de moordenaar van zijn moeder lastig viel.'

'Dat klopt.'

'En moet de alleswetende rechercheur nu ineens onder ogen zien dat hij misschien overhaast een verkeerde conclusie heeft getrokken?'

Ranger kwam met grote sprongen naar hen toe rennen, met de stok in zijn bek.

Marty Browski zuchtte. 'Janey, waarom heeft je moeder je geen respect voor je echtgenoot bijgebracht? Ned Koehler is een engerd en een leugenaar. En nadat ik gisteren bij hem op bezoek ben geweest, ben ik er ineens van overtuigd dat hij tevens een moordenaar is, de moordenaar van zijn moeder. En...'

'En verder?'

'En ik denk ook dat hij misschien niet de stalker is geweest die Emily Grahams leven tot een hel maakte. Ik denk dat degene die een paar avonden geleden die foto onder haar deur door heeft geduwd de echte stalker is. Ik heb met de politie in Spring Lake gepraat. Moet je nagaan. Als iemand haar vanuit hier naar Spring Lake is gevolgd, erachter is gekomen waar en zelfs in welke kamer ze logeerde en vervolgens op het strand is gaan staan in de hoop dat hij haar bij het raam zou zien, een foto van haar heeft gemaakt, die heeft ontwikkeld en de volgende avond onder haar deur door heeft geschoven terwijl er een agent in haar tuin zat... hoe zou jij dat willen noemen?'

'Obsessief. Roekeloos. Geslepen.'

'Precies.'

'Dus degene die haar hier geen millimeter vrijheid gunde, zag er geen been in om naar Spring Lake te rijden. Als je Ned Koehler buiten beschouwing laat, naar wie zou je dan op zoek moeten gaan?'

'Zou het Joel Lake niet kunnen zijn? Ze heeft er zelf voor gezorgd dat hij vrijgesproken is. En het is een smeerlap. Hij heeft een lichte straf gekregen voor de inbraak en hij liep alweer vrij rond toen dat gedoe met die stalker begon. En ik zal toch nog eens heel goed naar Gary White kijken.'

'O, hou nou op, Marty! Emily Graham en Gary White zijn al meer dan drie jaar gescheiden. Ik heb gehoord dat hij ook Barbara Dinges aan de dijk heeft gezet en vriendinnetjes bij de vleet heeft. Hij is gewoon een derderangs Don Juan.'

'Hij heeft geprobeerd om Emily Graham via een proces vijf miljoen afhandig te maken toen ze haar aandelen in dat internetbedrijf had verkocht. Wat overigens het verstandigste is wat ze in haar leven ooit heeft gedaan,' voegde Marty eraan toe. 'De koers heeft de laatste tijd behoorlijke opdoffers gekregen.'

Ze waren aangekomen bij de tweesprong in het park waar ze altijd omdraaiden en weer op weg naar huis gingen. Met een instinctief gebaar pakten ze elkaar bij de hand.

'En wat ga je nu doen?' vroeg Janey.

'Het dossier over de moord op Ruth Koehler nog eens doornemen, ervan uitgaand dat haar zoon, Ned, best de moordenaar zou kunnen zijn. En de zaak van die stalker weer oppakken.'

'Dat lijkt me heel verstandig.'

'Bovendien ga ik Emily Graham waarschuwen,' voegde Marty Browski er grimmig aan toe.

34

Om drie uur hadden zich in totaal vijfentwintig mensen, onder wie de vijf werknemers van het cateringbedrijf, zich in de woonkamer van Will Stafford verzameld. Er waren stoelen uit de eetkamer gehaald om het gebrek aan zitplaatsen te compenseren. De mensen van de catering, die zich niet op hun gemak voelden en blij waren dat ze iets konden doen, hadden zich beijverd om de stoelen te pakken en vijf daarvan met opzet iets apart gezet voor henzelf.

Tommy Duggan stond voor de open haard, een plek waar hij automatisch alle aandacht opeiste. Hij bekeek het hele stel, met het beeld van dr. Lillian Maddens lijk nog vers in het geheugen. De kans was groot dat degene die haar had vermoord zich nu ook in deze kamer bevond... een gedachte die hem tegelijkertijd opwond en kotsmisselijk maakte.

Maar hij had een tastbare aanwijzing... de sjaal die op het lichaam van Martha Lawrence was aangetroffen. Als er maar één persoon was die zich kon herinneren dat iemand die avond een zilveren sjaal met een franje van metalen kraaltjes had gedragen, had hij een spoor naar de moordenaar.

'Ik stel het op prijs dat jullie allemaal zo vriendelijk zijn geweest om hiernaartoe te komen,' begon hij op verzoenende toon. 'De reden voor deze bijeenkomst is dat jullie de laatste mensen zijn die in Martha's gezelschap zijn gezien. Jullie waren allemaal aanwezig op het feestje in het huis van de familie Lawrence, luttele uren voor ze verdween en, zoals we nu weten, werd vermoord.

Ik heb jullie de afgelopen viereneenhalf jaar stuk voor stuk persoonlijk gesproken. Ik heb jullie weer bij elkaar laten komen in de hoop dat je iets te binnen zal schieten, iets dat je die avond is opgevallen en dat je daarna weer bent vergeten. Misschien heeft Martha wel verteld dat ze later die avond of de volgende dag een afspraak had met iemand.

Ik wil jullie nu graag een voor een meenemen naar de studeerkamer van Will en jullie vragen me precies te vertellen waar jullie met Martha op de avond van het feestje over hebben gesproken en alles wat jullie haar tegen iemand anders hebben horen zeggen.'

Hij zweeg even. 'Daarna wil ik nog een keer precies met jullie doornemen waar jullie de volgende ochtend tussen zes en negen uur waren.'

Tommy's ogen keken de kamer rond om te zien hoe er gereageerd

werd. Robert Frieze was duidelijk woedend. Op zijn hoge jukbeenderen stonden vuurrode blosjes en zijn lippen waren samengeknepen tot een smalle, boze streep. Hij had beweerd dat hij die ochtend bezig was geweest met zijn bloembedden. Zijn vrouw had nog geslapen. Door de hoge heggen die om zijn huis stonden, had niemand hem kunnen zien om zijn alibi te bevestigen. Meneer McGregor in zijn knollentuin. Tommy wist niet waarom hij altijd aan dat figuurtje van Beatrice Potter moest denken als hij zich Robert Frieze in zijn achtertuin voorstelde, maar het was niet anders. Dat beeld bleef door zijn hoofd spoken.
Dennis en Isabelle Hughes, de buren van de familie Lawrence, zaten met gefronste wenkbrauwen na te denken. Ze leken allebei graag te willen helpen. Zij was een kletskous. Misschien dat haar iets te binnen schoot, nu ze iedereen hier weer bij elkaar zag.
Een van de werknemers van het cateringbedrijf, de assistentchef, Reed Turner, was een kerel bij wie hij altijd vraagtekens had gezet. Hij was een jaar of veertig, zag er niet slecht uit en hij vond zichzelf een hele charmeur. Tommy zag dat hij nu zorgelijk zat te kijken. Waarom?
Dr. Wilcox verstopte zijn gedachten achter een filosofische blik, zoals hij steeds had gedaan wanneer Tommy hem gedurende de afgelopen viereneenhalf jaar had ondervraagd. Hij had toegegeven dat hij die ochtend een lange wandeling had gemaakt, maar niet over de promenade, gewoon door de stad. Dat zou best waar kunnen zijn. Of niet?
Mevróúw Wilcox. Brunhilde. Ik zou haar niet graag tegen de haren in strijken, dacht Tommy. Ze lijkt me een lastige tante. Zoals ze nu zit te kijken, zou ze je de stuipen op het lijf jagen. Ze doet me denken aan mevrouw Orbach. Mevrouw Orbach was zijn onderwijzeres geweest toen hij in de hoogste groep van de lagere school had gezeten. Wat een kenau, dacht hij.
Will Stafford. Knappe vent. Vrijgezel. Vrouwen voelden zich tot hem aangetrokken. Natalie Frieze had hem een verdomd hartelijke zoen gegeven toen ze binnenkwam. En vlak voor de neus van haar man op de koop toe. Tommy vroeg zich af of Martha Lawrence hem ook aantrekkelijk had gevonden.
Er waren nog vier andere stellen, waarvan elke vrouw zich duidelijk had herinnerd dat haar man de volgende ochtend vroeg

thuis was geweest. Zouden ze liever liegen dan het risico nemen dat er ook maar de geringste verdenking tegen hun mannen zou ontstaan? Misschien wel.

Tommy hoorde in gedachten al die kerels al tegen hun vrouw zeggen: 'Omdat ik nou toevallig vroeg op was en een wandelingetje van een minuut of tien ben gaan maken, heb ik nog geen zin om te riskeren dat de hele stad zich af gaat vragen of ik misschien een moord heb gepleegd. We zeggen gewoon dat ik de hele ochtend binnen ben gebleven.'

Mevrouw Joyce. Achter in de zeventig. Al eeuwen bevriend met het oudste echtpaar Lawrence. Na het begin van het oorspronkelijke onderzoek had hij nooit meer de kans gekregen om met haar te praten. Ze had eigenlijk geen vaste woonplaats meer. Iedere zomer logeerde ze een maand of zo in The Breakers. Ze was gekomen om de herdenkingsmis bij te wonen.

'Zal ik met u beginnen, mevrouw Turner?' vroeg Tommy en keek vervolgens Pete Walsh aan. 'Ben je zover?'

Ze hadden van te voren afgesproken hoe ze de ondervragingen aan zouden pakken. Niet precies het spelletje van de aardige en de vervelende smeris, maar Pete zou achter de persoon die ondervraagd werd gaan zitten met de aantekeningen van alle eerdere ondervragingen in de hand en tussenbeide komen als hij iets vond dat niet klopte.

Die techniek werkte altijd op de zenuwen van iemand die probeerde iets verborgen te houden.

Tommy wilde iedereen dezelfde twee vragen stellen. De eerste was: 'Kunt u zich herinneren of een van de vrouwen die avond op het feestje een zilveren sjaal droeg met een franje van metalen kraaltjes?' En de tweede: 'Bent u ooit patiënt geweest van dokter Lillian Madden of hebt u weleens een afspraak met haar gemaakt?'

Terwijl Tommy op weg naar de studeerkamer de kamer door liep, hield Robert Frieze hem tegen. 'Ik moet erop aandringen dat u mij het eerst van allemaal ondervraagt. Ik sta aan het hoofd van een restaurant en daar is het zaterdagavond altijd heel druk. Volgens mij heb ik u daar ook al op gewezen toen u mij belde.'

'Dat geloof ik wel, ja.' Tommy had Frieze het liefst lik op stuk gegeven en gezegd: *'We zijn bezig met het onderzoek in een moordzaak, meneer Frieze. U bent van alle mensen in deze kamer het minst behulpzaam geweest. Wat hebt u eigenlijk te verbergen?'*

In plaats daarvan zei hij: 'Ik wil met alle plezier eerst met u praten, meneer Frieze.' Daarna zweeg hij even en voegde eraan toe: 'Ik kan u niet dwingen om te blijven, maar het is heel belangrijk voor ons onderzoek dat niemand weggaat voordat alle gesprekken hebben plaatsgevonden. Misschien willen we bepaalde mensen nog een keer spreken als we iedereen hebben gehad.'

Het eerste uur kroop voorbij. Iedereen hield zich precies aan het verhaal dat ze de afgelopen viereneenhalf jaar hadden verteld. Niemand wist iets van een sjaal af... Martha had niets gezegd over eventuele plannen voor de volgende dag... Niemand had gezien dat ze een mobiele telefoon gebruikte.

Toen kwam Rachel Wilcox binnen en de woede en haar weerzin tegen het hele gedoe straalden af van iedere vierkante centimeter van haar imposante gestalte. Haar antwoorden op hun vragen waren kortaf en afwijzend.

'Ik heb met Martha over universitair onderwijs gesproken omdat ik wist dat ze van plan was om iets anders te gaan studeren. Martha had me namelijk verteld dat ze niet zeker wist of ze haar studie bedrijfskunde wilde afronden. Ze had een baantje gehad als gastvrouw in Chillingsworth, een bijzonder chic restaurant in Cape Cod, en dat had ze ontzettend leuk gevonden. Ze vertelde me dat ze zich afvroeg of ze niet nog eens goed moest nadenken over de keus die ze had gemaakt.'

'Dat hebt u me nog nooit eerder verteld, mevrouw Wilcox,' zei Tommy.

'Als ieder woord dat mensen bij sociale gelegenheden met elkaar wisselen op een goudschaaltje wordt gewogen, zou de wereld een berg flauwekul te verwerken krijgen,' zei Rachel Wilcox en voegde eraan toe: 'Wilt u verder nog iets van me weten?'

'Nog één vraag. Weet u of er iemand een zilvergrijze chiffon sjaal droeg, afgezet met een franje van metalen kraaltjes?'

'Die droeg ík. Is die gevonden?'

Tommy voelde dat zijn handen klam werden van het zweet. *Clayton Wilcox*, dacht hij. Zou hij zo stom zijn geweest om Martha met de sjaal van zijn vrouw te vermoorden?

'U vraagt of die sjaal is gevonden, mevrouw Wilcox. Bent u hem dan kwijt?'
'Het was die avond nogal warm, dus ik heb hem afgedaan. Ik vroeg mijn man of hij hem in zijn zak wilde stoppen en pas de volgende middag schoot me dat weer te binnen en heb ik gevraagd of hij hem voor me wilde pakken. Hij had hem niet meer. Is hij gevonden?'
'Ik heb gehoord dat iemand een sjaal kwijt was,' zei Tommy ontwijkend. 'Hebben u en doctor Wilcox er nog naar gezocht?'
'Mijn man dacht dat ik tegen hem had gezegd dat hij de sjaal bij mijn avondtasje moest leggen. Hij heeft de familie Lawrence nog gebeld om te vragen of ze hem hadden gevonden, maar hij was er niet meer.'
'Ik begrijp het.' Niet over doorpraten, hield Tommy zichzelf voor. Laten we maar eerst horen wat *hij* erover te vertellen heeft. Omdat hij ervan uitging dat het nieuws van de moord in Belmar deze mensen nog niet ter ore was gekomen, aangezien ze rechtstreeks vanuit het huis van de familie Lawrence hiernaartoe waren gekomen, vroeg hij: 'Mevrouw Wilcox, kent u een zekere dokter Lillian Madden?'
'De naam komt me wel bekend voor.'
'Ze is een psycholoog die in Belmar woont.'
'Is zij degene die aan de gemeente-universiteit van Monmouth County een cursus over reïncarnatie geeft?'
'Ja, dat klopt.'
'Dat is volgens mij je reinste tijdverspilling.'
Toen ze de studeerkamer uitliep, keken Tommy Duggan en Pete Walsh elkaar even aan. 'Zorg dat Wilcox binnenkomt voor ze de kans krijgt om iets tegen hem te zeggen,' zei Duggan.
'Ik ben al weg.' Pete verdween in de hal die naar de zitkamer leidde.
Het gezicht van dr. Clayton Wilcox was ogenschijnlijk beheerst en kalm, maar Tommy vroeg zich af of hij eindelijk een vleugje opving van de lucht waar hij de hele dag al naar op zoek was geweest. *Angst*. Dat was een typische, scherpe geur die niets te maken had met zweetklieren. Clayton Wilcox was niet alleen bang, hij balanceerde op het randje van paniek.
'Ga zitten, dokter Wilcox. Ik moet nog even een paar van de ele-

mentaire dingen waar ik met u over wil praten doorlezen.'
Die ouwe truc, dacht Tommy. Laat ze maar even op hete kolen zitten en piekeren over de vragen waarvan ze vrezen dat jij ze zult stellen. Als je ze daarna stevig aanpakt, zitten ze vanbinnen al te bibberen.
Ze vroegen Wilcox waar hij die avond van het feestje met Martha over had gepraat.
'We hebben over de gebruikelijke dingen gepraat die bij dat soort gelegenheden aan de orde komen. Ze wist dat ik altijd academicus ben geweest en ze vroeg of ik iemand kende aan de Tulane Hogeschool voor Bedrijfswetenschappen in New Orleans, waar zij studeerde.' Hij zweeg even. 'Ik weet zeker dat we het daar al eerder over hebben gehad, meneer Duggan.'
'Dat is in zekere zin ook zo, doctor Wilcox. En de volgende ochtend bent u een lange wandeling gaan maken, waarbij u níét op de promenade bent geweest en Martha ook nergens bent tegengekomen.'
'Volgens mij heb ik al meerdere keren antwoord gegeven op die vraag.'
'Doctor Wilcox, is uw vrouw die avond van het feest een zijden sjaal kwijtgeraakt?'
'Ja, dat klopt.'
Tommy Duggan keek peinzend naar de parelende zweetdruppeltjes die op het voorhoofd van dr. Clayton Wilcox verschenen. 'Heeft uw vrouw u gevraagd of u die sjaal bij zich wilde houden?'
Wilcox wachtte en zei toen weloverwogen: 'Mijn vrouw herinnert zich dat ze me heeft gevraagd de sjaal in mijn zak te stoppen. Wat ik me nog voor de geest kan halen, is dat ze me heeft gevraagd hem bij haar avondtasje te leggen, dat op een tafeltje in de hal lag. Dat is precies wat ik heb gedaan en ik heb er verder geen moment meer aan gedacht.'
'Dus de volgende middag, toen het tot u allebei doordrong dat de sjaal vermist werd, hebt u het huis van de familie Lawrence gebeld om ernaar te vragen?'
'Nee, dat heb ik niet gedaan.'
Dat was volkomen in tegenspraak met wat zijn vrouw had gezegd, dacht Tommy. 'Zou het niet logisch zijn geweest om aan

de Lawrences te vragen of die sjaal nog bij hun thuis lag?'
'Meneer Duggan, tegen de tijd dat wij beseften dat de sjaal vermist werd, wist iedereen al dat Martha werd vermist. Denkt u nu echt dat ik een ongerust gezin op een dergelijk moment lastig zou vallen met gezeur over een sjaal?'
'Hebt u tegen uw vrouw gezegd dat u er wel naar had geïnformeerd?'
'Om de vrede te bewaren, heb ik haar dat inderdaad verteld.'
'Nog een laatste vraag. Dr. Wilcox, kent u dokter Lillian Madden persoonlijk?'
'Nee, ik ken haar niet.'
'Bent u ooit patiënt van haar geweest, hebt u haar weleens geconsulteerd of hebt u op een andere manier contact met haar gehad?'
Wilcox leek even te aarzelen. Toen zei hij met een stem waar de spanning af droop: 'Nee, ik ben nooit patiënt van haar geweest en voor zover ik me kan herinneren hebben we elkaar nooit ontmoet.'
Hij liegt, dacht Tommy Duggan.

ZONDAG 25 MAART

35

Nicholas Todd belde Emily om kwart over negen zondagochtend.
'Gaat onze afspraak van vandaag nog steeds door?' vroeg hij.
'Zeker weten. Ik heb gehoord dat je in The Old Mill heerlijk kunt brunchen. Ik heb om één uur een tafeltje gereserveerd.'
'Fantastisch. Als het goed is, ben ik om ongeveer halfeen bij je huis. Tussen twee haakjes, ik hoop dat ik niet te vroeg belde. Heb ik je wakker gemaakt?'
'Ik ben al heen en weer gelopen naar de kerk, en die ligt meer dan anderhalve kilometer hiervandaan. Is je vraag daarmee beantwoord?'
'Je probeert indruk op me te maken. Vertel me nu maar hoe ik bij je huis kom.'

Nadat ze de verbinding met Nick had verbroken, besloot Emily om lekker een uurtje of twee de krant te gaan zitten lezen. De dag ervoor had ze, toen Will Stafford haar na de lunch bij de familie Lawrence thuis had gebracht, de rest van de middag en de hele avond doorgebracht met de boeken die dr. Wilcox haar had geleend. Ze wilde die zo snel mogelijk aan hem teruggeven.

Het feit dat hij ze had meegegeven in die tas van Enoch College en had voorgesteld dat ze de boeken daar ook in zou bewaren had Emily het gevoel gegeven dat dr. Wilcox het niet prettig zou vinden als hij ze niet prompt terug zou krijgen.

Ze moest trouwens bekennen dat ze de inlichtingen die ze inmiddels had verzameld even wilde rangschikken en laten bezinken. Gisteren had ze te horen gekregen dat Phyllis Gates, de schrijfster van *Herinneringen aan een meisjestijd*, had geloofd dat Douglas Carter Madeline had vermoord.

Dat kón gewoon niet kloppen, besloot ze. Douglas Carter had zelfmoord gepleegd voordat Letitia Gregg en Ellen Swain waren verdwenen. Zou Carolyn Taylor, het verre familielid van Phyllis Gates, niet bedoeld hebben dat Phyllis argwaan koesterde tegen

Alan Carter? Hij was de neef die 'tot over zijn oren verliefd was op Madeline ondanks het feit dat ze op het punt stond zich met Douglas te verloven'.
Verliefd genoeg om haar liever te vermoorden dan haar aan zijn neef kwijt te raken? vroeg Emily zich af.
Je kunt het vanmorgen beter even laten rusten, hield ze zichzelf voor terwijl ze met een kop koffie naar de studeerkamer liep, die ze nu al als haar lievelingskamer begon te beschouwen. 's Morgens was het er heerlijk zonnig en 's avonds, als de gordijnen dicht waren en de gashaard brandde, hing er een gezellige, intieme sfeer.
Terwijl ze zich in de grote fauteuil nestelde, vouwde ze *The Asbury Park Press* open en haar oog viel op de kop: MOORD OP PSYCHOLOOG IN BELMAR.
Het woord 'reïncarnatie' in de eerste alinea van het artikel wekte Emily's belangstelling.
'Dr. Lillian Madden, reeds lang woonachtig in Belmar en een vooraanstaand docent op het gebied van reïncarnatie, werd in haar spreekkamer aangetroffen waar iemand haar met brute kracht had gewurgd...'
Met stijgende ontzetting las ze de rest van het verhaal. De laatste zin luidde: 'De politie onderzoekt of er mogelijk verband bestaat tussen de dood van dr. Madden en de persoon die inmiddels bekend is geworden als "de herrezen moordenaar uit Spring Lake".'
Emily legde de krant neer en dacht terug aan de cursus parapsychologie die ze aan de New School had gevolgd toen ze rechten studeerde aan de NYU. De professor had een van zijn studenten, een verlegen meisje van twintig, terug laten gaan in de tijd naar een van haar eerdere levens.
De proefpersoon was duidelijk diep onder hypnose geweest. De professor had haar voorbij haar geboorte gevoerd en 'een warme tunnel' binnen laten gaan, terwijl hij haar verzekerde dat het een prettige reis zou worden.
Hij had geprobeerd de jonge vrouw in een andere tijd te plaatsen, wist Emily nog. Hij had tegen haar gezegd: 'Het is nu mei 1960. Roept dat een bepaald beeld bij je op?'
'Nee,' had de jonge vrouw gefluisterd, met een zachte, bijna onhoorbare stem.

De regressie had destijds zoveel indruk op Emily gemaakt, dat ze zich nu, terwijl ze met de krant op schoot in haar stoel zat en het portret van de vermoorde dokter naar haar opkeek, die gebeurtenis nog tot in de kleinste bijzonderheden kon herinneren.
De professor was verder gegaan met zijn ondervraging. 'Het is december 1952. Roept dat een beeld bij je op?'
'Nee.'
'Het is september 1941. Roept dat een beeld bij je op?'
En wat schrokken we allemaal, dacht Emily, toen een heldere, autoritaire mannenstem antwoordde: '*Ja!*'
Met dezelfde stem had de proefpersoon zijn naam opgegeven en verteld wat hij aan had. 'Ik ben luitenant David Richards, United States Navy. Ik draag mijn marine-uniform, meneer.'
'Waar komt u vandaan?'
'Uit de buurt van Sioux City, Iowa.'
'Sioux City?'
'Uit de buurt van Sioux City, meneer.'
'Waar bent u nu?'
'In Pearl Harbour op Hawaï, meneer.'
'Waarom bent u daar?'
'We denken dat er een oorlog met Japan dreigt.'
'Het is zes maanden later. Waar bent u, luitenant.'
Emily wist nog dat zijn stem geen spoor van arrogantie meer vertoonde. Hij beschreef zijn verblijf in San Francisco. Zijn schip lag daar voor herstelwerkzaamheden in het dok. De oorlog was begonnen.
Luitenant David Richards had vervolgens een duidelijke beschrijving gegeven van het oorlogsbestaan dat hij de volgende drie jaar had geleid... en van zijn dood toen een Japanse destroyer zijn torpedoboot had geramd.
'O, god, ze hebben ons gezien,' had hij geroepen. 'Ze draaien om. Ze zijn van plan ons te rammen.'
'Luitenant, het is nu een dag later,' was de professor hem in de rede gevallen. 'Vertel me waar u bent.'
De stem had heel anders geklonken, dacht Emily. Rustig. Ingetogen. Ze wist nog wat hij had geantwoord: 'Het is hier donker, grijs en koud. Ik lig in het water, omgeven door wrakstukken. Ik ben dood.'

Was het mogelijk dat iemand zich tijdens regressietherapie in de spreekkamer van dr. Madden alles had kunnen herinneren van een vorig leven in Spring Lake in de tijd rond 1890? Had iemand zijn kennis over de gebeurtenissen die zich in dat tijdperk hadden afgespeeld te danken aan het feit dat hij onder hypnose was gebracht?

Was het mogelijk dat de dood van Lillian Madden noodzakelijk was geweest om te voorkomen dat ze naar de politie zou gaan met het verslag van wat er tijdens die hypnose was gebeurd en hen de naam van de patiënt zou vertellen?

Emily gooide de krant neer en stond op.

Je moet niet zo belachelijk doen, hield ze zichzelf voor. Er is nog nooit iemand geweest die contact heeft gehad met de geest van een moordenaar die meer dan honderd jaar geleden heeft geleefd.

Om klokslag halfeen werd er aan de deur gebeld. Toen Emily opendeed, besefte ze dat ze zich vanaf Nicks telefoontje op vrijdag op dit bezoek had verheugd. Hij schonk haar een warme glimlach en drukte haar stevig de hand toen hij naar binnen stapte. Ze was blij toen ze zag dat hij nonchalant gekleed was in een sportcolbert, een broek en een coltrui.

Dat zei ze ook tegen hem toen ze hem begroette. 'Ik heb mezelf beloofd dat ik, tot ik weer aan het werk ga, alleen maar als het echt onvermijdelijk is een rok en schoenen met hoge hakken aan zal trekken,' legde ze uit. Ze droeg een bruine spijkerbroek, een bruine trui en een bruin tweed jasje dat ze al zolang had dat het zo langzamerhand als een tweede huid aanvoelde.

Ze had eerst haar haar willen opsteken, maar had ten slotte toch besloten om het los te laten hangen.

'Die vrijetijdskleding staat je bijzonder goed,' zei Nick. 'Maar vergeet niet een identiteitsbewijs mee te nemen. In het restaurant zullen ze eerst willen weten hoe oud je bent voordat ze bereid zijn een glas wijn voor je in te schenken. Fijn om je weer te zien, Emily. Dat is al minstens een maand geleden.'

'Ja, dat klopt. De laatste paar weken in Albany heb ik echt van vroeg tot laat moeten werken om alles klaar te krijgen. Toen ik dinsdag hiernaartoe reed, vielen mijn ogen de laatste honderd kilometer van vermoeidheid bijna dicht.'

'En je hebt bepaald geen rustige tijd gehad sinds je dit huis hebt overgenomen.'
'Dat is nog zwak uitgedrukt. Zal ik je even een snelle rondleiding geven? We hebben tijd genoeg.'
'Ja graag, maar ik moet je wel vertellen dat ik nu al onder de indruk ben. Het is een schitterend huis.'
In de keuken liep Nick naar het raam en keek naar buiten. 'Waar hebben ze die stoffelijke resten gevonden?' vroeg hij.
Ze wees naar de rechterkant van de tuin. 'Daarginds.'
'Liet je een kuil graven om een zwembad aan te leggen?'
'Daar waren ze al mee begonnen. Ik vind het een benauwend idee dat het maar een haartje had gescheeld of ik had ze laten ophouden en het op een akkoordje gegooid met de aannemer.'
'Had je dat liever gewild?'
'Nee. Als ik dat had gedaan, zouden die lijken nooit zijn gevonden. Voor de familie Lawrence is het goed om te weten waar ze aan toe zijn. En nu ik weet dat mijn oudtante is vermoord, ben ik van plan om uit te zoeken wie het heeft gedaan en welk verband er bestaat tussen hem en de moordenaar van Martha Lawrence.'
Nick keerde het raam de rug toe. 'Emily, degene die Martha van het leven heeft beroofd en vervolgens op het idiote idee kwam om een vingerkootje van jouw oudtante in haar hand te stoppen heeft een gevaarlijk, verknipt brein. Ik hoop dat je hier niet loopt rond te bazuinen dat je van plan bent om uit te zoeken wie de moordenaar is.'
Dat is nou juist precies wat ik wel doe, dacht Emily. Omdat ze instinctief begreep dat Nick het daar niet mee eens was, koos ze haar woorden heel zorgvuldig. 'Iedereen heeft altijd aangenomen dat Madeline Shapley het slachtoffer is geworden van een misdrijf, maar tot vier dagen geleden was daar geen enkel bewijs voor. Ze vermoedden wel dat ze het slachtoffer is geworden van iemand die ze kende, maar voor zover zij wisten, kon ze net zo goed het besluit hebben genomen om een eindje te gaan wandelen tot haar verloofde zou komen, om vervolgens door een volkomen vreemde een passerend rijtuig ingesleurd te worden.
Nick, het was geen vreemde die haar in haar eigen achtertuin heeft begraven. Iemand die Madeline kénde, een goede vriend van

haar, heeft haar daar begraven. Ik probeer achter de namen van de mensen in haar omgeving te komen om te zien of ik een verband kan vinden tussen haar moordenaar en de man die verantwoordelijk was voor Martha's dood, viereneenhalf jaar geleden. Er moet ergens iets over op schrift staan, misschien zelfs een volledige bekentenis. Die zou dan gelezen kunnen zijn door iemand van deze generatie, die een afstammeling is van Madelines moordenaar. Misschien heeft iemand die in oude archieven heeft zitten snuffelen zoiets gevonden. Er bestaat wel degelijk een verband en ik heb de tijd en de wil om ernaar op zoek te gaan.'

De afkeurende blik verdween uit zijn ogen en maakte plaats voor een andere uitdrukking. Bezorgdheid, dacht Emily eerst, maar dat was het niet. *Nee, ik durf te zweren dat hij teleúrgesteld kijkt. Waarom?*

'Kom, we maken de rondleiding af en dan gaan we naar The Old Mill,' stelde ze voor. 'Ik weet niet hoe het met jou is, maar ik heb honger. En ik heb schoon genoeg van mijn eigen kookkunst.' Ze glimlachte en voegde eraan toe: 'Ook al kan ik fantastisch koken.'

'Dat kun je alleen maar bewijzen door me iets voor te zetten,' zei Nicholas Todd minzaam terwijl hij achter haar aan de keuken uitliep naar de trap.

Hun tafeltje in The Old Mill keek uit op een vijver waarin zwanen sereen door het water gleden. Toen de bloody mary's die ze hadden besteld werden gebracht, bood de serveerster hen allebei een menu aan. 'We wachten nog even,' zei Nick tegen haar.

In de drie maanden nadat ze had besloten de baan bij het advocatenkantoor te accepteren, had Emily drie of vier keer met Nick en zijn vader, Walter Todd, in Manhattan gegeten, maar nog nooit met Nick alleen.

Ze had hem aanvankelijk met gemengde gevoelens bekeken. Hij was samen met Walter Todd naar Albany gekomen en ze waren daar een nacht overgebleven om getuige te zijn van de manier waarop ze een toonaangevend politicus verdedigde die iemand had doodgereden.

Nadat de jury haar cliënt had vrijgesproken van dood door onachtzaamheid, was ze samen met de Todds gaan lunchen. Walter Todd had haar overladen met complimentjes omtrent haar aanpak van de zaak. Nick had er het zwijgen toe gedaan en de paar goedkeurende opmerkingen die zijn vader uit hem had weten los te krijgen, waren op z'n minst gezegd oppervlakkig. Ze had zich destijds afgevraagd of hij misschien onzeker was en vroeg zich af of hij haar als potentiële concurrent zou zien.

Maar dat klopte weer niet met het gegeven dat hij, vanaf het moment dat ze het aanbod om bij hen te komen werken had aangenomen, zich heel hartelijk en vriendelijk had opgesteld.

Vandaag gedroeg hij zich weer zo raadselachtig. Hij leek zich niet op zijn gemak te voelen. Had dat iets met haar te maken of zou het een privéprobleem zijn? Ze wist dat hij niet getrouwd was, maar hij zou vast wel een vriendinnetje hebben.

'Ik wou dat ik je gedachten kon lezen, Emily.' Nicks stem verstoorde haar gepeins. 'Je bent zelfs zoals ze dat vroeger noemden "in hogere gewesten".'

'Die uitdrukking heb ik nog nooit gehoord.'

'Het betekent dat je in gedachten verzonken bent.'

Ze besloot openhartig te zijn. 'Ik wil je best vertellen waar ik over na zit te denken. Er schijnt je iets dwars te zitten wat mij betreft en ik zou graag willen dat je me vertelt waar het om gaat. Wíl je wel dat ik bij jullie kom werken? Of denk je dat ik niet de juiste persoon ben voor die baan? Er is iets aan de hand. Waar gaat het om?'

'Je windt er bepaald geen doekjes om, hè?' Nick viste de selderiestengel uit zijn glas en beet erin. 'Wil ik dat je bij ons komt werken? Zeker weten! Eerlijk gezegd zou ik het liefst willen dat je morgen al begon. Tussen twee haakjes, dat is ook de reden waarom ik hier ben.' Hij zette zijn glas neer en vertelde haar wat hij had besloten.

Toen ze hoorde dat hij van plan was om de advocatenpraktijk vaarwel te zeggen, merkte Emily tot haar verbazing dat ze diep teleurgesteld was over Nicks voornemen. Ik had me erop verheugd met hem samen te werken, dacht ze.

'Waar wil je gaan solliciteren?' vroeg ze.

'Bij het ministerie van justitie. Daar zou ik echt graag willen werken. Als dat niet lukt, weet ik zeker dat ik in Boston wel weer aan de slag kan. Daar heb ik als assistent-officier van justitie gewerkt. Toen ik ontslag nam, heeft de OVJ tegen me gezegd dat ik altijd terug kon komen als het werk als advocaat me niet beviel. Ik zou liever in New York willen blijven. Maar ik heb het vermoeden dat ik je niet met een zoet lijntje zover zal kunnen krijgen dat je bereid bent om volgende week al te beginnen, hè?'

'Ik vrees van niet. Denk je dat je vader daar erg over in zal zitten?'

'De kille werkelijkheid dat ik wegga, begint ongetwijfeld langzaam maar zeker tot hem door te dringen en waarschijnlijk is hij nu druk bezig me aan de schandpaal te nagelen. Als ik terugga en hem vertel dat jij pas op de eerste mei beschikbaar bent, zal ik een stukje moeten opschuiven.'

'"We zitten allemaal in hetzelfde schuitje..." ' glimlachte Emily. '"En we moeten roeien met de riemen die we hebben." Precies.'

Nick Todd pakte de menukaart op. 'Dat was het zakelijke gedeelte,' zei hij. 'Heb jij al iets uitgekozen?'

Het was bijna vier uur toen hij haar bij het huis afzette. Hij liep met haar mee naar de veranda en wachtte tot ze de deur had opengedaan. 'Heb je een goede alarminstallatie?' vroeg hij.

'Zeker weten. En morgen worden er door een oude vriend van me uit Albany nog een stel surveillancecamera's opgehangen.'

Nicks wenkbrauwen vlogen omhoog. 'Nadat je in Albany door die stalker bent lastig gevallen, kan ik best begrijpen dat je die wilt hebben.'

Ze deed de deur open. Ze zagen het op hetzelfde moment. Er lag een envelop op de vloer in het halletje, met de flap naar boven.

'Kennelijk heeft iemand een briefje voor je achtergelaten.' Nick bukte zich om het op te pakken.

'Pak die envelop voorzichtig bij een van de hoeken op. Er zitten misschien vingerafdrukken op.' Emily herkende haar eigen stem nauwelijks. Ze had op een gekwelde fluistertoon gesproken.

Nick wierp haar een scherpe blik toe, maar deed wat ze hem had gezegd. Terwijl hij zich oprichtte, vloog de flap van de envelop open en er viel een foto uit. Van Emily, in de kerk tijdens de herdenkingsmis.

Aan de onderkant stonden drie woordjes gekrabbeld: 'Bid voor jezelf.'

MAANDAG 26 MAART

36

Ik kijk verlangend uit naar de actie die ik vandaag zal ondernemen.
Ik ben heel blij dat ik van gedachten veranderd ben en ervoor heb gezorgd dat Emily Graham mijn boodschap zal ontvangen.
Haar post kan ieder moment bezorgd worden.
Zoals ik al had verwacht, werden er vragen gesteld over de sjaal, maar ik weet zeker dat niemand kan bewijzen wie hem die avond uiteindelijk heeft gepakt.
Martha bewonderde hem. Ik hoorde haar tegen Rachel zeggen dat hij heel mooi was.
Ik weet nog dat op datzelfde moment het idee door mijn hoofd schoot dat Martha zelf het middel had gekozen waarmee ze ter dood zou worden gebracht.
Per slot van rekening verschilt een sjaal niet zoveel van de ceintuur die de laatste adem uit Madelines keel had geperst, dacht ik.
In ieder geval hoef ik me over die psycholoog geen zorgen meer te maken. Ik hoef me zelfs niet druk te maken als ze er op de een of andere manier in slagen om haar computerfiles weer op te roepen. De afspraak die ik met dr. Madden had, was tijdens de avonduren, en de receptioniste was niet aanwezig, dus niemand heeft me gezien.
En van de naam en het adres die ik haar heb opgegeven worden ze toch niets wijzer.
Want ze zullen niet – helemaal nooit – begrijpen dat wij één zijn.
Er is maar één persoon die argwaan zal krijgen als die naam en adres haar ter ore komen, maar dat maakt ook niets uit.
Want in dat opzicht heb ik ook niets te vrezen. Emily Graham zal aanstaande zaterdag sterven. Ze zal bij Ellen Swain te ruste worden gelegd.
En daarna zal ik me de rest van mijn leven precies zo gedragen als ik tot nu toe heb gedaan, als een gerespecteerd en eerbaar burger van Spring Lake.

37

Tommy Duggan had zondagmiddag net op het punt gestaan om weg te gaan van het bureau toen Emily Graham opbelde. Hij reed meteen met een noodgang naar Spring Lake en nam de envelop en de foto van haar in ontvangst.

Maandagochtend zat hij samen met Pete Walsh in het kantoor van de officier van justitie om hun baas op de hoogte te brengen van alles wat zich in het weekend had afgespeeld. Osborne had vanaf vrijdagavond in Washington gezeten.

Tommy vertelde hem alles over de moord op Madden en over de vragen die hij bij Will Stafford thuis voorgelegd had aan de gasten van dat laatste feestje bij de familie Lawrence.

'De sjaal is van mevrouw Wilcox en ze heeft hem die avond gedragen. Zij beweert dat ze haar man heeft verzocht hem in zijn zak te stoppen. Hij beweert dat ze hem heeft gevraagd om hem bij haar avondtasje te leggen.'

'Het echtpaar Wilcox is die avond in hun auto naar de Lawrences gereden, meneer,' deed Walsh ook een duit in het zakje. 'Die stond verderop in de straat. Als dr. Wilcox de sjaal in zijn zak heeft gestoken, kan hij er best uitgevallen zijn, in het huis of op straat. Dan kan iedereen hem opgeraapt hebben. En als hij hem bij haar avondtasje heeft gelegd, heeft iedereen ook de kans gehad om hem te pakken.'

Osborne tikte met zijn wijsvinger op zijn bureau. 'Uit wat ervan over is gebleven, was te zien dat het een vrij lange sjaal is geweest. Hij zou een behoorlijke prop hebben gevormd als hij opgevouwen in de zak van een zomercolbertje had gezeten.'

Tommy knikte. 'Dat heb ik ook al gedacht. Tegen de tijd dat hij gebruikt werd om Martha te wurgen, was er een stuk afgeknipt. Maar daar staat tegenover dat Wilcox tegen zijn vrouw heeft gelogen over dat telefoontje naar de Lawrences om te vragen of hij misschien was gevonden. Hij beweert dat iedereen op dat moment al wist dat Martha werd vermist en dat hij hen niet lastig wenste te vallen over een sjaal.'

'Hij had ook naar de huishoudster kunnen vragen,' merkte Osborne op.

'En nog iets,' zei Tommy. 'Wij denken dat Wilcox loog toen hij zei dat hij dr. Madden niet kende.'
'Wat weten we eigenlijk van Wilcox? Ik bedoel wat weten we preciés?'
Tommy keek Walsh aan. 'Beantwoord jij die vraag maar, Pete. Jij hebt hem nagetrokken.'
Pete Walsh haalde zijn aantekeningen te voorschijn. 'Een prima universitaire carrière. Werd uiteindelijk rector magnificus van Enoch College. Eén van die kleine universiteiten waar ze nogal een hoge dunk van zichzelf hebben. Twaalf jaar geleden met pensioen gegaan. Bracht als jongetje de zomer altijd in Spring Lake door, vandaar dat hij hier kwam wonen. Publiceert regelmatig in academische tijdschriften. Dat brengt geen rooie cent op, maar het wordt als een hele eer beschouwd om erin te staan. Sinds hij zich hier heeft gevestigd, heeft hij veel historische artikelen over New Jersey geschreven, vooral over Monmouth County. Hij wordt in Spring Lake min of meer als de stadshistoricus beschouwd.'
'Wat weer aansluit bij de theorie van Emily Graham dat de moordenaar van Martha Lawrence toegang had tot de dossiers over de vrouwen die aan het eind van de negentiende eeuw zijn verdwenen,' merkte Tommy op. 'Ik durf te zweren dat die vent loog toen hij zei dat hij dokter Madden niet kende. Ik wil nog veel meer over hem zien uit te vissen. Ik durf te wedden dat er wel wat vuile was boven tafel zal komen.'
'Zijn we nog meer te weten gekomen over de zaak Carla Harper?' vroeg Osborne.
'De ooggetuige blijft bij haar verhaal dat ze Carla op een parkeerplaats in Pennsylvania heeft gezien. Destijds gaf ze interviews aan iedereen van de media die met haar wilde praten. De smerissen in Pennsylvania hebben toegegeven dat het een vergissing was om blindelings te accepteren wat die getuige zei, maar toen Carla's handtas een paar dagen later in de buurt van die parkeerplaats werd gevonden, maakte dat het verhaal van die ooggetuige des te geloofwaardiger. De moordenaar heeft zich waarschijnlijk rot gelachen toen hij die tas uit zijn auto smeet. Nu is dat spoor koud, vooral omdat het Warren Hotel vorig jaar is dichtgegaan. Daar had Carla Harper het weekend voor haar ver-

dwijning gelogeerd.' Hij haalde zijn schouders op. Ze stonden voor een blinde muur.

Ten slotte vertelden Tommy en Pete Elliot Osborne alle bijzonderheden over het telefoontje dat ze om vier uur zondagmiddag van Emily Graham hadden gekregen.

'Ze heeft lef,' zei Tommy Duggan. 'Toen we daar aankwamen, was ze zo bleek als een doek, maar ze had zichzelf volkomen in de hand. Zij denkt dat er een copycat aan het werk is en die mening wordt min of meer gedeeld door de politie van Spring Lake. Ik heb met Marty Browski gesproken, de vent die in Albany de leiding had over de zaak van die stalker.'

'En wat denkt Browski ervan?' vroeg Osborne.

'Hij denkt dat de verkeerde vent daar destijds voor achter tralies is gezet. Hij heeft het onderzoek heropend en zegt dat hij twee mogelijke verdachten heeft: de ex-man van Emily, Gary White, en Joel Lake, een smeerlap voor wie ze vrijspraak heeft weten te krijgen op een aanklacht wegens moord.'

'En wat denk jij?'

'Het meest voor de hand liggende is dat het om een copycat-kwestie gaat. Een tiener of een stel tieners dat erachter is gekomen dat Emily in Albany lastig gevallen werd door een stalker en nu rotgeintjes met haar uithaalt. De tweede mogelijkheid is dat het om Gary White of om Joel Lake gaat. In het ergste geval speelt de vent die Martha Lawrence heeft vermoord een kwalijk spelletje met Graham.'

'Wat denk je zelf?'

'Ik ga voor die copycat. Dokter Lillian Madden, de psycholoog die in Belmar werd vermoord, had ongetwijfeld iets te maken met de zaak Lawrence. Ik durf er alles onder te verwedden dat Martha's moordenaar patiënt van dokter Madden is geweest en het risico niet wilde nemen dat ze ons iets over hem zou vertellen. Aan de andere kant denk ik niet dat hij zo stom zou zijn om te riskeren dat iemand hem in de buurt van Emily Grahams huis ziet rondhangen. Er staat voor hem te veel op het spel.'

'Heb je enig idee waar de persoon in de kerk heeft gezeten toen hij of zij die foto van Emily Graham nam?'

'Aan de andere kant van het pad. In een van de banken links.'

'Stel je voor dat Browski – zo heette hij toch? – gelijk heeft en dat de oorspronkelijke stalker van Graham in Spring Lake rondloopt? Als hij zo geobsedeerd is dat hij haar helemaal vanuit Albany hierheen is gevolgd, verkeert ze volgens mij in groot gevaar.'

'Als het echt om de oorspronkelijke stalker gaat, ja, dan is ze zeker in groot gevaar,' beaamde Tommy Duggan somber.

De stem van Elliot Osbornes secretaresse klonk over de intercom. 'Het spijt me dat ik u moet storen, maar ik heb mevrouw Emily Graham aan de lijn. Ze houdt vol dat ze onmiddellijk met rechercheur Duggan moet spreken.'

Tommy Duggan pakte de telefoon op. 'Met Duggan, mevrouw Graham.'

De officier van justitie en Pete Walsh keken toe hoe de zorgelijke trek op Duggans gezicht zich verdiepte. 'We komen meteen naar u toe, mevrouw Graham.'

Hij verbrak de verbinding en keek Osborne aan. 'Emily Graham heeft een onrustbarende briefkaart gekregen bij de ochtendpost.'

'Van de stalker? Weer een foto van haarzelf?'

'Nee. Dit is een tekening van twee grafzerken. Op de ene staat de naam van Carla Harper. Op de ander die van Letitia Gregg. Als deze kaart de waarheid bevat, liggen ze samen begraven in de achtertuin van Ludlam Avenue nummer 15 in Spring Lake.'

38

Voor Eric Bailey begon de maandagochtend vroeg, met een gastoptreden in het actualiteitenprogramma van de lokale tv-zender in Albany.

Omdat hij tenger was en klein van stuk, met verwarde haren en een randloze bril die het grootste deel van zijn smalle gezicht besloeg, was hij niet bepaald aantrekkelijk om te zien en zo gedroeg hij zich ook. Als hij sprak, bleek hij een nerveuze, hoge stem te hebben.

De presentator van het programma was niet blij geweest toen hij Baileys naam op de gastenlijst had zien staan. 'Iedere keer als die vent in het programma zit, hoor je een luid geklik van al die afstandsbedieningen in Albany waarmee een andere zender wordt opgezocht,' klaagde hij.

‘Er zijn hier in de omgeving een heleboel mensen die geld in zijn bedrijf hebben gestoken. De koers is nu al anderhalf jaar aan het dalen. Nu beweert Bailey dat hij nieuwe software heeft ontworpen die een revolutie zal veroorzaken in de computerindustrie,’ snauwde de financieel redacteur terug. ‘Hij mag dan als een kanariepietje overkomen, wat hij heeft te zeggen is de moeite waard.’

‘Hartelijk bedankt voor de complimenten. Jullie allebei.’

Eric Bailey was geruisloos de set op komen lopen, zonder dat een van beide mannen hem had horen aankomen. Nu zei hij met een vaag glimlachje, alsof hij het leuk vond dat hij hen van hun stuk had gebracht: ‘Misschien kan ik beter in de wachtkamer gaan zitten tot jullie me nodig hebben.’

De dozen met de supermoderne surveillancecamera’s die hij in het huis van Emily moest installeren stonden al in zijn busje, dus ging Eric Bailey meteen na het tv-interview op weg naar Spring Lake. Hij wist dat hij moest opletten dat hij niet te hard zou rijden. Boosheid in combinatie met een gevoel van vernedering zorgde er altijd voor dat hij het gaspedaal stevig wilde intrappen en met zijn geweef door het verkeer de inzittenden van de auto’s die hij sneed de stuipen op het lijf joeg.

Angst was het enige antwoord dat hij had op alle afwijzingen die hij in zijn leven had ontvangen, op alle blauwtjes die hij had gelopen en op alle pogingen om hem belachelijk te maken.

Op zijn zestiende had hij geleerd om angst als wapen te hanteren. Hij had aan drie meisjes achter elkaar gevraagd of ze met hem naar de eindejaarsfuif op school wilden. Ze hadden allemaal geweigerd. Daarna was het gegiechel begonnen, en de geintjes. Hoe ver moest Eric Bailey gaan om een afspraakje te krijgen? Karen Fowler was degene die de meeste lachers op haar hand kreeg met haar imitatie van de manier waarop hij haar hakkelend had uitgenodigd.

‘Karen… ik zou het echt leuk vinden… ik bedoel, zou je… het zou ontzettend fijn zijn…’

‘En toen begon hij te niezen,’ zei Karen dan tegen haar gehoor, terwijl ze zo moest lachen dat ze naar adem snakte. ‘Die arme klungel begon gewoon te niezen, dat hou je toch niet voor mogelijk?’

De beste leerling van de hele school en zij noemde hem 'die arme klungel'.
De avond van de fuif had hij met zijn camera staan te wachten in de tent waar iedereen naartoe zou gaan als de band ophield met spelen. Toen het gezuip en het stickies roken begon, had hij stiekem foto's gemaakt van Karen die met glazige ogen om de nek van haar vriendje hing, met uitgelopen lipstick en een van de bandjes van haar jurk bungelend op haar bovenarm.
Een paar dagen later op school had hij haar de foto's laten zien. Hij kon zich nog goed herinneren hoe bleek ze was geworden. Daarna was ze in tranen uitgebarsten en had hem gesmeekt haar de foto's te geven. 'Mijn vader vermoordt me,' had ze gezegd. 'Alsjeblieft, Eric.'
Hij had ze weer in zijn zak gestopt. 'Zou je nou nog een keer die imitatie van mij willen doen?' had hij kil gevraagd.
'Het spijt me. Echt, Eric, ik heb er spijt van.'
Ze was ontzettend bang geweest omdat ze er nooit zeker van kon zijn dat hij niet op een avond aan de deur zou bellen en de foto's aan haar vader zou geven, of dat hij ze misschien op een dag per post toegestuurd zou krijgen...
Als ze elkaar daarna op school in de gang tegenkwamen, had ze hem angstig en smekend aangekeken. En Eric Bailey had voor het eerst van zijn leven een gevoel van mácht gehad.
De herinnering daaraan kalmeerde hem nu. Hij zou wel een manier vinden om de twee die vanochtend over hem hadden staan kletsen te straffen. Hij moest er gewoon even rustig over nadenken, dat was alles.
Afhankelijk van het verkeersaanbod zou hij tussen een en twee in Spring Lake aankomen.
Inmiddels kende hij de weg vrij goed. Dit zou sinds woensdag de derde keer zijn dat hij op en neer reed.

39

Reba Ashby, de speciale verslaggeefster van *The National Daily* had voor een week een kamer geboekt in hotel The Breakers in Spring Lake. Ze was een kleine vrouw van achter in de dertig met een scherp gezicht en ze was vast van plan om het verhaal van de herrezen moordenaar tot op het bot af te kluiven.

Maandagochtend zat ze lekker ontspannen te ontbijten in de eetzaal van het hotel en lette tegelijkertijd goed op of ze iemand zag met wie ze een gesprek kon aanknopen. Aanvankelijk zag ze alleen van die zakentypes aan de tafeltjes om haar heen zitten en ze wist dat het geen zin had om hen aan te spreken. Ze moest iemand vinden die bereid was om over de moorden te praten.

Haar hoofdredacteur had er al evenzeer de pest over in dat ze geen kans had gezien om dr. Lillian Madden te interviewen voor ze werd vermoord. Ze had vrijdag de hele dag geprobeerd om dr. Madden te spreken te krijgen, maar die secretaresse wilde haar niet doorverbinden. Ten slotte was ze erin geslaagd om een kaartje te kopen voor het college dat dr. Madden die avond zou geven, maar ze had haar nog steeds niet tot een gesprek onder vier ogen kunnen bewegen.

Reba hechtte net zoveel geloof aan reïncarnatie als aan het bestaan van vliegende olifanten, maar de les van dr. Madden was heel boeiend geweest en had allerlei vragen opgeroepen. En wat er zich allemaal in Spring Lake afspeelde was bizar genoeg om iemand op het idee te brengen dat er toch zoiets als een gereïncarneerde seriemoordenaar bestond.

Het was haar ook opgevallen hoe verrast dr. Madden was geweest toen Chip Lucas van de *New York Daily News* haar had gevraagd of iemand haar weleens had verzocht om hem onder hypnose terug te brengen naar het eind van de negentiende eeuw. Daarmee was overigens meteen een eind gekomen aan de mogelijkheid om na afloop van het college vragen te stellen.

Hoewel ze nooit voor een uur of halfelf thuis had kunnen zijn, had Madden toch in haar spreekkamer gezeten toen ze de dood vond. Reba vroeg zich af of ze het dossier van een patiënt had opgezocht, misschien zelfs wel dat van een patiënt die had gevraagd om terug te mogen keren naar het eind van de negentiende eeuw. In het slechtste geval zou dat een mooie invalshoek zijn voor een nieuw artikel over de seriemoordenaar van Spring Lake.

Hoewel ze door haar werk een behoorlijk harde tante was geworden, was Reba zich toch een ongeluk geschrokken toen ze had gehoord dat dr. Madden in koelen bloede was vermoord.

Dat was haar vlak na het bijwonen van de herdenkingsmis voor Martha Lawrence ter ore gekomen en ze had van beide gebeurtenissen uitgebreid verslag gedaan in het volgende nummer van *The National Daily*.

Wat ze nu eigenlijk wilde, was een exclusief interview met Emily Graham. Zondagmiddag had ze aangebeld bij het huis van Graham, maar daar werd niet opengedaan. Toen ze een uur later weer langs haar huis reed, had ze een vrouw op de veranda gezien die gebukt stond alsof ze iets onder de deur door duwde.

Reba keek vol hoop op toen ze zag dat het tafeltje naast het hare vrij was gekomen en dat de gastvrouw daar een vrouw naartoe bracht die eruitzag alsof ze achter in de zeventig was.

'De serveerster komt zo bij u, mevrouw Joyce,' beloofde de gastvrouw.

Vijf minuten later waren Reba en Bernice Joyce in een diep gesprek verwikkeld. Het was al een gelukkig toeval dat Joyce een vriendin van de familie Lawrence was, maar het feit dat alle mensen die de avond voor Martha's verdwijning op een feestje in het huis van de Lawrences waren geweest als groep, met inbegrip van mevrouw Joyce, opnieuw waren ondervraagd, was het soort nieuws waar je als journalist van een boulevardblad op blote knieën om zou willen smeken.

Vakkundig aangespoord door Reba vertelde mevrouw Joyce hoe ze allemaal stuk voor stuk waren binnengeroepen om met de twee rechercheurs te praten. Ze hadden alleen algemene vragen gesteld, met uitzondering van de vraag of ze wist of iemand die avond iets kwijt was geraakt.

'En was dat ook zo?' wilde Reba weten.

'Ik had daar niets over gehoord. Maar nadat we allemaal onder vier ogen met de rechercheurs hadden gesproken, werden we als groep ondervraagd. De rechercheurs wilden weten of iemand de sjaal van mevrouw Wilcox had gezien. Dat was kennelijk het voorwerp dat zoek was geraakt. Ik had medelijden met die arme doctor Wilcox. Rachel deed in het bijzijn van al die mensen heel kortaf tegen hem en beschuldigde hem ervan dat hij de sjaal niet in zijn zak had gestoken toen ze hem dat had gevraagd.'

'Weet u hoe die sjaal eruitzag?'

'Dat kan ik me nog goed herinneren, want ik stond naast Rachel toen Martha, die arme schat, er een bewonderende opmerking over maakte. Het was een zilverachtige chiffon sjaal, met een soort kraaltjesfranje. Voor het doen van Rachel Wilcox was hij eigenlijk zelfs nogal opvallend. Ze kleedt zich meestal vrij conservatief. Misschien heeft ze hem daarom kort daarna afgedaan.'

Het kwijl liep Reba in de mond bij de gedachte aan haar volgende verhaal. Volgens de politie was Martha door wurging om het leven gekomen. Ze zouden niet naar die sjaal hebben gevraagd als die niet heel belangrijk was geweest.

Ze was in gedachten zo druk bezig met de kop boven haar artikel, dat het haar niet opviel hoe stil haar bejaarde metgezel aan het tafeltje naast het hare plotseling was geworden.

Ik weet zeker dat ik Rachels avondtasje op het tafeltje in de gang heb zien liggen, dacht Bernice. Ik kon het zien vanaf mijn plekje in de zitkamer. Ik heb niet echt gekeken of het ergens op lag. Maar heb ik daarna niet gezien dat iemand het tasje oppakte en wegnam wat eronder lag?

Ze wist ook wie dat was geweest.

Of ga ik me nu van alles in mijn hoofd halen omdat er zoveel over wordt gepraat?

Ik ga me niet als een ouwe dwaas aanstellen, dacht Bernice. Ik vertel het gewoon aan niemand, want ik ben er niet zeker van.

40

'Ik had niet verwacht dat ik jullie al zo snel weer zou zien,' zei Emily tegen Tommy Duggan en Pete Walsh toen ze hen binnenliet.

'Wij hadden ook niet verwacht dat we al zo gauw terug zouden komen, mevrouw Graham,' antwoordde Duggan terwijl hij haar onderzoekend aankeek. 'Hoe hebt u vannacht geslapen?'

Emily haalde haar schouders op. 'Waarmee u wilt zeggen dat u kunt zien dat ik vannacht nauwelijks een oog heb dichtgedaan. Ik ben bang dat ik nogal van streek was door die foto van gisteren. Is het niet zo dat iemand die in de middeleeuwen achtervolgd werd, alleen maar een kerk binnen hoefde te gaan en "vrijplaats" hoefde te roepen om veilig te zijn zolang hij daar bleef?'

'Zoiets,' zei Duggan.
'Dat zal voor mij wel niet tellen, denk ik. Zelfs in de kerk kan ik me nog niet veilig voelen. Ik moet bekennen dat ik echt ontzettend bang ben,' zei ze.
'Aangezien u alleen woont, zou het veel veiliger zijn als...'
'Ik ben niet van plan om uit het huis weg te gaan,' viel ze hem in de rede. 'De briefkaart ligt in de bibliotheek.' Ze had de kaart daar naartoe gebracht nadat ze in de keuken de post had gesorteerd en hem had aangetroffen tussen een folder van een hoveniersbedrijf en een verzoek om een bijdrage te storten voor een liefdadig doel.
Toen ze een beetje bekomen was van de schok die de boodschap op de kaart haar had bezorgd, was ze naar het raam gelopen en had naar de tuin staan staren. Op deze bewolkte dag zag die er somber en akelig uit, net een begraafplaats. Maar dat was het ook eigenlijk meer dan honderd jaar lang geweest.
Nog steeds met de kaart in haar hand was ze naar de studeerkamer gehold om het bureau van de officier van justitie te bellen.
'De enige post die ik in de bus heb gehad sinds ik hier woon, was geadresseerd aan de Kiernans of aan "De bewoner(s) van dit huis",' zei ze tegen de rechercheurs. Daarna wees ze op de briefkaart die ze op het bureau had gelegd. 'Maar die is echt aan mij geadresseerd.'
De kaart zag er precies zo uit als ze hem had beschreven. Een slordige tekening van een huis met de grond eromheen en het adres, Ludlam Avenue 15, tussen de strepen die het trottoir moesten voorstellen gekrabbeld. In de uiterste linkerhoek van het terrein achter het huis waren twee grafzerken naast elkaar afgebeeld. Op allebei stond een naam. De ene was Letitia Gregg. De ander Carla Harper.
Tommy trok een plastic zak uit zijn jaszak, pakte de kaart bij de randen vast en schoof hem erin. 'Dit keer was ik erop voorbereid,' zei hij. 'Mevrouw Graham, het kan zijn dat iemand een lugubere grap heeft willen uithalen, maar het kan ook de waarheid zijn. We hebben al informatie ingewonnen over Ludlam Avenue 15. Het huis is eigendom van een bejaarde weduwe die daar alleen woont. We hopen dat ze bereid is ons medewerking te verlenen als we haar dit vertellen en dat ze ons toestemming zal ge-

ven om haar achtertuin om te spitten, in ieder geval het gedeelte dat op deze kaart staat aangegeven.'

'Denkt u zelf dat het de waarheid is?' vroeg Emily.

Tommy Duggan stond haar een tijdje aan te kijken voor hij antwoord gaf. 'Na wat we hier hebben gevonden...' – hij knikte even in de richting van Emily's achtertuin – 'denk ik dat die kans er dik in zit, ja. Maar tot we dat zeker weten, zou ik het op prijs stellen als u daar met niemand over zou praten.'

'Ik zou niet weten aan wie ik dat zou willen vertellen,' zei Emily. Ik hou er in ieder geval mijn mond over tegen mam en pa en tegen oma, dacht ze, anders jaag ik ze de stuipen op het lijf. Maar als mijn grote broers hier in de buurt woonden, zou ik vast en zeker gillend naar hen toe vluchten. Helaas zitten ze een paar duizend kilometer hiervandaan.

Ze dacht aan Nick Todd. Hij had vlak nadat de post was bezorgd gebeld, maar ze had er tegen hem ook niets over gezegd. Toen ze gisteren terug waren gekomen van hun brunch en die foto op de vloer van de hal hadden gevonden, had hij erop aangedrongen dat ze meteen naar Manhattan zou rijden om daar in haar appartement te gaan zitten.

Maar zij had stug volgehouden dat ze al haar hoop had gevestigd op de camera's die door Eric geïnstalleerd zouden worden om erachter te komen wie haar dit aandeed en ze had uitgelegd dat Ned Koehler ook bij zijn poging in te breken was betrapt door de verborgen camera die Eric in haar huis had aangebracht. Zodra de camera's hier op hun plaats zitten, gaan we een poging doen om degene die hier die vervelende geintjes uithaalt te identificeren, had ze hem verzekerd.

Moedig gezegd, dacht ze terwijl ze met Tommy Duggan en Pete Walsh naar de voordeur liep en die achter hen dichtdeed en vergrendelde, maar waar het op neerkomt, is dat ik eigenlijk doodsbang ben.

De korte tijd dat ze had geslapen, was ze geplaagd door nachtmerries. In een ervan werd ze achtervolgd. In een andere droom stond ze bij het raam dat ze probeerde open te doen, terwijl iemand het aan de andere kant tegenhield.

Daar moet je mee ophouden, prentte Emily zichzelf in. Ga maar iets doen. Bel dr. Wilcox en vraag of je zijn boeken terug kunt

brengen. Daarna kun je naar het museum gaan om wat research te plegen. Kijk maar of je erachter kunt komen waar iedereen die destijds bij de zaak betrokken was aan het eind van de negentiende eeuw heeft gewoond.
Ze wilde proberen de huizen te vinden van de vrienden van Phyllis Gates en Madeline Shapley, de personen die Gates in haar boek herhaaldelijk had vermeld.
Phyllis Gates had opgemerkt dat haar eigen familie voor de duur van de zomer een huis had gehuurd, maar ze leek te impliceren dat de andere gezinnen een eigen huis bewoonden. Er moest ergens op papier staan waar ze precies hadden gewoond, dacht ze. En er zal ook wel een kaart van de stad zijn, zoals die er destijds uitzag. Ik moet wat tekenspullen hebben. En ik zal ook wel ergens een monopolyspel kunnen kopen. De kleine huisjes van dat spel zijn precies wat ik nodig heb.
Op zo'n kartonnen vel van ongeveer een meter in het vierkant dat ook vaak door kunstacademiestudenten werd gebruikt, zou ze een plattegrond tekenen van de stad aan het eind van de negentiende eeuw en als ze daar de straatnamen aan had toegevoegd kon ze de monopolyhuisjes op de plaatsen zetten waar de vrienden van Madeline Shapley hadden gewoond.
Daarna ga ik naar het kadaster om uit te zoeken wie in de loop der tijd allemaal eigenaar van die panden zijn geweest, besloot Emily.
Waarschijnlijk zou ze er helemaal niets mee opschieten, zei ze bij zichzelf terwijl ze naar de kast liep om haar regenjas te pakken, maar hoe meer inzicht ze kreeg in de wereld van Madeline, des te groter was de kans dat ze er niet alleen achter zou komen wat er met haar was gebeurd, maar ook wat Letitia Gregg en Ellen Swain was overkomen.

41

Het doordringende geluid van de bel verstoorde de rust. Rachel was naar Rumson gereden om bij vrienden te lunchen en Clayton Wilcox had zijn computer aangezet in de hoop een paar uur ongestoord aan zijn roman te kunnen werken.

Sinds de bijeenkomst in Will Staffords huis had Rachel zich minachtend uitgelaten over de vragen die hen gesteld waren, maar daarnaast begon ze ook steeds bangere vermoedens te krijgen omtrent de reden waarom rechercheur Duggan zoveel interesse had getoond voor de sjaal die zij kwijt was geraakt.
'Je denkt toch niet dat die iets te maken heeft met Martha's dood, hè Clayton?' had ze al een paar keer gevraagd. Daarna had ze in antwoord op haar eigen vraag die mogelijkheid kortaf als belachelijk afgedaan.
Clayton had haar niet tegengesproken. 'Die weggeraakte sjaal van jou heeft overduidelijk álles te maken met Martha's dood en je hebt de verdenking op mij geladen door ervoor te zorgen dat iedereen wist dat je had gevraagd of ik hem in mijn zak wilde stoppen,' had op het puntje van zijn tong gelegen, maar hij had zich weten te beheersen.
Toen hij de deur opendeed, realiseerde hij zich dat hij half en half had verwacht dat rechercheur Duggan op de veranda zou staan. In plaats daarvan was het een vreemde, een kleine vrouw met samengeknepen lippen en nieuwsgierige grijze ogen.
Al voordat ze haar mond had opengedaan, was hij ervan overtuigd dat ze van de pers was. Toch sloeg haar eerste vraag hem met stomheid: 'Doctor Wilcox, uw vrouw is al sinds het feestje bij de familie Lawrence op de avond voordat Martha Lawrence verdween een sjaal kwijt. Waarom stelt de politie daar al die vragen over?'
De vingers van Clayton Wilcox verkrampten in een soort zenuwtrek om de deurknop en hij begon de deur dicht te doen.
De vrouw praatte snel door. 'Doctor Wilcox, mijn naam is Reba Ashby. Ik ben van *The National Daily* en voor ik een artikel over die vermiste sjaal schrijf, zou het in uw voordeel kunnen werken als u eerst een paar vragen beantwoordt.'
Wilcox dacht daar even over na en zette de deur weer iets verder open, echter zonder te vragen of ze binnen wilde komen. 'Ik heb geen flauw idee waarom de politie naar de sjaal van mijn vrouw heeft geïnformeerd,' zei hij weloverwogen. 'Of juister gesteld, ze hebben geïnformeerd of iemand tijdens dat feestje iets kwijt was geraakt. Mijn vrouw had haar sjaal afgedaan en mij gevraagd die bij haar handtas te leggen die op een tafeltje in de hal stond.'

'Ik had begrepen dat uw vrouw aan de politie heeft verteld dat ze u gevraagd heeft de sjaal in uw zak te stoppen.'
'Mijn vrouw heeft me gevraagd om hem bij haar tasje te leggen, en dat heb ik ook gedaan.' Wilcox kon voelen hoe het zweet op zijn voorhoofd begon te parelen. 'Hij lag daar open en bloot en iedereen heeft hem in de loop van de avond weg kunnen pakken.'
Dat was precies het antwoord waar Reba op had gewacht. 'Maar waaróm zou iemand hem wegpakken? Wilt u beweren dat hij gestolen is?'
'Ik wil helemaal niets beweren. Misschien heeft iemand hem gewoon ergens anders neergelegd.'
'Waarom zou iemand dat doen als ze niet van plan waren hem mee te nemen?'
'Ik heb geen idee. Als u me nu wilt excuseren...' Dit keer sloot Clayton Wilcox de deur wel en deed net alsof hij niet hoorde wat Reba Ashby hem met stemverheffing nariep.
'Doctor Wilcox, kende u dokter Lillian Madden?' schreeuwde ze door de deur.

Terug achter zijn bureau zat Wilcox naar het scherm te staren. De woorden die hij net had geschreven hadden alle betekenis verloren. Hij twijfelde er geen moment aan dat Reba Ashby met een sensationeel artikel over de sjaal op de proppen zou komen. Hij kon niet voorkomen dat hij een golf van publiciteit over zich heen zou krijgen. Tot hoever zou dat vod waarvoor ze schreef gaan bij het natrekken van zijn achtergrond? Hoe diep was de politie momenteel in zijn verleden aan het spitten?
Als hij de kranten mocht geloven, was het archief in de spreekkamer van dr. Madden vernield.
Gold dat voor álle dossiers?
Had hij moeten toegeven dat hij haar had geconsulteerd?
De telefoon ging. Rustig blijven, prentte Wilcox zichzelf in, je moet heel kalm overkomen.
Het was Emily Graham met de vraag of ze even langs kon komen om zijn boeken terug te brengen.
'Natuurlijk,' zei hij effen. 'Ik vind het leuk je weer te zien. Kom maar direct hiernaartoe.'

Nadat hij de telefoon had neergelegd, leunde hij achterover in zijn stoel. In gedachten zag hij Emily Graham voor zich.
Een wolk donkerbruin haar dat met behulp van een klem achter op haar hoofd opgestoken was, de springerige lokjes op haar voorhoofd en in haar nek...
Een ranke, smalle neus...
Dikke, roetzwarte wimpers, die grote, vragende ogen omlijstten...
Clayton Wilcox zuchtte, zette zijn vingers op het toetsenbord en begon te tikken. *'Zijn drang was zo groot dat zelfs de onvoorstelbare consequenties van wat hij op het punt stond te doen hem niet van zijn voornemen af konden brengen.'*

42

Robert Frieze begon de week maandagochtend door ruzie te maken met Natalie. Het feit dat hij een afspraak had met Dominic Bonetti, de aspirant-koper van The Seasoner wakkerde de bittere woordenwisseling nog aan.
Hij had zoals gewoonlijk weer niet kunnen slapen en was halfzeven 's ochtends al gaan joggen om de groeiende spanning van zich af te zetten. Hij wist dat hij vol vertrouwen en op zijn best moest zijn tijdens zijn ontmoeting met Bonetti.
Op de terugweg van het North Pavilion zag hij hoe Susan, zijn ex-vrouw, hem tegemoet kwam joggen en hij verliet de promenade om haar te ontlopen. Haar alimentatie, die ze in twee halfjaarlijkse termijnen uitgekeerd kreeg, moest aan het eind van de maand betaald worden en vandaag wilde hij er niet over piekeren waar hij dat geld nu weer vandaan moest halen.
Toen hij thuiskwam, was de spanning eerder toe- dan afgenomen en tot zijn ontsteltenis zat Natalie al aan de keukentafel. Hij had gehoopt dat hij in alle rust een kop koffie zou kunnen drinken en de cijfers die hij gedurende de nacht had opgesteld nog eens door te lopen.
'Heb je je leven gebeterd?' vroeg hij snauwerig. 'Je bent al drie dagen lang bij het krieken van de dag opgestaan. Wat is er gebeurd met het schoonheidsslaapje dat je altijd zo nodig hebt?'
Hij zag tot zijn ergernis dat het financiële rapport waaraan hij in

de vroege ochtenduren had zitten werken op tafel uitgespreid lag.
'Het is knap moeilijk om te slapen als je nergens moe van bent,' beet ze terug. Dat was Natalies manier om hem eraan te herinneren dat ze iedere zondagavond alleen had gezeten sinds zijn besluit het restaurant ook op die avond te openen.
Ze opende meteen de aanval. 'Bob,' zei ze, 'wil je me alsjeblieft vertellen wat deze cijfers te betekenen hebben? Met name die op de laatste bladzij? Je bent toch niet van plan om het restaurant voor zo'n schijntje te verkopen? Dan kun je het net zo goed weggéven.'
'Het zou weleens verstandiger kunnen zijn om het weg te geven in plaats van failliet te gaan,' zei Bob koel. 'Doe me een genoegen, Natalie, ik probeer me voor te bereiden op een bijeenkomst waarbij ik met een beetje geluk met iemand tot overeenkomst kan komen en me van die loden last zal kunnen bevrijden. Ik zit voor het blok en dat weet Dom Bonetti heel goed. Ik moet zo laag met de prijs gaan zitten dat hij niet kan weigeren.'
'Nou, tenzij ik niet meer kan optellen en aftrekken, zal die bodemprijs van jou ons min of meer tot de bedelstaf brengen. Ik heb destijds, toen je met alle geweld die hartenwens van je wilde vervullen om horecabaas te worden, gezegd dat je die aandelen moest verkópen in plaats van ze tot onderpand van een lening te maken. Als je nu dat restaurant niet voor een hoge prijs kunt verkopen, wat je als ik deze cijfers bekijk niet schijnt te verwachten, zul je die aandelen moeten verkopen om de lening af te lossen.'
Natalie zweeg even en ging toen verder met een stem die overliep van boosheid en minachting: 'Ik hoop dat ik je niet hoef te vertellen dat die aandelen nu nog maar de helft waard zijn van wat ze hadden opgebracht toen je die lening afsloot.'
Bob voelde zijn maag samenkrimpen en kreeg een brandende pijn in zijn borst. 'Geef hier die papieren.'
'Pak ze zelf maar.' Natalie veegde de papieren van de tafel op de grond en liep er opzettelijk overheen toen ze de keuken uit beende.

Vijf uur later schudde Bob zijn hoofd en keek neer op de papieren in zijn hand. In een ervan zat een klein ovaal gaatje. Toen

herinnerde hij zich het weer: de naaldhak van Natalies muiltje had dat vel doorboord toen ze erop was gestapt.
Dat was ook het láátste wat hij zich herinnerde: dat ze ruzie hadden gemaakt en dat hij in zijn joggingpak in de keuken had gestaan toen hij boven de slaapkamerdeur hoorde dichtvallen. Hij deed even zijn ogen dicht.
Toen hij ze weer opende, keek hij langzaam om zich heen. Hij zat in zijn kantoor op de eerste verdieping boven het restaurant, in zijn donkerblauwe colbert en zijn grijze broek.
Hij keek op zijn horloge. Het was bijna één uur. Eén uur! De aspirant-koper, Dominic Bonetti, kon ieder moment arriveren. Het plan was om de overname tijdens de lunch te bespreken.
Bob deed een krampachtige poging om zich te concentreren op de cijfers die hij op papier had gezet. Zijn telefoon ging. Het was de gerant. 'Meneer Bonetti is gearriveerd. Zal ik hem aan uw tafeltje plaats laten nemen?'
'Ja. Ik kom naar beneden.'
Hij liep zijn privétoilet in en plensde koud water over zijn gezicht. Op aandringen van Natalie had hij vorig jaar iets aan zijn ogen laten doen door een plastisch chirurg waar haar vriendinnen verrukt over waren. Nu waren zijn oogleden strakker en de wallen die zich onder zijn ogen begonnen te vormen waren verdwenen, maar hij wist dat het resultaat hem er niet mooier op had gemaakt. Toen hij in de spiegel keek, leek het alsof de bovenste helft van zijn gezicht niet bij de onderste helft hoorde, een indruk die hij niet alleen verontrustend vond, maar zelfs angstaanjagend. Hij was altijd trots geweest op zijn knappe uiterlijk. Maar dat was voorbij.
Wat idioot om je daar op dit moment druk over te maken, dacht hij terwijl hij een kam door zijn haar haalde. Daarna liep hij haastig naar beneden.
Hij wist dat er niet veel reserveringen waren voor de lunch op maandag, maar hij had erop gerekend dat er genoeg mensen zouden binnenlopen om in ieder geval een redelijk drukke indruk te maken. Hij voelde dat het zweet hem in de handen stond toen hij het restaurant binnenliep en zag dat er maar zes tafeltjes bezet waren. Dominic Bonetti zat op hem te wachten. Voor hem op tafel lag een opengeslagen notitieboekje.

Was dat een goed teken?
Hij had Bonetti één keer eerder ontmoet, tijdens een golfwedstrijd. Het was een krachtig gebouwde man, niet groot, met een dikke bos donker haar en intelligente donkere ogen. Hij had een hartelijke, spontane manier van doen en als hij zijn mond hield, straalde hij rustig zelfvertrouwen uit.
Ze begonnen pas over zaken te praten toen ze de geroosterde zalm op hadden, die droog en niet bepaald smakelijk was geweest. Bob was erin geslaagd om zich door het gesprek heen te slaan, maar het had hem veel moeite gekost.
Toen de espresso werd opgediend, kwam Bonetti ter zake. 'Jij wilt van deze tent af, ik wil hem hebben. Vraag me niet waarom. Het is geen kwestie van noodzaak. Ik ben negenenvijftig en ik heb meer geld dan ik ooit zal willen uitgeven. Maar ik mis de horeca. Dat zit me in het bloed. En je zit hier op een fantastische plek.'
Maar in het volgende halfuur kreeg Bob te horen wat er níét deugde aan The Seasoner en dat was zo ongeveer alles.
De inrichting: 'Ik weet dat dit je handenvol geld heeft gekost, maar het is niet bepaald uitnodigend. Het is kil en ongezellig, omdat... De keuken is onpraktisch...'
Natalie had de binnenhuisarchitect uitgezocht. De eerste chefkok die hij in dienst had genomen, die beroemdheid van Madison Avenue, had bepaald hoe de keuken ingericht moest worden.
De prijs die Dominic Bonetti hem bood, lag een half miljoen onder de absolute bodemprijs die volgens Bob Frieze acceptabel was. 'Als dat je eerste bod is,' zei hij met een afwijzend glimlachje, 'zal ik daar graag een prijs tegenover zetten.'
De laconieke houding van Bonetti verdween als bij toverslag. 'Als ik deze tent koop, zal ik er een stamp geld in moeten steken om alles naar mijn eigen inzicht te laten verbouwen en eersteklas personeel in dienst te nemen,' zei hij rustig. 'Ik heb je mijn prijs genoemd. Daar wens ik niet over te onderhandelen.'
Hij stond op en de warme glimlach verscheen opnieuw op zijn gezicht. 'Denk er maar eens over na, Bob. Het is zelfs een bijzonder redelijke prijs, als je nagaat wat er allemaal aan moet gebeuren en wat er ongedaan gemaakt moet worden. Als je besluit om het af te wijzen, neem ik je dat niet kwalijk. Mijn vrouw zal dolblij zijn.'

Hij stak zijn hand uit. 'Laat het me maar weten.'
Bob wachtte tot Bonetti het restaurant uit was voor hij de kelner aankeek en zijn lege wijnglas omhooghield.
Een ogenblik later was de kelner al terug met de wijn plus een mobiele telefoon. 'Mevrouw Frieze moet u dringend spreken, meneer.'
Tot Bobs verbazing vroeg Natalie niet hoe de afspraak met Bonetti verlopen was. In plaats daarvan zei ze: 'Ik heb net gehoord dat er een grondverzetmachine bezig is de achtertuin van Ludlam Avenue 15 om te spitten. Het gerucht gaat dat ze daar op zoek zijn naar het lichaam van Carla Harper, dat meisje dat twee jaar geleden is verdwenen. Lieve hemel, Bob, Ludlam Avenue 15! Dat is toch het huis waar jij hebt gewoond toen je hier opgroeide?'

43

'Uw vader is er en hij wil u spreken, meneer Stafford.' De stem van de receptioniste klonk verwonderd. Het was bijna alsof ze wilde zeggen: 'Ik wist niet eens dat uw vader nog leefde.'
'Mijn vader!' Will Stafford gooide de pen neer die hij in zijn hand had. Boos en van zijn stuk gebracht wachtte hij even tot hij zeker wist dat hij zijn stem weer in bedwang had. 'Laat hem maar binnenkomen.'
Hij keek toe hoe de deurknop langzaam werd omgedraaid. Hij is bang om me onder ogen te komen, dacht hij. Bang dat ik hem wegstuur. Hij stond niet op, maar bleef stram achter zijn bureau zitten terwijl hij zichzelf dwong om van top tot teen zijn ongenoegen over het feit dat hij werd gestoord uit te stralen.
De deur ging langzaam open. De man die binnenkwam, was nog maar een schaduw van de man die hij een jaar geleden had ontmoet. Sindsdien was zijn vader zeker dertig pond afgevallen. Zijn gezicht had een wasachtige, gele tint en onder de strakke huid tekenden zijn jukbeenderen zich scherp af. Van de dikke bos grijs doorschoten, zandkleurig haar die Will zich herinnerde en die hij zelf had geërfd, waren nog maar een paar losse, vuilgrijze sliertjes over.
Vierenzestig en hij ziet eruit alsof hij vierentachtig is, dacht Will.

Word ik nu verondersteld medelijden met hem te hebben en mijn armen om hem heen te slaan? 'Doe die deur dicht,' gebood hij. Willard Stafford sr. knikte en gehoorzaamde. De mannen merkten geen van beiden dat de deur niet helemaal in het slot viel en op een kiertje open bleef staan.
Will stond langzaam op. 'Waarom laat u me niet met rust?' vroeg hij met stemverheffing terwijl hij de woorden bijna uitspuugde. 'Wilt u dan niet begrijpen dat ik niets meer met u te maken wil hebben? Wilt u soms dat ik u vergeef? Prima. Ik vergeef u. Maak nu dan maar dat u wegkomt.'
'Will, ik heb fouten gemaakt. Dat geef ik toe. Ik heb niet veel tijd meer. Ik wil het met je goedmaken.'
'Dat kunt u niet. Ga nou maar weg en kom nooit meer terug.'
'Ik had meer begrip moeten tonen. Je was nog maar in je puberteit...' De stem van de oude man werd steeds hoger.
'Hou je mond!' Met twee stappen stond Will aan de andere kant van zijn bureau tegenover zijn vader. Zijn sterke handen sloten zich om de magere, bevende schouders van de andere man.
'Ik heb moeten boeten voor iets dat iemand anders had gedaan. U geloofde mij niet. U had zich een hele vloot advocaten kunnen veroorloven om mij behoorlijk te verdedigen. In plaats daarvan trok u uw handen van me af, van uw enige zoon. U liet me ten overstaan van iedereen vallen. Maar inmiddels is mijn strafregister als minderjarige voor niemand meer toegankelijk. Ik zit echt niet te wachten tot u hier binnenkomt en alles kapotmaakt wat ik de afgelopen drieëntwintig jaar heb opgebouwd. Maak nu maar gewoon dat u wegkomt. Stap in uw auto, rij terug naar Princeton en blijf daar.'
Willard Stafford sr. knikte. Hij draaide zich met vochtige ogen om en tastte naar de knop van de deur. Toen bleef hij staan. 'Ik beloof je dat ik niet terug zal komen. Ik wilde je alleen nog één keer onder vier ogen zien en je vragen of je me wilde vergeven. Ik weet dat ik je in de steek heb gelaten. Ik dacht alleen dat je misschien zou begrijpen...' Zijn stem stierf weg.
Will gaf geen antwoord.
Zijn vader zuchtte en deed de deur open. 'Het komt alleen,' mompelde hij meer tegen zichzelf dan tegen Will, 'door wat ik heb gelezen over wat zich in deze stad heeft afgespeeld. Ik bedoel dat

meisje van wie het lichaam is gevonden. Ik begon me zorgen te maken. Begrijp je...?'
'Waar haalt u het lef vandaan om hiernaartoe te komen en dát tegen me te zeggen? Ga weg! Hebt u me verstaan? Ga weg!'
Het kon Will Stafford niets schelen dat hij inmiddels stond te schreeuwen en dat Pat, de receptioniste, hem zeker kon verstaan. Het enige waar hij zich druk over maakte, was dat hij moest proberen zijn blinde woede in te tomen voor hij zijn handen om de magere nek zou leggen van de man die zijn vader was en net zolang zou knijpen tot die nek het begaf.

44

De advocaat van Ned Koehler, Hal Davis, was niet bepaald blij toen hij Marty Browski om drie uur maandagmiddag opnieuw in Gray Manor ontmoette.
'De staat betaalt me niet genoeg om jou bij te staan in een heksenjacht,' klaagde hij terwijl ze samen zaten te wachten tot Koehler naar de conversatieruimte werd gebracht.
'De staat betaalt mij om ervoor te zorgen dat mensen voor hun misdaden moeten boeten,' gaf Browski lik op stuk. 'Zoals ik je vanmorgen al heb verteld, hebben we het onderzoek in de zaak Ruth Koehler weer opgepakt en jouw cliënt staat onder verdenking van moord.'
Davis keek hem ongelovig aan. 'Nou maak je toch zeker een geintje. Jullie zijn er niet in geslaagd om de zaak tegen de moordenaar van Ruth Koehler, Joel Lake, te winnen en dat proberen jullie nu goed te maken door die arme klungel Koehler de schuld in de schoenen te schuiven? Nadat je me hebt gebeld, ben ik hier halsoverkop naartoe gegaan om overleg met hem te plegen en hem aan te raden niet met je te praten. Maar hij houdt stug vol dat hij onschuldig is en hij staat erop om met je te praten.'
'Misschien is hij wel slimmer dan je denkt,' zei Browski. 'We dachten allemaal dat Koehler dat bewijsmateriaal had verknoeid omdat hij zo geschrokken en verdrietig was. Maar als je het van de andere kant bekijkt, kan hij ook slim genoeg zijn geweest om

het plausibel te maken dat zijn vingerafdrukken overal op dat mes zaten en dat hij bloed op zijn kleren had.'
'Hij heeft haar opgetild. Hij wist niet dat ze dood was. Hij is naar buiten gelopen om hulp te halen.'
'Dat zou kunnen.'
De deur ging open. Ned Koehler werd door de bewaker naar zijn stoel gebracht. 'Ned is vandaag een beetje over zijn toeren,' zei de bewaker. 'Ik sta voor de deur als u mij nodig mocht hebben.'
'Waarom doet u me dit aan?' wilde Koehler van Marty weten. 'Ik hield van mijn moeder. Ik mis haar.'
'Ik wil alleen maar een paar vragen stellen,' zei Browski sussend. 'Maar ik moet wel nadrukkelijk tegen je zeggen dat je verdacht wordt van de moord op je moeder, zodat alles wat je zegt tegen je gebruikt kan worden.' Machinaal dreunde hij de rest van de officiële waarschuwing op.
'Ned, je moet goed begrijpen dat je geen enkele vraag hoeft te beantwoorden.' Hal Davis boog zich voorover, alsof hij Koehler dat beter aan zijn verstand kon brengen als hij iets dichterbij was.
'Ned, ik heb je tante gesproken,' zei Marty rustig. 'Ze heeft zich niet vergist. Ze heeft inderdaad nog met je moeder gepraat nadat iemand Joel Lake naar buiten heeft zien komen.'
'Mijn tante is stapelgek. Als mijn moeder haar had gesproken nadat die kerel weg was, zou ze haar alles over die inbraak hebben verteld.'
'Misschien wist ze dat nog niet. Ned, was je moeder weleens kwaad op je?'
'Mijn moeder hield van me. Heel veel.'
'Dat zal vast wel, maar ze werd ook weleens boos op je, hè?'
'Nee. Nooit.'
'Ze was vooral boos omdat je vaak naliet de deur goed achter je in het slot te trekken als je de flat uitliep. Dat is toch zo?'
'Ik deed die deur altijd op slot als ik wegging.'
'Altijd? Joel Lake zegt dat de deur niet eens goed dicht zat. Daarom is hij ook bij jullie naar binnen gegaan.'
Ned Koehler had zijn ogen tot spleetjes samengeknepen. Zijn mond bleef voortdurend krampachtig trekken.
'Is het niet zo, Ned, dat een week voor de dood van je moeder precies hetzelfde was gebeurd? Heeft ze je toen geen grote mond

gegeven en gezegd dat iemand zomaar binnen had kunnen komen om haar aan een mes te rijgen? Je buren hebben me verteld dat ze dat altijd tegen je zei als je de deur niet in het slot had getrokken.'

'Ned, nu mag je verder echt niets meer zeggen,' drong Davis aan.

Ned wees zijn advocaat hoofdschuddend terug. 'Laat me met rust, Hal. Ik wil praten.'

'Ned, hoe komt het dat je weet hoe bang je moeder was toen ze dat mes zag en wist dat ze ging sterven?' Marty slingerde Ned Koehler aan de andere kant van de tafel die vraag in het gezicht. Hij wachtte niet tot hij antwoord kreeg. 'Heeft ze je gesmeekt haar geen pijn te doen? Heeft ze gezegd dat het haar speet dat ze altijd kritiek op je had? Ze zat aan de keukentafel. Ze had net ontdekt dat er ingebroken was. Ze moet vast ontzettend boos zijn geweest. Het mes hing vlakbij aan een rek in de keuken. Heeft ze ernaar gewezen en tegen je gezégd dat de inbreker dat best tegen haar had kunnen gebruiken en dat het dan jouw schuld zou zijn geweest?'

Iets dat het midden hield tussen een jammerkreet en een schreeuw welde op uit de keel van Ned Koehler en overviel de beide mannen. De deur vloog open en de bewaker rende naar binnen.

Ned Koehler begroef zijn gezicht in zijn handen. 'Ze zei: "Niet doen, Ned, het spijt me, Ned, niet doen, Ned, alsjeblieft." Maar het was al te laat. Ik wist niet eens dat ik het mes had gepakt en toen zat het plotseling in haar borst.'

Een gierend gesnik deed zijn lichaam schokken toen hij uitriep: 'Het spijt me, mammie! Het spijt me, mammie!'

45

Eric Bailey zat al op de veranda te wachten toen Emily thuiskwam nadat ze de boeken terug had gebracht naar dr. Wilcox, een bezoek had gebracht aan het museum en de spullen had gekocht voor alles wat ze van plan was te gaan doen.

Hij woof haar verontschuldigingen weg. 'Maak je niet druk. Ik kon goed doorrijden, maar ik heb wel honger. Heb je iets te eten?'

Ze pakte de benodigdheden om een paar sandwiches klaar te maken – ham, Zwitserse kaas, sla, tomaten en vers Italiaans brood

– en terwijl zij bezig was met de lunch pakte hij de camera's met de bijbehorende apparatuur uit.
Ze aten in de keuken. 'Ik heb ook nog een restje kippensoep op het menu,' zei ze tegen hem. 'Dat heb ik een paar dagen geleden gemaakt en wat ik overhield, heb ik ingevroren. Het is echt lekker, dat mag je van mij aannemen.'
'Dit doet me denken aan de tijd dat we nog in die sjofele kantoortjes in Albany zaten,' zei Eric terwijl hij het laatste druppeltje soep uit de schaal schraapte. 'Als ik naar de winkel ging om broodjes te halen, warmde jij je eigengemaakte soep op.'
'Dat was hartstikke leuk,' zei Emily.
'Het was zeker leuk en ik zou geen bedrijf hebben gehad als jij me niet had verdedigd toen ik voor de rechter werd gesleept.'
'En jíj hebt ervoor gezorgd dat ík rijk werd. Eerlijk is eerlijk.'
Ze grinnikten elkaar over de tafel toe. Eric is drie dagen ouder dan ik, dacht Emily, maar ik heb altijd het gevoel dat hij mijn kleine broertje is.
'Ik maakte me echt zorgen toen ik zag dat de aandelenkoers van je bedrijf omlaag is gegaan,' zei ze tegen hem.
Hij haalde zijn schouders op. 'Die gaat wel weer omhoog. Jij hebt er een smak geld aan verdiend, maar je zult er toch spijt van krijgen dat je op dat moment je aandelen hebt verkocht.'
'Toen ik klein was, heb ik al die verhalen gehoord over hoe mijn grootvader in 1929 al zijn geld kwijtraakte toen de markt instortte. Ik denk dat ik me gewoon niet op m'n gemak voelde met al die aandelen in m'n bezit. Ik zou me steeds zorgen maken dat er iets mis zou gaan. Op deze manier zal ik mijn leven lang geen geldzorgen meer hebben, dankzij jou.'
'Als je ooit iemand nodig hebt om voor je te zorgen...' Eric maakte zijn zin niet af toen Emily glimlachend haar hoofd schudde.
'Waarom zouden we zo'n mooie vriendschap verknoeien?' vroeg ze.
Hij hielp haar met het inruimen van de afwasmachine. 'Dat is mijn werk,' protesteerde ze.
'Ik vind het leuk om je te helpen.'
'Aangezien je hebt gezegd dat je met alle geweld vanavond terug wilt rijden naar Albany, heb ik liever dat je begint met het installeren van die camera's.'

Een paar minuten later deed ze de deur van de afwasmachine met een vastberaden klik dicht. 'Oké. Dat was dat. Als jij aan het ene uiteinde van de eettafel gaat zitten, neem ik het andere eind.' Ze legde uit wat ze van plan was met de kopieën van de kaarten en de gegevens van het kadaster.

'Ik wil deel uit gaan maken van het leven van die mensen,' zei ze. 'Ik wil zien waar de vriendenkring van Madeline precies woonde. Ik ben ervan overtuigd dat ze is vermoord door iemand die ze kende en die haar vervolgens hier heeft begraven. Maar hoe is hij erin geslaagd dat onopgemerkt te doen? Het moet toch een komen en gaan zijn geweest van politiemensen, zeker de eerste paar dagen nadat ze als vermist was opgegeven. Waar werd ze vastgehouden? Of waar werd haar lichaam verstopt? Of heeft de moordenaar haar hier nog dezelfde dag begraven, nadat het donker was geworden? De hulststruik blokkeerde het uitzicht op dat gedeelte van de tuin volkomen.'

'Weet je wel zeker dat je niet geobsedeerd begint te raken door die misdaad, Emily?'

Ze wierp hem een scherpe blik toe. 'Mijn enige obsessie is het vinden van een verband tussen de misdaden uit het eind van de negentiende eeuw en de misdaden die de laatste paar jaar in deze stad hebben plaatsgevonden. Op dit moment is de politie een paar straten verderop bezig de achtertuin van iemand anders om te spitten omdat ze denken dat ze daar het stoffelijk overschot zullen vinden van een jonge vrouw die al twee jaar wordt vermist.'

'Emily, je moet hier niet alleen blijven. Je hebt me verteld dat je in de vijf dagen dat je hier bent alweer twee keer door een stalker bent lastig gevallen. Je wilde er even tussenuit, je had behoefte aan vakantie. Het is je aan te zien dat daar niets van terechtkomt.'

Toen de telefoon plotseling ging, schrok Emily zich een ongeluk en greep Erics arm vast. Ze kon nog net een beverig lachje opbrengen voor ze naar de studeerkamer holde om het gesprek aan te nemen.

Het was rechercheur Browski. Hij verspilde geen tijd aan een begroeting. 'Emily, die cliënt van je in de zaak Koehler is een smeerlap en een schoft, maar je zult wel blij zijn om te horen dat hij inderdaad geen moordenaar is. Ik kom net van Ned Koehler af. Wacht maar tot ik je heb verteld...'

Een kwartier later kwam ze de eetkamer weer binnenlopen.
'Dat was een lang gesprek,' merkte Eric op. Zijn stem klonk luchtig. 'Heb je een nieuw vriendje?'
'Rechercheur Browski. Die ken je wel. Hij zei een heleboel aardige dingen over je.'
'Vertel maar op. Ik wil alle bijzonderheden horen.'
'Volgens hem heb je waarschijnlijk mijn leven gered, Eric. Als de camera die jij had geïnstalleerd Ned Koehler niet had betrapt, zouden we nooit hebben geweten wie mijn stalker was.'
'Je buren hoorden iets en hebben de politie gebeld.'
'Ja, maar Koehler was erachter gekomen hoe hij de alarminstallatie uit kon schakelen. En hij was al verdwenen toen de politie op kwam dagen. Als we hem, dankzij jou, niet gefilmd hadden, zouden we nooit hebben geweten wie probeerde binnen te dringen. De volgende keer was het voor mij misschien heel anders afgelopen.'
Emily hoorde zelf dat haar stem trilde. 'Hij heeft vandaag toegegeven dat hij van plan was mij te vermoorden. Marty Browski zei dat in het verknipte brein van Koehler Joel Lake, de vent die ik heb verdedigd, de dood van zijn moeder heeft veroorzaakt. Hij zei tegen Browski dat zijn moeder nu nog in leven zou zijn geweest als Joel niet in de flat had ingebroken, dus was Joel in feite de moordenaar.'
'Dat lijkt mij volkomen krankzinnige logica.' De handen van Eric Bailey werkten rustig door aan het in elkaar zetten van de apparatuur die benodigd was om de camera's te installeren die hij had meegebracht naar Spring Lake.
'Krankzinnig, maar in zekere zin ook wel begrijpelijk. Ik weet zeker dat het niet zijn bedoeling was om zijn moeder te vermoorden en ik weet dat hij de gedachte niet kan verdragen dat het zijn schuld is dat ze dood is. Als Joel Lake schuldig was bevonden, zou hij zijn eigen schuldgevoelens op hem hebben kunnen fixeren. Maar ik slaagde erin om vrijspraak te krijgen voor Joel, dus toen werd ík de boosdoener.'
'Jij bent geen boosdoener,' zei Eric Bailey nadrukkelijk. 'Waar ik me zorgen over maak, is dat ik uit jouw verhaal begrijp dat Browski ongerust is over het feit dat die stalker weer met z'n praktijken is begonnen. Wie is het volgens hem?'
'Hij heeft mijn ex nagetrokken. Maar wat Gary verder ook is, hij

is geen stalker. Hij heeft sluitende alibi's voor dinsdagavond en zaterdagochtend, toen die twee laatste foto's zijn genomen. Browski is er nog niet in geslaagd om te achterhalen waar Joel Lake uithangt.'

'Zit je in over Lake?'

'Je zult wel verbaasd zijn om te horen dat ik wat hem betreft in zekere zin opgelucht ben. Weet je nog hoe ik door Ned Koehler werd besprongen nadat de jury Lake had vrijgesproken?'

'Zeker weten. Ik was er zelf bij.'

'Toen de parketwachters Koehler van me af hadden getrokken, hielp Joel Lake me overeind. Hij stond vlak naast me, omdat we op moesten staan om de uitspraak aan te horen. Eric, weet je wat hij me toefluisterde?'

De toon van Emily's stem maakte dat Eric Bailey ophield met wat hij deed en haar strak aankeek.

'Hij zei tegen me: "Misschien heeft Koehler wel gelijk, Emily. Misschien heb ik die oude dame écht vermoord. Wat geeft je dat voor gevoel?"

Ik heb het nooit aan iemand verteld, maar het heeft me vanaf dat moment wel voortdurend achtervolgd. En toch geloofde ik helemaal niet dat hij haar had vermoord. Snap je iets van die houding? Hij is echt een walgelijk creatuur dat in plaats van dankbaar te zijn dat hij niet voor de rest van zijn leven de gevangenis indraaide het nodig vond om mij te treiteren.'

'Weet je wat ik denk, Emily? Ik denk dat hij zich tot je aangetrokken voelde en wist dat hij toch geen schijn van kans had. Het kan op sommige mensen een vreselijke uitwerking hebben als ze een blauwtje lopen.'

'Nou, als hij de stalker is, hoop ik van ganser harte dat een van jouw camera's hem zal betrappen.'

Toen Eric vlak voor zeven uur 's avonds wegging, waren de camera's aan alle kanten van het huis aangebracht. Wat hij Emily niet had verteld, was dat hij er binnen ook een paar had geïnstalleerd en dat hij een draadantenne aan een van de dakramen had bevestigd. Nu kon hij binnen een straal van zeshonderd meter met behulp van de tv-ontvanger in zijn busje al haar bewegingen gadeslaan en de gesprekken die ze in haar woonkamer, keuken en studeerkamer voerde afluisteren.

Terwijl hij haar verliet met een vriendschappelijke kus op haar wang en op weg ging naar Albany zat hij al plannen te maken voor zijn volgende bezoek aan Spring Lake.
Hij moest glimlachen toen hij dacht aan hoe ze was geschrokken van de telefoon. Ze was veel nerveuzer dan ze wilde toegeven, zelfs tegenover zichzelf.
Angst was de ultieme wraak. Ze had zijn aandelen verkocht op het moment dat ze de hoogste waarde hadden. Kort daarna waren er meer verkopen gevolgd, wat tot een kettingreactie had geleid. Nu stond zijn hele bedrijf op het randje van een faillissement.
Dat had hij haar nog kunnen vergeven als ze hem niet als man had afgewezen. 'Als je niet van me wilt houden, Emily,' zei hij hardop, 'dan zul je voor altijd in angst moeten leven, wachtend op het moment dat iemand uit het duister opduikt en ontsnappen niet meer mogelijk is.'

DINSDAG 27 MAART

46

Op maandagmiddag had de grondverzetmachine die naar Ludlam Avenue 15 was gestuurd nog maar één bak zand verplaatst toen hij kapotging. Tot hun ergernis kregen de forensische technici te horen dat er pas dinsdagochtend een andere machine beschikbaar was.

Ze legden zich neer bij het onvermijdelijke, zetten de achtertuin af en lieten een politieagent achter om de tuin te bewaken.

Om acht uur dinsdagochtend, nog voor de nieuwe machine was gearriveerd, stond de media al op de stoep. Busjes voorzien van het logo van allerlei tv-zenders stonden overal in de stille straten geparkeerd. Helikopters bleven boven het gebied hangen terwijl cameralieden vanuit de lucht opnamen maakten van de plaats die doorzocht moest worden. Verslaggevers met microfoons stonden te wachten tot de forensische ploeg van de gerechtelijke medische dienst elke schep zand tot de laatste korrel bekeken had.

Emily mengde zich gekleed in een joggingpak en met een zonnebril op tussen de mensen die rustig in sombere groepjes op het trottoir stonden en luisterde naar hun commentaar.

Iedereen wist dat de speurders weer op zoek waren naar een lichaam. Maar van wie? Het moest bijna wel dat van Carla Harper zijn, het jonge meisje dat twee jaar geleden was verdwenen, fluisterden ze tegen elkaar. Iedereen had al gehoord dat de politie inmiddels ernstig betwijfelde of Carla wel ooit uit Spring Lake was vertrokken.

Er waren twee vragen die iedereen op de lippen lagen: ‘Waarom hebben ze besloten om hier te gaan zoeken?’ en ‘Zou dat zijn omdat iemand een bekentenis heeft afgelegd?’

Emily luisterde toe hoe een jong uitziende grootmoeder achter een kinderwagen grimmig zei: ‘We kunnen maar beter met ons allen bidden dat ze iemand gearresteerd hebben. Het idee dat er in deze stad een moordenaar vrij rondloopt, jaagt me de stuipen op het lijf. Mijn dochter, de moeder van deze baby, is maar een

paar jaar ouder dan Martha Lawrence en Carla Harper waren.'
Emily moest ineens weer denken aan wat ze in het boek van Phyllis Gates had gelezen: '*Moeder bewaakt me met argusogen en ik mag van haar niet eens de straat op als er niet iemand bij me is.*'
Moeder had gelijk, Phyllis, dacht ze. Ze had de hele maandagavond tot ver na middernacht zitten werken aan haar schaalmodel van de stad en er de straten op aangegeven zoals ze in de tijd van de eerste moorden hadden gelopen. Op haar kartonnen model had ze monopolyhuisjes neergezet die aangaven waar de Shapleys, de Carters, de Greggs en de Swains hadden gewoond.
Toen ze zag dat de journaliste van *The National Daily* vlak bij haar stond, draaide ze zich om en besloot naar huis te gaan. Ik wil niet dat zíj me te pakken krijgt, dacht Emily. En na vorige week hoef ik er echt niet bij te zijn als ze de lichamen blootleggen. Ik heb alles al wat ik van Ludlam Avenue 15 te weten wilde komen.
Maar ze zag nog steeds geen patroon opduiken waaruit ze zou kunnen opmaken wie de negentiende-eeuwse moordenaar was geweest.

Reba Ashby was maandag ook al ter plekke geweest en dinsdag was ze weer terug, ijverig haar indrukken neerkrabbelend. Dit was het meest sensationele verhaal uit haar hele carrière en ze was vast van plan het volledig uit te melken.
Vlak bij haar zat Irene Cornell van CBS-radio in de uitzending: 'De schrik en het ongeloof staan te lezen op de gezichten van de inwoners van deze rustige, Victoriaanse stad terwijl ze staan te wachten of het lichaam van een tweede vermiste jonge vrouw gevonden zal worden,' begon ze dramatisch.
Om halftien, bijna anderhalf uur nadat de graafwerkzaamheden waren begonnen, zagen de toeschouwers dat de grondverzetmachine abrupt ophield te graven en dat de forensische technici haastig kwamen aanlopen om in de kuil te kijken waaruit de laatste grijper vol zand was geschept.
'Ze hebben iets gevonden!' riep iemand uit.
De verslaggevers die op het gazon stonden, met de rug naar het huis en hun camera's gericht op de graafmachine, begonnen opgewonden in hun microfoons te praten.

De plaatselijke toeschouwers bleven zwijgend wachten, hoewel sommigen de hand van een van hun vrienden vastpakten. Toen de lijkwagen van het mortuarium arriveerde, was dat voor iedereen de bevestiging dat de stoffelijke resten van een mens waren gevonden. De officier van justitie kwam aanrijden in een patrouillewagen en beloofde dat hij binnen afzienbare tijd een verklaring af zou leggen.

Een halfuur later liep Elliot Osborne naar de microfoons toe. Hij bevestigde dat een volledig geraamte, gewikkeld in hetzelfde dikke plastic dat om het lijk van Martha Lawrence had gezeten, was blootgelegd. Een menselijke schedel en een paar losse botten waren hooguit een tiental centimeters daaronder gevonden. Er zouden geen verklaringen meer volgen tot de patholoog-anatoom de kans had gehad een zorgvuldig onderzoek in te stellen en rapport uit te brengen van zijn bevindingen.

Osborne weigerde antwoord te geven op de tientallen vragen die hem werden toegeschreeuwd, met als allerluidste: 'Is dit niet het absolúte bewijs dat u te maken hebt met een gereïncarneerde seriemoordenaar die deze stad onveilig maakt?'

Tommy Duggan en Pete Walsh waren van plan geweest om vanaf de plaats van het misdrijf achter de lijkwagen aan te rijden naar het mortuarium, maar ze stelden die rit uit tot ze gesproken hadden met Margo Thaler, de tweeëntachtigjarige huidige eigenaar van het huis.

Ze zat zichtbaar overstuur in haar woonkamer te nippen aan een kopje thee dat een van de buren voor haar had gezet.

'Ik weet niet of ik ooit weer de moed op zal kunnen brengen om mijn eigen achtertuin in te gaan,' zei ze tegen Tommy. 'Ik had een paar rozenstruiken staan op de plek waar ze dat skelet hebben gevonden. Ik heb daar recht boven op mijn knieën zitten wieden.'

'We zullen er echt voor zorgen dat alle overblijfselen weggehaald worden, mevrouw Thaler,' zei Tommy geruststellend. 'En uw rozenstruiken kunnen gewoon weer in de grond gezet worden. Ik wil u alleen graag een paar vragen stellen, dan hoeven we u daarna niet meer lastig te vallen. Hoe lang hebt u hier gewoond?'

'Veertig jaar. Ik ben de derde eigenaar van het huis. Ik heb het

van Robert Frieze sr. gekocht. Hij heeft het dertig jaar in bezit gehad.'
'Is dat toevallig de vader van Robert Frieze, de eigenaar van The Seasoner?'
Er verscheen een minachtende blik op het gezicht van Margo Thaler. 'Ja, maar Bob lijkt totaal niet op zijn vader. Hij had een schat van een vrouw, maar hij is van haar gescheiden om met dat mens Natalie te trouwen! Daarna heeft hij dat restaurant geopend. Ik heb het een keer met mijn vrienden geprobeerd. Ontzettend duur en slecht eten.'
Bob Frieze heeft niet veel fans in deze stad, dacht Tommy, terwijl hij uit zijn hoofd begon te rekenen.
Frieze was een jaar of zestig. Mevrouw Thaler was de afgelopen veertig jaar eigenaar geweest van het huis en voor die tijd had de familie Frieze het dertig jaar in hun bezit gehad. Dat betekende dat Bob Frieze tien jaar nadat zijn vader het huis had gekocht was geboren en dat hij de eerste twintig jaar van zijn leven hier had gewoond. Tommy borg die informatie in zijn achterhoofd op om er later nog eens goed over na te denken.
'Mevrouw Thaler, we geloven dat het geraamte het stoffelijk overschot zal blijken te zijn van een jonge vrouw die ongeveer twee jaar geleden op 5 augustus is verdwenen. Het lijkt me toch dat u iets had moeten merken als iemand rond die tijd van het jaar in uw tuin had staan graven.'
'Dat zou ik absoluut gemerkt hebben, ja.'
Wat betekende dat het lijk ergens anders moet hebben gelegen tot het hier veilig begraven kon worden, dacht Tommy.
'Mevrouw Thaler, ik ben hier acht jaar bij de politie geweest,' zei Pete Walsh.
Ze keek hem scherp aan. 'O ja, natuurlijk. Neem me niet kwalijk, ik had je moeten herkennen.'
'Ik schijn me te herinneren dat u vroeger de gewoonte had om in oktober naar Florida te gaan en pas in mei weer terug te komen. Doet u dat nog steeds?' vroeg Pete.
'Ja, inderdaad.'
Dat is de verklaring, dacht Tommy. Degene die Carla heeft vermoord, heeft haar lichaam ergens anders verstopt, misschien wel in een vriezer, tot hij het hier veilig kon begraven.

Hij stond op. 'Dank u wel dat u zo vriendelijk en zo behulpzaam bent geweest om met ons te willen praten, mevrouw Thaler.'
De bejaarde vrouw knikte en zei even later: 'Ik besef dat het heel egoïstisch klinkt dat ik een beetje overstuur raakte van het idee dat ik eigenlijk op een graf had geknield. Het zal vast niet zo gek lang meer duren voor mijn kinderen en kleinkinderen op het mijne knielen. De rozen waren schitterend. Als ze het niet halen omdat ze opgegraven zijn, laat ik er nieuwe neerzetten. In zekere zin was het eigenlijk niet zo erg dat ze het graf van dat arme meisje opsierden.'
Tommy was al op weg naar buiten toen hem nog een vraag te binnen schoot. 'Mevrouw Thaler, hoe oud is dit huis?'
'Het is in 1874 gebouwd.'
'Weet u van wie het destijds was?'
'Van de familie Alan Carter. Die hebben het een jaar of vijftig in hun bezit gehad voor ze het aan Robert Frieze sr. verkochten.'

Dr. O'Brien was nog steeds bezig met het onderzoek van de stoffelijke resten toen Tommy Duggan en Pete Walsh bij het lijkenhuis aankwamen.
Een assistent schreef de informatie op die O'Brien dicteerde.
Terwijl Tommy naar de gegevens luisterde, zag hij in gedachten het signalement van Carla Harper voor zich dat op het blad van zijn bureau lag: *Een meter zestig lang, zevenennegentig pond, blauwe ogen, donker haar.*
De foto in het dossier toonde een aantrekkelijke, levendige jonge vrouw met schouderlang haar. Terwijl hij nu stond te luisteren naar de grimmige beschrijving van het gewicht van haar botten en de grootte van haar tanden, dacht Tommy: ik zal nooit hard genoeg worden om aan dit aspect te wennen.
De totale uitkomst was bijna identiek aan wat ze donderdag te horen hadden gekregen. Het geraamte was dat van een jonge vrouw. De doodsoorzaak was wurging.
'Kijk hier eens naar,' zei O'Brien tegen Duggan en Walsh. Met zijn gehandschoeide handen hield hij een paar flarden stof omhoog. 'Zien jullie die metalen kraaltjes? Dit is een stuk van dezelfde sjaal die we om de nek van Martha Lawrence hebben aangetroffen.'

'Bedoelt u dat toen iemand die sjaal op dat feestje heeft weggepikt – aangenomen dat het zo is gegaan – hij daarna niet alleen Martha ermee heeft vermoord, maar er een stuk van af heeft geknipt zodat hij hem later nog een keer zou kunnen gebruiken?' vroeg Pete Walsh ongelovig.
Duggan wierp hem een scherpe blik toe. 'Ga maar naar buiten om wat frisse lucht te happen. Ik heb geen zin om je op te vangen als je flauwvalt.'
Walsh knikte en kokhalsde toen hij haastig het lijkenhuis uit liep.
'Ik kan hem niet kwalijk nemen dat hij er kotsmisselijk van wordt,' zei Tommy Duggan woedend. 'U begrijpt toch wat dat betekent, doc? Deze moordenaar houdt zich precies aan het negentiende-eeuwse tijdschema. Misschien heeft hij helemaal geen persoonlijke redenen gehad voor de moord op Martha Lawrence of...' – hij keek naar het geraamte op de tafel – 'of Carla Harper, als zij dit is. De enige reden waarom ze wellicht zijn uitgekozen, is dat zowel Martha als Carla ongeveer van dezelfde leeftijd waren als de vrouwen die aan het eind van de negentiende eeuw zijn verdwenen.'
'Als we dit gebit vergelijken met haar tandartsgegevens kunnen we vaststellen of dit Carla Harper is.' Dr. O'Brien zette zijn bril recht. 'De losse schedel die we ook hebben gevonden heeft veel langer begraven gelegen dan het hele geraamte. Ik schat op z'n minst honderd jaar. We kunnen de gelaatstrekken van de schedel reconstrueren, maar dat zal tijd kosten. Maar ik durf wel te gokken dat hij onderdeel vormde van het lichaam van een jonge vrouw die hooguit twintig jaar oud is geweest.'
'Carla Harper en Letitia Gregg,' zei Tommy Duggan zacht.
'Te oordelen naar de namen die op die briefkaart stonden, lijkt dat heel waarschijnlijk,' beaamde dr. O'Brien. 'Hier is nog iets waar je wel belangstelling voor zult hebben.'
Hij hield een plastic zakje omhoog zodat Duggan het ook kon zien.
'Het lijkt mij een stel ouderwetse oorbellen,' verklaarde O'Brien. 'In zilver gevatte granaten waaraan een parel hangt. De grootmoeder van mijn vrouw had een paar dat daar wel iets op leek.'
'Waar heb je die gevonden?'
'Op dezelfde plek als bij die ander. Weggestopt in de hand van

het skelet. Ik vermoed dat de moordenaar geen vingerkootje kon vinden maar toch wilde dat je het verband zou zien tussen de beide stoffelijke overschotten.'

'Denk je dat hij die oorbellen in de grond heeft gevonden?'

'Ik denk niet dat iemand die vraag zal kunnen beantwoorden. Volgens mij zou hij ongelooflijk veel geluk moeten hebben gehad als hij ze allebei heeft gevonden. Enfin, als ze die inderdaad gedragen heeft, zouden ze nog steeds intact zijn. Maar ze zouden vastgezeten hebben aan haar oorlelletjes en die zijn uiteraard allang verdwenen. Wanneer was volgens jou ook alweer dat andere meisje aan het eind van de negentiende eeuw verdwenen?'

'Ellen Swain verdween op 31 maart, eenendertig maanden en zesentwintig dagen na Letitia Gregg, die op 5 augustus verdween. Carla Harper verdween ook op 5 augustus. Dat is aanstaande zaterdag, 31 maart, eenendertig maanden en zesentwintig dagen geleden.' Tommy wist dat hij eigenlijk hardop stond na te denken in plaats van de vraag rechtstreeks te beantwoorden.

'Madeline en Martha op 7 september, Letitia en Carla op 5 augustus en de volgende herdenkingsdag die eraan komt, is aanstaande zaterdag,' zei O'Brien langzaam. 'Denk je dat deze moordenaar van plan is om weer een slachtoffer uit te kiezen en haar bij Ellen Swain te begraven?'

Tommy Duggan voelde zich plotseling doodmoe. Hij wist dat hij precies dezelfde vraag zou krijgen van de media. 'Dokter O'Brien, ik hoop en bid dat het zo niet zal gaan, maar ik kan u garanderen dat iedereen die ook maar iets met de handhaving van de wet in deze streek te maken heeft, zal uitgaan van de veronderstelling dat een of andere psychopaat van plan is om over vier dagen opnieuw een jonge vrouw uit deze stad uit te kiezen en te vermoorden.'

'Als ik in jouw schoenen stond, zou ik precies hetzelfde aannemen,' zei de patholoog-anatoom bruusk terwijl hij zijn handschoenen afstroopte. 'En met alle respect voor de wetshandhavers hier stuur ik toch míjn twee dochters naar Connecticut om een weekendje bij hun grootmoeder te logeren.'

'Dat kan ik u niet kwalijk nemen, dokter,' was Tommy het met hem eens. 'Ik begrijp het volkomen.'

En ík ga maar weer eens praten met dr. Clayton Wilcox, wiens eigen vrouw toegeeft dat ze hem de sjaal heeft overhandigd op de avond van het feestje bij de familie Lawrence, dacht hij terwijl hij de boosheid vanbinnen weer voelde groeien.

Pete en ik hadden allebei instinctief het idee dat Wilcox een paar dagen geleden bij Will Stafford thuis tegen ons zat te liegen, hield hij zichzelf voor. Hoog tijd om hem zo stevig aan te pakken dat hij de waarheid wel móét vertellen.

WOENSDAG 28 MAART

47

Ze beginnen in me te geloven, besefte hij. Vanmorgen was het hoogtepunt van het actualiteitenprogramma *Today* een interview geweest met dr. Nehru Patel, een vooraanstaand filosoof en auteur op het gebied van psychische research. Híj gelooft vast dat ik de reïncarnatie ben van de seriemoordenaar uit het eind van de negentiende eeuw!

Wat de brave dr. Patel niet zo goed begrijpt, zoals hij de presentatrice, Katie Couric uitlegde, is dat ik tegen de wetten van het karma handel.

Patel zei dat sommigen er wellicht voor kiezen om terug te keren naar het gebied waar ze in een vorig leven hebben gewoond omdat ze bepaalde mensen weer wensen te ontmoeten die ze in een vorige incarnatie hebben gekend. Ze willen de karmische schulden aflossen waarvoor ze bij die mensen in het krijt staan. Maar daar staat tegenover dat dit soort karmische handelingen het goede behoort na te streven, niet het kwaad, en dat was heel raadselachtig.

Het is best mogelijk, ging hij verder, dat Martha Lawrence in een vorig leven Madeline Shapley is geweest en Carla Harper Letitia Gregg.

Dat is niet waar, maar het is een interessant concept.

Dr. Patel opperde het idee dat ik, door de misdaden uit de negentiende eeuw te herhalen, het karma diep beledig en dat ik in mijn volgende incarnatie veel goed zal hebben te maken.

Misschien. Misschien ook niet.

Uiteindelijk werd hem gevraagd of het mogelijk is dat Ellen Swain momenteel in een ander lichaam leeft en dat ik haar heb herkend en haar zaterdag zal opzoeken.

Wel, ik heb mijn volgende slachtoffer al uitgezocht. Ze is Ellen niet, maar ze zal wel bij Ellen slapen.

En ik heb ook een nieuw plan bedacht om de politie op een dwaalspoor te brengen.

Het is echt verrúkkelijk en ik ben er heel tevreden over.

48

Toen de telefoon om halftien overging, zat Clayton Wilcox in zijn studeerkamer waarvan hij de deur achter zich dicht had getrokken. Rachel was aan het ontbijt echt onuitstaanbaar geweest. Een vriendin, die een exemplaar had gekocht van dat sensatiebeluste vod *The National Daily*, had opgebeld en haar gewaarschuwd dat op de voorpagina een schreeuwerig artikel was verschenen over de sjaal die zij kwijt was geraakt.

Hij pakte vol bange vermoedens de telefoon op, ervan overtuigd dat het de politie was die hem opnieuw zou willen ondervragen.

'Doctor Wilcox?' De stem klonk fluweelzacht.

Ook al was het meer dan twaalf jaar geleden dat hij die voor het laatst had gehoord, Clayton Wilcox wist onmiddellijk met wie hij sprak. 'Hoe gaat het met je, Gina?' vroeg hij rustig.

'Met mij gaat het prima, doctor, maar ik heb de laatste tijd veel gelezen over Spring Lake en alles wat zich daar afspeelt. Het speet me om te horen dat het de sjaal van uw vrouw was waarmee dat arme meisje Martha Lawrence is gewurgd.'

'Waar heb je het over?'

'Ik heb het over het artikel van Reba Ashby dat vanmorgen in *The National Daily* staat. Hebt u dat gelezen?'

'Ik heb er iets over gehoord. Het is kolder. Er is niet officieel bevestigd dat de moordenaar inderdaad gebruik heeft gemaakt van de sjaal van mijn vrouw.'

'In het artikel staat dat uw vrouw zweert dat ze hem aan u heeft gegeven en heeft gevraagd of u hem in uw zak wilde stoppen.'

'Wat wil je eigenlijk, Gina?'

'Doctor, ik loop al een hele tijd rond met het gevoel dat het niet verstandig van me was om genoegen te nemen met zo weinig geld na wat u mij hebt aangedaan.'

Clayton Wilcox probeerde te slikken maar zijn keelspieren weigerden dienst. 'Gina, wat ik "jou heb aangedaan", zoals jij dat formuleert, was reageren op een poging tot toenadering van jouw kant.'

'Dóctor...' Het plagende toontje klonk nog steeds in haar stem. Toen verdween het. 'Ik had zowel u als de universiteit een proces aan kunnen doen en voor heel veel geld een schikking kunnen treffen. In plaats daarvan heb ik me door u laten ompraten om akkoord te gaan met niet meer dan honderdduizend dollar. Ik zou nu best weer wat geld kunnen gebruiken. Wat zou dat boulevardblad van Reba Ashby volgens u voor míjn verhaal over hebben?'

'Dat kun je niet doen!'

'Ja, dat kan ik best. Ik heb inmiddels een kind van zeven. Ik ben gescheiden en volgens mij heeft mijn huwelijk schipbreuk geleden omdat ik nog steeds psychische schade ondervond van wat me op Enoch is overkomen. Per slot van rekening was ik toen pas twintig. Ik weet dat het nu te laat is om een proces tegen de universiteit aan te spannen.'

'Hoeveel wil je hebben, Gina?'

'O, ik denk dat ik met nog eens honderdduizend een aardig eind opschiet.'

'Aan zoveel geld kan ik niet komen.'

'Dat kon u de vorige keer wel. Het zal u nu ook wel lukken. Ik ben van plan om zaterdag naar Spring Lake toe te komen, om met u te spreken of met de politie. Als u niet over de brug komt, zal ik beginnen met uit te zoeken hoeveel *The National Daily* bereid is te betalen voor een sappig verhaal over de gerespecteerde, voormalige rector magnificus van Enoch College die puur toevallig de sjaal van zijn vrouw kwijtraakte voor die werd gebruikt om een jonge vrouw te doden. Vergeet niet, doctor, dat ík ook lang blond haar heb.'

'Hebben ze je op Enoch College nooit de betekenis bijgebracht van het woord "chantage", Gina?'

'Jawel, maar ik heb ook de betekenis geleerd van uitdrukkingen als "seksuele intimidatie" en "ongewenste intimiteiten". Ik bel u zaterdagochtend terug. Tot ziens, doctor.'

49

Nick Todd had zowel maandag als dinsdag de telefoon zeker een keer of tien opgepakt met de bedoeling Emily te bellen, maar iedere keer had hij hem weer neergelegd. Hij wist dat hij zondagavond, voordat hij bij haar wegging, net iets te sterk had aangedrongen dat ze in haar appartement in Manhattan moest gaan wonen tot de stalker die haar lastig viel, was geïdentificeerd en gearresteerd.

Uiteindelijk was ze een beetje boos geworden en had gezegd: 'Hoor eens, Nick, ik weet dat je het goed bedoelt, maar ik blijf hier en meer wil ik er niet over zeggen. Laten we maar ergens anders over praten.'

Het goed bedoelt, dacht Nick. Er is toch niets ergers dan ervan beschuldigd te worden dat je zo'n onuitstaanbare klier bent die 'het goed bedoelt'.

Zijn vader was ook al niet blij geweest toen hij de boodschap doorgaf dat Emily vastberaden had geweigerd om voor 1 mei te gaan werken – tenzij ze natuurlijk het mysterie van de moord op haar oudtante eerder had opgelost.

'Denkt ze nou écht dat ze een misdaad, of een reeks misdaden, kan oplossen die plaatsgevonden heeft aan het eind van de negentiende eeuw?' had Walter Todd ongelovig gevraagd. 'Misschien moet ik toch nog eens goed nadenken voordat ik die jongedame in dienst neem. Dat moet werkelijk het meest excentrieke idee zijn dat ik de laatste vijftig jaar heb gehoord.'

Daarna had Nick besloten om zijn vader maar niet te vertellen dat de stalker die Emily in Albany had lastig gevallen – of een of andere na-aper – haar nu in Spring Lake weer op de voet volgde. Hij wist dat zijn vader precies op dezelfde manier zou reageren als hij had gedaan: *Ga weg uit dat huis. Daar ben je niet veilig.*

Op woensdag, nadat hij in de ochtendkranten diverse artikelen had gelezen over de griezelige vondst van nog twee slachtoffers, een uit het heden en een uit het verleden, was Nick niet in het minst verbaasd toen hij zijn vader zijn kantoor binnen zag stormen met de boze en geërgerde uitdrukking op zijn gezicht die nieuwe medewerkers altijd de stuipen op het lijf joeg.

'Nick,' snauwde hij, 'er loopt daar een psychopaat los en als die te weten komt dat Emily Graham probeert een verband te vinden tussen hemzelf en de moordenaar uit de negentiende eeuw dan loopt ze wellicht gevaar.'

'Dat had ik ook al bedacht,' antwoordde Nick kalm. 'Ik heb het er zelfs met Emily over gehad.'

'Hoe wisten ze waar ze gisteren die andere lijken moesten opgraven?'
'De officier van justitie wilde alleen maar kwijt dat het een anonieme tip was geweest.'
'Emily kan maar beter voorzichtig zijn, meer wil ik er niet van zeggen. Ze is een intelligente vrouw. Misschien heeft ze toch iets ontdekt terwijl ze op zoek was naar dat verband. Bel haar op, Nick. Biedt haar een lijfwacht aan. Ik heb wel een stel kerels die op haar kunnen passen. Of misschien heb je liever dat ik haar bel.'
'Nee, dat is prima. Ik geef haar wel een belletje.' Terwijl zijn vader het kantoor uit liep, moest Nick ineens denken aan Lindy, de modejournaliste met wie hij al een paar jaar losvaste verkering had gehad. Zes maanden geleden, toen hij haar bij haar huis had afgezet, had hij ook gezegd: 'Ik geef je wel een belletje.'
'Ik draag geen oorbellen. Ik heb liever een ring,' had ze geantwoord.
Toen ze de verbijsterde uitdrukking op zijn gezicht had gezien, was Lindy in de lach geschoten. 'Nick, volgens mij wordt het hoog tijd dat we uit elkaar gaan. Die verhouding van ons schiet toch geen meter op en ik word er niet jonger op. Ciao.'
Ik weet niet eens of Emily wel wil dat ik haar een telefónisch belletje geef, dacht Nick terwijl hij haar nummer intoetste.

50

Woensdagochtend stond Emily om zes uur op en liep met de onvermijdelijke kop koffie in haar hand rechtstreeks naar de eetkamer om verder te werken aan haar project.
Door de vondst van het skelet en de schedel op Ludlam Avenue 15 was ze nog extra gemotiveerd om op zoek te gaan naar iets dat de twee moordenaars, de oude en de nieuwe, met elkaar in verband bracht.
Ze had hetzelfde gevoel dat ze kreeg als ze op zoek was naar de juiste aanpak van een verdediging, de wetenschap dat ze vast wel iets zou vinden om haar theorie te bewijzen.
Ze was er ook van overtuigd dat de copycat-moordenaar zater-

dag de eenendertigste opnieuw iemand van het leven zou beroven, tenzij hij voor die tijd werd ingerekend.
Om negen uur belde George Lawrence. 'Emily, ik heb samen met mijn moeder al die fotoalbums en de aandenkens die ze op zolder bewaart doorgelopen. We wisten dat je niet al die troep zou willen bekijken, dus we hebben er alles tussenuit gehaald waar je niets aan hebt. Ik was van plan om de rest over een halfuurtje naar je toe te brengen, als je dat tenminste uitkomt.'
'Dat zou geweldig zijn.' Emily holde naar boven om te gaan douchen en ze had zich net aangekleed toen er werd aangebeld.
George Lawrence kwam binnen met twee zware dozen. Hij droeg een windjack en een katoenen broek en de eerste indruk die Emily kreeg, was dat hij er vandaag veel kwetsbaarder uitzag dan ze zaterdag naar aanleiding van zijn beheerste uiterlijk had gedacht. Hij bracht de dozen naar de eetkamer en zette ze op de grond. 'Je kunt ze op je gemak doorkijken,' zei hij.
Hij keek rond in de eetkamer en zijn blik viel op de stapels papier op de stoelen en het tekenvel op de tafel. 'Je schijnt het behoorlijk druk te hebben. Je hoeft je niet te haasten om dit spul terug te geven. Moeder heeft er al zeker twintig jaar niet meer naar omgekeken. Bel haar maar op als je ermee klaar bent. Dan komt de man van de huishoudster alles wel weer ophalen.'
'Perfect. Kom, dan zal ik je eens laten zien wat ik probeer voor elkaar te krijgen,' bood Emily aan.
George Lawrence stond aandachtig over de tafel gebogen terwijl ze hem liet zien hoe ze de stad zoals die aan het eind van de negentiende eeuw was geweest probeerde te reconstrueren.
'Er stonden hier toen veel minder huizen, zoals jij natuurlijk veel beter weet dan ik,' zei Emily tegen hem. 'En de kadastergegevens zijn niet compleet. Ik weet zeker dat ik uit het materiaal dat ik van jullie heb gekregen iets te weten kom dat ik nog niet had ontdekt.'
'Is dit jouw huis?' vroeg hij terwijl hij zijn vinger op een van de monopolyhuisjes legde.
'Ja.'
'En is dit het onze?'
'Ja.'
'Wat probeer je precies te doen?'

'Erachter zien te komen hoe drie jonge vrouwen spoorloos konden verdwijnen. Ik zoek naar een huis van iemand uit hun vriendenkring – misschien een van hun jonge mannelijke vrienden – waar ze naar binnen kunnen zijn gelokt. Tijdens de lunch die jullie laatst hebben gegeven, heb ik bijvoorbeeld Carolyn Taylor ontmoet. Zij vertelde me dat Phyllis Gates, een van haar familieleden die zowel met mijn oudtante Madeline als met Julia Gordon, de jouwe, bevriend is geweest, altijd heeft gedacht dat Madelines verloofde Douglas Carter haar heeft vermoord. Daar moet je eens over nadenken. Hier staat het Shapley-huis,' wees Emily aan, 'en hier, precies aan de overkant van de straat, staat het huis van de familie Carter. Er is altijd aangenomen dat Donald op de dag dat Madeline verdween de eerste trein heeft gemist. Maar is dat ook zo?'
'Dat zullen ze destijds toch wel gecontroleerd hebben?'
'Ik heb de toezegging dat ik de dossiers van de politie mag inzien. Ik ben heel benieuwd wat ik daarin zal vinden. Probeer je die dag eens voor de geest te halen. Madeline zat op de veranda op Douglas te wachten. Ik denk niet dat ze gewoon is opgestaan om een wandelingetje te gaan maken zonder iets tegen haar moeder te zeggen. Maar het zou toch kunnen dat Douglas ineens op zijn eigen veranda opdook en dat ze naar de overkant is gehold om hem te begroeten?'
'En dat hij haar vervolgens het huis binnensleurde, haar heeft vermoord en haar lichaam ergens heeft verborgen tot hij de gelegenheid kreeg om het in haar eigen achtertuin te begraven?' George Lawrence keek sceptisch. 'Wat is z'n motief dan geweest?'
'Dat weet ik niet en ik moet ook toegeven dat het inderdaad een vergezochte theorie is. Daar staat tegenover dat ik aanwijzingen heb gevonden dat zijn neef Alan Carter ook verliefd was op Madeline. Zijn familie woonde in het huis in Ludlam Avenue waar gisteren die lijken zijn gevonden. Stel je voor dat híj langskwam in een gesloten rijtuig en tegen Madeline heeft gezegd dat Douglas een ongeluk had gehad?'
'We hebben natuurlijk ook gehoord wat ze gisteren gevonden hebben. Nu krijgt de familie Harper hetzelfde te verduren wat ons vorige week is overkomen. Ze komen uit de omgeving van Philadelphia. We kennen hen niet persoonlijk, maar we hebben wel gezamenlijke vrienden.'

Emily werd zich bewust van het intense verdriet dat George Lawrence voelde toen hij op een tegelijkertijd bittere en trieste toon zei: 'Misschien komen de Harpers samen met Amanda en ik uiteindelijk wel in dezelfde actiegroep terecht.'
'Hoe gaat het met Amanda?' vroeg Emily. 'Ik had zaterdag echt bewondering voor haar. Dat moet voor haar en voor jullie allemaal ontzettend moeilijk zijn geweest.'
'Dat is ook zo en je hebt zelf gezien dat Amanda zich fantastisch heeft gehouden. Dat de baby erbij was, heeft wel veel geholpen. Maar Christine en Tom zijn zondag weer met het kind naar huis gegaan. We zijn gisteren naar de begraafplaats geweest en toen stortte Amanda volledig in. Volgens mij was dat eigenlijk wel goed. Het moest eruit. Goed, ik ga er weer vandoor. We gaan vanmiddag terug naar huis. Moeder zei dat je haar maar moet bellen als je vragen hebt.'
Toen ze de deur achter George Lawrence dichtdeed, ging de telefoon. Het was Nick Todd.
Emily was een tikje geïrriteerd toen ze merkte dat ze met gemengde gevoelens op zijn stem reageerde. Aan de ene kant was ze blij dat hij belde. Aan de andere kant was ze teleurgesteld dat hij na het weekend niet de moeite had genomen om haar te bellen en te vragen of ze nog meer last had gehad van de stalker.
Maar het deed haar genoegen toen hij verlegen uitlegde: 'Emily, ik besef heel goed dat het verdomd aanmatigend van me was om te proberen je bijna bij je haren je eigen huis uit te slepen. Maar dat kwam gewoon omdat ik ontzettend ongerust werd toen ik besefte dat die stalker die foto had achtergelaten. Ik had je wel eerder willen bellen, maar ik wilde je niet openlijk lastig vallen.'
'Privé lastig vallen, bedoel je. Maar dat is echt het laatste wat ik ooit van jou zou denken, hoor.'
'Je hebt toch niet nog meer problemen met die stalker gehad, hoop ik?'
'Totaal niet. En maandag is mijn vriend Eric Bailey vanuit Albany hierheen gekomen om aan alle kanten van het huis surveillancecamera's te installeren. De volgende keer dat iemand probeert iets onder de deur door te duwen, zal hij binnen de kortste keren zijn eigen gezicht op een opsporingsbevel van de politie zien prijken.'

‘En je zet de alarminstallatie wel aan als je alleen thuis bent?’
Die staat nu niet aan, dacht Emily. ‘Iedere avond.’
‘Het zou niet zo’n slecht idee zijn als je die overdag ook inschakelt.’
‘Dat denk ik eigenlijk ook. Maar ik wil niet het gevoel krijgen dat ik in een kooi zit. Ik wil even een frisse neus op de veranda kunnen halen, zonder meteen dat krolse kattengekrijs te horen omdat ik vergeten ben het alarm af te zetten.’ Er klonk een vleugje ergernis in haar stem.
‘Neem me niet kwalijk, Emily. Ik snap niet waar ik het idee vandaan haal dat ik het recht heb om me als een of andere verdomde veiligheidsbeambte te gedragen.’
‘Je hoeft je niet te verontschuldigen. Je klinkt als een lieve, bezorgde vriend. Ik zal echt heel voorzichtig zijn, maar er is een punt waarop ik het gevoel krijg dat degene die me dit aandoet aan de winnende hand is. Dat probeer ik te voorkomen.’
‘Geloof het of niet, maar dat begrijp ik heel goed. De kranten staan vol over wat er gisteren in Spring Lake is gebeurd.’
‘Ja, het begint een compleet mediaspektakel te worden. Ik was aan het joggen en met mijn gedachten helemaal bij dat project waar ik het met je over heb gehad en waar ik inmiddels ook aan ben begonnen, toen ik zag dat ze die tuin aan het omspitten waren.’
‘In al die artikelen staat dat de politie een anonieme tip heeft gekregen. Heb jij enig idee van wie?’
Als ze de kans had gekregen, had Emily de volgende twee woorden die ze uitsprak het liefst meteen weer ingeslikt. ‘Van mij,’ zei ze en ze moest toen natuurlijk meteen alles uitleggen over de briefkaart die ze had ontvangen.
Aan de andere kant van de lijn viel een geschrokken stilte en het drong tot haar door dat Nick Todd precies zo reageerde op die informatie als haar ouders zouden hebben gedaan.
Ten slotte zei hij: ‘Emily, denk je dat er ook maar de geringste kans is dat de moordenaar van Spring Lake en die stalker van jou uit Albany één en dezelfde persoon zijn?’
‘Nee, dat denk ik helemaal niet. En rechercheur Browski evenmin.’
Na het noemen van de naam van de politieman uit Albany moest

ze Nick natuurlijk ook alles vertellen over de bekentenis van Ned Koehler.

Toen er een eind kwam aan het gesprek had ze vastberaden Walter Todds aanbod voor een lijfwacht van de hand gewezen en Nicks uitnodiging aanvaard om zondag opnieuw in The Old Mill te gaan brunchen.

'Ik hoop alleen maar dat we dan niet over een nieuwe moord hoeven te praten,' zei ze.

Lang nadat ze afscheid hadden genomen, zat Nick Todd nog steeds met de handen over elkaar achter zijn bureau. Emily, dacht hij, waarom ben je zo intelligent en tegelijkertijd zo dom? Is het nooit bij je opgekomen dat jíj weleens het volgende slachtoffer zou kunnen zijn?

51

Voor Tommy Duggan en Pete Walsh begon de dag in het kantoor van Elliot Osborne, waar het hele bureau schuilging onder de kranten. 'Je bent niet bepaald fotogeniek, Tommy,' concludeerde Osborne.

'Die had ik nog niet gezien,' mompelde Tommy. De foto was de dag ervoor gemaakt en toonde hem op het moment dat hij het huis in Ludlam Avenue uit kwam. Terwijl hij ernaar zat te kijken, leek het hem geen gek idee als hij zich toch iets beter aan zijn dieet ging houden.

Walsh zag er op foto's natuurlijk uit als zo'n typisch Amerikaanse bink. 'Jammer dat je niet hebt geprobeerd om een rol in *Law & Order* te krijgen,' merkte Tommy zuur op na een blik op een foto van zijn partner.

'Dat had ik eigenlijk moeten doen. In de vierde groep op de lagere school heb ik meegedaan in een toneelstuk, *Joe Fish en zijn speelgoedwinkel*,' zei Pete tegen hem. 'Ik speelde Joe Fish, de hoofdrol.'

'Zo is het wel mooi geweest,' zei Osborne.

Het luchtige intermezzo was alweer voorbij. Osborne knikte naar Duggan. 'Jij eerst.'

Tommy had zijn aantekenboekje opengeslagen. 'Zoals u weet, is de identiteit bevestigd van het skelet dat we gisteren hebben gevonden. Uit de gebitsgegevens blijkt dat het de stoffelijke resten zijn van Carla Harper. Het stuk sjaal dat kennelijk is gebruikt om haar te wurgen, is afkomstig van dezelfde sjaal waarmee Martha Lawrence werd gewurgd. De moordenaar heeft een uiteinde gebruikt voor Martha en het middelste stuk voor Carla. Het derde stuk ontbreekt.'

'Wat betekent, dat als de moordenaar zich houdt aan het schema dat hij kennelijk heeft opgesteld, hij die sjaal zaterdag opnieuw zal gebruiken.' Osborne fronste en liet zijn stoel schuin achteroverkantelen. 'En hoeveel agenten we ook door Spring Lake laten patrouilleren, we kunnen niet elke straat en elke achtertuin in de gaten houden. Zijn we al iets te weten gekomen over het verleden van Wilcox?'

'Tot dusver niet veel meer dan ons al bekend was. Snel samengevat: hij was enig kind en groeide op in Long Island. De vader overleed toen hij nog een baby was. Zeer nauwe band met zijn moeder, een onderwijzeres, die hem wel geholpen zal hebben met zijn huiswerk. Maar goed, hij was altijd de beste van de klas. De zuster van zijn vader woonde in Spring Lake, dus hij had hier familie. Hij is hier jarenlang elke zomer op vakantie geweest. Zijn moeder stierf toen hij achtendertig was en een paar jaar later is hij met Rachel getrouwd.' Tommy hield even op. 'Baas, als dat mijn vrouw was, werd ik handelsreiziger.

Hij maakte op de gebruikelijke manier carrière door steeds een stapje omhoog te gaan op de academische ladder en uiteindelijk kreeg hij de baan van rector magnificus van Enoch College aangeboden. Twaalf jaar geleden is hij op vijfenvijftigjarige leeftijd met pensioen gegaan. Hij schrijft voor academische tijdschriften, heeft bijzonder veel onderzoek gedaan naar de geschiedenis van dit district en heeft daarover artikelen gepubliceerd in alle plaatselijke kranten. Hij heeft de bibliothecaresse in Spring Lake onlangs verteld dat hij bezig is aan een roman die zich afspeelt in het oude Monmouth Hotel.'

'Kennelijk geen addertjes onder het gras,' merkte Osborne op.

'Misschien wel, als Emily Graham gelijk heeft. Zij denkt dat we te maken hebben met een copycat-moordenaar die ergens op een exacte beschrijving van de moorden uit het eind van de negentiende eeuw is gestuit en zich daarop baseert met betrekking tot zijn eigen activiteiten. Er is nog iets. We zijn erachter gekomen dat Wilcox heel abrupt een einde heeft gemaakt aan zijn functie bij Enoch College. Destijds had hij net zijn arbeidsovereenkomst verlengd en hij had allerlei nieuwe plannen op stapel staan, zoals een serie lezingen van belangrijke figuren en meer van dat soort dingen.'

'Heb je een verklaring gevonden?'

'Officieel is hij wegens gezondheidsredenen met pensioen gegaan. Kennelijk een ernstige hartkwaal. Ze hebben een groot afscheidsfeest voor hem georganiseerd, waarbij heel wat traantjes werden geplengd. Er is zelfs een gebouw naar hem vernoemd.' Tommy lachte grimmig. 'En nu geef ik jullie te raden.'

Elliot Osborne wachtte af. Hij wist dat Tommy Duggan het leuk vond om sappige informatie met veel zwier te presenteren. Alsof hij een konijn uit een hoge hoed tovert, dacht hij.

'Laat maar horen, Tommy,' zei hij kortaf. 'Je hebt iets ontdekt.'

'Misschien wel. Het is meer een gevoel dan iets concreets. Ik durf er iets onder te verwedden dat hij net zomin last heeft van zijn hart als u of ik of Pete. Ik heb het vermoeden dat hij te horen heeft gekregen dat hij beter kon opstappen of uit eigen beweging ontslag heeft genomen omdat hij ernstige moeilijkheden had die hij niet aan de grote klok wenste te hangen. Nu moeten wij hem zo onder druk zetten dat hij ons vertelt wat er aan de hand was.'

'We hebben om drie uur een afspraak met hem,' deed Pete Walsh ook een duit in het zakje. 'Het leek ons een goed idee om hem even flink te laten zweten terwijl hij op ons zit te wachten.'

'Dat is inderdaad een goed idee.' Osborne maakte aanstalten om op te staan, maar Pete Walsh had nog iets op zijn lever.

'Ik wou u ook nog graag even vertellen, meneer, dat ik gisteravond alle politiedossiers heb doorgespit over de verdwijning van die drie meisjes aan het eind van de negentiende eeuw.'

Osborne begreep dat de nieuwste rechercheur van zijn staf indruk op hem probeerde te maken. 'Heb je dingen gevonden waar we iets aan hebben?'

'Volgens mij niet. Het leek precies op wat er nu aan de hand is. Die meisjes zijn gewoon van de aardbodem verdwenen.'

'En jullie zijn van plan om Emily Graham een kopie van die dossiers te geven?' vroeg Osborne.
Pete keek hem ongerust aan. 'Ik heb toestemming gevraagd aan de substituut-officier.'
'Dat weet ik wel. Doorgaans ben ik er geen voorstander van dat dossiers, ook al zijn ze meer dan honderd jaar oud, ter beschikking worden gesteld aan derden, maar als jullie haar dat beloofd hebben, zal ik het niet tegenhouden.'
Elliot Osborne stond vastbesloten op, ten teken dat de vergadering voorbij was.
Duggan en Walsh kwamen ook overeind. 'We hebben ook goed nieuws,' zei Tommy nog terwijl hij naar de deur liep. 'De moordenaar van dokter Madden is beter in het wurgen van mensen dan in het laten crashen van computers. Onze researchmensen waren bang dat de harde schijf beschadigd was, maar ze hebben hem weer aan de praat gekregen. Met een beetje mazzel kunnen we de files van Madden weer oproepen... en dan komen we er wellicht achter dat een van de gasten, die viereneenhalf jaar geleden op dat feestje bij de familie Lawrence was, ook op bezoek is geweest bij een psycholoog die gespecialiseerd was in regressietherapie.'

52

'Bob, wat probeer je me nu voor streek te leveren?'
'Ik weet niet waar je het over hebt.'
'Waar ben je gisteravond geweest?'
'Toen ik niet kon slapen, ben ik zoals gewoonlijk naar beneden gegaan en heb een boek gepakt. Ik ging om vijf uur weer naar boven, heb een slaappil genomen en die heeft voor de verandering gewerkt.'
Het was bijna twaalf uur 's middags. Toen Robert Frieze naar beneden was gekomen, trof hij Natalie, zijn vrouw, aan in de woonkamer waar ze kennelijk op hem zat te wachten.
'Je ziet er leuk uit,' merkte hij op. 'Ga je ergens naartoe?'
'Ik heb een lunchafspraak.'
'Ik wilde je net zelf vragen om met me te gaan lunchen.'

'Doe maar geen moeite. Ga maar mooi weer spelen tegenover je klanten bij de Four Seasons. Als je tenminste iemand kunt vinden.'
'Mijn restaurant heet The Seasoner. Het is niet The Four Seasons.'
'Nee, dat is het zeker niet. Daar kunnen we kort over zijn.'
Bob Frieze keek naar zijn mooie vrouw en nam haar lange glanzende blonde haar in zich op, haar bijna volmaakte gezichtje en haar katachtige, groenblauwe ogen. Als hij eraan dacht hoe opwindend hij haar vroeger had gevonden, stond hij ervan te kijken dat ze hem tegenwoordig zo onberoerd liet.
Hij besefte dat het zelfs nog verder ging. Hij had er genoeg van. *Hij was doodziek van haar.*
Natalie droeg een aangemeten donkergroen broekpak dat hij nog nooit had gezien. Het was kennelijk nieuw. En kennelijk duur. Hij vroeg zich af hoe ze het nog in haar kast had kunnen proppen.
'Aangezien je me niet de eer aandoet me gezelschap te houden, ga ik er maar vandoor,' zei hij.
'Nee, je blijft nog even.' Natalie stond snel op. 'Geloof het of niet, maar ik kan zelf momenteel ook niet al te best slapen. Ik ben vanmorgen om twee uur naar beneden gekomen. En jij was er niet, Bobby. Je auto was ook verdwenen. Wil je me nu alsjeblieft vertellen waar je was?'
Dat zou ze nooit tegen me zeggen als het niet waar was, dacht Frieze zenuwachtig. Ik weet niet waar ik was. 'Natalie, ik was zo moe dat ik dat helemaal ben vergeten. Ik ben even een ritje gaan maken. Ik wilde een frisse neus halen en eens goed nadenken.' Hij zocht wanhopig naar woorden. 'Het zal een behoorlijke tegenslag zijn, maar ik heb besloten om het bod van Bonetti aan te nemen, ook al haalt hij me het vel over de neus. We zullen dit huis verkopen en naar Manhattan verhuizen, misschien naar een iets kleiner appartement dan we in gedachten hadden, en...'
Natalie viel hem in de rede. 'Toen je gisteravond een ritje ging maken om de zaken op een rijtje te zetten, heb je kennelijk het idee gehad dat je dat nog beter zou lukken als je een borrel ging pakken. Samen met een vriendin, bedoel ik. Dit heb ik in je zak gevonden.' Ze gooide hem een velletje papier toe.

Hij las wat erop stond. 'Hallo, mooie jongen. Mijn nummer is 555-1974. Vergeet niet te bellen. Peggy.'

'Ik weet niet hoe ik daaraan kom, Natalie,' zei hij.

'Ik wel, Bobby. Iemand die Peggy heet, heeft het in je zak gestopt. Zal ik je eens iets vertellen? Zorg maar dat je van dat restaurant afkomt. Verkoop dit huis. Betaal je leningen af en maak je bezittingen maar te gelde. En daarna moet je maar eens uit gaan rekenen hoeveel je waard was op de dag dat ik je blozende bruidje werd.'

Ze liep naar hem toe en bracht haar gezicht vlak voor het zijne. 'Ik zal je uitleggen waarom. Omdat ik van plan ben uit dit huwelijk te stappen met de helft van wat jij op die dag waard was.'

'Je bent niet goed wijs, Natalie.'

'O nee? Bobby, ik heb de laatste tijd eens goed nagedacht over die avond van dat feestje bij de familie Lawrence. Je had dat oversized colbert aan, waarvan je schijnt te denken dat het zo van een pagina uit *Gentleman's Quarterly* is weggeplukt. Je had die sjaal daar gemakkelijk onder kunnen verbergen. En toen ik de volgende ochtend opstond, was jij in de tuin aan het spitten. Misschien was je wel bezig je te ontdoen van het lichaam van Martha tot je kans zou zien om het in de achtertuin van het Shapley-huis te begraven.'

'Dat kun je toch niet geloven!'

'Misschien kan ik dat best geloven. En misschien ook niet. Je bent een vreemde man, Bob. Af en toe kun je me aankijken alsof je niet weet wie ik ben. En je hebt er een handje van om gewoon te verdwijnen zonder me te vertellen waar je naartoe gaat. Misschien is het mijn burgerplicht wel om rechercheur Duggan te vertellen dat ik me zorgen begin te maken over je gedrag en dat ik het gevoel heb – voor jouw eigen bestwil net zo goed als voor de veiligheid van alle jonge vrouwen in deze gemeente – dat ik dat maar beter kan melden.'

De aderen op het voorhoofd van Robert Frieze zwollen op. Hij pakte Natalie bij haar pols en kneep er zo hard in dat ze een kreet van pijn slaakte. Zijn gezicht was rood van woede.

Met opeengeklemde tanden siste hij haar toe: 'Als jij met een dergelijk verhaal naar Duggan of iemand anders toe gaat, kun je je beter zorgen gaan maken om jezélf! Begrepen?'

53

Woensdag om drie uur 's ochtends werd de vermiste Joel Lake gevonden. Hij was druk bezig in te breken in een huis in Troy toen de politie kwam opdagen, gewaarschuwd door het stille alarm.

Zeven uur later ging Marty Browski naar de gevangenis waar Lake vastzat om hem te ondervragen.

'Ik zie dat je weer in de vertrouwde omgeving terug bent, Joel. Je leert het ook nooit, hè?'

De eeuwige grijns op het gezicht van Joel Lake verstrakte. 'Ik leer wel degelijk, Browski. Ik blijf weg uit huizen met ouwe wijven. Te veel gehannes.'

'Het had nog veel slechter voor je kunnen aflopen als Emily Graham er niet voor had gezorgd dat je vrijspraak kreeg voor die moord. Wij dachten allemaal dat jij Ruth Koehler om zeep had gebracht.'

'Hoezo dáchten? Zijn jullie dan van idee veranderd?' Lake keek hem verbaasd aan.

Een rotte appel, dacht Browski terwijl hij Lake aandachtig bestudeerde. Achtentwintig jaar en vanaf zijn twaalfde in moeilijkheden. Als minderjarige al een strafregister van een meter lang. Maar waarschijnlijk op een goedkope machomanier voor een bepaald soort vrouwen toch aantrekkelijk met dat krachtige lichaam, het donkere, krullende haar, de samengeknepen ogen en die volle mond.

Emily had Browski verteld dat Lake ook een paar keer had geprobeerd háár te versieren. Hij is zo'n type dat het niet pikt als iemand hem een blauwtje laat lopen, besloot Browski terwijl de hoop dat hij tegenover de stalker zat sterker begon te worden.

Het tijdschema klopte. Joel Lake had zich na zijn voorwaardelijke invrijheidsstelling niet bij de reclassering gemeld en was ondergedoken rond de tijd dat de stalker met zijn actie was begonnen.

'We hebben je gemist, Joel,' zei Browski vriendelijk. 'Laat me je, voor we ter zake komen, nu eerst even vertellen dat alles wat je zegt tegen je gebruikt kan worden. Tijdverspilling natuurlijk, want de formele waarschuwing ken je allang van buiten.'

'Ik heb die kerels die me arresteerden al verteld dat ik toevallig langskwam, zag dat de deur openstond en vond dat ik maar beter naar binnen kon gaan om te kijken of er misschien iemand moeilijkheden had.'

Marty Browski lachte hartelijk. 'O toe nou, je kunt vast wel iets beters bedenken. Joel, die hele inbraak interesseert me geen bal. Dat lossen de smerissen hier in Troy maar op. Ik wil weten waar je de laatste tijd hebt uitgehangen. En ik wil weten of je nog steeds belangstelling hebt voor Emily Graham.'

'Hoezo voor Graham? De laatste keer dat ik haar heb gezien, was in de rechtszaal.' Joel Lake grinnikte. 'Toen had ze in ieder geval aandacht voor mij. Ik zei tegen haar dat ik dat ouwe mens misschien toch wel vermoord had. Je had die blik op haar gezicht eens moeten zien. Ik durf te wedden dat ze daar knap over in de rats heeft gezeten en dat ze zich best heeft afgevraagd of ik misschien géén geintje maakte, terwijl ze heel goed wist dat ik niet voor de tweede keer aangeklaagd kon worden.'

Marty kreeg de neiging dat onbeschaamde smoel een dreun te verkopen en die akelige, tevreden glimlach rond de mond van die boef weg te meppen.

'Ben je weleens in Spring Lake geweest, Joel?' snauwde hij.

'Spring Lake? Waar ligt dat?'

'In New Jersey.'

'Waarom zou ik daar naartoe gaan?'

'Dat mag jij me vertellen.'

'Goed, ik zal het je vertellen. Ik ben daar nog nooit van m'n leven geweest.'

'Waar was je afgelopen zaterdagochtend?'

'Dat weet ik niet meer. Ik zal wel in de kerk hebben gezeten.' Terwijl hij dat zei, trok Lake een quasi-oprecht gezicht, maar er lag een spottende trek om zijn mond.

'Dat is precies de plek waar je volgens mij zat. Volgens mij zat je in de kerk van St. Catherine's, in Spring Lake, New Jersey.'

'Hoor eens, probeer je me ergens in te luizen? Want als het om afgelopen zaterdag gaat, kun je je die moeite besparen. Ik zat in Buffalo, waar ik de laatste anderhalf jaar heb gewoond... en daar had ik moeten blijven ook.'

'Kun je dat bewijzen?'

'Daar kun je donder op zeggen. Over hoe laat hebben we het?'
'Rond twaalf uur 's middags.'
'Kan niet mooier. Ik zat samen met een paar maatjes van me in het Sunrise Café in Coogan Street een hapje te eten en een paar biertjes te drinken. Ze kennen me daar als Joey Pond. Voel je 'm? Lake betekent meer en Pond betekent vijver. Ik dacht als ik geen Lake meer kan zijn dan word ik maar een Pond. Slim bedacht, hè?'
Marty schoof zijn stoel achteruit en stond op. Die naam stond inderdaad op het identiteitsbewijs dat Lake bij zich had gehad toen hij werd gearresteerd. Het alibi zou ongetwijfeld kloppen en trouwens, als je er goed over nadacht, was deze knaap lang niet subtiel en geraffineerd genoeg voor de manier waarop de stalker Emily Graham onder druk had gezet.
Nee, dacht Marty, deze schooier heeft wraak genomen voor het blauwtje dat Emily hem heeft laten lopen door te suggereren dat hij misschien toch Ruth Koehler had vermoord en haar op te zadelen met een schuldcomplex omdat hij dankzij haar als vrij man de rechtszaal uit had kunnen lopen.
'Heb je me verder niks meer te vragen, Browski?' Lake keek verbaasd. 'Ik vind het best gezellig dat je er bent. Wat is er in Spring Lake gebeurd dat je mij in de schoenen had willen schuiven?'
Browski leunde op de tafel die tussen hem en Lake in stond. 'Iemand heeft Emily Graham daarginds lastig gevallen.'
'Lastig gevallen? Heb je het over een stalker? Hé, da's echt niks voor mij,' zei Joel tegen hem.
Met een lage, dreigende stem zei Browski tegen hem: 'Je had een stel behoorlijk gemene vriendjes die bij het proces voor je opkwamen. Als een van hen voor Emily Graham is gevallen toen hij haar in de rechtzaal zag en jij weet daarvan, kun je me dat maar beter meteen vertellen. Want als haar iets overkomt, dan verzeker ik je dat je nooit meer een poot buiten Attica zult zetten.'
'Ik ben echt niet bang voor je, Browski,' spotte Joel Lake. 'Ik dacht dat je ervan uitging dat de zoon van dat ouwe mens Koehler de stalker was. Verdorie, Browski, je zit er constant naast. Je had met mij de verkeerde te pakken en nou heb je met hem ook al op het verkeerde paard gewed. Je moet maar gauw een opfriscursus rechercheurtje spelen gaan volgen.'

Toen hij weer op het bureau was, belde Marty Emily om haar te vertellen dat Joel Lake weer boven water was en dat hij absoluut de stalker niet kon zijn. 'Er is nog iets,' zei hij. 'Hij had het er ook over dat hij tegenover jou heeft gesuggereerd dat hij misschien toch Ruth Koehler had vermoord. En mocht je nog diep in je hart twijfel koesteren dat je een moordenaar vrijspraak hebt bezorgd: hij heeft net toegegeven dat hij dat alleen maar heeft gezegd om jou zenuwachtig te maken.'

'Toen je me vertelde dat Ned Koehler had bekend, was alle twijfel die ik ten aanzien van Lake nog had meteen verdwenen. Maar ik ben blij om het uit zijn eigen mond te horen.'

'Heb je verder geen last meer gehad van die stalker, Emily?'

'Nee, tot nu toe niet. Het alarmsysteem is het nieuwste van het nieuwste, hoewel ik moet bekennen dat me midden in de nacht weleens te binnen schiet dat Ned Koehler het systeem in mijn huis in Albany ook had uitgeschakeld. Maar ik heb het idee dat de camera's die Eric Bailey heeft geïnstalleerd me een extra gevoel van veiligheid geven. In zekere zin vind ik het jammer dat nu is gebleken dat Joel de stalker niet kan zijn. Dan had ik tenminste nog enige troost kunnen vinden in de wetenschap dat hij weer achter tralies zit.'

Browski hoorde dat Emily's stem weer af en toe licht trilde, zoals altijd wanneer ze zich zenuwachtig maakte. Hij voelde zich boos en geërgerd omdat hij opnieuw geen flauw idee had wie de stalker kon zijn. Hij erkende bij zichzelf dat hij bovendien doodsbang was dat Emily in groot gevaar verkeerde.

'Emily, vorig jaar hebben we zoveel mogelijk mensen nagetrokken die misschien wrevel koesterden omdat je bepaalde cliënten vrij hebt kunnen pleiten. Ze leken allemaal onschuldig. Hoe zit het met dat gebouw waar jij je kantoor had? Was daar misschien iemand die een beetje verkikkerd op je was of die jaloers is geworden toen je ineens al dat geld kreeg?'

Emily was net de keuken in gelopen om een boterham klaar te maken voor de lunch toen Marty belde. Toen ze antwoordde, was ze met de telefoon naar het raam gelopen.

Na de bewolkte ochtend was het toch nog een zonnige dag geworden en er hing een rozig waas rond de bomen. Ik kijk altijd uit naar dat waas, dacht ze. Het is het eerste voorteken van de lente.

Marty Browski was wanhopig op zoek naar een andere verdachte die de stalker zou kunnen zijn. Ze begreep best waarom. Net als Eric en Nick was hij bang dat de stalker, wie het ook mocht zijn, op een gegeven moment zou besluiten haar kwaad te doen.
'Marty, ik heb een idee,' zei ze. 'Je weet dat Eric Bailey een paar jaar lang het kantoor naast het mijne heeft gehad. Misschien kan hij je wel iemand noemen in ons gebouw, of voor mijn part een van de bestellers, die volgens hem een beetje raar deed. Ik weet zeker dat hij graag met je zal willen praten. Hij belt om de paar dagen om te horen of alles met mij in orde is.'
Waarschijnlijk zou het weer een doodlopend spoor zijn, dacht Marty, maar je kon nooit weten. 'Dat zal ik doen, Emily,' zei hij en hij voegde er vervolgens aan toe: 'Ik heb al die verhalen over Spring Lake gelezen. Wat een nare toestand met die twee lijken die ze daar gisteren weer hebben gevonden. In de krant staat dat als die psychopaat zich aan zijn schema houdt er aanstaande zaterdag weer iemand vermoord zal worden. Het zou geen slecht idee zijn als...'
'Als ik weg zou gaan uit Spring Lake en in het appartement in Manhattan ga zitten?' vroeg Emily. 'Ik vind het lief van je dat je zo bezorgd bent, Marty, maar ik heb een paar nieuwe documenten die ik moet bestuderen en ik denk echt dat ik vooruitgang boek bij mijn eigen onderzoek. Je bent een engel, maar ik blijf hier.'
Met een vastbesloten: 'Tot ziens, Marty' kapte ze de rest van zijn protesten af.

De televisieontvangst in de bus die zes straten verderop stond geparkeerd was uitmuntend. Eric zat in de kleine, maar comfortabele stoel die hij voor het toestel had gezet. Heel goed, Emily, dacht hij met stille goedkeuring. Bedankt voor dat blijk van vertrouwen. Ik had eigenlijk nog een dag willen blijven, maar nu zal ik terug moeten om morgen met meneer Browski te praten. Jammer.
Hij had een prima opname van Emily die de deur opendeed voor George Lawrence, maar het zou niet verstandig zijn om haar die nu toe te sturen. Hij kwam vrijdagavond toch weer terug.

54

'Meneer Stafford heeft gevraagd of u heel even wilt wachten, mevrouw Frieze. Hij is bezig met het opstellen van een contract.'
De drieëntwintigjarige Pat Glynn, Will Staffords receptioniste, glimlachte nerveus tegen Natalie Frieze, voor wie ze bijzonder veel ontzag had.
Ze ziet er echt betoverend uit, dacht Pat. Iedere keer als ze binnen komt lopen, heb ik het gevoel dat alles aan mij fout is.
Toen ze zich die ochtend had aangekleed, was ze heel tevreden geweest over haar nieuwe, roodwollen broekpak, maar nu was ze daar niet meer zo zeker van. Er bleef niets van over als je het vergeleek met de snit en de stof van het donkergroene broekpak dat Natalie Frieze aanhad.
En ze had net haar haar rigoureus laten afknippen tot een kort kapje dat maar net haar oren bedekte, iets dat haar twee dagen geleden nog het summum van chic had geleken. Maar nu ze Natalies lange, glanzende blonde haren zag, was Pat ervan overtuigd dat ze zich verschrikkelijk had vergist.
Natalie Frieze scheen helemaal geen make-up op te hebben, maar eigenlijk kon geen mens er zo goed uitzien zonder een beetje hulp, dacht Pat hoopvol. 'U ziet er beeldschoon uit, mevrouw Frieze,' zei ze verlegen.
'Goh, wat aardig van je.' Natalie glimlachte. Ze was telkens opnieuw geamuseerd als ze merkte hoeveel ontzag Wills alledaagse, jonge secretaresse voor haar had, maar ze besefte dat het haar onverwacht goed deed om een complimentje te krijgen. 'Het is fijn om een vriendelijk woord te horen, Pat.'
'Voelt u zich niet prettig, mevrouw Frieze?'
'Niet echt. Mijn pols doet ontzettend veel pijn.' Ze stak haar arm op, waardoor haar mouw teruggleed en een lelijke beurse plek zichtbaar werd.
Will Stafford dook op uit zijn kantoor. 'Het spijt me dat ik je moest laten wachten. Wat is er met je pols?'
Natalie gaf hem een kus. 'Dat zal ik je tijdens de lunch haarfijn vertellen. Laten we maar meteen gaan.' Ze liep naar de deur, keek toen nog even om en schonk Pat Glynn een oppervlakkig glimlachje.

'Ik ben over een uur terug, Pat,' zei Will.
'Maak daar maar anderhalf uur van,' verbeterde Natalie hem.
Toen ze naar buiten liepen, trok Will de deur achter zich dicht, maar niet voordat Pat Glynn Natalie hoorde zeggen: 'Will, Bobby heeft me vanmorgen echt doodsbang gemaakt. Volgens mij begint hij stapelgek te worden.'
Het was duidelijk dat ze werkelijk op het punt stond om in tranen uit te barsten. 'Rustig maar,' zei hij vriendelijk terwijl ze in zijn auto stapten. 'We praten er wel over tijdens de lunch.'
Ze hadden een tafeltje gereserveerd in Rob's Tavern, drie kilometer verderop in het naburige stadje Sea Girt.
Toen ze waren gaan zitten en hun bestelling hadden opgegeven, keek Will Natalie aan met een vragende uitdrukking op zijn gezicht. 'Je beseft toch wel dat Pat waarschijnlijk heeft gehoord wat je over Bob zei en dat ze een behoorlijke kletskous is? Waarschijnlijk hangt ze nu al aan de telefoon om alles aan haar moeder door te brieven.'
Natalie haalde haar schouders op. 'Ik heb het punt bereikt dat ik me daar echt niet druk meer over maak. Bedankt dat je bereid was om met me te gaan eten, Will. Volgens mij ben jij mijn enige echte vriend in deze stad.'
'Er zijn meer dan genoeg aardige mensen in de stad, Natalie. O, natuurlijk, een aantal van hen vond het helemaal niet leuk dat Bob Susan voor jou aan de kant heeft gezet, maar daar staat tegenover dat het wel eerlijke mensen zijn. Ze weten allemaal dat het geen goed huwelijk was, ook al bleef Susan haar best doen om er iets van te maken. Volgens mij heeft iedereen het gevoel dat ze beter af is zonder hem.'
'Ik ben blij om dat te horen. Dat is fijn voor haar. Ik heb vijf jaar van mijn leven aan Bob Frieze geschonken. Vijf belangrijke jaren, mag ik wel stellen. Nu gaat hij niet alleen met een noodgang zijn financiële ondergang tegemoet, maar hij begint ook heel raar te doen.'
Will trok zijn wenkbrauwen op. 'Raar? Wat bedoel je daar precies mee?'
'Ik zal je een voorbeeld geven, iets dat afgelopen nacht is gebeurd. Ik weet dat Bobby jou ook heeft verteld dat hij aan slapeloosheid lijdt en vaak de halve nacht zit te lezen.'

Will glimlachte. 'Als ik naar jou kijk, lijkt me dat een behoorlijke tijdverspilling.'
Natalie lachte zuur. 'Zie je nou waarom ik met alle geweld met jou wilde lunchen? Ik had behoefte aan die fluwelen tong van je.'
'Ik wist niet dat ik die had.'
'Zeker weten. Maar over gisteravond... Will, ik ben om twee uur vannacht naar beneden gegaan en heb een blik in Bobby's studeerkamer geworpen. Hij was in geen velden of wegen te zien. Ik heb in de garage gekeken en zijn auto was weg. Ik weet niet waar hij is geweest, maar vanmorgen vond ik een briefje in zijn zak van een of andere vrouw waarin stond dat hij haar moest bellen. Toen ik hem daarmee confronteerde, schrok hij zich dood. Ik geloof echt dat hij zich niet eens herinnerde dat hij haar had ontmoet! Hij kwam met een of ander slap smoesje aan, maar volgens mij heeft hij een black-out gehad. In feite denk ik zelfs dat hij al een tijdje regelmatig last heeft van black-outs.'
Natalie begon steeds harder te praten. Will zag dat de bejaarde dames aan het tafeltje naast hen openlijk naar het gesprek zaten te luisteren.
'Het lijkt me beter als je iets zachter praat, Natalie,' stelde hij voor.
'Daar heb ik eigenlijk helemaal geen zin in,' kaatste ze terug, maar toen ze verder ging, had ze haar stem iets gedempt. 'Will, ik moet steeds denken aan die avond van het feestje bij de Lawrences. Ik bedoel de avond voordat Martha verdween.'
'En?'
'Het is gek, maar je weet toch hoe je ineens allerlei kleine dingen te binnen schieten als je je echt concentreert? Ik bedoel, ik had er nooit meer aan gedacht dat Bobby dat stomme oversized colbert aanhad, waarvan hij schijnt te denken dat het hem jonger maakt...'
'Sjongejonge, als jij je tanden in iemand hebt gezet, laat je niet meer los, hè?'
Natalie schonk hem een bezwaard lachje terwijl de serveerster een paar glazen bier op tafel zette. 'Ik heb hem vandaag behoorlijk de mantel uitgeveegd,' gaf ze toe en vroeg toen: 'Waarom heb ik bier besteld?'
'Omdat het lekker smaakt bij een broodje cornedbeef.'

'Ik zweer je, als Bobby zo'n restaurant had gehad als dit in plaats van dat Seasoner-mausoleum, dan had hij er nog aan verdiend ook.'

'Laten we het daar niet over hebben, Natalie. Wou je beweren dat Bobby die sjaal van Rachel Wilcox heeft gestolen?'

'Ik zeg alleen maar dat ik die nog op een gangtafeltje zag liggen toen ik naar het toilet ging, maar toen ik terugkwam, was hij weg.'

'Heb je Bobby daar dan in de buurt gezien?'

Er gleed een onzekere blik over haar gezicht. 'Dat weet ik bijna zeker.'

'Waarom heb je dat niet tegen de politie gezegd?'

'Omdat niemand tot een paar dagen geleden wist waarom ze al die vragen over die sjaal stelden. Zo is het toch?'

'Zo is het.'

'Ik blijf me gewoon concentreren op mijn pogingen me meer van die avond te herinneren. Misschien schiet me nog iets anders te binnen,' besloot Natalie terwijl ze een stevige hap van haar broodje nam.

55

'Ik heb nog een paar andere boeken die je misschien interessant zult vinden, Emily. Kan ik die over een halfuurtje even afgeven?'

'Ik wil u niet in ongelegenheid brengen, Doctor Wilcox. Ik kan ze best ophalen.'

'Het komt me helemaal niet ongelegen. Ik moet toch de deur uit om een paar boodschappen te doen.'

Toen ze de telefoon neerlegde en keek hoe laat het was, zag Emily tot haar verbazing dat het al vier uur was. Nadat Marty Browski had gebeld, had ze een korte pauze ingelast en daarna was ze weer verder gegaan met het researchmateriaal dat ze door de hele eetkamer verspreid had om haar pogingen voort te zetten de seriemoordenaar uit het eind van de negentiende eeuw op te sporen en te identificeren.

Er stonden nu meer monopolyhuisjes op de kaart die ze had getekend, allemaal keurig voorzien van de namen van de mensen die destijds op dat adres hadden gewoond. Ze had de huizen toegevoegd van de families Mayer, Allan, Williams en Nesbitt. De namen van hun dochters of zonen stonden op de lijsten van de personen die regelmatig aanwezig waren bij de bijeenkomsten, de partijtjes, de picknicks en de dansavondjes waar Madeline Shapley, Letitia Gregg, Ellen Swain, Julia Gordon en Phyllis Gates naartoe gingen.

Ze had een van de dozen die George Lawrence had gebracht opengemaakt en tot haar opwinding gezien dat er dagboeken en brieven in zaten. Gefascineerd was ze er meteen een paar gaan zitten lezen, maar besefte toen dat ze eerst verder moest gaan met het bestuderen van het museummateriaal.

Uiteindelijk sloot ze een compromis en werkte tegelijktertijd aan het materiaal uit beide bronnen. Toen de gezamenlijke persoonlijke levens zich begonnen te ontvouwen, had ze het gevoel alsof ze een stap terug had gedaan in de tijd en echt deel uitmaakte van de wereld tussen 1890 en 1900.

Af en toe kwam ze tot de ontdekking dat ze bijna wenste dat ze in die tijd had geleefd. Het leven aan het eind van de negentiende eeuw leek zo geborgen en veel minder veeleisend dan haar eigen leven.

Meteen daarop vroeg Emily zich abrupt af of ze soms gek was geworden. Geborgen! dacht ze. Drie van die vriendinnen die elkaar altijd in vertrouwen namen, die altijd naar dezelfde feestjes, picknicks en dansavondjes gingen, hadden de dood gevonden toen ze negentien, achttien en twintig waren. Dat is geen geborgenheid.

Een stapel brieven waarvan ze zeker wist dat ze er veel in zou kunnen vinden, waren in de loop der jaren door Julia Gordon aan Phyllis Gates geschreven als de familie Gates na afloop van de zomer weer teruggekeerd was naar Philadelphia. Phyllis Gates had ze kennelijk bewaard en later weer aan de familie Lawrence teruggegeven.

Julia verloofde zich in de herfst van 1894 met George Henry Lawrence. De winter daarna ging hij samen met zijn vader op zakenreis naar Europa, en toen hij terug was, schreef Julia aan haar vriendin:

Lieve Phyllis,
Na drie lange maanden is George eindelijk weer terug en ik ben ontzettend gelukkig. De beste manier om je te laten begrijpen hoe intens mijn gevoelens zijn, is door middel van een citaat uit de verzamelde brieven die ik pas geleden heb gelezen.
'Elke poging om mijn vreugde en gevoelens te beschrijven als ik mijn geliefde zie en begroet, moet op een mislukking uitlopen. We hebben een heerlijke, gezellige avond gehad.'
En nu worden er plannen gemaakt voor ons huwelijk, dat in de lente zal plaatsvinden. Waren Madeline en Letitia er nog maar, dan hadden ze samen met jou mijn bruidsmeisjes kunnen zijn. Wat is er toch met onze lieve vriendinnen gebeurd? De familie van Madeline is verhuisd. Douglas Carter heeft zich het leven benomen. Edgar Newman is nog steeds zeer terneergeslagen – volgens mij heeft hij veel van Letitia gehouden. We moeten hen allemaal, de vermisten en de doden, voortdurend in onze gedachten en gebeden herdenken.
Je liefhebbende vriendin,
Julia

Emily las de brief met vochtige ogen nog een keer door. Ze heeft het niet over Ellen Swain, dacht ze en ze besefte toen dat Ellen pas een jaar later zou verdwijnen.
Ik vraag me af wat Julia zou hebben gedacht als ze in de toekomst had kunnen kijken en te weten was gekomen dat haar achterachterkleindochter Martha op dezelfde plaats bleek te zijn begraven als Madeline.
Ze legde de brief op haar schoot en bleef even stil zitten. Madeline en Martha, dacht ze, Letitia en Carla, Ellen en...?
Tenzij er iets gebeurde, zou er zaterdag opnieuw een slachtoffer vallen; dat was onvermijdelijk, daar was ze inmiddels wel van overtuigd. O, lieve God, help ons toch een manier te vinden om hem tegen te houden, bad ze.
Ze was van plan geweest om de eetkamer af te sluiten voordat Clayton Wilcox arriveerde, maar ze was zo verdiept in de brieven dat ze, toen er werd gebeld, automatisch naar de voordeur

holde en niet alleen vergat het licht uit te doen, maar ook de deur niet achter zich dichttrok.

Nadat ze de deur open had gedaan werd ze bij de aanblik van de gebogen gestalte van dr. Clayton Wilcox heel even door een gevoel van pure angst bevangen. Wat overkomt me nu? vroeg ze zich af terwijl ze opzij stapte om hem binnen te laten en hem mompelend begroette.

Ze had gehoopt dat hij haar de tas met boeken zou overhandigen en meteen weer weg zou gaan, maar in plaats daarvan liep Wilcox langs haar heen en bleef midden in de hal staan.

'Het is behoorlijk koud geworden,' zei hij nadrukkelijk.

'Natuurlijk.' Emily wist dat ze geen andere keus had dan de deur dicht te doen. Het drong ineens tot haar door dat haar handen nat waren van het zweet.

Hij had de tas met boeken in zijn armen en keek om zich heen in de hal. De toog die naar de woonkamer leidde, was aan de rechterkant en toonde een kamer die al in schaduwen was gehuld.

In de hal was ook een deur naar de eetkamer en in dat vertrek had ze de kroonluchter boven de tafel aan, die het tekenblad met de monopolyhuisjes fel verlichtte. De tafel en de eetkamerstoelen vol stapels boeken en papieren waren voor Wilcox duidelijk zichtbaar.

'Ik zie dat je daar zit te werken,' zei hij. 'Zal ik deze boeken maar meteen bij die andere leggen?'

Voor ze hem kon tegenhouden, was hij al in de eetkamer, waar hij de boekentas van Enoch College op de grond zette en het tekenvel aandachtig bestudeerde.

'Daar kan ik je wel bij helpen,' bood hij aan. 'Ik weet niet of ik je al had verteld dat ik probeer een boek te schrijven dat zich afspeelt in Spring Lake in de laatste vijfentwintig jaar van de negentiende eeuw.' Hij wees naar het huis op Ludlam Avenue 15 waar ze de naam van Alan Carter bij had gezet.

'Dat klopt,' zei hij. 'Dat is waar de familie Carter jarenlang heeft gewoond, vanaf 1893. Voor die tijd was dít hun huis.' Hij pakte een huisje uit de doos en zette het recht achter haar eigen huis.

'Woonde Alan vlak achter dit huis?' vroeg Emily geschrokken.

'Destijds stond het huis op naam van zijn grootmoeder van moe-

ders kant. Het gezin woonde bij haar in. Toen ze stierf, verkochten ze haar huis en verhuisden naar Ludlam Avenue.'
'U hebt echt grondig onderzoek gedaan naar deze stad, doctor Wilcox.' Emily had een droge mond.
'Ja, inderdaad. Voor mijn boek, uiteraard. Mag ik even gaan zitten, Emily? Ik wil met je praten.'
'Ja, natuurlijk.'
Ze besloot snel dat ze hem niet zou vragen mee te gaan naar de woonkamer. Ze wilde niet dat duistere vertrek binnenlopen met hem op haar hielen. In plaats daarvan koos ze opzettelijk de stoel die het dichtst bij de deur naar de hal stond. Dan kan ik weglopen als hij iets probeert, zei ze bij zichzelf. Dan kan ik naar buiten hollen en om hulp schreeuwen...
Hij ging zitten en sloeg zijn armen over elkaar. Zelfs aan de andere kant van de tafel was hij nog nadrukkelijk aanwezig.
Wat hij vervolgens zei, sloeg haar met stomheid.
'Emily, jij bent een strafpleiter en naar wat ik heb gehoord ben je bovendien bijzonder goed. Volgens mij ben ik de hoofdverdachte geworden van de moorden op Martha Lawrence en Carla Harper. Ik wil graag dat jij mij vertegenwoordigt.'
'Hebt u van de politie gehoord dat u verdacht wordt, doctor Wilcox?' vroeg Emily om tijd te rekken. Ze vroeg zich af of hij een spelletje met haar speelde. Zou hij op het punt staan te bekennen en dan... Ze deed haar best om niet verder te denken.
'Nog niet, maar ze kunnen een behoorlijke zaak tegen me in elkaar zetten. Ik zal je vertellen waarom.'
'Doe dat alstublieft niet, doctor Wilcox,' viel Emily hem in de rede. 'Ik moet u vertellen dat ik u absoluut niet zou kunnen vertegenwoordigen. Ik ben zelf getuige in elke juridisch proces met betrekking tot Martha Lawrence. U moet niet vergeten dat ik erbij was toen haar lichaam – of moet ik zeggen haar geraamte – werd gevonden. Dus vertelt u me alstublieft niets dat ik eventueel onder ede zou moeten herhalen. Aangezien ik niet als uw advocaat kan optreden, is er geen sprake van beroepsgeheim.'
Hij knikte. 'Daar had ik niet aan gedacht.' Hij stond langzaam op. 'Dan zal ik je uiteraard geen deelgenoot maken van de grote problemen waarmee ik heb te kampen.' Hij keek neer op het blad. 'Geloof je in reïncarnatie, Emily?'

'Nee, daar geloof ik niet in.'
'Denk je niet dat je misschien al eerder hebt geleefd... als Madeline Shapley?'
Het beeld van het vingerkootje met de saffieren ring schoot door Emily's hoofd. 'Nee, dat denk ik helemaal niet, doctor.'
'Na alles wat er de afgelopen week over het onderwerp reïncarnatie is gezegd en geschreven, begin ik toch te twijfelen. Heb ik hier al eerder gewoond in een van deze huizen? Heb ik om die reden verkózen om hier terug te keren? Wat kan ik in vredesnaam in een vorig leven hebben misdaan, dat ik nu zoveel psychische schulden moet inlossen?'
Er verscheen plotseling een gekwelde trek op zijn gezicht. 'Kon iemand maar een moment van zwakte ongedaan maken,' zei hij rustig.
Emily had het gevoel dat dr. Wilcox zich op dat moment niet eens bewust was van haar aanwezigheid.
'Ik sta voor een heel moeilijke beslissing,' zei hij en zuchtte. 'Maar ik zal er niet omheen kunnen.'
Ze week achteruit toen hij langs haar heen liep. Ze liep niet met hem mee naar de deur, maar stond klaar om naar de veranda te rennen als hij haar aan zou vallen.
Tot haar opluchting liep hij rechtstreeks naar de voordeur en deed die open. Daar bleef hij even staan. 'Volgens mij zou het een goed idee zijn als je alle deuren de komende paar avonden op slot doet en vergrendelt, Emily,' zei hij waarschuwend.

DONDERDAG 29 MAART

56

De groeiende onrust en nervositeit van de inwoners van Spring Lake is bijna tastbaar.
De politie loopt rond met grimmige gezichten. Ze patrouilleren nu al vaker door de straten.
Zelfs overdag kom je hoogst zelden een vrouw alleen tegen.
Om de waanzinnige nieuwsgierigheid van hun lezers te bevredigen, worden de boulevardbladen met de dag sensationeler.
'De Herrezen Moordenaar van Spring Lake' heeft de landelijke en zelfs de internationale pers gehaald.
De talkshows wedijveren met elkaar om steeds nieuwe invalshoeken te presenteren voor regressie en reïncarnatie.
Vanmorgen verklaarde de zoveelste toonaangevende expert op dat gebied in *Good Morning America* dat weliswaar een groot aantal mensen gelooft dat reïncarnatie hen eindeloze nieuwe mogelijkheden biedt om verder te leven, maar dat anderen het als een grote last beschouwen.
De Hindoes, merkte die geleerde meneer op, zijn er absoluut van overtuigd dat ze gereïncarneerd worden. Zij streven er juist wanhopig naar om die vicieuze cirkel van geboorte en wedergeboorte te doorbreken, om een eind te maken aan het proces. Ze zijn dan ook bereid zichzelf tot de uiterste soberheid te dwingen en de meest veeleisende godsdienstoefeningen uit te voeren om ervan bevrijd te worden.
Wil ik ervan bevrijd worden?
Over twee dagen zal mijn taak voltooid zijn. Dan zal ik weer in mijn normale doen zijn en de rest van mijn leven in vrede en rust doorbrengen.
Maar ik zal doorgaan met het schrijven van een gedetailleerd verslag van alle gebeurtenissen. Daarin zal, net als in het andere dagboek, het 'wie', 'wat', 'waarom' en 'wanneer' uitgelegd worden.
En misschien zal op een dag opnieuw een veertienjarige jongen

het dagboek vinden – de twee dagboeken – en dezelfde cyclus willen doormaken.
Als dat gebeurt, zal ik weten dat ik voor de derde keer ben teruggekeerd in Spring Lake.

57

Bernice Joyce had besloten om de rest van de week in Spring Lake te blijven. 'Zoals je weet, ben ik vanuit Florida hierheen gekomen om de herdenkingsmis bij te wonen,' verklaarde ze tegenover Reba Ashby toen ze donderdagochtend samen ontbeten.
'Ik was eigenlijk van plan om maandagmiddag naar Palm Beach terug te vliegen, maar toen drong het tot me door hoe dom dat zou zijn, omdat ik volgende week toch weer terug zou gaan naar het noorden. Dus in plaats daarvan blijf ik nog iets langer hier.'
Ze zaten aan een tafeltje bij het raam. Bernice keek naar buiten. 'Het is een echte lentedag, hè?' zei ze een beetje droefgeestig. 'Ik heb gisteren meer dan een uur op de promenade gewandeld. Dat riep allerlei fantastische herinneringen bij me op. Daarna heb ik samen met de familie Lawrence bij een van mijn andere oude vrienden gegeten. En we hebben alleen maar over het verleden zitten praten!'
Reba had mevrouw Joyce dinsdag en woensdag niet meer in het hotel gezien en ze was ervan uitgegaan dat ze inderdaad volgens plan was vertrokken. Maar tot haar grote blijdschap was ze haar vanmorgen in de lift tegengekomen toen ze allebei op weg waren naar het restaurant.
Tijdens hun eerste ontmoeting had ze verteld dat ze als journaliste bij een nationaal dagblad werkte, maar ze had zorgvuldig vermeden om de naam van *The National Daily* te noemen. Maar waarschijnlijk had ik dat best kunnen doen, dacht ze nu en dwong haar gezicht in een belangstellende plooi terwijl ze luisterde naar een anekdote over Spring Lake in de jaren dertig. Ze was ervan overtuigd dat Bernice Joyce *The National Daily* nog nooit had gelezen, als ze er al ooit van had gehoord.
'Laat geen vuile rede uit uwen mond gaan', had Paulus de Ephe-

ziërs aangeraden. Dat was ongetwijfeld precies hoe Bernice Joyce over boulevardbladen dacht.
Reba wilde meer te weten komen van de andere mensen die op de avond voordat Martha Lawrence was verdwenen op het feestje waren geweest. Ze was van plan om het onderwerp dr. Wilcox zover mogelijk uit te melken, maar de mogelijkheid bleef bestaan dat hij de waarheid had gesproken en dat hij de sjaal bij het avondtasje van zijn vrouw had gelegd, waar iemand anders hem had weggepakt.
'Hebt u nog andere mensen gesproken die afgelopen zaterdag door de politie zijn ondervraagd, mevrouw Joyce?'
'Om eerlijk te zijn heb ik het daar nog wel over gehad met twee echtparen die bij de familie Lawrence in de buurt wonen. De meeste anderen ken ik niet zo goed. Ik mag bijvoorbeeld de eerste vrouw van Robert Frieze, Susan, heel graag. Met zijn tweede vrouw, Natalie, kan ik niet opschieten. Robert was samen met Natalie op het feestje. En wie er ook was...'
Tegen de tijd dat ze haar tweede kop koffie op had, beschikte Reba over een hele lijst namen waar ze verder aan kon werken.
'Ik wil een gevoelig portret over Martha schrijven zoals ze in de herinnering voortleeft,' legde ze uit. 'En dan kan ik me het best tot de mensen wenden die haar tijdens de laatste uren van haar leven nog gesproken hebben.'
Ze keek de lijst door. 'Ik zal de namen die ik heb opgeschreven nog een keer aan u voorlezen, om er zeker van te zijn dat ik ze allemaal heb.'
Terwijl ze zat te luisteren, besefte Bernice Joyce dat ze in gedachten de woonkamer van de familie Lawrence weer voor zich zag. Ze had de afgelopen week zo vaak aan dat feestje moeten denken dat ze zich dat steeds scherper voor de geest leek te kunnen halen.
De sjaal had inderdaad op dat tafeltje in de hal gelegen, dacht ze. Ik zag Natalie Frieze door de hal lopen met haar tas in haar hand en ik ging ervan uit dat ze naar het toilet ging. Ik zat te wachten tot ik haar terug zag komen.
Het gezicht van een van de andere gasten verscheen voor haar geestesoog. Ik raak er steeds meer van overtuigd dat ik hem het avondtasje van Rachel zag oppakken. De sjaal lag eronder.

Zou ik dit aan rechercheur Duggan moeten vertellen? vroeg ze zich af. Heb ik het recht om bij een politieonderzoek zelfs maar een naam te laten vallen als ik er niet volkomen zeker van ben dat mijn indruk juist is?
Ze richtte haar aandacht opnieuw op de vrouw die tegenover haar zat. Reba Ashby was echt ontzettend aardig. Ze had bijna het gevoel dat ze al jaren met haar bevriend was. En als journaliste had ze vast wel begrip voor dat soort ethische problemen.
'Mevrouw Ashby,' begon Bernice, 'mag ik u iets vertellen over een probleem waarmee ik een beetje in mijn maag zit? Ik heb het idee dat ik misschien wel heb gezien dat die sjaal op de avond van het feestje van het gangtafeltje werd gepakt. In feite ben ik daar bijna van overtuigd.'
'Wát hebt u gezien?' De schok was zo groot geweest dat Reba Ashby heel even haar professionele je-kunt-me-vertrouwen-want-ik-ben-je-vriendin-houding had laten varen.
Bernice zat opnieuw door het raam naar de oceaan te staren. Als ik er maar voor duizend procent zeker van was, dacht ze.
'Wie heb je die avond die sjaal zien wegpakken, Bernice... ik bedoel, mevrouw Joyce?'
Bernice draaide haar hoofd om en keek Reba Ashby aan. De ogen van de vrouw glinsterden. Haar lichaamstaal was die van een tijgerin die op het punt staat zich op haar prooi te storten.
Bernice besefte plotseling dat ze zich vreselijk had vergist... Reba Ashby was helemáál niet te vertrouwen.
'Het lijkt me verstandiger dat ik verder mijn mond houd,' zei ze vastbesloten terwijl ze de kelner wenkte dat hij de rekening moest brengen.

58

Toen Marty Browski donderdagochtend op het bureau kwam, zag hij dat Eric Bailey woensdagavond zeven uur had teruggebeld naar aanleiding van zijn telefoontje waarin hij had gevraagd of hij een afspraak met hem wilde maken.
'Ik ben dol op dat krijgertje spelen per telefoon,' zei Marty hardop terwijl hij het nummer van Bailey intoetste. Toen Baileys te-

lefoniste opnam, werd Browski meteen met hem doorverbonden.
'Het spijt me dat ik er gisteren niet was,' zei Eric vriendelijk. 'Ik heb gespijbeld. Ik heb een middagje vrij genomen om mijn golfspel wat op te vijzelen.'
Hij was onmiddellijk bereid een afspraak te maken. 'Als u wilt, kan het vanmorgen nog. Ik ben om elf uur toevallig vrij.'
Het kantoor lag vlak buiten de stadsgrenzen van Albany. Toen Marty ernaartoe reed, bedacht hij dat hij Bailey maar één keer in eigen persoon had ontmoet en dat was in de rechtszaal waar Ned Koehler terechtstond omdat hij Emily Graham als stalker lastig had gevallen. Bailey had een getuigenverklaring afgelegd over de camera's die hij rondom haar huis had geïnstalleerd.
Hij had onderuitgezakt in de getuigenbank gezeten, herinnerde Marty zich, en nerveus met zijn handen gefriemeld. Zijn stem had zacht en piepend geklonken. De rechter had hem een paar keer aangespoord wat harder te praten.
Sindsdien had Marty Baileys foto van tijd tot tijd in de krant zien staan. Hij was een plaatselijke beroemdheid, Albany's eigen minimodel van Bill Gates.
Het was echt de laatste strohalm om nu aan Bailey te gaan vragen of hij misschien een zinvolle tip had die hen kon helpen de stalker te vinden. Maar Marty wist dat je altijd het uiterste moest proberen, ook al hield dat in dat je je aan de laatste strohalm vastklampte.
Hij reed door een indrustriegebied waar de hoofdkantoren van een aantal bedrijven waren gevestigd, stuk voor stuk gelegen in een soort eigen park. Het viel hem op dat geen van de gebouwen meer dan drie verdiepingen hoog was.
Marty hield de aflopende straatnummers in het oog en ging iets langzamer rijden. Bailey zou waarschijnlijk in de volgende zijstraat zitten.
Een lange oprit leidde naar een chic, rood stenen pand van twee verdiepingen hoog, met kamerhoge, getinte ramen. Heel mooi, dacht Marty, terwijl hij zijn auto op een parkeerplaats voor bezoekers neerzette.
Binnen stond het bureau van de receptioniste in het midden van de ontvangstruimte die over de volle lengte van het gebouw liep. Dure roodleren banken en stoelen gegarneerd met koperen na-

gels stonden als zithoeken rond Perzische tapijtjes gegroepeerd. Schilderijen die eruitzagen alsof ze van bijzonder goede kwaliteit waren, hingen in smaakvolle combinaties aan de muren. De totale indruk was rustgevend, onopvallend en duur.

Browski moest denken aan iets dat hij had gelezen, een opmerking van theaterproducent George Abbott tegen toneelschrijver Moss Hart bij het zien van Harts landgoed in Bucks County: 'Kun je nagaan wat God had kunnen doen als Hij geld had gehad.'

De receptioniste was gewaarschuwd dat hij zou komen. 'De suite van meneer Bailey is op de eerste verdieping. Rechtsaf en helemaal aan het eind,' zei ze.

Browski negeerde de lift en liep de wenteltrap op. Terwijl hij op de eerste verdieping door de lange gang liep, wierp hij een blik in de kantoren waar hij langskwam. Veel ervan schenen leeg te staan. Hij had geruchten gehoord dat Baileys internetbedrijf zwaar verlies leed en dat de technologie waarop het bedrijf was gebaseerd en die de koers ervan zo hoog had opgedreven inmiddels alweer achterhaald was. Hij had ook gehoord dat bepaalde experts nogal sceptisch hadden gereageerd op de bewering van Bailey dat hij op het punt stond een nieuw soort draadloze transmitters te introduceren.

De met houtsnijwerk versierde, dubbele mahonie deuren aan het eind van de gang waren het teken dat hij bij het privédomein van Eric Bailey was aangekomen.

Moet ik nou kloppen of joe-hoe roepen? vroeg Marty zich af, maar besloot in plaats daarvan de deuren langzaam open te duwen.

'Kom binnen, meneer Browski,' riep een stem. Toen hij naar binnen stapte, stond een slanke, chique vrouw van een jaar of veertig op van haar bureau. Nadat ze zich had voorgesteld als Louise Cauldwell, de persoonlijke assistente van meneer Bailey, ging ze hem voor naar het privékantoor.

Eric stond bij het raam aan de voorkant en draaide zich om toen hij hen hoorde binnenkomen.

Browski was vergeten hoe schriel Eric Bailey was. Het was niet dat hij echt zo kléín was, dacht hij terwijl hij door de kamer naar hem toe liep. In werkelijkheid was hij van gemiddelde lengte. Maar het was de manier waarop hij zich presenteerde. Een slechte houding, besloot Marty en hij herinnerde zich hoe zijn vader hem altijd had opgedragen om 'rechtop te staan en niet zo te lummelen!'

Het probleem was dat door zijn kromme rug het kennelijk dure bruine wollen colbertje en de donkere broek die Bailey aanhad de indruk wekten dat ze te groot waren en hem niet goed pasten. Ondanks al zijn geld ziet Eric Bailey er eigenlijk nog steeds uit als een slome duikelaar, dacht Marty terwijl hij zijn hand uitstak. Als je de vent zag, zou je nooit op het idee komen dat hij een genie was.

'Rechercheur Browski. Prettig om u weer te zien.'

'Hetzelfde, meneer Bailey.'

Eric Bailey maakte een gebaar naar de bank en de stoelen voor de rij ramen aan de achterkant van het pand. 'Hier kunnen we op ons gemak zitten,' zei hij. Hij wierp een afwachtende blik op Louise Caldwell.

'Ik zal meteen koffie laten halen, meneer Bailey,' zei ze.

'Dank je, Louise.'

Terwijl hij op de boterzachte leren bank ging zitten, vergeleek Marty de inrichting hier met die van zijn eigen kantoor. Hij had een kamertje van twee bij vier meter met één klein raam dat uitkeek op een parkeerplaats. Janey wist zeker dat het hout van zijn bureau afkomstig was van de ark van Noach. Zijn archiefkast barstte letterlijk uit zijn voegen en de dossiers die er niet meer in pasten, lagen opgestapeld op de enige extra stoel, of op een hoopje op de vloer.

'Dit is een schitterend kantoor in een schitterend gebouw, meneer Bailey,' zei hij uit het diepst van zijn hart.

Er verscheen even een glimlachje om Erics lippen, maar dat was meteen weer verdwenen. 'Hebt u mijn óúde kantoor weleens gezien?' vroeg hij. 'Ik zat naast dat van Emily.'

'Ik ben een paar keer bij Emily op kantoor geweest. Nogal klein, maar toch gezellig, zou ik zeggen.'

'Stelt u zich een derde van die ruimte voor, dan hebt u mijn vroegere werkplaats.'

'Dan hebt u kennelijk eerst in mijn hok gezeten en heb ik het van u geërfd, meneer Bailey.'

Dit keer deed Baileys glimlach oprecht aan. 'Aangezien ik niet geloof dat u hier bent gekomen om mij te waarschuwen dat alles wat ik zeg tegen me kan worden gebruikt en aangezien we allebei vrienden van Emily zijn, kunnen we dat formele gedoe wel laten varen. Ik heet Eric.'

'Marty.'

'Ik ben maandag bij Emily in haar nieuwe huis geweest. Ze heeft je misschien wel verteld dat ik daar camera's voor haar heb geïnstalleerd,' begon Eric.

'Ja, dat heeft ze me verteld,' zei Marty.

'Ik maak me ontzettend bezorgd over het feit dat die stalker haar kennelijk naar Spring Lake is gevolgd. Of denk je dat het een copycat is?'

'Dat weet ik niet,' zei Marty eerlijk. 'Maar wat ik je wel kan vertellen is het volgende. Elke stalker is een wandelende tijdbom. Als het écht dezelfde vent is die haar hier geen moment rust heeft gegund, staat hij op het punt de lont onder het kruitvat aan te steken. Heeft ze jou een paar van de foto's laten zien die hij in Albany van haar heeft gemaakt?'

'Ja. Ik geloof dat het dezelfde waren die ze aan jou heeft overgedragen.'

'Ja, en wat me dwarszit, is dit. De meeste van de foto's uit Albany waren genomen terwijl ze buiten aan het joggen was, in of uit haar auto stapte, of een restaurant binnenging. Die uit Spring Lake zijn heel anders van aard. Iemand heeft uit moeten vissen waar ze die eerste nacht zou logeren en heeft vervolgens in koud, winderig weer op het strand staan wachten in de hoop een glimp van haar op te vangen.

En dit is een afdruk van de tweede, die vier dagen later is genomen.' Marty boog zich voorover en overhandigde Eric de foto van Emily, zaterdagochtend in de kerk van St. Catherine. 'Die vent heeft genoeg lef gehad om Emily te volgen naar de herdenkingsmis voor het moordslachtoffer van wie het stoffelijk overschot in Emily's achtertuin is gevonden.'

'Daar heb ik me ook al het hoofd over gebroken,' zei Eric. 'Ik maak daaruit op dat de stalker iemand is die ze nog nooit heeft ontmoet. Ik bedoel maar, zelfs in een volle kerk kun je nog een glimp opvangen van een bekend gezicht. Volgens mij pleit dat voor het idee van een copycat-stalker.'

'Misschien heb je wel gelijk,' gaf Marty met tegenzin toe. 'Maar als dat zo is, dan hebben we met twee stalkers van doen in plaats van met een. De reden waarom ik je wilde spreken, Eric, is om je te vragen eens goed na te denken over de mensen in het gebouw waar jij en Emily allebei een kantoor hadden. Is er ook maar íémand van wie je het vermoeden hebt dat hij voor haar is gevallen? Het zou iemand van de onderhoudsdienst kunnen zijn, of een besteller, of een of andere aardige, jofele, onopvallende vent met vrouw en kinderen, die eruitziet alsof hij geen vlieg kwaad doet.'
'Je moet niet vergeten dat ik al drie jaar geleden uit dat gebouw weg ben gegaan,' waarschuwde Eric. 'Emily heeft haar kantoor daar pas vorige week opgedoekt. Ze stond erop om eerst alle zaken die ze had aangenomen zelf af te ronden, in plaats van ze aan andere advocaten over te laten.'
'Dat heeft ze gedaan omdat ze zo'n fijn mens is en niemand van ons moet er aan denken dat haar iets zal overkomen.' Marty pakte de foto's op en stopte ze weer in zijn borstzakje.
'Eric, ik hoop dat je je hersens zult pijnigen om te zien of je iemand kunt vinden die wellicht helemaal door Emily Graham geobsedeerd is geraakt.'
'Dat zal ik zeker proberen.'
'Iets anders. Is er nog een apparaat dat je zou kunnen installeren om Emily nog meer veiligheid te garanderen, in ieder geval als ze alleen in haar eigen huis is?'
'Ik wou dat het waar was. De enige suggesties die ik zou kunnen aandragen, is om in elke kamer van het huis alarmknoppen aan te brengen en haar te vertellen dat ze altijd een busje traangas bij zich moet hebben. Ik heb het idee dat Emily, ondanks het feit dat ze zich groothoudt, verschrikkelijk bang is. Jij niet?'
'Bang? Ze móét wel bang zijn. Ze is ook maar een mens. En natuurlijk werkt het op haar zenuwen. Ik kan het aan haar stem horen. Het is ontzettend jammer dat ze geen vriendje heeft dat ook een oogje op haar zou kunnen houden, bij voorkeur zo'n uit de kluiten gewassen linebacker van de Giants.'
Marty had verwacht dat Eric Bailey het met hem eens zou zijn. Toen zag hij de veranderde uitdrukking op Baileys gezicht en die herkende hij meteen: een trek van woede en verdriet. *Die vent is*

verliefd op Emily, dacht hij. O, jongens nog aan toe.
Louise Caldwell kwam weer binnen, gevolgd door een dienstmeisje met een dienblad.
Marty dronk zijn koffie snel op. 'Je bent een druk bezet man, Eric, ik zal je tijd niet langer in beslag nemen,' zei hij terwijl hij het kopje neerzette en opstond.
Maar jij zult voorlopig wel een groot deel van míjn tijd in beslag nemen, dacht hij terwijl hij afscheid nam en weer door de lange gang op weg ging naar de trap.
Een babbeltje met de receptioniste zou geen kwaad kunnen, besloot hij.
De spottende woorden van Joel Lake maalden weer door zijn hoofd. *Ik dacht dat je ervan uitging dat de zoon van dat ouwe mens Koehler de stalker was... Je had met mij de verkeerde te pakken en nou heb je met hem ook al op het verkeerde paard gewed.*
Misschien vergis ik me opnieuw, dacht Marty, maar ik krijg ineens het idee dat Eric Bailey weleens de vent zou kunnen zijn naar wie we op zoek zijn.
Je had met mij de verkeerde te pakken en...
Maar wacht even... Eric Bailey had toch nooit het risico durven nemen om afgelopen zaterdag die kerk in te gaan? Emily zou hem vast gezien hebben.
Misschien moet ik inderdaad een opfriscursus rechercheur gaan volgen, dacht Marty vol walging terwijl hij de trap af liep en de receptioniste passeerde zonder te blijven staan om een babbeltje met haar te maken.

59

'Er is op Enoch College niets over Wilcox boven tafel te krijgen,' zei Tommy Duggan kribbig terwijl hij de telefoon neerlegde. 'Geen spoor van een schandaal. Helemaal niets. De detective die dat voor ons heeft gecontroleerd is een slimme vent. We hebben al eerder met hem samengewerkt. Hij heeft met de mensen gesproken die in de raad van bestuur zaten toen Wilcox met pensioen ging. Ze reageerden stuk voor stuk diep verontwaardigd op

de suggestie dat Wilcox gedwongen was zijn baan op te zeggen.'
'Waarom heeft hij dan zo plotseling ontslag genomen?' vroeg Pete Walsh praktisch. 'Zal ik je eens vertellen wat ik denk?'
'Ik kan gewoon niet wachten.'
'Ik denk dat Wilcox net heeft gedaan alsof hij last had van zijn hart omdat hem iets boven het hoofd hing en hij niet wilde dat de universiteit erbij betrokken zou raken als het bekend werd. De mensen daar kennen misschien niet eens de echte reden waarom hij met pensioen is gegaan.'
Ze zaten in Tommy's kantoor, omdat ze moesten wachten op het telefoontje van hun detective in Cleveland. Nu dat achter de rug was, stonden ze op en liepen naar de auto. Ze zouden eerst bij Emily Graham langsgaan met de kopieën van de politiedossiers uit het eind van de negentiende eeuw en daarna waren ze van plan om nog eens met dr. Clayton Wilcox te gaan praten.
'Jij dacht dat hij daar misschien poen achterover had gedrukt,' hielp Pete Tommy herinneren. 'Stel je eens voor dat het precies andersom was. Waarom proberen we niet of we inzage kunnen krijgen in zijn belastingaangifte voor het jaar dat hij met pensioen ging om te kijken of hij misschien een deel van zijn bezit te gelde heeft gemaakt?'
'Het is de moeite van het proberen waard.' Die grote klungel is slimmer dan hij eruitziet, dacht Tommy terwijl ze over de parkeerplaats naar de auto liepen.
Op weg naar het huis van Emily Graham belde hij de detective in Cleveland opnieuw op.

60

'Waar heb ik dit genoegen aan te danken?' vroeg Bob Frieze toen hij zich bij Natalie voegde die aan zijn tafeltje in The Seasoner zat. Hij was zowel verbaasd als misnoegd geweest toen de gerant hem had opgebeld met de mededeling dat zijn vrouw met hem wilde lunchen.
'Neutraal terrein, Bobby,' zei Natalie rustig. 'Je ziet er verschrikkelijk uit. Nadat je me dit had aangedaan...' – ze wees naar haar gekneusde pols – 'ben ik gisteravond in de logeerkamer gaan

slapen, met de deur op slot. Ik heb gezien dat jij niet eens thuis bent geweest. Misschien was je wel bij Peggy.'
'Ik ben gisteren hier gebleven en heb op de bank in mijn kantoor geslapen. Het leek me een goed idee om na die scène van gisteren een afkoelingsperiode in te lassen.'
Natalie haalde haar schouders op. 'Neutraal terrein. Afkoelingsperiode. Luister eens, we zeggen allebei precies hetzelfde. Dat we meer dan genoeg hebben van elkaar en om heel eerlijk te zijn ben ik inmiddels gewoon bang voor je.'
'Dat is belachelijk!'
'O ja?' Ze deed haar tas open en pakte er een sigaret uit.
'Je mag hier niet roken. Dat weet je best.'
'Laten we dan maar in de bar gaan zitten, waar ik wel mag roken. Daar kunnen we ook lunchen.'
'Wanneer ben je weer gaan roken? Je hebt geen sigaret meer aangeraakt sinds we getrouwd zijn en dat is bijna vijf jaar geleden.'
'Om precies te zijn heb ik je viereneenhalf jaar geleden aan het eind van de zomer beloofd dat ik ermee op zou houden. Ik ben altijd naar een sigaret blijven snakken. Nu hoeft dat niet meer.'
Terwijl ze haar sigaret uitmaakte op haar bord, ging Natalie plotseling een licht op.
Dat is het wat ik me steeds probeerde te herinneren, dacht ze. De laatste keer dat ik heb gerookt, gisteren niet meegerekend, was op dat feestje dat de Lawrences voor Martha gaven. Dat was op 6 september. Ik ben de veranda opgelopen, want natuurlijk mocht er in dat huis niet gerookt worden.
Hij had iets in zijn hand en liep naar de auto.
'Wat is er met jou aan de hand?' snauwde Bob. 'Je ziet eruit alsof je spoken ziet.'
'Laten we die lunch maar vergeten. Ik vond dat ik je gewoon recht in je gezicht moest zeggen dat ik bij je wegga. Ik ga nu naar huis om te pakken. Ik mag van Connie haar appartement in de stad gebruiken tot ik zelf iets heb gevonden. Ik heb je gisteren al verteld hoeveel geld ik van je wil hebben.'
'Er is geen rechter ter wereld die je dat belachelijke bedrag toe zal kennen. Je moet wel realistisch zijn, Natalie.'
'Blijf jíj maar realistisch, Bobby,' snauwde ze. 'Zorg maar dat je het op de een of andere manier voor elkaar krijgt. En vergeet niet

dat je behoorlijk in de problemen komt als je belastingaangiften nader bekeken worden, zeker die uit het jaar dat je met pensioen ging en die gouden handdruk van je bedrijf hebt gekregen. De belastingdienst heeft altijd een fikse beloning over voor tipgevers.'
Ze schoof haar stoel achteruit en rende bijna de deur uit.
De gerant wachtte tactvol nog tien minuten voor hij naar het tafeltje toe liep. 'Wilt u nu bestellen, meneer?' vroeg hij.
Bob Frieze keek hem wezenloos aan. Daarna stond hij op en liep zonder antwoord te geven het restaurant uit.
Je zou zweren dat hij niet eens wist dat ik tegen hem stond te praten, mompelde de gerant bij zichzelf terwijl hij zich haastte om een zeldzame en bijzonder welkome groep van zes gasten te begroeten.

61

Op de kaart op de eetkamertafel waren nog een twaalftal huisjes verschenen. Alle wegen leiden naar Rome, dacht Emily, maar ik schiet er nog steeds niets mee op. Er móét een andere oplossing zijn.
De fotoalbums die George Lawrence samen met de rest van de aandenkens had gebracht hadden de gezichten opgeleverd die bij een groot aantal van de namen hoorden. Iedere keer als ze in haar documenten een nieuwe persoon tegenkwam, dook ze weer in de fotoalbums.
Ze had een groepsfoto gevonden met op de achterkant de namen van alle mensen die erop stonden. Hij was verbleekt en te klein om de gezichten goed te onderscheiden, dus als de rechercheurs straks langskwamen, was ze van plan hen te vragen of het politielab er een vergroting van zou kunnen maken, waarop ze meer zou kunnen zien.
Het was een grote groep. De slachtoffers, Madeline, Letitia en Ellen, stonden alle drie bij de lijst op de achterkant, net als Douglas en Alan Carter en een paar van hun ouders, onder wie Richard Carter.
De achterkant van haar huis stond tegenover de achterkant van het huis waar Alan Carter ten tijde van de moorden had gewoond.

De hulststruik die beschutting had geboden aan het graf stond praktisch op de grens van de beide tuinen.
Douglas Carter had recht aan de overkant op Hayes Avenue gewoond.
Toen ze nog eens doorlas wat ze allemaal over Letitia Gregg te weten was gekomen, concludeerde ze dat de jonge vrouw op de dag dat ze vermist werd heel goed van plan kon zijn geweest om te gaan zwemmen. Na haar verdwijning bleek haar badpak te ontbreken. Haar huis had aan Hayes Avenue gestaan, tussen Second en Third Street. Om naar het strand te gaan, moest ze zowel langs het huis van Alan als langs dat van Douglas. Had iemand haar onderweg onderschept?
Maar Douglas Carter had al zelfmoord gepleegd vóórdat Letitia verdween.
De familie van Alan Carter had later het huis gekocht waar Letitia's lichaam begraven lag. Alles leek met elkaar in verband te staan.
Alleen Ellen Swain paste eigenlijk niet in dat scenario. Zij woonde in een van de huizen aan het meer.
Emily zat nog steeds te piekeren boven de plattegrond toen rechercheurs Duggan en Walsh arriveerden. Ze gaf hen de groepsfoto en ze beloofden dat ze die voor haar zouden laten bewerken. 'Die kerels van ons zijn heel goed,' zei Tommy Duggan tegen Emily. 'Die slagen er wel in om er een vergroting van te maken en hem iets op te krikken.'
Walsh stond het tekenvel met de plattegrond te bestuderen. 'Mooi werk,' zei hij bewonderend. 'Maar hebt u er ook iets aan?'
'Misschien wel,' zei Emily.
'Mevrouw Graham, kunnen wij u een handje helpen?' vroeg Tommy Duggan. 'Of laat ik het anders stellen: kunt u ons een handje helpen? Bent u al iets tegengekomen waar wij volgens u iets aan zouden hebben?'
'Nee,' zei Emily eerlijk. 'Nog niet. Maar bedankt dat u me de kopieën van die oude dossiers hebt gebracht.'
'Ik geloof niet dat de baas er zo blij mee was,' zei Pete tegen haar, 'dus ik hoop dat u er iets mee opschiet. Ik heb het gevoel dat we anders alsnog de volle laag krijgen omdat we ze voor u gekopieerd hebben.'

Nadat de rechercheurs weer vertrokken waren, maakte Emily een boterham en een kopje thee, pakte een dienblad en nam ze mee naar de studeerkamer. Ze zette het blad op de poef, nestelde zich in de gemakkelijke stoel en begon de politiedossiers door te lezen vanaf het eerste vel van het dossier over Madeline Shapley:
'7 sept. 1891: Per telefoon om 19.30 uur melding ontvangen van de heer Louis Shapley, wonende Hayes Avenue 100, Spring Lake, dat zijn negentienjarige dochter Madeline vermist wordt. Mejuffrouw Shapley zat op de veranda van het ouderlijk huis te wachten tot haar verloofde, de heer Douglas Carter, wonende Hayes Avenue 101, uit New York zou arriveren.
8 sept. 1891: Een misdaad wordt gevreesd in verband met de mysterieuze verdwijning... gezin scherp ondervraagd... moeder en jongere zuster bevonden zich in het huis... onder toezicht van mevrouw Kathleen Shapley had de elfjarige Catherine Shapley pianoles gehad van haar lerares, mejuffrouw Johanna Story. In theorie is het mogelijk dat de kreten die mejuffrouw Madeline Shapley wellicht heeft geslaakt, overstemd zijn door het geluid van de piano.
22 sept. 1891: 'De heer Douglas Carter is opnieuw ondervraagd in verband met de verdwijning van zijn verloofde, op 7 sept. j.l. De heer Carter blijft volhouden dat hij de trein die hij van plan was te nemen heeft gemist en dat hij verplicht was twee uur te wachten op de volgende trein.
Op het verhaal van een getuige die zegt dat hij hem in het station heeft gesproken vlak voordat het instappen van de eerste trein begon, reageerde hij met de mededeling dat hij enigszins nerveus was omdat hij de bedoeling had Mejuffrouw Shapley die dag een verlovingsring te schenken en dat hij plotseling misselijk was geworden. Hij zei dat hij even snel naar het herentoilet was gegaan en daar pas weer uit kwam toen de trein het station uit reed.
Het was zeer druk in de latere trein en meneer Douglas zegt dat hij niemand aan boord heeft herkend. De conducteur van de eerste trein noch die van de tweede kan zich herinneren zijn kaartje te hebben geknipt.'
Geen wonder dat hij verdacht werd, dacht Emily. Zou hij zo zenuwachtig zijn geweest omdat hij eigenlijk af wilde zien van de

verloving? En ik dacht nog wel dat ze zoveel van elkaar hielden! Heel even moest ze terugdenken aan haar eigen trouwreceptie en aan die eerste dans met Gary. Destijds had híj ook de indruk gewekt dat hij ontzettend verliefd was.
En ik dacht dat ook van mezelf, hield Emily zichzelf voor. Maar als ik er nu op terugkijk, heb ik altijd geweten dat er iets ontbrak.
Bijvoorbeeld een man die alle andere vrouwen links zou laten liggen.
Het gerinkel van de telefoon was een welkome onderbreking van die deprimerende gedachten. Het was Will Stafford.
'Ik had je al eerder willen bellen,' zei hij, 'maar ik heb het deze week ontzettend druk gehad. Luister, het is wel ontzettend kort dag, maar zou je zin hebben om vanavond met me te gaan eten? Whispers is een prima restaurant en het is hier midden in de stad.'
'Dat zou ik heerlijk vinden,' zei Emily oprecht. 'Ik heb het gevoel dat ik er even uit moet, weer terug naar de wereld van nu. Ik heb de hele week midden in de periode van 1890 tot 1900 gezeten.'
'Hoe vond je het leven in die tijd?'
'Betoverend in veel opzichten.'
'Ik zie je al voor me in een hoepelrok.'
'Je loopt bijna veertig jaar achter. Hoepelrokken waren ten tijde van de Burgeroorlog in de mode.'
'Wat weet ik daar nou van? Ik help mensen aan een dak boven hun hoofd – of ik help hen ervan af. Schikt zeven uur je?'
'Prima.'
'Tot dan.'
Emily legde de telefoon neer en toen ze besefte hoe stijf ze was geworden van het lange zitten deed ze snel een paar rekoefeningen.
Geluidloos registreerde de camera al haar bewegingen.

62

Joan Hodges had de afgelopen vier dagen geprobeerd de patiëntendossiers weer op orde te brengen. Dat deed ze puur uit naastenliefde. Ze was vastbesloten om er zo goed en zo kwaad als ze kon voor te zorgen dat de patiënten van dr. Madden, voor wie haar dood toch al zo'n schok was geweest, geen extra problemen kregen omdat hun gegevens niet beschikbaar waren voor haar vervanger.

Het was een vervelende klus. De moordenaar had echt een puinhoop gemaakt van het archief – klinische informatie en de opmerkingen en aantekeningen van dr. Madden waren volkomen door elkaar gehusseld. Af en toe werd het Joan te veel en was ze ervan overtuigd dat het een hopeloze taak was. Als ze dat gevoel kreeg, ging ze een halfuurtje over de promenade wandelen en ging vervolgens weer min of meer met frisse moed verder.

Er was afgesproken dat dr. Wallace Coleman, een collega en goede vriend van dr. Madden, haar praktijk over zou nemen. Nu probeerde hij, buiten zijn eigen afspraken om, zoveel mogelijk tijd vrij te maken om Joan met het werk te helpen.

Op donderdag kwam een politietechnicus de herstelde computer terugbrengen. 'Die knaap heeft echt z'n best gedaan om dit apparaat te laten crashen,' zei hij, 'maar jullie hebben geluk. Hij heeft de harde schijf niet beschadigd.'

'Houdt dat in dat alle gegevens weer opgeroepen kunnen worden?' vroeg Joan.

'Ja hoor. Rechercheur Duggan wil dat je meteen naar een bepaalde naam op zoek gaat. Die van dr. Clayton Wilcox. Zegt je dat iets?'

'Is dat die man over wie zoveel geschreven is? Was het de sjaal van zijn vrouw...'

'Dat is Wilcox.'

'Dan kan het best zijn dat zijn naam me daarom bekend voorkomt. Ik krijg niet...' Joan zweeg even. 'Ik bedoel, ik kreeg niet alle patiënten van dr. Madden te zien. Er waren ook mensen die 's avonds kwamen. Dan legde ze alleen de gegevens die ik nodig had voor een factuur op mijn bureau.'

Joan zat al achter de computer en haar vingers vlogen over het toetsenbord. Als de politie haar vroeg een bepaalde naam op te zoeken, dan moest dat een verdachte zijn. Ze wilde van ganser harte dat de persoon die dr. Madden had vermoord opgespoord en gestraft zou worden. Kon ik maar in de jury zitten als hij terecht moet staan, dacht ze grimmig.

Dr. Clayton Wilcox.

Zijn naam verscheen op het scherm. Joan begon met de muis te klikken om de file te openen. Daarna meldde ze triomfantelijk: 'Hij is viereneenhalf jaar geleden in september gedurende korte tijd patiënt van haar geweest en tweeëneenhalf jaar geleden in augustus opnieuw. Hij kwam 's avonds, dus ik heb hem nooit ontmoet.'

De politietechnicus had zijn mobiele telefoon al in zijn hand. 'Ik moet Duggan onmiddellijk spreken,' zei hij kortaf. 'Ik heb hem iets te vertellen wat hij meteen moet weten.'

63

Reba Ashby wist dat de hel zou losbreken als haar verhaal vrijdagochtend in *The National Daily* verscheen. OOGGETUIGE VAN DIEFSTAL MOORDSJAAL AARZELT VERKLARING AF TE LEGGEN.

In het voorpaginaverhaal waar ze aan werkte, beschreef Reba de ontmoeting die ze tijdens het ontbijt in hotel The Breakers op Ocean Boulevard in Spring Lake had gehad met 'Bernice Joyce, de bejaarde en fragiele douairière die de vermiste sjaal minachtend omschreef als "opzichtig" en vervolgens de schrijver van dit artikel in vertrouwen vertelde dat ze met een ethisch probleem worstelde: "Ik ben ervan overtuigd dat ik heb gezien dat de sjaal van het tafeltje werd gepakt. Ik weet het bijna zeker."

Let op, politie!

Iemand die op die fatale avond te gast was op het feestje in het huis van de familie Lawrence heeft die sjaal gestolen en hem de volgende dag gebruikt om Martha Lawrence om zeep te helpen. Wie is hij?

Dit zijn de kandidaten zoals Bernice Joyce ze beschreef:

Een paar bejaarde echtparen die in de buurt van de familie Lawrence woonden.

Dr. Clayton Wilcox en zijn geduchte echtgenote, Rachel. Híj is een gepensioneerd rector magnificus van een universiteit. Zíj is degene die de sjaal op dat feestje droeg. Rachel is voorzitter van een groot aantal comités, ze krijgt alles voor elkaar, maar ze is niet bepaald geliefd. Ze zegt dat ze manlief, die behoorlijk onder

de pantoffel zit, heeft gevraagd de sjaal in zijn zak te steken.
Bob en Natalie Frieze. Bernice Joyce mag Susan, de eerste mevrouw Frieze, graag, maar ze moet absoluut niets hebben van de betoverende nummer twee.
Will Stafford, notaris. Een knappe vent, een van de schaarse vrijgezellen in Spring Lake. Pas maar op, Will... Bernice Joyce vindt je echt een lekker dier.'
Verder was Reba nog niet met haar artikel gekomen. Ze wilde Will Stafford eerst zien en zich een indruk van hem vormen. Daarna zou ze naar The Seasoner gaan om te kijken of Bob Frieze daar was.
Ze vond het kantoor van Will Stafford op Third Avenue, in het centrum van de stad. Toen ze de deur van het buitenste kantoor opendeed en de receptioniste in het oog kreeg, stak ze een schietgebedje af dat Stafford afwezig zou blijken te zijn of het veel te druk had.
Hij was er niet, zei Pat Glynn tegen haar, maar ze verwachtte dat hij over niet al te lange tijd terug zou komen. Wilde mevrouw Ashby misschien wachten?
Réken maar, lieve meid, dacht Reba.
Ze ging in de stoel zitten die het dichtst bij het bureau van de receptioniste stond en keek Glynn met een vriendelijke en vertrouwelijke blik aan. 'Vertel me eens iets over je baas, Will Stafford.'
De verraderlijke blos die op Glynns wangen verscheen en haar ogen die plotseling begonnen te stralen vertelden Reba wat ze al half en half verwachtte. De receptioniste-secretaresse was zwaar verkikkerd op haar baas.
'Hij is de aardigste man van de hele wereld,' zei Pat Glynn heftig. 'Iedereen komt bij hem om hulp. En hij is altijd eerlijk. Hij zegt altijd tegen mensen dat ze niet overhaast te werk moeten gaan bij het kopen van een huis en als hij denkt dat ze eigenlijk helemaal niet blij zijn met het huis waarop ze al een aanbetaling hebben gedaan, zal hij zijn uiterste best doen om te zorgen dat ze hun geld terugkrijgen. En hij...'
Reba had meteen haar oren gespitst bij het horen van de zin: 'Iedereen komt bij hem om hulp'. Ze wist dat daar een verhaal in zat.
'Volgens mij bedoel je eigenlijk dat veel mensen het gevoel heb-

ben dat ze bij hem kunnen uithuilen,' opperde ze. 'Of hij is zo'n vent die meteen bereid is je te helpen als je wat geld nodig hebt, of die zijn honorarium aanpast als...'
'O, je kunt absoluut bij hem uithuilen,' zei Pat Glynn met een dromerige glimlach. Daarna betrok haar gezicht. 'Mensen maken daar echt misbruik van.'
'Ik weet precies wat je bedoelt,' voelde Reba met haar mee. 'Is er iemand die het de laatste tijd een beetje te bont heeft gemaakt?'
'Natalie Frieze in ieder geval wel.'
Natalie Frieze. Dat is de vrouw van Bob Frieze, de eigenaar van The Seasoner, herinnerde Reba zich. Op de avond voor Martha verdween, waren ze te gast geweest in het huis van de familie Lawrence.
Pat Glynn ging er gretig op in. De afgelopen vierentwintig uur, sinds ze de innige kus had gezien waarmee Natalie Frieze Will had begroet voor ze voor de tweede keer in een week met hem was gaan lunchen, had Pat zich afwisselend woedend en ellendig gevoeld.
Omdat ze tot over haar oren verliefd was op haar baas was haar aanvankelijke bewondering voor Natalie Frieze als sneeuw voor de zon verdwenen en had plaats gemaakt voor een diepe afkeer. 'Niemand hier vindt haar aardig. Ze is een echte opschepper die de hele dag opgedoft rondloopt en er altijd uitziet alsof ze onderweg is naar Cirque 2000. Gisteren stond ze te slijmen tegen meneer Stafford en probeerde zijn medelijden op te wekken. Ze liet hem zien hoe haar man haar pols gekneusd had.'
'Gekneusd had? Met opzet?'
'Dat weet ik niet. Het zou best kunnen. Hij was opgezwollen en paars. Ze vertelde me dat het ontzettend zeer deed.' Als ze in die meelevende ogen van Reba keek, had ze net het gevoel alsof ze te biecht ging. Pat Glynn haalde even diep adem en draafde door. 'Gisteren, toen ze hier weggingen, zei meneer Stafford tegen me dat hij over een uur terug zou zijn. Natalie Frieze trok een gezicht en zei: "Maak daar maar anderhalf uur van." En hij had het nog wel zo druk. Zijn bureau lag vol werk.'
'Heeft hij een vriendin?' vroeg Reba vriendelijk.
'O nee. Hij is al eeuwen gescheiden. Hij is getrouwd vlak nadat hij zijn rechtenstudie in Californië had afgemaakt. Zijn moeder

stierf rond die tijd. Haar foto staat op zijn bureau. Ik dacht dat zijn vader ook dood was, maar toen kwam hij hier vorige week ineens opdagen en meneer Stafford werd ontzettend boos en was helemaal overstuur...' Glynns stem stierf weg.
Als er nou maar niemand binnenkomt, stak Reba een schietgebedje af. Laat haar niet ophouden.
'Misschien heeft zijn vader zijn moeder verwaarloosd en wil hij hem dat niet vergeven,' opperde Reba in de hoop het gesprek gaande te houden. Ze kon zien dat Pat Glynn er een beetje onbehaaglijk uit begon te zien, misschien omdat ze instinctief aanvoelde dat ze al te veel had gezegd,
Het was dezelfde uitdrukking die Reba op het gezicht van Bernice Joyce had gezien.
Maar Pat zette alle twijfels die ze voelde opzij en hapte. 'Nee, het was iets tussen hen. Meneer Stafford heeft zijn vader praktisch het kantoor uitgegooid. In de twee jaar dat ik hier werk, heb ik hem zelfs nooit zijn stem horen verheffen, maar tegen zijn vader stond hij te schreeuwen... hij zei dat hij in zijn auto moest stappen, naar Princeton terug moest rijden en daar blijven. Hij zei: "U geloofde me niet, u hebt uw handen van me afgetrokken, van uw enige zoon, u had geld genoeg om me een advocaat te geven." De vader huilde toen hij naar buiten kwam en je kunt zien dat hij heel ziek is, maar ik had toch geen medelijden met hem. Hij heeft meneer Stafford kennelijk vreselijk behandeld toen hij nog jong was.'
Pat Glynn zweeg even om op adem te komen en keek Reba aan. 'U bent gewoon veel te aardig en heel fijn om mee te praten. Ik hoor u dit eigenlijk helemaal niet te vertellen. Het blijft wel onder ons, hè?'
Reba stond op. 'Zeker weten,' antwoordde ze vastberaden. 'Maar ik geloof niet dat ik nog langer op hem kan wachten. Ik bel wel om een afspraak te maken. Ik vond het leuk om je te leren kennen, Pat.' Ze duwde de deur open, stapte naar buiten en liep haastig de straat in. Het laatste wat ze nu wilde, was een ontmoeting met Will Stafford. Als hij haar zag en zich realiseerde wie ze was, zou hij ongetwijfeld uit die roddelende secretaresse van hem weten te krijgen wat ze allemaal had gezegd.
Morgen zou het verhaal over wat Bernice Joyce had gezien met grote koppen in de krant staan.

De volgende dag, op zaterdag, zou haar artikel zich op Natalie Frieze concentreren, een mishandelde echtgenote die troost zocht in de armen van Will Stafford, een van de mannen die mogelijk verdacht werd van de moorden op Martha Lawrence en Carla Harper.

En zondag, als de researchploeg van *The National Daily* de vuile was tenminste snel genoeg boven tafel kon krijgen, zou haar invalshoek de reden zijn waarom de rijke vader van Will Stafford, de populaire en knappe notaris uit Spring Lake, zijn handen van hem had afgetrokken en bij een proces niet de kosten had willen betalen voor zijn verdediging.

Uiteraard gokte Reba alleen maar. Ze wist nog niet of die vader inderdaad rijk was, maar hij kwam uit Princeton en dat was een chique stad. En in de krant zou het in ieder geval heel goed staan.

64

Nadat ze bij Emily weggingen, waren Tommy Duggan en Pete Walsh meteen doorgereden naar het huis van dr. Clayton Wilcox. Hun onderhoud met hem was frustrerend en onbevredigend verlopen.

Wilcox had stug volgehouden dat hij de sjaal bij het avondtasje van zijn vrouw had gelegd. Op de vraag of hij dr. Lillian Madden kende, herinnerde hij zich wel dat hij een paar jaar geleden last had gehad van een lichte depressie en haar mogelijk een paar keer had geconsulteerd. Of het was iemand met een soortgelijke naam geweest.

'Hoe lang is dat geleden, doctor Wilcox?' had Tommy Duggan gevraagd.

'Een hele tijd geleden. Ik weet het echt niet meer.'

'Vijf jaar? Drie jaar?'

'Ik zou het niet precies kunnen zeggen.'

'Doe eens een gok, doctor,' had Pete Walsh gesuggereerd.

De enige bevrediging die de politiemensen aan het onderhoud overhielden, was het feit dat Wilcox zichtbaar op het randje van een zenuwinstorting stond. Zijn ogen lagen diep in de kassen. Als hij zat te praten, kon hij zijn handen geen moment stilhouden.

Op zijn voorhoofd bleven zweetdruppeltjes parelen, hoewel de temperatuur in zijn studeerkamer laag genoeg was om een gevoel van onbehagen op te wekken.
'Wat het ook heeft te betekenen, hij begint in ieder geval knap overstuur te raken,' zei Tommy tegen Pete.
Vervolgens gebeurden er om vier uur 's middags vrijwel tegelijkertijd twee dingen. Eerst belde de technicus vanaf de praktijk van dr. Madden en gaf hen de data waarop dr. Clayton Wilcox de psycholoog had geconsulteerd.
'Hij is de eerste vier weken nadat Martha Lawrence verdween naar haar toe geweest en de eerste drie na de verdwijning van Carla Harper,' herhaalde Tommy, op een toon die zowel ongelovig als opgewonden klonk. 'En hij beweert dat hij zich dat niet kan herinneren! De vent is een eersteklas leugenaar.'
'Hij zei tegen ons dat hij licht gedeprimeerd was. Als hij die meisjes echt gewurgd heeft, is het geen wonder dat hij last kreeg van een depressie,' zei Pete Walsh sarcastisch.
'De secretaresse, Joan Hodges, zei tegen me dat ze het privédossier van Wilcox, met de aantekeningen van de dokter erin, nog niet hebben gevonden, maar zelfs als ze dat wel weer bij elkaar kunnen zoeken zullen we toch een gerechtelijk bevel nodig hebben om het in te mogen zien.' Tommy Duggan kneep zijn mond samen tot een smalle, boze streep. 'Maar hoe dan ook, dat dossier moeten we hebben.'
De tweede dosis manna die uit de hemel neerdaalde, kwam in de vorm van een telefoontje van de detective in Ohio.
'Ik heb een contactpersoon bij de beursmakelaar die de aandelenportefeuille van Wilcox beheert. Het kost die kerel zijn baan als dit bekend werd, maar hij heeft in het dossier van Wilcox gesnuffeld. Twaalf jaar geleden, toen Wilcox met pensioen ging, heeft hij een lening van honderdduizend dollar afgesloten, met zijn aandelen als onderpand. Die is aan hem uitgekeerd in de vorm van een cheque aan toonder. Maar de cheque werd bij een bank in Ann Arbor, Michigan aangeboden, en het bedrag werd op een nieuwe rekening gestort die was geopend door een zekere Gina Fielding. Links onderaan op de voorkant van de cheque heeft iemand "antieke kast en bureau" geschreven.'
'Is Gina Fielding een erkende antiquair?' vroeg Tommy Duggan.

Uit de glimlach die op Duggans gezicht verscheen terwijl hij zat te luisteren maakte Pete Walsh op dat hij goed nieuws te horen kreeg.
'Dit zul je wel leuk vinden, Duggan. Gina Fielding was een eerstejaars op Enoch College, die haar studie vlak voordat Wilcox met pensioen ging abrupt heeft opgegeven.'
'Waar is ze nu?'
'We zijn nog bezig haar op te sporen. Ze is naar Chicago verhuisd, trouwde en is vervolgens gescheiden. Binnen een dag of twee weten we wel waar ze uithangt.'
Toen Tommy Duggan de telefoon neerlegde, keek hij Pete Walsh grimmig maar tevreden aan. 'We hebben misschien de lont onder het kruitvat,' zei hij. 'Morgenochtend gaan we nog een keer op bezoek bij de eerwaarde voormalige rector magnificus van Enoch College. Het zou me niets verbazen als ze, voordat wij met hem klaar zijn, de naam veranderen van dat gebouw dat ze daarginds aan hem opgedragen hebben.'

VRIJDAG 30 MAART

65

Ik heb een bijzonder verontrustende ochtend achter de rug. Net nu mijn plan om alles af te ronden zo mooi verliep, moest ik een radicaal en mogelijk fataal besluit nemen.

Ik heb iedere ochtend *The National Daily* gekocht. Die geniepige journaliste, Reba Ashby, logeert al de hele week in The Breakers. Ze duikt overal op en verzamelt alle roddels die haar ter ore komen.

Vanmorgen besefte ik dat haar gesprekken met Bernice Joyce zowel mijn ondergang als mijn redding kunnen betekenen.

Mevrouw Joyce heeft Ashby in vertrouwen verteld dat ze vrijwel zeker wist wie die avond de sjaal onder het avondtasje heeft weggepakt.

Als ze dat aan de politie had verteld, zouden die er met succes op aangedrongen hebben dat ze mijn naam bekend zou maken. Vanaf dat moment zouden ze mijn hele leven onder de loep hebben genomen. Dan zouden ze de slappe verklaring die ik heb afgelegd over waar ik was en wat ik deed toen Martha verdween niet langer accepteren.

Ze zouden achter de waarheid zijn gekomen en dan zou dit leven waarvoor ik heb gekozen voorbij zijn.

Ik moest het risico nemen. Ik ben op de promenade in de buurt van The Breakers op een bank gaan zitten. Ik deed net alsof ik verdiept was in de krant, terwijl ik me wanhopig zat af te vragen hoe ik erin zou kunnen slagen het hotel binnen te komen en de kamer van mevrouw Joyce te vinden zonder in de gaten te lopen en herkend te worden. Ik had onder mijn capuchon een pruik opgezet, zodat bij een eventuele beschrijving vermeld zou worden dat ik grijzend haar had dat op mijn voorhoofd hing. Ik had ook een zonnebril opgezet.

Ik wist dat het maar een armzalige vermomming was, maar ik wist ook dat als de politie de kans kreeg om mevrouw Joyce te ondervragen ze ongetwijfeld mijn naam zou noemen.

En toen kreeg ik mijn kans.

Het is een prachtige dag, zonnig en bepaald zacht.

Om halfacht 's ochtends kwam mevrouw Joyce The Breakers uit om een ochtendwandelingetje te maken. Ze was alleen en ik volgde haar op een afstandje terwijl ik mijn hersens pijnigde over de vraag hoe ik haar uit de buurt kon krijgen van de andere vroege wandelaars en joggers. Gelukkig waren de echte vroege vogels al verdwenen en het was nog te vroeg voor de mensen die na het ontbijt een ommetje gaan maken.

Nadat ze een eindje had gelopen, ging mevrouw Joyce op zo'n uitstekend deel van de promenade op een van die banken zitten die daar speciaal zijn neergezet voor personen die ongestoord naar de oceaan willen kijken zonder voortdurend last te hebben van mensen die voor hen langs lopen.

Een perfecte plek voor wat ik van plan was!

Ik wilde net naar haar toe gaan toen dr. Dermot O'Herlihy, een gepensioneerd arts die zijn dagelijkse wandelingetje nooit overslaat, mevrouw Joyce zag zitten en bleef staan om een praatje met haar te maken. Gelukkig duurde het maar een paar minuten voor hij zijn weg vervolgde. Ik weet dat hij me geen blik waardig gunde toen hij langs de bank liep waarop ik zat.

Uit beide richtingen kwamen mensen aan, maar die waren allemaal nog een straatlengte van ons af. Met het koord waar aan beide uiteinden een knoop in zit, ging ik rustig naast mevrouw Joyce zitten die met gesloten ogen van het ochtendzonnetje zat te genieten.

Ze deed ze open toen ze de ruk aan haar hals voelde en draaide verbijsterd en bang haar hoofd om terwijl ik het koord aanhaalde en ze begreep wat er gebeurde.

Ze herkende me. Haar ogen werden groot.

Haar laatste woorden voor ze stierf, waren tot mij gericht: 'Ik heb me vergist. Ik dacht niet dat jij het was.'

66

'Je hebt vannacht niet bepaald als een roos geslapen,' zei Janey Browski tegen Marty terwijl ze een dampend bord havermout voor hem neerzette.

'Ik heb ook helemaal niet het gevoel dat ik als een roos heb geslapen,' antwoordde Browski. 'Ik lag constant te dromen. Je kent dat soort dromen toch wel, dat je zo'n rotgevoel bezorgt, maar waarvan je je niets kunt herinneren als je wakker wordt? De dromen zijn verdwenen, maar dat rotgevoel blijft.'
'Je onderbewustzijn probeert je iets te vertellen. Als je je ook maar iets van je droom zou herinneren, kon ik je helpen om hem te analyseren.'
Janey Browski schonk hun koffiekopjes vol, ging ook aan tafel zitten en begon een geroosterde boterham met aardbeienjam te besmeren.
'Leer je bij je colleges psychologie dan hoe je dromen moet analyseren?' vroeg Marty met een spoor van een glimlach.
'We praten over hoe je zo'n droom ten gunste kunt aanwenden.'
'Nou, als ik vannacht weer droom, zal ik je wakker maken en je precies vertellen waar het om gaat, dan kun jij meteen aan het analyseren.'
'Leg maar een aantekenblok op je nachtkastje en schrijf alle bijzonderheden op. Maar dan wel in het donker, alsjeblieft.' Janeys stem werd ernstig. 'Wat is er aan de hand, Marty? Is het iets in het bijzonder of gewoon alle zorgen die je je over die stalker maakt?'
'Je moest gisteravond babysitten en ik ben vroeg naar bed gegaan, dus ik heb nog geen kans gehad om je dit te vertellen. Ik had gisteren een afspraak met Eric Bailey.' Marty beschreef hun ontmoeting en zijn plotselinge vermoeden dat Bailey wellicht de stalker was.
'Eerlijk gezegd vind ik dat nogal vergezocht,' zei Janey. 'Maar kun je desondanks niet een manier verzinnen om meer over hem aan de weet te komen?'
'Janey, als je je gezond verstand gebruikt, weet je dat hij afgelopen zaterdagochtend niet in de kerk van St. Catherine heeft kunnen zitten, op een paar banken afstand van Emily. Als ze hem in de gaten had gekregen, zou alles voorbij zijn. Je weet net zo goed als ik dat het voor een man veel moeilijker is om zich te vermommen dan voor een vrouw.'
Hij wierp een blik op de klok en at snel de rest van zijn ontbijt op. 'Ik moet ervandoor. Leer niet te hard. Ik zou het heel verve-

lend vinden als ik in intellectueel opzicht je mindere zou worden.' Hij zweeg even. 'En heb niet het lef om te zeggen dat ik dat al ben,' waarschuwde hij terwijl hij een kus boven op haar hoofd drukte.

Het is voor een man veel moeilijker om zich te vermommen dan voor een vrouw. Net als die onrustbarende dromen waarvan hij zich niets kon herinneren, bleef dat zinnetje Marty onbewust de hele dag bij.

Hij ging zelfs zover om de kentekenbewijzen van Eric Baileys busje en zijn Mercedes-cabrio op te vragen en te controleren of hij een abonnement had op E-Zpass, waardoor tolheffingen op de New York Thruway elektronisch geregistreerd en verrekend zouden worden. Dat was inderdaad het geval.

Uit de bewegingen van beide voertuigen bleek dat ze geen van beide vorige week meer dan vijftig kilometer ten zuiden van Albany waren geweest.

Je moet het uit je hoofd zetten, prentte Marty zich in, maar als een soort zeurende kiespijn bleef het vermoeden dat Eric Bailey de stalker was hem kwellen.

67

Toen Emily vrijdagochtend wakker werd en op de wekker keek, zag ze tot haar verbazing dat het al kwart over acht was. Kun je zien hoe ontspannend een paar glaasjes wijn zijn, dacht ze terwijl ze de dekens van zich af gooide.

Maar de lange, droomloze slaap had er inderdaad voor gezorgd dat ze zich veel uitgeruster voelde dan eerder die week. En het was een heel gezellige avond geweest, peinsde ze terwijl ze haar rituele kopje koffie zette en het meenam naar haar slaapkamer waar ze het op zou kunnen drinken terwijl ze douchte en zich aankleedde.

Will Stafford is een aardige vent, dacht ze, terwijl ze de deuren van haar grote garderobekast opendeed en zich even stond af te vragen wat ze aan zou trekken. Ze koos een witte spijkerbroek en een rood-wit geblokte katoenen blouse, die ze allebei al jaren graag droeg.

Gisteravond had ze een donkerblauw zijden pakje aangehad met subtiele plooitjes langs de mouwen en de manchetten. Will Stafford had er een paar keer een opmerking over gemaakt.
Hij was bijna een halfuur te vroeg toen hij haar kwam ophalen. Ik liep onderweg naar beneden nog mijn jasje dicht te knopen, dacht Emily. En ik had nog niet eens lipstick op of sieraden om. Ze had hem in de studeerkamer gelaten om naar het nieuws te kijken, blij dat ze de deuren naar de eetkamer al dicht had gedaan. Ze wilde niet dat andere mensen haar kartonnen plattegrond bestudeerden.
Vanmorgen bedacht ze, terwijl ze de spijkerbroek en de blouse aantrok en in haar gympen glipte, hoe grappig het was dat de indruk die een buitenstaander van iemands leven kreeg zoveel kon verschillen van wat er zich werkelijk in afspeelde.
Zoals bij Will Stafford, dacht Emily toen ze het bed opmaakte. Uit wat hij me die dag dat ik het koopcontract heb ondertekend vertelde, had ik eigenlijk opgemaakt dat hij een vrij gemakkelijk leven had gehad en nooit moeilijkheden had gekend.
Maar onder het eten had Will haar alles over hemzelf verteld en dat had een heel ander beeld opgeroepen. 'Je weet dat ik als enig kind ben opgegroeid in Princeton,' had hij tegen haar gezegd, 'en dat ik op mijn twaalfde, nadat mijn ouders uit elkaar gingen, met mijn moeder naar Denver ben verhuisd. En ik geloof dat ik je ook heb verteld dat we voor die tijd 's zomers altijd twee weken naar Spring Lake kwamen en in het Essex-Sussex logeerden.
Maar zo simpel is het allemaal niet gegaan,' verklaarde hij.
Binnen een jaar nadat zijn vader directeur was geworden van het bedrijf waarvoor hij werkte, was hij van zijn moeder gescheiden en met zijn secretaresse getrouwd, de eerste van in totaal drie nieuwe echtgenotes.
Will kreeg een trieste blik in zijn ogen, toen hij zei: 'Mijn moeder was er helemaal kapot van. Ze is daarna nooit meer de oude geworden. Hij heeft haar geestelijk gebroken.'
Vervolgens had hij even geaarzeld en gezegd: 'Emily, ik wil je iets vertellen wat niemand in deze stad weet. Het is geen mooi verhaal.'
Ik heb nog geprobeerd hem tegen te houden, herinnerde Emily zich, maar hij wilde niet luisteren. Hij vertelde me dat hij na een

grote fuif van de middelbare school in Denver met een vriend is gaan joyriden. Ze hadden allebei een flinke hoeveelheid bier achter de kraag. Er gebeurde een ongeluk en de auto was total loss. De vriend, die aan het stuur had gezeten, was achttien en had Will gesmeekt om met hem van plaats te verwisselen. 'Jij bent nog geen zestien,' was zijn argument geweest. 'Jou zullen ze niet zo hard aanpakken.'
'Emily, ik was zover heen, dat ik alles over me heen liet komen. Wat ik niet wist, was dat het niet zomaar een simpel ongeluk was geweest. Ik was zo volslagen in de war dat ik niet besefte dat hij een voetganger had gedood, een vijftienjarig meisje. Toen ik de politie probeerde te vertellen wat er werkelijk was gebeurd, wilden ze me niet geloven. Mijn vriend heeft in de getuigenbank gelogen. Mijn moeder was mijn enige steunpilaar en stond vierkant achter me. Ze wist dat ik de waarheid sprak. Maar mijn vader trok zijn handen van me af en ik heb een jaar in een jeugdgevangenis gezeten.'
Het pure verdriet was van zijn gezicht af te scheppen geweest, dacht Emily. Maar vervolgens had hij zijn schouders opgehaald en gezegd: 'Dus nu weet je het. Hier in de stad is geen mens op de hoogte van wat ik je net heb verteld. Ik ben alleen maar zo openhartig geweest omdat ik je over een week of twee wil vragen om opnieuw met me te gaan eten en als je door dat verhaal anders over me gaat denken, wil ik dat graag meteen weten. Eén ding weet ik zeker: dat ik erop kan rekenen dat jij het niet verder zult vertellen.'
Dat heb ik hem verzekerd, dacht Emily, maar ik heb ook tegen hem gezegd dat hij wat langer moest wachten voor hij me weer uit eten vroeg. Ik wil niet de indruk wekken, hier in Spring Lake of ergens anders, dat ik verkering met iemand heb.
Ze liep de trap af en bleef even staan om vol bewondering te kijken naar het zonlicht dat door het glas-in-loodraam op de overloop viel.
Als ik weer een serieuze verhouding met iemand begin – vooropgesteld dát ik daar zin in heb – dan wil ik echt heel zeker zijn dat ik niet opnieuw een vergissing maak.
Eén ding is meegenomen, dacht ze een beetje bitter terwijl ze naar de keuken liep, ik hoef me geen zorgen meer te maken dat ik nog

eens als eerstejaars student op iemand verliefd word. Dat overkomt je goddank maar één keer in je leven!
Maar het heeft mijn leven wel volkomen veranderd, peinsde ze. Door direct na het voltooien van mijn rechtenstudie met Gary te trouwen kwam ik in Albany terecht, omdat hij in dienst van het familiebedrijf kwam. Als ik niet met hem was getrouwd, zou ik me meteen als advocaat in Manhattan hebben gevestigd.
Maar goed, als ik niet in Albany had gewoond, zou ik Eric niet bij dat proces hebben verdedigd en dan zou ik geen tien miljoen dollar hebben verdiend aan de verkoop van de aandelen die hij me heeft gegeven.
En dan zou ik zeker niet in dit huis hebben gewoond, dacht ze terwijl ze in de eetkamer bleef staan om een boek op te pakken dat deel uitmaakte van de verzameling aandenkens van de familie Lawrence. Het was een dagboek dat Julia Gordon Lawrence na haar huwelijk had bijgehouden. Emily was benieuwd wat ze daarin zou ontdekken. Met een sneetje geroosterd brood en een grapefruit ging ze ermee aan tafel zitten, sloeg het open en begon te lezen.
In een van de eerste dagboeknotities had Julia geschreven: 'De gezondheid van die arme mevrouw Carter blijft achteruitgaan. Ze komt nooit over het verlies van Douglas heen. We gaan allemaal regelmatig bij haar op bezoek en nemen dan bloemen mee om haar kamer op te vrolijken of iets lekkers om haar eetlust op te wekken, maar niets schijnt te helpen.
Ze praat constant over Douglas. "Mijn enige zoon," snikt ze dan als we haar proberen te troosten.
Moeder Lawrence en ik praten er vaak over en we zijn het er roerend over eens dat mevrouw Carter een heel triest leven heeft gehad. Ze was gezegend met een grote schoonheid en een behoorlijk fortuin. Maar vlak nadat Douglas werd geboren kreeg ze last van zware reumatiek. Ze is nu al jarenlang min of meer invalide en tegenwoordig komt ze haar bed niet meer uit.
Moeder Lawrence denkt dat de artsen, in hun pogingen om haar pijn te verlichten, haar al te lang een dagelijkse dosis laudanum voorschrijven die veel te sterk is. Nu verkeert mevrouw Carter in een half verdoofde toestand waardoor ze geen enkele interesse in het leven meer toont, hoewel dat haar juist na verloop van tijd

misschien wat verlichting had kunnen brengen. Nu kan ze alleen nog door een stortvloed van tranen uiting geven aan haar verdriet.'

Emily sloot het dagboek nadat ze die notitie had gelezen en liep naar de eetkamer. Ze herinnerde zich dat mevrouw Carter thuis was op de dag dat Madeline verdween. Maar stel je voor dat Douglas wel die eerste trein had gehaald en dat Madeline naar de overkant van de straat was gehold om hem te begroeten.

Als er problemen waren ontstaan tussen Madeline en Douglas, zou mevrouw Carter, boven in haar slaapkamer en verdoofd door laudanum, dan gemerkt hebben dat zich beneden een tragedie afspeelde?

Of was Madeline misschien van de veranda af gelopen om een wandelingetje in haar eigen achtertuin te maken en was ze toen op Alan Carter gestuit die in zijn eigen tuin liep? Hij was verliefd op haar en wist waarschijnlijk heel goed dat ze op het punt stond een verlovingsring van zijn neef te krijgen. Misschien had hij geprobeerd haar te versieren, peinsde Emily, en was hij vervolgens woedend geworden toen ze hem afwees.

Beide mogelijkheden waren intrigerend. Ik ben er vast van overtuigd dat Madeline die middag in het zicht van haar eigen huis is gestorven, dacht ze, en dat hetzij Douglas of Alan Carter bij haar dood betrokken is geweest.

Als Douglas onschuldig was aan de dood van Madeline, dan wordt Alan de meest waarschijnlijke verdachte, meende ze.

Hij woonde vlak bij Madeline. Op weg naar het strand moest Letitia langs zijn huis. In haar dagboek had Julia geschreven dat zij en haar vriendinnen regelmatig op bezoek gingen bij de invalide moeder van Douglas. Was Ellen Swain ook bij mevrouw Carter op bezoek geweest op de dag dat ze verdween? Misschien zou daar iets over te vinden zijn in de oude politiedossiers.

Terwijl Emily zorgvuldig het dagboek weer bij de andere aandenkens van de familie Lawrence legde, schoot haar plotseling een andere mogelijkheid te binnen.

Had Douglas Carter echt zelfmoord gepleegd? Of was hij vermoord omdat hij de waarheid begon te vermoeden?

68

Op vrijdagochtend werd Bob Frieze wakker van het schelle gerinkel van de telefoon op het nachtkastje naast zijn bed. Hij deed zijn ogen open en tastte naar de telefoon. Hij klonk schor en kribbig toen hij het gesprek aannam.

'Bob, je spreekt met Connie. Ik had Natalie hier gisteravond rond etenstijd verwacht. Ze heeft niet gebeld en ze is ook niet komen opdagen. Is ze thuis? Is alles in orde?'

Bob Frieze kwam moeizaam overeind. Hij lag boven op het bed. Natalie, dacht hij, nog steeds een beetje wazig. We zaten in het restaurant. Ze zei dat ze niet wilde lunchen en is praktisch de deur uitgerend.

'Bob, wat is er allemaal aan de hand?' Connies stem was duidelijk geïrriteerd, maar hij hoorde ook een spoortje van iets anders. Ze klonk angstig.

Angstig? Natalie had Connie waarschijnlijk in geuren en kleuren verteld dat ze ruzie hadden gehad. Dat wist hij zeker. Had ze het met Connie ook over haar gekneusde pols gehad?

Hij probeerde na te denken. Natalie zei tegen me dat ze wegging. Ze zou naar huis gaan om te pakken. Ze mocht tijdelijk gebruik maken van Connies appartement in New York. Maar daar was ze nooit gearriveerd?

Het was inmiddels ochtend en Connie had tegen hem gezegd dat Natalie daar gisteravond zou aankomen.

Ik ben bijna een hele dag kwijt, dacht Bob Frieze. Hoe lang ben ik precies van de wereld weg geweest?

Hij legde zijn hand over de microfoon, schraapte zijn keel en zei toen: 'Connie, ik heb Natalie gisteren rond lunchtijd in het restaurant gezien. Ze zei tegen me dat ze naar huis ging om te pakken en dat ze van plan was om naar jouw appartement in New York te gaan. Daarna heb ik haar niet meer gezien.'

'Heeft ze dat ook gedaan? Staan haar koffers daar nog? En hoe zit het met haar auto?'

'Wacht even.' Bob Frieze stond wankelend op en besefte dat hij een enorme kater had. Gewoonlijk drink ik niet zoveel, dacht hij. Hoe is dit gebeurd?

Hij had dit huis gekocht en was erin getrokken terwijl hij wachtte tot de scheiding tussen hem en Susan uitgesproken werd. Natalie had zich actief bemoeid met de inrichting en had erop gestaan dat er het een en ander verbouwd werd. Daarbij was de kleine slaapkamer naast die van hen veranderd in twee grote, naast elkaar gelegen inloopkasten. Hij trok de deur van de hare open.

Aan een van de zijmuren van de kast was op tafelhoogte een plank bevestigd om het inpakken van koffers te vergemakkelijken. De grootste van Natalies koffers stond open op de plank. Bob keek erin en zag dat hij maar half vol was.

Bang voor wat hij zou aantreffen, strompelde hij naar de logeerkamer, omdat hij zich herinnerde dat Natalie hem had verteld dat ze daar de nacht door had gebracht. Het bed was opgemaakt, maar toen hij in de badkamer keek, zag hij dat al haar make-up spulletjes niet waren ingepakt en nog op de toilettafel stonden.

Er was nog één ding dat hij moest doen, voor hij besloot wat hij tegen Connie zou zeggen. Hij holde de trap af naar de keuken en opende de deur naar de garage. Haar auto stond erin.

Waar is ze in vredesnaam? vroeg hij zich af. Wat is er met haar gebeurd? Er was in ieder geval iets gebeurd, dat wist hij zeker. Maar waarom wist hij dat zeker?

Terug in de slaapkamer pakte hij de telefoon weer op. 'Het lijkt erop dat Natalie van gedachten is veranderd, Connie. Al haar spullen zijn nog hier.'

'Maar waar is Natalie dan?'

'Hoor eens, ik weet niet waar ze uithangt. We hebben woensdagavond ruzie gehad. Ze heeft in de logeerkamer geslapen. Ik kwam gisteravond zoals gewoonlijk laat thuis en ben rechtstreeks naar bed gegaan. Ik heb niet gekeken of ze thuis was. Ik ben ervan overtuigd dat alles oké is. Natalie neemt niet altijd de moeite om mensen op te bellen als ze haar plannen plotseling veranderd.'

De klik tegen zijn oor vertelde Bob dat de beste vriendin van zijn vrouw de verbinding verbroken had zonder nog een woord tegen hem te zeggen.

Ze ging de politie bellen. Die wetenschap trof hem als een mokerslag midden in zijn gezicht. Wat moest hij doen?

Zich gewoon gedragen alsof er niets aan de hand was, besloot

hij. Hij trok het sprei van het bed, gooide de dekens door elkaar en ging even tussen de lakens liggen om de indruk te wekken dat het bed beslapen was.
Waar ben ik sinds gistermiddag twaalf uur geweest? piekerde hij terwijl hij uit alle macht probeerde zich dat te herinneren. Wat heb ik gedaan? Zijn hoofd bleef volkomen leeg. Hij wreef met zijn hand over zijn gezicht en voelde de baardstoppels.
Douchen, dacht hij. Scheren. Aankleden. Als de politie komt, moet je je gewoon gedragen. Je hebt een woordenwisseling met je vrouw gehad. Toen je gisteravond thuiskwam, heb je niet gekeken of zij er ook was. Ze had kennelijk afgezien van haar plan om naar New York te gaan.
Toen een politieagent een halfuur later aanbelde, was Bob Frieze voorbereid op zijn komst. Hij was kalm, maar verklaarde dat hij wel ongerust begon te worden. 'Met alles wat zich de laatste week in deze stad heeft afgespeeld, begin ik me ernstige zorgen te maken over de verdwijning van mijn vrouw.' Er lag een bezorgde trek op zijn gezicht.
Vervolgens voegde hij eraan toe: 'Ik moet er niet aan denken dat haar iets overkomen is.'
Die verklaring klonk zelfs hem schijnheilig in de oren.

69

Pete Walsh was voordat hij om acht uur naar zijn werk ging eerst nog een pak melk gaan halen. Op aandringen van zijn vrouw kocht hij ook een exemplaar van *The National Daily* voor haar. Terwijl hij op zijn wisselgeld stond te wachten, wierp hij een blik op de kop. Nog geen minuut later had hij het politiebureau van Spring Lake aan de lijn.
'Stuur onmiddellijk iemand naar The Breakers toe,' zei hij. 'Zeg tegen hem dat hij bij een bejaarde vrouw moet blijven, Bernice Joyce, die daar logeert. Ze is getipt als ooggetuige van de diefstal van de sjaal in de Lawrence-moordzaak. De kans bestaat dat ze in levensgevaar verkeert.'
Hij dacht geen moment meer aan de melk en rende de winkel uit naar zijn auto. Onderweg naar het bureau van de officier van jus-

titie nam hij contact op met Duggan die zelf ook op weg was naar het werk.
Tien minuten later waren ze al in hun speciaal uitgeruste auto gesprongen en reden naar Spring Lake toe.
Tommy Duggan belde de receptie van hotel The Breakers. Hij kreeg te horen dat iemand mevrouw Joyce naar buiten had zien gaan om een wandelingetje over de promenade te maken. De politie was al naar haar op zoek.

Dr. Dermot O'Herlihy liep naar het postkantoor en besloot daarna om via de promenade naar huis terug te lopen. Hij zag tot zijn verbazing dat Bernice Joyce nog steeds op de bank zat. Met haar rug naar hem toe, zodat hij haar gezicht niet kon zien. Ze is vast in slaap gevallen, concludeerde hij. Maar iets in de manier waarop haar hoofd voorover op haar borst hing, maakte dat hij sneller ging lopen en zich naar haar toe haastte om te controleren of alles in orde was.
Toen hij om de bank heen gelopen was en op haar neerkeek, zag hij het koord dat stijf om haar nek geknoopt was.
Hij ging op zijn hurken zitten en liet de starende ogen, de openhangende mond en de bloedvlekken op haar lippen op zich inwerken.
Hij had Bernice Joyce meer dan vijftig jaar gekend, al vanaf de tijd dat zij en Charlie Joyce net als hij en zijn vrouw Mary iedere zomer samen met hun kinderen naar Spring Lake kwamen.
'Ach, Bernice, arme lieverd, wie kan jou dit nu aangedaan hebben?' fluisterde hij.
Hij keek op toen hij het geluid van rennende voetstappen hoorde. Chris Dowling, de nieuwste rekruut van de gemeentepolitie, kwam over de promenade aan hollen. Luttele seconden later was hij bij de bank, ging naast Dermot op zijn hurken zitten en staarde naar het levenloze lichaam.
'Je bent te laat, jongen,' zei Dermot tegen hem terwijl hij opstond. 'Ze is al minstens een uur dood.'

70

Hoewel hij niets tegen haar had gezegd wist Pat Glynn dat meneer Stafford boos op haar was. Ze zag het aan zijn ogen en aan de manier waarop hij vrijdagochtend het kantoor binnenkwam en alleen maar met een korte groet zonder te glimlachen langs haar bureau liep.

Toen hij gistermiddag terug was gekomen op kantoor had ze hem verteld dat er een zekere mevrouw Ashby voor hem was geweest.

'Mevrouw Ashby? Die roddeljournaliste van dat boulevardblad? Ik hoop dat ze je niet over mij uitgehoord heeft, Pat. Die vrouw is zo vals als de pest.'

De moed was Pat in de schoenen gezonken toen ze zich woord voor woord herinnerde wat ze tegen Ashby had gezegd. 'Ik heb haar alleen verteld dat u een fantastische vent bent, meneer Stafford,' zei ze.

'Pat, elk woord dat je hebt gezegd zal verdraaid en overtrokken worden. Je zult me helpen als je me echt alles vertelt wat je hebt gezegd. Ik zal niet boos zijn, dat beloof ik je, maar ik moet wel voorbereid zijn. Lees je *The National Daily?*'

Ze gaf toe dat ze de krant af en toe inzag.

'Nou, als je die de hele week hebt gelezen heb je gezien wat dat mens van Ashby met dr. Wilcox heeft gedaan. Dat staat mij nu ook te wachten. Dus wat heeft ze je precies gevraagd en wat heb je daarop geantwoord?'

Pat vond het moeilijk om zich te concentreren op het werk dat op haar bureau lag. Ze moest de neiging onderdrukken om het kantoor van meneer Stafford binnen te lopen en hem nog eens te vertellen hoe ontzettend het haar speet. Maar toen kreeg ze een telefoontje van haar moeder waardoor ze met een schok haar berouwvolle houding liet varen.

'Pat, er is weer een moord in de stad gepleegd. Ze hebben een oudere vrouw, Bernice Joyce, een van de mensen die de avond voordat Martha verdween op dat feestje bij de familie Lawrence was, gewurgd aangetroffen op een bank op de promenade. Ze had aan die journaliste van *The National Daily* verteld dat ze dacht dat ze wel wist wie die sjaal had gepakt waarmee Martha

is vermoord en die journaliste heeft dat afgedrukt en nu is mevrouw Joyce dood. Dat is toch niet te gelóven?'
'Ik bel je zo terug, mam.' Pat verbrak de verbinding en liep als een robot de gang in. Zonder te kloppen deed ze de deur van Will Staffords kantoor open. 'Meneer Stafford, mevrouw Joyce is dood. Ik weet dat u haar hebt gekend. Ze heeft die journaliste verteld dat ze dacht dat ze iemand op dat feestje die sjaal had zien wegpakken en die journaliste heeft dat in de krant gezet. Meneer Stafford, ik weet zeker dat ik mevrouw Ashby niets heb verteld waardoor iemand misschien vermoord zou kunnen worden.'
Pats stem werd hoger, trilde en brak in een stortvloed van tranen. 'Ik voel me echt vreselijk.'
Will stond op en liep om zijn bureau heen. Hij legde zijn handen op haar schouders. 'Al goed, Pat. Natúúrlijk heb jij Ashby niets verteld waardoor iemand de dood zou kunnen vinden. Maar wat bedoel je nu precies? Wat is er met mevrouw Joyce gebeurd?'
Pat was zich bewust van de warme, sterke handen op haar schouders. Ze dwong zichzelf tot kalmte en vertelde wat ze net van haar moeder had gehoord.
'Dat spijt me verschrikkelijk,' zei Will rustig. 'Bernice Joyce was een lieve, elegante vrouw.'
We praten weer als vrienden met elkaar, dacht Pat. Verlangend om dat intieme gevoel vast te houden, vroeg ze: 'Meneer Stafford, denkt u dat dr. Wilcox dat met mevrouw Joyce heeft gedaan? Ik bedoel maar, overal in de krant stond dat zijn vrouw heeft gezegd dat ze hem die sjaal heeft gegeven.'
'Ik neem aan dat ze hem stevig aan de tand zullen voelen,' zei Will kortaf.
De verandering in zijn stem viel Pat meteen op. Het intieme moment was alweer voorbij. Ze moest meteen terug naar haar plaats.
'Ik zal zorgen dat u alle brieven nog voor twaalf uur kunt tekenen,' beloofde ze. 'Gaat u buiten de deur lunchen?'
'Nee. Je kunt voor ons allebei iets bestellen.'
Die kans kon ze niet voorbij laten gaan. 'Ik wacht nog wel even, voor het geval u van gedachten verandert. Misschien komt mevrouw Frieze wel weer binnenvallen, net als laatst.'
'Mevrouw Frieze verhuist voorgoed naar New York.'
Pat was in de wolken toen ze terugliep naar haar eigen bureau.

In zijn kantoor had Will Stafford het nummer gedraaid van het bemiddelingsbureau dat Pat Glynn twee jaar geleden naar hem toe had gestuurd. 'En zorg er in godsnaam voor dat ik iemand krijg die volwassen en verstandig is, niet roddelt en ook niet op zoek is naar een man,' verzocht hij dringend.
'We hebben iemand die zich net vanmorgen heeft laten inschrijven. Haar huidige baan houdt binnenkort op. Ze heet Joan Hodges en ze werkte voor die psycholoog die vorige week is vermoord. Ze is efficiënt, intelligent en bijzonder aardig. Ik denk dat zij u bijzonder goed zal bevallen, meneer Stafford.'
'Stuur haar CV maar naar me toe in een blanco envelop. Maar zet er wel strikt persoonlijk op.'
'Natuurlijk.'
Op het moment dat Will de telefoon neerlegde, kondigde Pat een ander gesprek aan. Ditmaal was het rechercheur Walsh die vroeg of ze zo snel mogelijk een afspraak met hem konden maken.

71

Om te voorkomen dat ze Bernice Joyce opnieuw tegen zou komen, had Reba Ashby donderdagmiddag haar kamer in hotel The Breakers opgezegd en was verkast naar de Inn at the Shore in Belmar, een paar kilometer verderop. Ze had wel een reactie verwacht als het boulevardblad met de kop over Joyce vrijdagochtend uitkwam, maar ze was tot in het diepst van haar ziel geschokt toen ze op de radio hoorde dat de vrouw dood was.
Meteen daarop stak haar instinct tot zelfbehoud de kop op. Bernice had naar de politie moeten gaan, zei Reba bij zichzelf. Het was haar eigen schuld. God mag weten aan hoeveel mensen behalve mij ze heeft verteld dat ze had gezien dat iemand die sjaal oppakte. Niemand neemt slechts één persoon in vertrouwen. En trouwens, als iemand haar mond niet kan houden, moet ze niet verwachten dat anderen dat wel doen.
Voor zover ik weet, kan Bernice zelfs wel aan de moordenaar hebben gevraagd of hij die sjaal alleen maar heeft opgepakt om hem te bekijken en hem toen ergens anders heeft neergelegd. Ze was er naïef genoeg voor.

Maar toch nam Reba meteen telefonisch contact op met haar uitgever, Alvaro Martinez-Fonts, om te overleggen wat ze zouden doen als de politie hen het vuur na aan de schenen zou leggen. Daarna vertelde ze dat ze donderdagavond in The Seasoner was gaan eten, maar dat Bob Frieze in geen velden of wegen te zien was geweest.

'Ik heb de gerant vijftig dollar toegestopt, Alvaro,' zei ze. 'Dat heeft zijn tong wel losgemaakt. Volgens hem gedraagt Frieze zich al een hele tijd bijzonder vreemd. De vent denkt dat Frieze op het randje van een zenuwinzinking staat. Gisteren kwam Natalie Frieze naar het restaurant toe, maar ze is niet lang gebleven. Ze heeft aan het tafeltje ruzie zitten maken met Bob en de gerant heeft haar horen zeggen dat ze bang voor hem was.'

'Dat klopt aardig met het idee van de mishandelde echtgenote.'

'Er is nog iets. Een kelner die aan het tafeltje ernaast bediende, heeft gehoord dat ze van plan zijn uit elkaar te gaan en hij wil wel praten, maar alleen als we met een heleboel poen over de brug komen.'

'Geef hem wat hij vraagt en schrijf dat verhaal,' beval Alvaro.

'Ik ga vandaag eerst proberen of ik Natalie Frieze te spreken kan krijgen.'

'Zorg dat ze haar mond opendoet. Robert Frieze was een van de grote jongens op Wall Street. Hij kan voor een paar koppen zorgen, ook al heeft hij niets met die moord te maken.'

'Nou, in de horeca is hij bepaald geen grote jongen. Het eten is maar zozo. De inrichting is overdreven en doet onprettig aan. En ze hadden echt geen bal te doen. Geloof me, dat wordt nooit het Elaine's van Monmouth County.'

'Blijf zo doorgaan, Reba.'

'Reken maar. Hoe staat het met Stafford?'

'Tot dusver hebben we niets gevonden. Maar als er sprake is van rottigheid, dan zullen we die vinden ook.'

72

'Dit keer laten we hem niet in zijn eigen studeerkamer zitten en de toon dicteren,' zei Tommy Duggan grimmig tegen Pete Walsh

terwijl ze de plaats van het misdrijf verlieten. 'We moeten hem opjagen en ervoor zorgen dat hij zich verraadt... en wel heel snel.'
Het lichaam van Bernice Joyce was weggehaald. De gerechtelijke medische dienst had haar werk gedaan en was bezig met de afronding van het onderzoek. Zoals de hoofdtechnicus tegen Tommy had gezegd: 'Met die wind uit zee is er geen schijn van kans dat we iets vinden waar we wat mee opschieten. We hebben gezocht naar vingerafdrukken, maar het enige dat we ontdekt hebben is dat de moordenaar handschoenen moet hebben gedragen. Hij is door de wol geverfd.'
'Hij is zeker door de wol geverfd,' snauwde Tommy tegen Pete toen ze in de auto stapten. Het gezicht van Bernice Joyce, zoals ze eruit had gezien toen hij haar een week geleden had ondervraagd in het huis van Will Stafford, stond hem nog vers voor de geest.
Ze was heel openhartig geweest toen hij haar had gevraagd of de sjaal haar misschien was opgevallen, wist hij nog. Ze wist dat Rachel Wilcox hem had gedragen. Maar had ze zich toen ook al herinnerd dat ze had gezien hoe iemand hem wegpakte? vroeg Tommy zich af. Ik geloof het niet, besloot hij. Dat moet haar later te binnen zijn geschoten.
Ze heeft tegen mij gezegd dat ze maandag weer terug zou gaan naar Palm Beach. Maar zelfs als ik had geweten dat ze hier langer bleef, zou het toch niet bij me opgekomen zijn om nog eens met haar te gaan praten.
Hij had er niet alleen de pee in, hij was ook kwaad op zichzelf. De moordenaar heeft het artikel in dat boulevardblad gelezen en is bang geworden, dacht hij, zo bang dat hij het risico heeft genomen om mevrouw Joyce op klaarlichte dag te vermoorden. En als hij zich nog steeds aan zijn schema zou houden, dan viel er morgen weer een slachtoffer, hield Tommy zichzelf voor. Alleen zou het dan een jónge vrouw zijn.
'Waar gaan we heen?' vroeg Pete Walsh.
'Heb je Stafford gebeld?'
'Ja. Hij zei dat we langs konden komen wanneer we wilden. Hij zit de hele dag op kantoor.'
'Laten we maar met hem beginnen. Bel eerst nog even het bureau op.'

Toen kregen ze te horen dat Natalie Frieze vermist werd.
'Vergeet Stafford maar,' zei Tommy. 'Die lui van de plaatselijke politie praten nu met Frieze. Daar wil ik bij zijn.'
Hij zakte onderuit in zijn stoel en piekerde over de afschuwelijke mogelijkheid dat de seriemoordenaar zijn volgende slachtoffer nu al had gemaakt: Natalie Frieze.

73

Zodra Nick Todd in het nieuws hoorde dat Bernice Joyce was vermoord, belde hij Emily. 'Emily, kende jij die vrouw?' vroeg hij.
'Nee.'
'Denk je dat ze vermoord is vanwege dat artikel in dat vod?'
'Ik heb geen idee. Ik heb het artikel niet gelezen, maar ik heb begrepen dat het voor geen meter deugde.'
'Die arme vrouw werd daarmee praktisch ter dood veroordeeld. Dat soort dingen maakt dat ik echt sta te trappelen van verlangen om voor het ministerie van justitie te gaan werken.'
'Hoe gaat het daarmee?'
'Ik heb mijn voelhoorns uitgestoken bij een paar hooggeplaatste figuren. Ik heb vorig jaar een belangrijke zaak tegen hen gewonnen en dat kan zowel voor als tegen me werken, je weet maar nooit.'
Zijn stem onderging een subtiele verandering. 'Ik heb gisteravond nog gebeld, maar ik denk dat je niet thuis was.'
'Ik ben uit eten geweest. Maar je hebt geen boodschap achtergelaten.'
'Nee. Hoe gaat het met je project?'
'Misschien hou ik mezelf voor de gek, maar ik zie een bepaald patroon in al die sterfgevallen en dat jaagt me de stuipen op het lijf. Weet je nog dat ik je verteld heb dat Douglas Carter, de jongeman met wie Madeline verloofd was, zelfmoord heeft gepleegd?'
'Ja, daar heb je het over gehad.'
'Nick, toen ze hem vonden, lag er een geweer naast hem. Hij zat verschrikkelijk in de put over de verdwijning van Madeline, maar

hij was ook jong, aantrekkelijk, met genoeg geld in de familie en een veelbelovende baan op Wall Street. Wat er in al die dagboeken en het andere materiaal dat ik heb ook over hem geschreven wordt, het is allemaal positief en niets wijst erop dat hij zelfmoordneigingen vertoonde. En er is nog iets. Zijn moeder was heel ziek en hij was kennelijk heel erg aan haar verknocht. Hij moet hebben geweten dat ze zijn dood nooit zou kunnen verwerken. Denk eens na... hoe zou jouw moeder zich voelen als jij zoiets deed?'

'Dat zou ze me nooit vergeven,' zei Nick een tikje triest. 'Maar hoe zou jouw moeder zich voelen als jou iets overkwam?'

'Natuurlijk zou ze dat helemaal niet leuk vinden.'

'Zorg er dan maar voor dat al je deuren op slot zitten en het alarmsysteem is ingeschakeld, vooral als je alleen bent, tot zowel die stalker van jou als die seriemoordenaar die je probeert te achterhalen geïdentificeerd zijn. Hoor eens, ik krijg een gesprek dat ik moet aannemen. Ik zie je zondag, als we elkaar voor die tijd niet meer spreken.'

Waarom wil Nick toch met alle geweld overkomen als de vleesgeworden stem van mijn gezond verstand? vroeg Emily zich af terwijl ze de telefoon neerlegde. Het was halftwaalf. De afgelopen tweeëneenhalf uur had ze zich afwisselend beziggehouden met de oude politiedossiers en de aandenkens van de familie Lawrence.

Ze had ook haar vader en moeder in Chicago en haar grootmoeder in Albany gebeld en hen allemaal opgetogen verteld hoe ze van het huis genoot.

En dat is allemaal ook echt waar, hield ze zichzelf voor, ondanks alles wat ze hen niet had verteld.

Julia Gordon Lawrence was elk jaar met een nieuw dagboek begonnen. Ze had ze niet echt dagelijks bijgehouden, maar ze had er regelmatig in geschreven. Ik zou het best leuk vinden om ze woord voor woord te lezen, dacht Emily, en dat zal ik ook doen als ik ze lang genoeg mag houden van de familie Lawrence. Maar nu moet ik eerst op zoek naar alle inlichtingen die erin staan met betrekking tot die verdwijningen en de dood van Douglas. Ze besefte met een schok dat ze zijn dood niet langer als zelfmoord beschouwde, maar dat ze het idee had dat hij heel goed het slacht-

offer kon zijn geworden van dezelfde persoon die de drie jonge vrouwen had vermoord.
Ellen Swain was op 31 maart 1896 verdwenen.
Natuurlijk, dacht Emily. Daar moet Julia iets over hebben geschreven. Ze liep de dagboeken door tot ze het exemplaar van dat jaar vond.
Maar voor ze zich daarin verdiepte, wilde ze eerst nog iets anders doen. Ze deed de deur open die vanuit de studeerkamer toegang gaf tot de veranda, liep naar buiten en keek naar de overkant van de straat. In de kadastergegevens had gestaan dat het oude huis van de familie Carter in 1950 door brand was verwoest en was vervangen door het pand dat er nu stond, een liefdevolle kopie van een Victoriaans huis van rond de eeuwwisseling, compleet met een veranda die om het hele huis liep.
Als Madeline hier heeft gezeten en Douglas, of Alan, heeft haar gewenkt...
Emily wilde zich ervan vergewissen dat het scenario dat ze gisteren had bedacht mogelijk was.
Ze liep over de veranda naar de achterkant van het huis en ging de trap af naar de tuin. De aannemer had de grond geëffend, maar haar gympen zaten meteen vol modder toen ze naar de struiken achter in de tuin wandelde die de grens van haar grond markeerden.
Met opzet liep ze naar de plaats waar de stoffelijke resten van de twee slachtoffers waren gevonden en bleef staan. Door de enorme hulststruik, met zijn zware, laaghangende takken, had niemand in het huis kunnen opmerken of Alan Carter had gezien dat Madeline naar buiten kwam en haar vervolgens al dan niet met opzet kwaad had gedaan. Het geluid van de pianoles van Madelines zuster zou elke kreet overstemd hebben.
Maar zelfs al was het op die manier gebeurd, vroeg Emily zich af, wat is dan het verband met de hedendaagse moorden?
Ze ging weer naar binnen, pakte het dagboek van 1896 op en keek de notities door die na 31 maart waren geschreven.
Op 1 april 1896 had Julia geschreven: ‘Ik zit dit met trillende handen te schrijven. Ellen is verdwenen. Gisteren is ze bij mevrouw Carter langs geweest om haar wat pudding te brengen die haar eetlust misschien zou opwekken.

Mevrouw Carter heeft tegen de politie gezegd dat het een kort, maar plezierig bezoek is geweest. Ellen was volgens haar diep in gedachten geweest en kennelijk nogal opgewonden. Mevrouw Carter lag te rusten op een ligstoel voor het raam van haar slaapkamer en ze zag Ellen naar buiten komen en over Hayes Avenue lopen op weg naar huis. Dat was het laatste wat ze heeft gezien.'
En dat betekent dat ze langs het huis van Alan Carter is gelopen, dacht Emily.
Ze sloeg de volgende bladzijden snel om en stopte. De aantekening die drie maanden later was gedateerd, luidde: 'Haar hemelse Vader heeft die lieve mevrouw Carter hedenochtend tot zich geroepen. We zijn allemaal heel verdrietig, maar toch hebben we het gevoel dat het voor haar een grote zegen is. Ze is nu bevrijd van alle pijn en verdriet en weer samen met haar geliefde zoon Douglas. Tijdens haar laatste dagen verkeerde ze in een staat van verwarring. Af en toe dacht ze dat Douglas en Madeline bij haar in de kamer waren. Meneer Carter heeft de lange ziekte van zijn vrouw en het verlies van zijn zoon gepast ondergaan. We hopen allemaal dat de toekomst hem vriendelijker gezind zal zijn.'
Emily vroeg zich plotseling af hoe het eigenlijk met hem zat, de echtgenoot en de vader. Over hem was niet echt veel geschreven. Daar stond tegenover dat hij en mevrouw Carter uiteraard ook niet veel feestjes en partijtjes bij hadden kunnen wonen. Uit de enkele keer dat er aan hem was gerefereerd, had ze begrepen dat hij Richard heette.
Ze bleef doorbladeren, op zoek naar meer verwijzingen naar mensen die Carter heetten. Maar in de rest van 1896 vond ze wel een heleboel aantekeningen over Ellen Swain, maar voor zover Emily kon zien stond er verder niets meer in over Richard of Alan Carter.
De eerste notitie in het dagboek van 1897 was op 5 januari gemaakt.
'Vanmiddag hebben we het huwelijk bijgewoond van meneer Richard Carter en Lavinia Rowe. Het was een simpele plechtigheid, vanwege het feit dat wijlen mevrouw Carter nog geen jaar dood is. Maar niemand misgunt meneer Carter zijn geluk. Hij is een opvallend knappe man en nog geen vijftig jaar oud. Hij leerde Lavinia kennen toen ze op bezoek was bij haar nicht en mijn goe-

de vriendin, Beth Dietrich. Lavinia is een bijzonder aantrekkelijk meisje, evenwichtig en heel volwassen in haar gedrag. Ze is pas drieëntwintig, dus meneer Carter is twee keer zo oud als zij, maar dat soort romances tussen een jong meisje en een oudere man is niets nieuws voor ons en ze blijken vaak de grondslag te vormen voor een gelukkig huwelijk.

Ze zeggen dat ze van plan zijn het huis op Hayes Avenue, dat zoveel verdriet heeft gekend, te verkopen en ze hebben al een kleiner maar bijzonder charmant pand op Brimeley Avenue 20 aangeschaft.'

Op Brimeley Avenue 20, dacht Emily. Waarom komt dat adres me zo bekend voor?

En toen wist ze het weer. Ze was er vorige week nog geweest. Het was het huis van dr. Wilcox.

74

Toen Tommy Duggan en Pete Walsh bij het huis van de familie Frieze aankwamen, troffen ze een bijzonder geagiteerde Robert Frieze aan, die zittend op een bank in zijn woonkamer in gesprek was met agenten van de plaatselijke politie.

'Mijn vrouw wilde bijzonder graag naar Manhattan verhuizen, iets wat we al een tijdje van plan waren,' zei hij. 'Ik heb net mijn restaurant verkocht en zal dit huis ook onmiddellijk te koop zetten.

Ze had het aanbod gekregen om een poosje gebruik te maken van het appartement van een van haar vriendinnen en ze was van plan om daar gisteren naartoe te gaan. Ik weet niet waarom ze van gedachten is veranderd. Natalie is nogal impulsief. Voor zover ik weet, kan ze best op een vliegtuig naar Palm Beach zijn gestapt. Daar heeft ze tientallen vrienden.'

'Kunt u ons vertellen of er een deel van haar zomerkleding ontbreekt?' vroeg een van de agenten.

'Mijn vrouw heeft meer kleren dan de koningin van Sheba. Ik heb weleens meegemaakt dat ze iets twee keer kocht, omdat ze was vergeten dat exact hetzelfde model al in haar kast hing. Als Natalie plotseling op het idee is gekomen om op een vliegtuig naar Palm Beach te stappen, zou het echt iets voor haar zijn om daar zonder bagage naartoe te gaan en na aankomst een paar uur op Worth Avenue door te brengen met haar creditcard in haar hand.'

Hoe langer Bob Frieze zat te praten, hoe geloofwaardiger het idee op hem overkwam. Pas geleden had Natalie nog steen en been geklaagd over het weer. Guur. Koud. Saai. Somber. Dat waren maar een paar van de woorden waarmee ze deze tijd van het jaar had beschreven.

'Vindt u het goed als we even rondkijken, meneer Frieze?'

'Ga uw gang. Ik heb niets te verbergen.'

Tommy wist dat Bob Frieze hem en Walsh had zien binnenkomen, maar hij had niet de moeite genomen hen te begroeten. Nu ging Tommy in de stoel zitten die de agent van de gemeentepolitie net had vrijgemaakt. 'Meneer Frieze, ik kreeg het idee dat u mij niet herkende. We hebben elkaar al een paar keer eerder gesproken.'

'Volgens mij heel wat vaker dan "een paar keer", meneer Duggan,' zei Frieze sarcastisch.

Tommy knikte. 'Dat is zonder meer waar. Bent u vanmorgen toevallig gaan joggen, meneer Frieze?'

Heb ik dat gedaan? vroeg Bob Frieze zich af. Ik had mijn joggingpak aan. Wanneer heb ik me verkleed? Gistermiddag? Gisteravond? Vanmorgen? Ben ik Natalie gevolgd toen ze het restaurant uitliep om naar huis te gaan? Hebben we weer ruzie gehad?

Hij stond op. 'Meneer Duggan, ik ben uw beschuldigende houding meer dan zat. Dat is al een hele tijd zo, om precies te zijn viereneenhalf jaar. Ik wens niet langer door u of door iemand anders ondervraagd te worden. Ik ben van plan vrienden in Palm Beach op te bellen om erachter te komen of zij mijn vrouw misschien gezien hebben of toevallig weten dat ze bij iemand anders daar logeert.'

Hij zweeg even. 'Maar ik ga om te beginnen mijn advocaat bellen, meneer Duggan. Als u mij nog meer vragen wenst te stellen, kunt u zich van nu af aan tot hem wenden.'

75

Joan Hodges liep alle computerfiles door en maakte een lijst van alle patiënten die dr. Madden de afgelopen vijf jaar had gehad. Een politietechnicus had de opdracht gekregen haar daarbij te helpen. Twee psychologen, allebei vrienden van dr. Madden, hadden vrijwillig hun hulp aangeboden bij de poging de vertrouwelijke patiëntendossiers weer samen te voegen die door het hele kantoor rondgestrooid waren.

Het verzoek om vaart te zetten achter die werkzaamheden was afkomstig van Tommy Duggan. Als het dossier van dr. Clayton Wilcox nog steeds bleek te ontbreken, was dat volgens zijn redenatie een aanwijzing te meer dat hij de moordenaar was.

Joan was al in staat geweest om vast te stellen dat niemand anders op de lijst die Duggan haar ter controle had gegeven patiënt van dr. Madden was geweest.

'Maar dat betekent niet dat iemand geen gefingeerde naam kan hebben opgegeven,' had Tommy haar gewaarschuwd. 'We moeten weten of het dossier van iemand die wel in de computer staat, ontbreekt, want als dat het geval is, moeten we die persoon meteen natrekken.'

Ze hadden de archiefmappen in alfabetische volgorde op lange metalen tafels gelegd die in de woonkamer van dr. Madden waren neergezet. In sommige gevallen waren de naamstickers van de mappen af gescheurd of getrokken, dus ze wisten dat eventuele resultaten op z'n minst twijfelachtig zouden zijn.

'Politiewerk is saai,' zei de politietechnicus met een glimlach tegen Joan.

'Dat begin ik ook door te krijgen.'

Joan wilde eigenlijk niets liever dan deze klus afmaken en een nieuwe baan zoeken. Ze had het bemiddelingsbureau al gebeld. Een paar van de psychologen die bevriend waren geweest met dr. Madden, hadden haar al tussen neus en lippen door laten weten dat ze wel een sollicitatiegesprek met haar wilden voeren, maar ze wist dat ze iets volkomen anders moest gaan doen. Als ze in een soortgelijke praktijk zou gaan werken, zou ze zich voortdurend de gruwelijke aanblik van dr. Madden voor de geest halen zoals ze daar in haar stoel had gezeten met dat koord stijf om haar nek.

Ze kwam een naam tegen, met een adres in Spring Lake en fronste. Ze las de naam nog een keer en kon zich geen voorstelling van hem maken, hoewel ze best wist dat ze niet iedereen kende. Hij was misschien een van de patiënten die 's avonds kwamen en die ontmoette ze bijna nooit.
Maar wacht even, dacht ze.
Is dat niet de man die maar één keer is geweest, ongeveer vier jaar geleden?
Ik heb een glimp van hem opgevangen op het moment dat hij in zijn auto stapte, toen ik die avond terugkwam om mijn bril op te halen die ik hier had laten liggen. Ik kan me hem nog herinneren, dacht ze, omdat hij nogal overstuur leek. De dokter zei dat hij op stel en sprong was vertrokken. Ze gaf me een biljet van honderd dollar dat hij volgens haar op haar bureau had gegooid, dacht Joan. Ik heb haar nog gevraagd of ik hem een rekening moest sturen voor de rest van haar honorarium, maar ze zei dat ik dat maar moest vergeten.
Ik kan zijn naam maar beter meteen doorgeven aan rechercheur Duggan, besloot ze en pakte de telefoon op.
Douglas Carter. Adres: Hayes Avenue 101, Spring Lake.

76

Tommy Duggan en Pete Walsh zaten in het kantoor van de officier van justitie die ze net op de hoogte hadden gebracht van de stand van zaken met betrekking tot de moord op Bernice Joyce en de verdwijning van Natalie Frieze. 'Dus haar man heeft ons verteld dat ze waarschijnlijk in Palm Beach zit en nu wil hij niet meer met ons praten, tenzij via zijn advocaat,' besloot Tommy.
'Hoe groot is de kans dat ze inderdaad in Palm Beach opduikt?' vroeg Osborne.
'We doen navraag bij alle luchtvaartmaatschappijen of ze bij een van hen een vlucht heeft geboekt. Ik denk dat de kans daarop duizend tegen een is,' antwoordde Tommy.
'Heeft haar man jullie een kijkje in het huis laten nemen?'
'De smerissen uit Spring Lake hebben rondgekeken. Nergens een

spoor van geweld te bekennen. Het lijkt alsof ze bezig was haar koffers te pakken en halverwege ineens is weggegaan.'
'Make-up artikelen? Handtas?'
'Haar man zei dat ze, toen hij haar gisteren in zijn restaurant zag, gekleed was in een goudkleurig leren jasje, een bruin-met-goud gestreepte zijden blouse en een bruine wollen broek en dat ze een bruine schoudertas bij zich had. In het huis was geen spoor te bekennen van die tas of van het goudleren jasje. Hij geeft toe dat ze ruzie hebben gehad en dat zij de nacht daarvoor in de logeerkamer heeft geslapen. Dat moet woensdagnacht zijn geweest. Er stonden genoeg make-up artikelen, parfums, lotions en sprays in de badkamer bij de hoofdslaapkamer en die bij de logeerkamer om een filiaal van een warenhuis te openen.'
'Het filiaal van een parfumerie zul je bedoelen,' merkte Osborne op. 'We zullen moeten afwachten en kijken of ze weer komt opdagen. Ze is volwassen, dus ze heeft het recht om haar biezen te pakken en ervandoor te gaan wanneer ze wil. Zei je niet dat haar auto in de garage stond? Dan moet iemand haar opgehaald hebben. Is er sprake van een vriendje?'
'Niet voor zover wij weten. Ik heb de hulp in de huishouding gesproken,' zei Walsh. 'Zij komt drie middagen per week. Donderdag is ze niet geweest.'
De officier van justitie trok zijn wenkbrauwen op. 'Komt ze 's middags? De meeste huishoudelijke hulpen komen 's morgens.'
'Vandaag arriveerde ze net toen wij op het punt stonden om weg te gaan. Ze legde uit dat mevrouw Frieze vaak lang uitslaapt en dat ze dus geen last wilde hebben van iemand die door het huis scharrelt of aan het stofzuigen is. Ik kreeg niet het idee dat de hulp erg dol op Natalie Frieze is.'
'Dan moeten we voorlopig dus maar afwachten,' zei Osborne. 'Wat is er aan de hand, Duggan? Je kijkt niet echt blij.'
'Ik heb een vervelend gevoel over Natalie Frieze,' zei Tommy zonder omhaal. 'Ik vraag me af of iemand misschien een paar dagen vooruit is gelopen op de eenendertigste.'
Het bleef een tijdje stil. Daarna zei Osborne: 'Waarom denk je dat?'
'Omdat ze in het patroon past. Ze is vierendertig, geen twintig of eenentwintig, maar ze is een mooie vrouw, net als Martha Law-

rence en Carla Harper.' Duggan haalde zijn schouders op. 'Maar goed, ik heb echt een heel akelig gevoel over Natalie Frieze en daar komt nog bij dat ik haar man niet mag. Frieze heeft een slap, onbevestigd alibi voor de tijd dat Martha Lawrence verdween. Hij beweert dat hij in zijn achtertuin bezig was met zijn bloembedden.'

Walsh knikte. 'Hij heeft de eerste twintig jaar van zijn leven in het huis gewoond waar de stoffelijke resten van Carla Harper en wellicht Letitia Gregg zijn gevonden,' zei hij. 'En nu wordt zijn vrouw vermist.'

'We kunnen het nu beter eerst over doctor Wilcox hebben, meneer,' stelde Tommy voor. 'Hij komt hier om drie uur.'

'Wat hebben jullie gevonden?' vroeg Osborne.

Tommy leunde voorover in zijn stoel met zijn handen gevouwen, een houding die betekende dat hij de verschillende mogelijkheden zorgvuldig afwoog.

'Hij was bereid om te komen. Hij weet dat hij dat niet verplicht is. Als hij hier is, zal ik hem er nog eens nadrukkelijk op wijzen dat het hem vrij staat te vertrekken wanneer hij wil. Zolang hij zich daar goed van bewust is, hoeven we hem niet officieel te waarschuwen en eerlijk gezegd wil ik dat ook liever niet. Dan slaat hij misschien dicht.'

'Wat denk je eigenlijk van hem?' vroeg Osborne.

'Hij houdt van alles verborgen en we wéten dat hij heeft gelogen. Dat zijn naar mijn mening twee grote handicaps.'

Clayton Wilcox arriveerde klokslag drie uur. Duggan en Walsh namen hem mee naar een kleine verhoorkamer, waar alleen een tafel en een paar stoelen stonden, en nodigden hem uit om te gaan zitten.

Hij viel hen in de rede toen ze hem opnieuw verzekerden dat hij absoluut niet onder arrest stond en kon vertrekken wanneer hij wilde.

Met een geamuseerde blik in zijn ogen zei hij: 'Jullie hebben er waarschijnlijk lang en breed over gesproken of jullie me zullen waarschuwen en zijn tot de slotsom gekomen dat jullie in wettelijk opzicht voldoende gedekt zijn als mij nadrukkelijk wordt verzekerd dat ik vrij ben om te gaan.'

Hij moest lachen toen hij het gezicht van Pete Walsh zag. 'Heren, jullie schijnen vergeten te zijn dat ik het grootste deel van mijn leven in academische kringen heb doorgebracht. Jullie hebben geen idee hoeveel debatten over burgerlijke vrijheden en het justitieel apparaat ik heb gehoord en hoeveel pseudoprocessen ik heb bijgewoond. Ik ben per slot van rekening rector magnificus van een universiteit geweest, nietwaar.'
Dat was precies de opening waar Tommy Duggan op zat te wachten en hij sprong er meteen in. 'Doctor Wilcox, bij het bestuderen van uw achtergrond stond ik ervan te kijken dat u op vijfenvijftigjarige leeftijd al met pensioen ging terwijl u net een nieuw vijfjarig contract met Enoch College had afgesloten.'
'Mijn gezondheid stond me niet toe mijn functie nog langer te vervullen. Geloof me, de baan van rector magnificus van een kleine maar gezaghebbende universiteit kost niet alleen veel energie maar ook veel tijd.'
'Wat mankeert er aan uw gezondheid, doctor Wilcox?'
'Ik heb een ernstige hartkwaal.'
'Hebt u daar met uw arts over gesproken?'
'Uiteraard.'
'Laat u zich in verband met uw hart vaak onderzoeken?'
'Mijn gezondheid is de laatste tijd vrij stabiel geweest. Nu ik met pensioen ben, is de meeste stress uit mijn leven verdwenen.'
'Dat is geen antwoord op mijn vraag, doctor. Laat u zich regelmatig onderzoeken?'
'In dat opzicht ben ik nogal slordig geweest. Maar ik voel me uitstekend.'
'Wanneer bent u voor het laatst bij een dokter geweest?'
'Dat weet ik niet zeker.'
'U wist ook niet zeker of u ooit een afspraak met dokter Madden had gehad. Beweert u dat nog steeds of bent u inmiddels van gedachten veranderd?'
'Ik ben misschien een of twee keer bij haar geweest.'
'Zeg maar negen of tien keer, doctor. We hebben de gegevens.'
Tommy ging omzichtig verder met de ondervraging. Hij kon zien dat Wilcox een beetje nerveus begon te worden, maar hij wilde niet dat hij op zou staan en weg zou gaan. 'Doctor, zegt de naam Gina Fielding u iets?'

Wilcox verbleekte terwijl hij achterover leunde in de stoel en, kennelijk om tijd te rekken, met een peinzende frons omhoogstaarde naar het plafond. 'Daar ben ik niet zeker van.'
'U hebt haar twaalf jaar geleden een cheque van honderdduizend dollar gegeven, in dezelfde tijd dat u met pensioen ging, doctor. U hebt "antieke kast en schrijfbureau" op de cheque geschreven. Frist dat uw geheugen op?'
'Ik heb een collectie antiek die ik overal vandaan heb gehaald.'
'Mevrouw Fielding moet wel erg intelligent zijn, doctor. Ze was destijds pas twintig jaar en eerstejaars student aan Enoch College. Dat klopt toch?'
Het bleef een hele tijd stil. Clayton Wilcox keek Tommy Duggan recht aan en richtte vervolgens zijn blik op Pete Walsh.
'U hebt volkomen gelijk. Twaalf jaar geleden was Gina Fielding een twintigjarige eerstejaars student aan Enoch College. Een bijzonder wereldse twintigjarige, kan ik daaraan toevoegen. Ze werkte bij mij op kantoor en ik was bijzonder gevleid door de aandacht die ze me schonk. Ik begon haar af en toe in haar appartement op te zoeken. Gedurende korte tijd ontwikkelde zich met wederzijdse instemming een relatie, die uiteraard volkomen ongepast was en tot een schandaal had kunnen leiden. Ze kwam uit een onbemiddeld gezin en studeerde met een beurs. Ik begon haar zakgeld te geven.'
Wilcox bleef heel lang met neergeslagen ogen naar de tafel kijken, alsof hij het bekraste blad bijzonder boeiend vond. Daarna keek hij weer op en pakte het glas water dat ze voor hem hadden neergezet.
'Uiteindelijk hervond ik mijn gezond verstand en vertelde haar dat er een eind moest komen aan de relatie. Ik zei dat ik een andere administratieve functie voor haar zou zoeken, maar ze dreigde dat ze een proces tegen mij en de universiteit zou aanspannen op grond van seksuele intimidatie. Ze was bereid te zweren dat ik had gedreigd om haar beurs te laten intrekken als ze geen relatie met me begon. Het zwijggeld dat ze vroeg, was honderdduizend dollar.' Hij zweeg even en haalde diep adem.
'Ik heb betaald. Ik heb tegelijkertijd mijn functie opgegeven, omdat ik haar niet vertrouwde en ik wist dat als ze geen woord hield en de universiteit toch een proces aandeed, dat veel minder aan-

dacht in de media zou krijgen als ik geen rector magnificus meer was.'
'Waar is Gina Fielding nu, doctor?'
'Ik heb geen flauw idee waar ze woont. Wat ik wel weet, is dat ze morgen hier in de stad is, omdat ze opnieuw honderdduizend dollar wil. Ze heeft kennelijk de verhalen in de boulevardpers gevolgd en ze heeft gedreigd haar verhaal aan de hoogste bieder te verkopen.'
'Dat is afpersing, doctor. Weet u dat?'
'Ik ken de term.'
'Bent u van plan haar te betalen?'
'Nee, dat ben ik niet. Ik kan de rest van mijn leven niet op dezelfde manier doorgaan. Ik ga haar vertellen dat ze geen cent meer van me krijgt, hoewel ik heel goed weet wat de gevolgen van die beslissing zullen zijn.'
'Afpersing is een ernstig misdrijf, doctor. Ik zou u willen aanraden om ons toestemming te geven u van een bandrecorder te voorzien. Als u een opname kunt maken van mevrouw Fielding terwijl ze dat geld van u probeert te krijgen in ruil voor haar zwijgen, kunnen wij haar dat ten laste leggen.'
'Daar wil ik nog even over nadenken.'
Ik geloof hem, dacht Tommy Duggan. Maar naar mijn idee pleit hem dat nog steeds niet vrij. Als het al iets bewijst, dan is het dat hij zich aangetrokken voelt tot jonge vrouwen; en trouwens, het is nog steeds de sjaal van zijn vrouw die als moordwapen heeft gediend. En hij heeft ook nog steeds geen alibi voor de ochtend waarop Martha Lawrence is verdwenen.
'Doctor, waar was u vanmorgen tussen zeven en acht uur?'
'Ik maakte een wandeling.'
'Bent u op de promenade geweest?'
'Op een bepaald moment wel, ja. Om precies te zijn, begon ik op de promenade en daarna ben ik om het meer gewandeld.'
'Hebt u toevallig mevrouw Joyce op de promenade gezien?'
'Nee. Ik vond het heel erg toen ik hoorde dat ze overleden was. Een brute misdaad.'
'Hebt u iemand gezien die u kent, doctor?'
'Eerlijk gezegd heb ik daar niet op gelet. Zoals u inmiddels begrijpt, heb ik heel wat om over na te denken.'

Hij stond op. 'Kan ik gaan?'
Tommy en Pete knikten. Terwijl Tommy opstond, zei hij: 'Laat ons weten of u dat gesprek met mevrouw Fielding wilt opnemen. En er is nog iets wat ik tegen u moet zeggen, doctor... we zetten het onderzoek naar de dood van juffrouw Lawrence, juffrouw Harper, dokter Madden en mevrouw Joyce met man en macht door. U hebt alleen maar ontwijkende antwoorden gegeven en dan zeg ik het nog heel vriendelijk. We zullen ongetwijfeld opnieuw met u willen praten.'
Clayton Wilcox liep zonder antwoord te geven de kamer uit.
Walsh keek Tommy Duggan aan. 'Wat denk jij?'
'Ik denk dat hij besloten heeft om ons alles over dat mens van Fielding te vertellen omdat hij geen andere keus heeft. Dat is het soort vrouw dat hem zal laten dokken om haar mond te houden en vervolgens toch naar de boulevardpers gaat. Wat de rest betreft, schijnt hij er de gewoonte op na te houden om lange wandelingen te maken waarbij hij nooit iemand tegenkomt die kan bevestigen waar hij op een bepaald moment was.'
'En hij schijnt ook een voorkeur voor jonge vrouwen te hebben,' voegde Walsh eraan toe. 'Ik vraag me af of er niet meer achter dat verhaal over Fielding steekt dan hij ons heeft verteld.'
Ze liepen terug naar Tommy's kantoor waar de boodschap van Joan Hodges op hen lag te wachten. 'Douglas Carter,' riep Tommy uit. 'De vent is al meer dan honderd jaar dood!'

77

Eric Bailey was van plan geweest om vrijdagavond naar Spring Lake te rijden, maar hij veranderde van gedachten toen hij Emily aan de telefoon had gehad. Ze vertelde hem dat ze uit eten ging met de eigenares van de herberg waar ze in de periode dat ze met de koop van het huis bezig was, had gelogeerd als ze in de stad was.
Eric besloot dat het geen zin had om naar Spring Lake te gaan als hij geen idee had waar Emily uithing. Om alleen een glimp van haar op te vangen als ze aan het eind van de avond thuiskwam, was al die moeite niet waard.

Hij zou er morgen wel naartoe rijden en zorgen dat hij ergens in de middag aankwam. Dan kon hij het busje op een onopvallende plek neerzetten. Er waren meer dan genoeg parkeerplaatsen op Ocean Avenue en niemand zou aandacht schenken aan een vrijwel nieuwe, donkerblauwe bus. Die zou helemaal niet opvallen tussen alle andere gemiddeld geprijsde tot dure voertuigen die de parkeerplaatsen in de buurt van de promenade op en af reden.

Geconfronteerd met een avond waarop hij niets kon doen, voelde Eric zijn ongeduld groeien. Hij had zoveel aan zijn hoofd, zoveel te doen in de dagen die voor hem lagen. De hele zaak stond op springen. Volgende week zouden de aandelen van het bedrijf geen cent meer waard zijn. Alles wat hij bezat, zou verkocht moeten worden. Van niets tot iets tot niets in vijf jaar, dacht hij woedend.

En die nachtmerrie waar hij nu middenin zat, had hij te danken aan Emily Graham. Zij had die hele verkooptrend van aandelen in zijn bedrijf in werking gezet. Ze had er geen cent eigen kapitaal in gestoken, maar ze had aan zijn genie wel tien miljoen dollar overgehouden. Vervolgens had ze hem met een kluitje in het riet gestuurd toen hij haar zijn liefde had aangeboden. Maar zij hoefde zich haar hele leven geen zorgen meer te maken.

Hij begreep dat het hem binnenkort niet meer zou bevredigen haar alleen bang te maken.

Dan zou hij gedwongen worden andere maatregelen te nemen.

ZATERDAG 31 MAART

78

Een akelig voorgevoel hing dreigend over een stad die nog lang niet bekomen was van de gebeurtenissen van de afgelopen tien dagen.

'Hoe kan dat hier nou in vredesnaam gebeuren?' zeiden de vroege vogels tegen elkaar als ze samen bij de bakker stonden. 'Het is nu 31 maart. Denk je dat er vandaag weer iets zal gebeuren?'

Dat gevoel van onbehagen werd nog versterkt door het weer. De laatste dag van maart bleek al even wispelturig te zijn als de rest van de maand. Het warme briesje en de zonneschijn waren verdwenen. Nu hingen er dikke, grijze wolken aan de hemel. De wind uit zee was fel en snijdend. Het leek onmogelijk dat over een paar weken de bomen weer een dik pak bladeren zouden dragen, dat het gras fluwelig groen zou worden en dat de meer dan honderd jaar oude huizen weer omringd zouden worden door bloeiende struiken.

Op een gezellige avond met Carrie Roberts volgde een rusteloze nacht waarin Emily de ene na de andere vage droom had, niet zozeer angstaanjagend als wel treurig. Uit een daarvan schrok ze wakker met tranen in haar ogen, zonder zich te herinneren wat de aanleiding daarvoor was geweest.

Vraag niet voor wie de bel luidt; hij luidt voor U.

Hoe kom ik dáár nu ineens op? vroeg ze zich af terwijl ze weer terugzakte op het kussen omdat ze nog geen zin had om op te staan. Het was pas zeven uur en ze hoopte dat ze nog even zou kunnen slapen.

Maar dat zou wel moeilijk zijn, want er spookte haar van alles door het hoofd. Ze had het prikkelende gevoel dat ze op het punt stond de schakel tussen het heden en het verleden te ontdekken en het verband zou zien tussen de twee series moorden. Ze had ook de hoop dat ze de aanwijzing die ze nodig had in een van de dagboeken van Julia Gordon Lawrence zou vinden.

Het handschrift was bijzonder mooi, maar heel klein en kriebe-

lig en dus moeilijk te lezen. Op veel plaatsen was de inkt verbleekt en ze moest echt turen op grote gedeelten van de dagboeken.
Rechercheur Duggan had gebeld toen zij uit eten was en de boodschap achtergelaten dat het fotolab de vergroting van de groepsfoto later vandaag bij haar zou laten bezorgen. Ze kon bijna niet wachten tot ze die kon zien.
Als ze die foto onder ogen kreeg, zou het net zijn alsof ze eindelijk al die mensen ontmoette over wie ze al zoveel had gehoord, dacht ze. Ik wil hun gezichten goed kunnen zien.
Het bewolkte weer zorgde ervoor dat het nog steeds halfduister in de kamer was. Emily deed haar ogen dicht.
Het was halfnegen toen ze weer wakker werd, dit keer zonder het gevoel dat ze nog steeds doodmoe was en ook veel vrolijker. Die stemming duurde maar een uur. Toen de post werd bezorgd zat er een blanco envelop bij met haar naam erop in kinderlijke blokletters.
Haar keel kneep dicht. Ze had datzelfde soort letters al eerder gezien, op de briefkaart met de tekeningen van de grafzerken die ze nog maar een paar dagen geleden had ontvangen.
Met trillende vingers scheurde ze de envelop open en trok er een briefkaart uit.
De briefkaart was aan haar geadresseerd, ondanks het feit dat hij in een envelop had gezeten. Ze draaide hem om en zag een tekening van twee grafzerken. De namen die erop stonden, waren Natalie Frieze en Ellen Swain. Ze stonden midden in een groepje bomen vlak naast een huis. Het in blokletters geschreven adres onder aan de kaart was Seaford Avenue 320.
Met vingers die nog steeds zo trilden dat ze twee keer het verkeerde nummer intoetste, belde Emily Tommy Duggan op.

79

Marty Browski ging zaterdagmiddag naar het bureau om zijn achterstand in te lopen en verheugde zich op het idee dat hij een paar uur ongestoord zou kunnen werken. Maar al na een paar minuten kwam hij tot de conclusie dat hij net zo goed thuis had kunnen blijven. Hij kon zich gewoon niet concentreren. Zijn gedachten werden volkomen in beslag genomen door slechts één persoon: Eric Bailey.

Op de financiële pagina van de ochtendkranten werd zonder omhaal gesteld dat het faillissement van het internetbedrijf van Bailey onafwendbaar was en dat de directeur van de New Yorkse effectenbeurs zich grote zorgen maakte over de misleidende informatie van de oprichter van het bedrijf over nieuw ontwikkelde producten. In het artikel werd zelfs gesproken over de kans dat hem een strafrechtelijke vervolging boven het hoofd hing.

Hij past zo goed in het profiel van een stalker dat hij er model voor had kunnen staan, dacht Browski. Hij had opnieuw de gegevens van E-ZPass opgevraagd, maar had weer te horen gekregen dat geen van beide voertuigen die op naam van Eric Bailey stonden ten zuiden van Albany waren gesignaleerd.

Er stonden verder geen auto's op zijn naam en het was heel onwaarschijnlijk dat hij een auto zou huren en dus het risico zou nemen dat hij een administratief spoor achterliet.

Maar hoe zat het dan met een auto van de záák?

Dat idee kwam plotseling bij Browski op toen hij net op het punt stond om de poging tot werken maar te vergeten en naar huis te gaan. Ik zal de andere jongens vragen om dat uit te zoeken, besloot hij. Ze kunnen me thuis bellen als ze iets ontdekken.

Maar er was nog een andere mogelijkheid: Baileys secretaresse. Hoe heette ze ook alweer? Marty Browski tuurde naar het plafond alsof hij verwachtte dat een hemelse stem antwoord zou geven op zijn vraag.

Louise Cauldwell... ineens schoot de naam hem weer te binnen. Ze stond in het telefoonboek, maar hij kreeg haar antwoordapparaat. 'Het spijt me dat ik u nu niet te woord kan staan. Laat alstublieft een boodschap achter, dan wordt u zo snel mogelijk teruggebeld.'

Dat zou kunnen betekenen dat ze niet thuis is, maar dat hoeft niet per se zo te zijn, dacht Marty geïrriteerd terwijl hij zijn naam noemde en zijn privénummer achterliet. Als iemand wist of Bailey nog andere vervoermiddelen ter beschikking had naast de twee auto's die op zijn naam stonden, zou dat waarschijnlijk mevrouw Cauldwell zijn.

80

Voor de derde keer werd het grondgebied van een huiseigenaar in Spring Lake door de politie afgezet.
Dit huis, een van de oudste in de stad, was oorspronkelijk een boerderij geweest en had de eenvoudige lijnen van de architectuur uit het begin van de negentiende eeuw bewaard.
De grote lap grond was min of meer in twee stukken verdeeld. Aan de linkerkant bevonden zich het huis en de tuin, terwijl rechts het oorspronkelijke beboste terrein in stand was gehouden.
Daar, in de schaduw van een groep platanen, werd het lichaam van Natalie Frieze gevonden, in dik plastic gewikkeld.
De vaste inwoners van het gebied kregen bij de gebeurtenissen die daarop volgden het gevoel dat ze alles voor de zoveelste keer meemaakten. De media overstroomden het gebied in grote bussen voorzien van antennes. Helikopters hingen in de lucht. In flagrante tegenspraak daarmee waren de waardige, kalme groepjes omwonenden op de trottoirs en de afgesloten weg.
Nadat hij het geschrokken telefoontje van Emily had gekregen, hadden Tommy Duggan en Pete Walsh onmiddellijk de politie van Spring Lake gewaarschuwd en hen de boodschap op de briefkaart doorgegeven. Voordat ze bij Emily waren, kregen ze al de bevestiging dat de briefkaart geen grapje was geweest. Het verschil was dat ditmaal het stoffelijk overschot niet ter aarde was besteld.
'Ik vraag me af waarom hij haar niet heeft begraven,' zei Pete Walsh op stemmige toon terwijl ze opnieuw toekeken hoe de mensen van de gerechtelijke medische dienst hun grimmige taak vervulden door het slachtoffer en de omgeving te onderzoeken en te fotograferen.
Voordat Tommy antwoord kon geven, stopte een patrouillewagen bij de plaats van het misdrijf. Een bleke en ontstelde Bob Frieze zat achterin, stapte uit en holde meteen toen hij Duggan in de gaten kreeg op hem af. 'Is het Natalie?' wilde hij weten. 'Is het mijn vrouw?'
Duggan knikte, maar zei niets. Hij had geen zin om zelfs maar het geringste blijk van medeleven te tonen aan de man die heel goed de moordenaar zou kunnen zijn.

Een paar meter verderop stond Reba Ashby, die zich min of meer had vermomd door een zonnebril op te zetten en een hoofddoek om te doen die haar gezicht gedeeltelijk verborgen hield, in haar notitieboekje te krabbelen: 'Gereïncarneerde seriemoordenaar eist zijn derde slachtoffer op'.
Vlakbij stond Lucy Yang, een verslaggeefster van Channel 7 uit New York, voor de camera met een microfoon in haar hand en zei met rustige stem: 'De griezelige herhaling van de misdaden uit het eind van de negentiende eeuw heeft een derde, en misschien wel laatste slachtoffer opgeleverd. Het lichaam van de vierendertigjarige Natalie Frieze, echtgenote van restauranthouder en voormalig Wall Street-topman Robert Frieze werd vandaag aangetroffen...'
Duggan en Walsh reden achter de lijkwagen aan die het lichaam van Natalie Frieze naar het bureau van de patholoog-anatoom vervoerde.
'Ze is tussen de zesendertig en veertig uur dood,' kregen ze van dr. O'Brien te horen. 'Ik zal iets nauwkeuriger kunnen zijn nadat ik de autopsie heb verricht. De doodsoorzaak lijkt op het eerste gezicht dezelfde als bij de anderen... wurging.'
Hij keek Duggan aan. 'Gaan jullie nu ook proberen om het stoffelijk overschot van het slachtoffer van 31 maart 1896 op te graven?'
Tommy knikte. 'Dat zullen we wel moeten. Waarschijnlijk vinden we haar daar ook. De moordenaar houdt zich aan zijn patroon bij het na-apen van de moorden die meer dan honderd jaar geleden zijn gepleegd.'
'Waarom heeft hij volgens jou niet gewacht tot de eenendertigste voor hij haar vermoordde?' vroeg de patholoog-anatoom. 'Dan zou hij echt op schema hebben gelegen, als hij zich aan dezelfde data had gehouden waarop de eerste slachtoffers zijn overleden.'
'Ik denk dat hij gewoon heeft geprofiteerd van de gelegenheid dat hij haar te pakken kon nemen en aangezien de veiligheidsmaatregelen in deze stad zo aangescherpt zijn, heeft hij het risico niet willen nemen om een graf te graven. Waarschijnlijk was het voor hem alleen maar nodig dat ze vandaag, op de eenendertigste, werd gevónden,' zei Tommy tegen hem.

'Er is nog een factor waarmee je maar beter rekening kunt houden,' zei de patholoog-anatoom tegen hem. 'Natalie Frieze werd gewurgd met zo'n zelfde van knopen voorzien koord als de moordenaar bij Bernice Joyce heeft gebruikt. Het derde deel van de sjaal die werd gebruikt voor de meisjes Lawrence en Harper slingert nog steeds ergens rond.'
'In dat geval,' zei Tommy, 'is het misschien nog steeds niet voorbij.'

81

Toen Emily de telefoon oppakte, was ze blij dat ze de stem van Nick Todd hoorde.
'Ik heb het op de radio gehoord,' zei hij.
'Het is echt vreselijk,' zei Emily tegen hem. 'Nog maar een paar dagen geleden zat ik naast haar bij die lunch van de familie Lawrence na de herdenkingsmis.'
'Wat was ze voor iemand?'
'Adembenemend mooi. Zo'n type dat andere vrouwen het gevoel geeft dat ze gerenoveerd moeten worden.'
'Maar hoe was ze als persóón?' wilde hij weten.
'Ik zal heel eerlijk zijn. Ze zou nooit mijn vriendin zijn geweest. Ze had zo'n hard trekje waar je niet omheen kon. Maar het is niet te geloven dat ik een week geleden nog samen met haar aan tafel zat en dat ze nu dood is... vermoord!'
De angst in Emily's stem ontging Nick niet. Hij zat in zijn appartement in SoHo en was eigenlijk van plan geweest om naar de film te gaan en daarna te gaan eten in het kleine Italiaanse restaurant in de Village waar hij het liefst kwam.
'Wat ga je vanavond doen?' vroeg hij terwijl hij zijn best deed om zo gewoon mogelijk te klinken.
'Helemaal niets. Ik wil die oude dagboeken uitlezen die ik te leen heb gekregen en dan weer terugkeren naar de eenentwintigste eeuw. Iets in me zegt dat het daar zo langzamerhand tijd voor wordt.'
Achteraf vroeg Nick zich af waarom hij op dat moment niet had voorgesteld om naar haar toe te komen rijden zodat ze samen uit eten konden gaan. In plaats daarvan bevestigde hij nog een keer

dat hij haar zondag om halfeen op zou halen om te gaan lunchen. Maar toen hij de telefoon had neergelegd, kwam hij tot de ontdekking dat hij te rusteloos was om zelfs maar aan een film te denken. In plaats daarvan ging hij vroeg eten, belde hotel The Breakers op om een tafeltje te reserveren en stapte om zeven uur in zijn auto om naar Spring Lake te rijden.

82

Marty had net zijn avondeten op toen de telefoon ging. Louise Cauldwell, de secretaresse van Eric Bailey, was zojuist thuisgekomen en had haar boodschappen afgeluisterd. Marty kwam meteen ter zake. 'Mevrouw Cauldwell, ik moet u iets vragen. Weet u misschien of Eric Bailey weleens in een andere auto rijdt dan in de twee die op zijn naam staan?'

'O, dat geloof ik niet. Ik werk al vanaf de oprichting van het bedrijf voor hem en ik heb hem nooit in iets anders zien rijden dan in de cabrio of het busje. Hij ruilt ze ieder jaar in, maar altijd voor de nieuwste uitvoering van hetzelfde model.'

'Ik begrijp het. Weet u of meneer Bailey van plan is om het weekend weg te gaan?'

'Ja, hij gaat skiën in Vermont. Dat doet hij heel vaak.'

'Bedankt, mevrouw Cauldwell.'

'Is er iets aan de hand, meneer Browski?'

'Dat dacht ik inderdaad, maar kennelijk is dat niet het geval.'

Marty nestelde zich in de zitkamer voor de televisie, maar nadat hij een uurtje had zitten kijken, drong het tot hem door dat hij geen flauw idee had wat hij had gezien. Om negen uur sprong hij plotseling op en zei tegen Janey: 'Er schiet me ineens iets te binnen,' en stoof naar de telefoon.

E-ZPass bevestigde zijn vermoeden. Geen van beide voertuigen van Eric Bailey was die dag gebruikt.

'Hij heeft nog een derde auto ter beschikking,' mompelde Marty. 'Hij móét nog een derde auto hebben.'

Ze is vast niet thuis, dacht hij toen hij opnieuw het nummer van Louise Cauldwell intoetste. Het is zaterdagavond en ze is een aantrekkelijke vrouw, zei hij bij zichzelf.

Maar Louise Cauldwell pakte de telefoon al op nadat die één keer was overgegaan.
'Mevrouw Cauldwell, is er een bedrijfsauto waar Eric Bailey misschien gebruik van zou kunnen maken?'
Ze aarzelde. 'We hebben inderdaad bedrijfsauto's die geleast zijn op naam van een paar van onze directieleden. Een aantal van hen heeft onlangs ontslag genomen.'
'Waar zijn de auto's die ze gebruikten?'
'Een paar staan nog steeds op de parkeerplaats van het bedrijf. Je kunt de lease ervan namelijk niet opzeggen, ziet u. Het is best mogelijk dat meneer Bailey een daarvan heeft gebruikt, al kan ik me niet voorstellen waarom.'
'Weet u onder welke naam ze geregistreerd zijn? Dat is heel belangrijk.'
'Zit meneer Bailey in moeilijkheden? Ik bedoel, hij heeft de laatste tijd enorm onder druk gestaan. Ik heb me echt zorgen over hem gemaakt.'
'Doet hij dan dingen die u zorg baren, mevrouw Cauldwell?' vroeg Marty rustig. 'Maakt u zich alstublieft niet druk over het doorgeven van vertrouwelijke informatie. Als u niet meewerkt, zult u Eric Bailey echt geen dienst bewijzen.'
Ze aarzelde een moment. 'Het bedrijf is ten dode opgeschreven en hij kan het niet meer aan,' zei ze ten slotte. 'Een paar dagen geleden zat hij te huilen toen ik zijn kantoor binnenkwam.'
'Maar toen ik hem laatst sprak, leek er niets met hem aan de hand.'
'Hij houdt zich groot.'
'Hebt u hem weleens over Emily Graham horen praten?'
'Ja, gisteren nog om precies te zijn. Hij leek nogal overstuur nadat u was vertrokken. Hij zei tegen me dat mevrouw Graham volgens hem verantwoordelijk is voor de ondergang van het bedrijf. Hij zei dat nadat zij haar aandelen had verkocht andere mensen zenuwachtig zijn geworden en haar voorbeeld hebben gevolgd.'
'Dat is helemaal niet waar. De koers is nog vijftig punten opgelopen nadat zij haar aandelen heeft verkocht.'
'Ik vrees dat hij dat vergeten is.'
'Mevrouw Cauldwell, ik kan niet tot maandag wachten op het kenteken van de auto waar hij misschien nu in rondrijdt. U moet me helpen.'

Een halfuur later trof Marty Louise Cauldwell in het donkere kantoor van Baileys internetbedrijf. Ze schakelde het alarm uit en ze liepen samen naar de boekhoudafdeling op de eerste verdieping. Binnen een paar minuten had ze alle kentekens van de geleaste auto's gevonden plus de namen van de mannen die erin gereden hadden. Twee van de auto's stonden op de parkeerplaats. De derde gaf Marty door aan E-ZPass. Het voertuig was de Garden State Parkway opgereden en had die om vijf uur 's middags bij afrit 98 verlaten.

'Hij is in Spring Lake,' zei Marty onomwonden terwijl hij de telefoon oppakte om de politie daar te bellen.

'We zullen een oogje op haar huis houden,' beloofde de brigadier aan de balie. 'De stad zit vol pers en tv-mensen en het rampentoerisme viert hoogtij, maar ik beloof je... als die auto hier is, zullen we hem vinden ook.'

83

Emily's blijdschap bij het horen van Marty Browski's stem sloeg om in schrik toen het tot haar doordrong waarom hij belde.

'Dat is echt onmogelijk,' zei ze.

'Nee, dat is het niet, Emily,' zei Marty vastberaden. 'Luister nou eens goed, de plaatselijke politie zal je huis in het oog houden.'

'Hoe in vredesnaam?'

'Ze rijden er ieder kwartier langs. Als Eric opbelt en je wil spreken, moet je hem afpoeieren. Zeg maar dat je hoofdpijn hebt en vroeg naar bed gaat. *Maar doe de deur niet voor hem open.* En ik wil dat je je alarminstallatie op "instant" zet. De politie van Spring Lake is op zoek naar Bailey. Ze weten in welke auto hij rijdt. Ga nu maar meteen controleren of alles op slot zit!'

'Dat zal ik doen.' Toen ze de verbinding had verbroken, liep Emily alle kamers door om de deuren naar de veranda te controleren en deed hetzelfde met de voor- en de achterdeur. Ze drukte op de knop INSTANT en vervolgens op ON en zag het groene waarschuwingslampje op de kast van de alarminstallatie veranderen in een rood knipperlichtje.

Eric, dacht ze. Mijn vriend, mijn maatje, mijn kleine broer. Hij is hier maandag nog geweest om die camera's te installeren en deed net alsof hij ontzettend bezorgd voor me was, terwijl hij ondertussen...

Verraad. Hypocriet gedrag. Beveiligingscamera's ophangen en me uitlachen terwijl hij ermee bezig was. Emily dacht aan al die nachten in het afgelopen jaar waarin ze wakker was geschrokken en dacht dat ze iemand hoorde die haar huis was binnengedrongen. Ze dacht aan al die keren dat ze zich alleen maar met de grootste moeite had kunnen concentreren op het werken aan de verdediging van een van haar cliënten omdat er een foto die Eric van haar had gemaakt onder de deur door was geduwd of op de voorruit van haar auto was geplakt.

'Ik hoop dat ze die gek uit de roulatie halen als ze hem vinden,' zei ze hardop, niet wetend dat ze op datzelfde moment recht in een camera keek en dat Eric Bailey in zijn busje, dat zes straten verderop stond geparkeerd, haar op zijn tv-scherm gadesloeg.

84

'Alleen zul jij er niet meer zijn als ze mij uit de roulatie nemen,' antwoordde Eric hardop.

De schokkende wetenschap dat hij ontmaskerd was en het feit dat Marty Browski Emily Graham had opgebeld om haar te vertellen dat hij de stalker was, had Eric met stomheid geslagen. En ik ben nog wel zo voorzichtig geweest, piekerde hij, terwijl hij naar de doos keek met de damesmantel, de jurk en de pruik die hij afgelopen zaterdag in de kerk van St. Catherine had gedragen en dacht aan alle vermommingen die hij had gebruikt om in het verleden bij Emily in de buurt te komen zonder dat ze hem in de gaten zou krijgen.

En nu was de politie naar hem op zoek en ongetwijfeld zou het niet lang meer duren voor hij opgepakt werd. Dan moest hij naar de gevangenis. Zijn bedrijf zou failliet gaan. De mensen die hem eerder met complimenten hadden overladen, zouden geen spaan van hem heel laten.

Daarna richtte hij zijn blik weer op het scherm en boog zich met

grote ogen voorover, terwijl er een golf van opwinding door hem heen sloeg.
Emily was weer naar de eetkamer gegaan en lag op haar knieën te rommelen in de doos boeken, kennelijk op zoek naar iets.
Maar op het in tweeën gesplitste scherm kon hij zien dat de knop van de verandadeur in de studeerkamer omgedraaid werd. Ik weet zeker dat ze de alarminstallatie aan heeft staan, dacht hij. *Iemand moet ermee geknoeid hebben!*
Een gestalte met een bivakmuts op en gehuld in een donker joggingpak stapte de studeerkamer binnen. Met snelle, heimelijke bewegingen liep de indringer naar de fauteuil waar Emily altijd in zat en ging erachter op zijn knieën zitten. Terwijl Eric toekeek, haalde de gemaskerde man een stuk stof uit zijn zak, hield het met twee handen vast en trok het strak, alsof hij uitprobeerde hoe sterk het was.
Emily kwam de studeerkamer weer binnen met een boek in haar hand, ging in de fauteuil zitten en begon te lezen.
De indringer verroerde zich niet.
'Hij geníét hiervan,' fluisterde Eric bij zichzelf. 'Hij wil het niet te snel voorbij laten gaan. Dat kan ik begrijpen. Dat kan ik heel goed begrijpen.'

85

Tommy Duggan en Pete Walsh zaten om halfacht zaterdagavond nog steeds op het bureau. Bob Frieze had hardnekkig geweigerd antwoord te geven op de vraag waar hij donderdagmiddag en -avond was geweest en was inmiddels, nadat hij begon te klagen over pijn in zijn borst, ter observatie opgenomen in het Monmouth Hospital.
'Hij probeert tijd te rekken tot hij een verhaal kan verzinnen dat in de rechtszaal overeind blijft,' zei Tommy tegen Pete. 'Ik kan verschillende manieren bedenken waarop dit zal aflopen. Een: Frieze is de seriemoordenaar en verantwoordelijk voor de dood van Martha Lawrence, Carla Harper, dr. Madden, mevrouw Joyce en zijn vrouw Natalie. Twee: hij heeft zijn vrouw vermoord, maar niet de anderen. En dan is er natuurlijk nog mogelijkheid drie: hij is onschuldig aan al die moorden.'

'Je maakt je zorgen omdat het derde stuk van die sjaal nog steeds ontbreekt,' zei Pete.
'Reken maar. Waarom heb ik het gevoel dat de moord op Natalie Frieze een tactisch foefje was om ons te laten geloven dat de moordenaar de cirkel rond heeft gemaakt?'
'Tenzij de moord op Natalie natuurlijk het gevolg was van een echtelijke ruzie en er een poging is gedaan om net te doen alsof het een van de seriemoorden is. Dat zou Bob Frieze tot hoofdverdachte maken, maar dan hoort haar dood niet thuis in het schema van de seriemoordenaar.'
'Wat tegelijkertijd inhoudt dat een andere jonge vrouw vanavond in Spring Lake de dood zal vinden. Maar wie? Ik heb net nog navraag gedaan: er is niemand als vermist opgegeven. Laten we er voor vandaag maar een eind aan maken. Het wordt al laat en we kunnen hier toch niets meer doen,' zei Tommy.
'Nou, we hebben in ieder geval íéts voor elkaar gekregen. Terwijl wij op de plaats van het misdrijf waren, heeft Wilcox opgebeld en onze jongens toestemming gegeven om hem van opnameapparatuur te voorzien. We hebben een band waarop Gina Fielding probeert hem geld af te persen.'
'En nu zal zijn geheim overmorgen breed uitgemeten in *The National Daily* staan. Ik ben nog steeds geneigd te denken dat hij probeerde ons een stap voor te blijven door akkoord te gaan met een poging haar in te rekenen. In zekere zin maakt hem dat wel sympathiek. Maar ik vertrouw hem nog steeds niet. En wat mij betreft, is hij nog steeds een van de hoofdverdachten.'
Ze stonden op het punt weg te gaan toen Pete zei: 'Wacht even,' en naar een envelop wees die op Tommy's bureau lag. 'We hebben vergeten die vergroting bij Emily Graham af te geven zoals we haar beloofd hebben.'
'Neem hem maar mee, dan kun je hem morgenochtend naar haar toe brengen.'
Net toen Pete de envelop oppakte, ging de telefoon. Het was de politie van Spring Lake met de boodschap dat de identiteit van Emily Grahams stalker bekend was en dat het vermoeden bestond dat hij zich in de stad bevond.
Toen hij dat hoorde, zei Tommy: 'Bij nader inzien kunnen we die foto misschien toch beter vanavond nog gaan brengen.'

86

Emily had haar mobiele telefoon in haar zak, iets wat ze zich had aangewend sinds de foto van haar in de kerk afgelopen zondag onder de deur door was geduwd. Nu haalde ze het toestel te voorschijn, in de hoop dat haar grootmoeder niet vroeg naar bed was gegaan en de telefoon had uitgeschakeld. Ze had het laatste dagboek van Julia Gordon Lawrence dat ze te leen had gekregen van de familie Lawrence gelezen en dat had een vraag opgeroepen die hopelijk door haar grootmoeder beantwoord zou kunnen worden. Ze had al eerder gelezen dat Richard Carters tweede vrouw in 1900 het leven had geschonken aan een meisje. In verband daarmee vond ze een notitie uit 1911 nogal raadselachtig. Daarin had Julia geschreven: 'Ik heb bericht gehad van Lavinia. Ze schrijft dat ze heel blij is om weer terug te zijn in Denver. Na een jaar heeft haar dochtertje het verlies van haar vader min of meer verwerkt en is helemaal opgebloeid. Lavinia bekent dat ze zelf ongelooflijk opgelucht is. In feite was ze eigenlijk verrassend openhartig toen ze de pen ter hand nam. Ze schrijft dat Douglas innerlijk ijskoud was en dat ze af en toe heel bang voor hem was. Naar haar gevoel is het een zegen dat zijn dood haar van dat huwelijk heeft verlost en haar kind de kans heeft gegeven in een gezelliger en hartelijker omgeving op te groeien.'
Emily legde het dagboek neer en klapte de mobiele telefoon open. Haar grootmoeder nam op met een kort 'hallo', een teken dat ze tv zat te kijken en het niet leuk vond om door de telefoon gestoord te worden.
'Oma,' zei Emily, 'ik wil je iets voorlezen, want hier staat iets wat echt nergens op slaat.'
'Goed, lieverd.'
Emily legde uit waar het om ging en las haar het dagboekfragment voor. 'Waarom zou ze hem Douglas noemen, terwijl hij Richard heette?'
'O, dat kan ik je wel vertellen. Hij heette Douglas Richard, maar in die dagen was het de gewoonte om een man bij zijn tweede naam te noemen als hij net zo heette als zijn vader. Madelines verloofde was in feite Douglas Richard III. Ik heb begrepen dat zijn vader een bijzonder knappe man was.'

'Hij was een knappe man met een invalide vrouw en zij was degene die het geld in had gebracht. Oma, je hebt me prima geholpen. Ik weet dat je tv zat te kijken, dus kijk maar lekker verder. Ik bel morgen nog wel een keer.'
Emily zette de telefoon uit. 'Het was helemaal niet de jónge Douglas die de moorden heeft gepleegd,' zei ze hardop. 'En het was ook niet zijn neef Alan Carter. Het was zijn váder. En na zijn dood verhuisden zijn vrouw en zijn dochtertje naar Denver.'
Denver! Plotseling zag ze het verband.
'Will Stafford is in Denver opgegroeid! Zijn moeder wóónde in Denver!' zei ze opnieuw hardop.
Plotseling voelde Emily hoe een schim zich over haar heen boog en ze verstijfde, verbijsterd en doodsbang, toen ze een stem in haar oor hoorde fluisteren.
'Dat klopt, Emily,' zei Will Stafford. 'Ik ben inderdaad in Denver opgegroeid.'
Voor ze zich kon bewegen, voelde Emily hoe haar armen tegen haar zij werden geklemd. Ze probeerde overeind te komen, maar het touw dat snel om haar borst werd geslagen bond haar vast aan de rugleuning van de stoel.
Met bliksemsnelle en efficiënte bewegingen ging Stafford voor haar op zijn knieën zitten om haar voeten en benen te knevelen. Ze dwong zichzelf niet te gaan gillen. Dat zou toch geen zin hebben, dat besefte ze heel goed, en dan zou hij misschien besluiten tape over haar mond te plakken. Zorg dat hij tegen je gaat praten, fluisterde een innerlijke stem, en houdt hem aan de praat! De politie houdt immers een oogje op het huis. Misschien bellen ze wel aan, dacht ze, en als er dan niet wordt opengedaan, zullen ze zich met geweld toegang verschaffen.
Hij stond op. Trok zijn bivakmuts van zijn hoofd. Ritste zijn jack open. Stapte uit de wijde joggingbroek.
Onder die eerste laag kleren droeg Will Stafford een heel ouderwets overhemd met een hoge boord en een veterdasje. De brede revers van zijn donkerblauwe kostuum van rond de eeuwwisseling accentueerden het krakend gesteven, witte overhemd. Anders dan gewoonlijk vertoonde zijn haar een scheiding opzij en het was glad over zijn hoofd gekamd. Het was ook iets donkerder dan zijn natuurlijke kleur, net als zijn wenkbrauwen.

Daarna zag Emily met een schok dat hij een smal snorretje op zijn bovenlip had getekend.
'Mag ik mijzelf voorstellen, juffrouw Graham?' vroeg hij met een kleine, formele buiging. 'Ik ben Douglas Richard Carter.'
Niet in paniek raken, hield Emily zichzelf voor. Alles is voorbij als je in paniek raakt. Hoe langer je in leven blijft, des te groter is de kans dat de politie komt controleren of alles in orde is.
'Aangenaam kennis met u te maken,' zei ze, terwijl ze haar uiterste best moest doen om haar doodsangst te maskeren en er toch in slaagde om de woorden over haar droge lippen te krijgen.
'U weet natuurlijk wel dat u moet sterven? Ellen Swain ligt in haar graf te wachten tot u haar gezelschap komt houden.'
Zijn stem is ook anders, dacht Emily. De woorden zijn preciezer, bijna afgebeten. Het is net alsof hij een licht Brits accent heeft. *Je moet met hem in discussie gaan*, prentte ze zichzelf streng in. 'Maar Natalie Frieze is al bij Ellen,' kon ze nog net uitbrengen. 'De cirkel is rond.'
'Het was helemaal niet de bedoeling dat Natalie Ellen gezelschap zou houden.' Zijn stem klonk ongeduldig. 'Het ging vanaf het begin om jou. Ellen ligt aan de oever van het meer begraven. De tekening die ik heb gestuurd met de grafzerk van Natalie naast die van Ellen was alleen bedoeld als afleidingsmanoeuvre. Zij zijn niet samen. Maar jij zult binnenkort bij Ellen slapen.'
Hij boog zich voorover en streelde Emily's wangen. 'Je doet me aan Madeline denken,' fluisterde hij. 'Jij met je schoonheid, je jeugd en je levenslust. Kun je begrijpen wat ik heb moeten doorstaan als ik naar de overkant van de straat keek en mijn zoon met jou zag in de wetenschap dat ik was veroordeeld om mijn leven door te brengen in het gezelschap van een ziekelijke vrouw die al haar schoonheid had verloren en wier fortuin haar enige aantrekkingskracht was?'
'Maar u hield toch wel van uw zoon en wilde dat hij gelukkig zou worden?'
'Ik kon absoluut niet toestaan dat een zo exquise schepsel als Madeline in zijn armen zou liggen terwijl ik naast het bed van een verdwaasde invalide zat.'
Het licht van een voorbijrijdende patrouillewagen van de politie

gleed over het huis. 'Onze politie in Spring Lake doet haar best om onze veiligheid te waarborgen,' zei Will Stafford terwijl hij zijn hand in zijn zak stak en een reep zilverkleurige stof te voorschijn haalde, afgezet met een franje van metalen kraaltjes. 'Aangezien ze dit huis net hebben gecontroleerd zullen we nog op z'n minst een paar minuten tijd hebben. Is er nog iets anders wat je graag van me wilt weten?'

87

De patrouillewagen van de politie van Spring Lake reed langzaam over Ocean Avenue. 'Daar staat hij!' zei agent Reap en wees naar de donkerblauwe bus die geparkeerd stond op een van de plaatsen met uitzicht op de promenade.

Ze stopten op de parkeerplaats ernaast en klopten op het raampje in het voorportier. 'Ik zie licht achterin,' zei Phil. Hij klopte nog eens, iets harder.

'Politie, doe open!' riep hij.

Binnen zat Eric gefascineerd naar het scherm te kijken en hij was niet van plan om daarmee op te houden. De sleutelbos van de bus zat in zijn zak. Hij pakte hem en drukte op het knopje van de afstandsbediening om de portiersloten te openen.

'Kom maar binnen,' zei hij. 'Ik ben hier. Ik heb op jullie zitten wachten. Maar ik wil wel graag de hele voorstelling uitkijken.'

Reap en zijn partner schoven de deur open en zagen meteen het tv-scherm. Wat haalt hij zich in het hoofd? Die vent moet knettergek zijn, dacht Reap terwijl hij een blik op het scherm wierp. Hij dacht heel even dat hij naar een horrorfilm keek.

'Hij gaat haar vermoorden,' zei Eric. 'Stil, hij staat met haar te praten. Luister naar wat hij te vertellen heeft.'

De twee agenten bleven even staan, als aan de grond genageld door de schok toen ze beseften wat zich voor hen afspeelde en door de kalme toon van de stem die uit de luidspreker kwam.

'Ik had erop gerekend dat ik in mijn huidige reïncarnatie alleen het patroon uit het verleden zou herhalen,' zei Will Stafford net, 'maar het mocht niet zo zijn. Ik dacht dat Bernice Joyce een bedreiging vormde die uit de weg geruimd moest worden. Terwijl ze stierf, waren haar laatste woorden dat ze zich vergist had. Ze dacht dat ze iemand anders de sjaal had zien wegnemen. Jammer. Ze had per slot van rekening toch niet hoeven te sterven.'

'Maar waarom Natalie?' vroeg Emily in een wanhopige poging tijd te rekken.

'Het spijt me van Natalie. De avond van dat feestje bij de familie Lawrence was ze de veranda op gelopen om nog een laatste sigaret te roken voor ze er voorgoed mee zou stoppen. Vanaf het punt waar ze stond, kan ze gezien hebben dat ik met de sjaal naar mijn auto liep. Toen ze tijdens onze lunch afgelopen woensdag weer begon te roken, voelde ik instinctief dat ze zich dat begon te herinneren. Ze was een gevaar voor me geworden. Ik kon haar niet laten leven. Maar maak je niet ongerust. Haar dood was barmhartig snel. Zo is het altijd gegaan. En dat zal ook bij jou het geval zijn, Emily, dat beloof ik je.'

Verbijsterd realiseerde agent Reap zich plotseling dat hij op het punt stond getuige te zijn van een moord.

'... toen ik veertien was, kwam ik voor het eerst samen met mijn moeder naar Spring Lake. Het was voor haar een reis vol sentiment. Ze is altijd van mijn vader blijven houden. We liepen langs het huis waar haar moeder, mijn grootmoeder, was geboren.'

'Godallemachtig, dat zijn Will Stafford en Emily Graham!' snauwde agent Reap. 'Ik ben afgelopen zondag bij haar thuis geweest, nadat die foto van haar bij de herdenkingsmis onder haar deur door was geschoven. Blijf hier bij hem!' riep hij tegen de andere agent terwijl hij uit de bus sprong en begon te rennen.

'... De vrouw die in het huis van mijn overgrootvader woonde, nodigde ons uit om binnen te komen. Ik verveelde me en begon rond te snuffelen op de zolder van het koetshuis. Ik heb zijn oude dagboek gevonden. Ik was voorbestemd om het te vinden, begrijp je, want ik ben Douglas Richard Carter. Ik ben teruggekeerd naar Spring Lake.'

Als ik maar niet te laat kom, bad Phil Reap terwijl hij weer in de patrouillewagen stapte. Terwijl hij in volle vaart naar Hayes Avenue 100 reed, riep hij via de radio het hoofdbureau op en vroeg om assistentie.

88

Nick Todd besloot om voor zijn eigen geruststelling langs Emily's huis te rijden en zich ervan te vergewissen dat binnen alles in orde was. Hij was er bijna toen uit de tegenovergestelde richting een politieauto in vliegende vaart de straat door reed en op de oprit stopte.

Met een angstig gevoel zette Nick zijn auto achter de politiewagen en sprong er snel uit. 'Is er iets met Emily gebeurd?' wilde hij weten. Alsjeblieft, God, laat haar niets overkomen, smeekte hij in stilte.

'We hopen van niet,' zei agent Reap kortaf. 'Loop me niet voor de voeten.'

De politie zal opnieuw langsrijden, hield Emily zichzelf voor. Maar ja, als ze hem niet binnen hebben zien komen, wat schiet ik daar dan mee op? redeneerde ze. Hij heeft ongestraft Martha, Carla, Natalie, mevrouw Joyce en waarschijnlijk nog meer mensen vermoord. Ik ben de volgende. O, lieve God, *ik wil leven!*

'Vertel me eens iets over die dagboeken,' zei ze. 'U hebt overal een verslag van geschreven, hè? U hebt vast de manier waarop alles is gebeurd, wat uw gevoelens daarbij waren en hoe de families van de meisjes erop hebben gereageerd tot in de kleinste bijzonderheden opgeschreven.'

'Precies.' Hij was kennelijk blij dat ze dat begreep. 'Emily, voor een vrouw ben je bijzonder intelligent, maar je intelligentie wordt aan banden gelegd door de natuurlijke vijand van een vrouw... haar geestelijke edelmoedigheid. Met ogen waarin het medeleven te lezen stond, heb je mijn verhaal geslikt over hoe ik de schuld op me had genomen voor een vriend die in werkelijkheid bij een ongeluk achter het stuur had gezeten. Ik heb je dat verteld omdat mijn receptioniste had toegegeven dat ze haar mond voorbij had gepraat tegen die roddeljournaliste en ik was bang dat jij extra op je hoede zou zijn als daar iets van in druk verscheen.'

'Wat je ook hebt gedaan, het strafblad dat je als minderjarige had, is voor niemand toegankelijk.'

'Wat ik heb gedaan, is dat ik het voorbeeld van mijn overgrootvader volgde. Ik heb een jonge vrouw overweldigd, maar voor ik

mijn missie kon voltooien hoorde iemand haar schreeuwen. Ik heb drie jaar in de jeugdgevangenis gezeten, niet één jaar zoals ik jou heb verteld.
Het is tijd, Emily... hoog tijd voor jou om je bij de mooie Madeline te voegen, tijd om bij Ellen te ruste te worden gelegd.'
Emily staarde naar de haveloze reep stof in zijn handen. *Hij geniet hiervan*, dacht ze. Laat hem nog meer vragen beantwoorden. Hij wil snoeven.
'En als ik bij Ellen ben, is het dan voorbij?' vroeg ze.
Inmiddels stond hij achter haar en legde voorzichtig het restant van de sjaal om haar nek.
'Ik wou dat dat waar was, maar helaas, er zal er nog minstens een volgen. De secretaresse van dokter Madden heeft jammer genoeg een glimp van me opgevangen op de avond dat ik dr. Madden heb geconsulteerd. De kans bestaat dat ze zich dat na verloop van tijd herinnert. Net als Bernice Joyce en Natalie Frieze vormt ze een onacceptabel risico.'
Hij boog zich voorover en liet zijn lippen over haar wang glijden. 'Ik kuste Madeline toen ik haar ceintuur aanhaalde,' fluisterde hij.

Tommy Duggan en Pete Walsh arriveerden net op tijd bij Emily's huis om te zien hoe agent Reap de verandatrap op rende, op de hielen gevolgd door een andere man.
Reap vertelde snel wat hij op de monitor in het busje van Bailey had gezien.
'Vergeet de voordeur. Pak maar een van de deuren rechts op de veranda,' riep Duggan. Hij rende samen met Walsh naar de linkerkant, met Nick in hun kielzog. Toen ze de deur van de studeerkamer bereikten, keken de drie mannen door het raam en zagen hoe de sjaal om Emily's nek werd aangehaald.
Tommy wist dat ze over een paar seconden te laat zouden zijn. Hij trok zijn pistool, richtte en vuurde dwars door de ruit.
Will Stafford werd door de klap van de kogel met een ruk achteruit geworpen en zakte vervolgens op de grond in elkaar, met het restant van de sjaal die een eind had gemaakt aan het leven van Martha Lawrence en Carla Harper nog steeds in zijn hand.

ZONDAG 1 APRIL

89

Op zondagochtend voegden Tommy Duggan en Pete Walsh zich bij Emily en Nick die aan een rustig hoektafeltje in de ontbijtzaal van The Breakers zaten.

'Je had gelijk, Emily,' zei Tommy. 'Er was een volledig geschreven verslag van wat zijn overgrootvader heeft gedaan. Daarnaast hield Stafford zelf ook een dagboek bij en hij heeft alle details op dezelfde klinische manier opgeschreven als zijn overgrootvader heeft gedaan.

We hebben gezorgd dat we een bevel tot huiszoeking voor Staffords huis kregen en daar vonden we zowel het dagboek van de oorspronkelijke Douglas Carter als dat van Stafford. Ik ben de hele nacht opgebleven om het te lezen. Het is precies zo gegaan als jij dacht. De vrouw van Douglas Carter wist door de hoeveelheid laudanum die ze slikte nergens meer van. En misschien gaf hij haar nog wel meer. Hij schrijft in zijn dagboek dat hij Madeline wenkte om naar zijn huis te komen en tegen haar zei dat zijn vrouw een toeval had gekregen. Toen hij zijn armen om haar heen sloeg en haar probeerde te kussen, verzette ze zich en hij wist dat hij geruïneerd zou zijn als ze erover zou praten.'

'Ik kan nog nauwelijks geloven dat het Will Staffords overgrootvader was die alles heeft gedaan,' zei Emily. Het was alsof ze werd beroerd door een hand uit het graf. Ik ben nog steeds zo bang, dacht ze. Zal ik me ooit weer veilig voelen?

'Douglas Carter was bijna vijftig toen zijn tweede vrouw, Lavinia, in 1900 het leven schonk aan een meisje,' zei Duggan. 'Ze noemden haar Margaret. Toen Douglas in 1910 stierf, zijn Lavinia en Margaret teruggegaan naar Denver. Margaret is in 1935 getrouwd. Haar dochter, Margo, was de moeder van Will Stafford.'

'Hij heeft mij verteld dat hij dat dagboek bij toeval heeft gevonden toen hij en zijn moeder op bezoek waren in Spring Lake en bij het huis langsgingen waar zijn overgrootouders hadden gewoond,' zei Emily.

'Ja, toen heeft hij rondgesnuffeld op die zolder van het koetshuis en het dagboek van zijn overgrootvader gevonden,' bevestigde Duggan.
'Het lijkt mij,' zei Nick, 'dat zijn slechte inborst toen al de overhand had. Een normaal kind zou met afschuw zijn vervuld en het dagboek aan een volwassene hebben laten zien.'
Terwijl ze naar het gesprek luisterde, had Emily nog steeds het gevoel dat ze droomde. Will was de avond dat hij haar mee uit eten had genomen kennelijk met opzet vroeger gekomen, zodat hij de sensor van de deur naar de studeerkamer uit het alarmsysteem kon verwijderen. De sleutel van die deur had hij waarschijnlijk van de sleutelbos gehaald die hij van de Kiernans had gekregen om het huis nog eenmaal te bezichtigen voordat het koopcontract werd getekend.
Gisteravond, nadat het lichaam van Stafford was weggehaald en de mensen van de forensische dienst bijna klaar waren met hun nauwgezette speurtocht naar bewijsmateriaal, had Nick tegen haar gezegd dat ze haar nachtkleding in een tas moest pakken en had haar meegenomen naar hotel The Breakers waar hij een kamer had geboekt.
'Nu is mijn huis alweer de plaats van een misdrijf,' had ze tegen hem gezegd.
'Maar dit is de laatste keer,' had hij haar verzekerd. 'Nu is alles voorbij.'
Maar zelfs in de veilige omgeving van The Breakers werd Emily om drie uur 's nachts plotseling wakker, geschrokken, bang, vol herinneringen en ervan overtuigd dat ze voetstappen in de gang hoorde. Daarna was de wetenschap dat Nick zich in de kamer naast de hare bevond genoeg geweest om een eind te maken aan de koude rillingen en zich weer door de slaap te laten overmannen.
'Heeft Douglas Richard Carter zijn zoon gedood?' vroeg Emily.
'Dat is uit zijn dagboek niet echt op te maken,' antwoordde Duggan. 'Hij zegt dat Douglas een geweer had en dat hij met hem heeft geworsteld. Nadat het afging, is hij erin geslaagd om het voor zelfmoord te laten doorgaan. Het zou mij niets verbazen als Douglas erachter was gekomen wat zijn vader had gedaan en hem dat voor zijn voeten heeft gegooid. Misschien kon zelfs die vent

het feit dat hij zijn enige zoon had vermoord niet onder ogen zien. Wie zal het zeggen?'

'En hoe zat het dan met Letitia en Ellen?' Emily wist dat ze ook moest weten wat hen overkomen was, voor ze deze hele geschiedenis ooit van zich af zou kunnen zetten.

'Letitia was op weg naar het strand,' zei Pete Walsh. 'Ze had een boeket bloemen uit haar eigen tuin bij zich voor mevrouw Carter en Carter was toevallig ook thuis. Zijn avances werden opnieuw afgewezen en hij doodde weer een jonge vrouw.'

Tommy Duggan schudde zijn hoofd. 'Dat dagboek is bepaald geen gezellig leesvoer. Ellen Swain was op bezoek bij mevrouw Carter en begon vragen te stellen, omdat ze kennelijk de verdenking was gaan koesteren dat Carter verantwoordelijk was voor de verdwijning van haar beide vriendinnen. Ze heeft het huis die dag nooit meer verlaten, hoewel het voor Carter, gezien de wazige toestand van zijn vrouw, niet moeilijk was om het arme mens ervan te overtuigen dat ze Ellen echt had zien weglopen.'

Duggan fronste. 'Hij beschrijft de plaats waar hij Ellen heeft begraven heel gedetailleerd. We zullen proberen haar stoffelijk overschot te vinden en het in haar familiegraf bij te zetten. Ze stierf omdat ze probeerde te ontdekken wat er met haar vriendin Letitia was gebeurd. Dus in zekere zin is het heel toepasselijk dat die twee familiegraven op de begraafplaats naast elkaar liggen.'

'Het was de bedoeling dat ík bij Ellen begraven zou worden,' zei Emily. 'Dat had hij voor mij in petto.'

Ze voelde dat Nick Todd zijn arm om haar schouders sloeg. Die ochtend had hij op de deur van haar slaapkamer geklopt met een kop koffie voor haar in zijn hand. 'Ik ben een vroege vogel,' had hij uitgelegd. 'Dat is een van de dingen die je op kantoor zult missen, want als ik de baan krijg waar ik op uit ben, zal ik in het centrum zitten. Ik heb mijn vader al uitgenodigd om met me te gaan lunchen in het cafetaria van het ministerie van justitie. Jij mag ook meekomen. Of nog beter, je mag ook zónder hem komen.'

En dat zal ik doen ook, dacht ze. Daar kun je op rekenen.

Pete Walsh had net een dubbele portie roereieren, worstjes en spek verorberd. 'Je studeerkamer wordt op dit moment opgeruimd, Emily. Ik denk dat je vanaf nu rust in je eigen huis zult vinden.'

Het ontbijt van Tommy Duggan had bestaan uit sinaasappelsap, zwarte koffie en een banaan. 'Ik moet ervandoor,' zei hij. 'Mijn vrouw Suzie heeft grote plannen met me. Ze had al gedreigd dat ik op de eerste warme dag in een weekend de garage op moest ruimen. Nu ben ik de klos.'
'Voor je weggaat,' zei Emily haastig, 'hoe zit het met doctor Wilcox en Bob Frieze?'
'Volgens mij is doctor Wilcox een pak van het hart gevallen. Het is bekend geworden dat hij jaren geleden een iets te innige verhouding met een studente heeft gehad. Haar foto staat vandaag in alle kranten. Hoewel hij zijn boekje te buiten is gegaan door een relatie aan te gaan met een studente van de universiteit waarvan hij rector magnificus was, zal niemand die haar foto vandaag onder ogen krijgt het idee hebben dat hij misbruik heeft gemaakt van een onschuldige jong meisje.'
'Hoe zal zijn vrouw daarop reageren?'
'Ik heb het idee dat die openlijke vernedering een eind zal maken aan dat huwelijk. Ze wist wel degelijk waarom hij zijn functie als rector magnificus zo abrupt heeft neergelegd. Hij had geen schijn van kans om dat voor haar verborgen te houden en als je het mij vraagt, heeft ze hem dat met de regelmaat van de klok voor de voeten gegooid. Eerlijk gezegd denk ik dat alles voor hem een grote opluchting is. Hij heeft me ook verteld dat zijn roman volgens hem verdomd goed is. Wie weet? Misschien ligt er wel een compleet nieuwe loopbaan op die vent te wachten.'
Tommy schoof zijn stoel achteruit. 'En wat Frieze betreft, die dankt het aan Natalie dat hij vrijuit gaat. Zij gaf hem een velletje papier dat ze in zijn zak vond, voorzien van een telefoonnummer en de naam Peggy, met het verzoek haar op te bellen. Onze jongens hebben haar nagetrokken. Frieze was min of meer stamgast in een bar in Morristown. Hij beweert dat hij zich daar niets van herinnert, maar kennelijk verdeed hij zijn tijd niet tijdens zijn black-outs. Peggy is een lekker ding. Dankzij haar getuigenis en de dagboeken van Will Stafford is Friezes onschuld bewezen.'
Tommy Duggan stond op. 'Ik heb jullie nog twee dingen te vertellen. Stafford sprak Martha aan nadat ze van de promenade af kwam. Hij reed naar haar toe, zei tegen haar dat hij pijn in zijn

borst had en vroeg of ze hem naar huis wilde rijden. Ze kende hem en natuurlijk trapte ze daar in. Hij dwong Carla om in zijn auto te stappen toen ze het Warren uitkwam en op weg was naar haar eigen auto. Daarna is hij teruggegaan en heeft haar auto opgehaald. Lekkere vent, hè?'
Hij draaide zich om. 'Smakelijk eten verder, mensen. Wij gaan ervandoor.'
Toen ze weg waren, bleef Emily nog een tijdje stil. 'Nick, de reden dat Tom Duggan gisteravond naar mijn huis kwam, was om een vergroting van een foto af te geven. Die heb ik vanmorgen bekeken.'
'Wat heb je ontdekt?'
'Het politielab heeft echt schitterend werk geleverd met het vergroten en het scherper maken van de foto. De gezichten zijn nu duidelijk te zien en ik weet welke namen van de lijst die achter op het origineel staan erbij passen. Madeline, Letitia, Ellen, Phyllis en Julia. En de mannen. George, Edgar, de jonge Douglas, Henry en zelfs Douglas Carter sr., of Will Stafford zoals wij hem in onze tijd kenden.'
'Emily!' protesteerde Nick. 'Je bedoelt toch niet dat je écht gelooft dat hij gereïncarneerd was?'
Ze keek hem recht aan, met ogen die om begrip smeekten. 'Nick, Will Stafford was het evenbeeld van zijn overgrootvader zoals hij op die foto staat, maar...'
'Wat is er, Emily?'
'Ik heb die foto tussen de aandenkens van de familie Lawrence gevonden. Ik durf er een miljoen op te zetten dat Will die nooit heeft gezien.'
Zijn hand bedekte de hare, geruststellend en sterk.
'Nick,' fluisterde Emily, 'op die foto heeft Douglas Carter iets in zijn hand dat lijkt op een damessjaal met een franje van metalen kraaltjes.'